KNAUR

MICHAEL
TSOKOS

MIT KALTER PRÄZISION

Ein Rechtsmedizin-Thriller

KNAUR

Besuchen Sie uns im Internet:
www.knaur.de

Aus Verantwortung für die Umwelt hat sich die Verlagsgruppe Droemer Knaur zu einer nachhaltigen Buchproduktion verpflichtet. Der bewusste Umgang mit unseren Ressourcen, der Schutz unseres Klimas und der Natur gehören zu unseren obersten Unternehmenszielen. Gemeinsam mit unseren Partnern und Lieferanten setzen wir uns für eine klimaneutrale Buchproduktion ein, die den Erwerb von Klimazertifikaten zur Kompensation des CO_2-Ausstoßes einschließt. Weitere Informationen finden Sie unter: www.klimaneutralerverlag.de

FSC
www.fsc.org
MIX
Papier | Fördert gute Waldnutzung
FSC® C083411

Originalausgabe September 2023
Knaur Taschenbuch

Ein Imprint der Verlagsgruppe
Droemer Knaur GmbH & Co. KG, München

Ein Projekt der AVA International GmbH
Autoren- und Verlagsagentur
www.ava-international.de
Das Zitat von Gottfried Benn in Kapitel 2 stammt aus:
Gottfried Benn. Sämtliche Gedichte. © 1998, Klett-Cotta, Stuttgart.
Das Zitat von Gottfried Benn in Kapitel 49 stammt aus:
Gottfried Benn, Statische Gedichte
© 1948, 2006 by Arche Literatur Verlag AG, Zürich-Hamburg.
Covergestaltung: HildenDesign, München
Coverabbildung: HildenDesign unter Verwendung mehrerer Motive von Shutterstock.com
Satz: Adobe InDesign im Verlag
Druck und Bindung: CPI books GmbH, Leck
ISBN 978-3-426-52870-9

4 5

Die Handlung in diesem Rechtsmedizin-Thriller ist eine fiktionalisierte Erzählung echter Kriminalfälle und ihrer rechtsmedizinischen Untersuchungen. Alle Figuren, Orte und Daten wurden zur Anonymisierung und zum Schutz der Personen, die in irgendeiner Form in die hier geschilderten Tötungsdelikte involviert waren, verändert. Die erzählten Begebenheiten und Tötungsdelikte haben tatsächlich so stattgefunden.

Im Gedenken an meine Mutter
(1939–2023)

Prolog

Mit einem unterdrückten Stöhnen schob er das schwere metallene Bettgestell zur Wand neben der Zimmertür. Ganz langsam, darauf bedacht, keine verdächtigen Schleif- oder Schabgeräusche auf dem Schlafzimmerboden zu erzeugen, die vielleicht von darunter wohnenden Personen gehört würden.

Noch ein kleines Stück ...

Er spürte, wie ein dünnes Rinnsal zwischen seinen Schulterblättern herunterlief und sich erste Schweißtropfen auf seiner Stirn unter der Kapuze des Polypropylen-Einwegoveralls bildeten. Ein Modell, wie es in jeder Malerabteilung eines Baumarkts erhältlich war. Mit einem weiteren gepressten Stöhnen hob er das schwere Bettgestell am Kopfende an und zog es an die Schlafzimmerwand heran.

Vorsichtig!

Der weiche Teppich dämpfte zu seiner Erleichterung das Geräusch ab, das die schweren Füße des Bettgestells auf dem Fußboden verursachten.

Geschafft!

Mit einem prüfenden Blick kontrollierte er den Abstand zwischen dem etwa neunzig Zentimeter hohen oberen Gestänge des Betts und der sich jetzt in unmittelbarer Nähe dazu befindlichen Türklinke der massiven Kassettentür in etwa ein Meter Höhe.

Er hob den verschmutzten, vom Sonnenlicht ausgeblichenen orangefarbenen Spanngurt vom Boden neben dem Bett auf. Den etwa vier Meter langen und einen Zentimeter breiten Gurt hatte er auf einem ehemaligen Fabrikgelände entdeckt, nun befestigte er ihn mit mehreren übereinandergesetzten Knoten an der obersten, längs verlaufenden Stange des kupferfarbenen Bettgestells.

Keine Knoten, die ich sonst verwende …, dachte er verächtlich. Er schlang den Spanngurt mehrmals locker um den am Türblatt endenden Teil der Klinke und drückte die sich nach außen hin öffnende Tür zu einem knapp dreißig Zentimeter breiten Spalt auf. Mit dem losen Ende des Gurts in der Hand zwängte er sich, auf dem Fußboden hockend, seitlich durch den Türspalt.

In dem weitläufigen Flur des über zweihundertfünfzig Quadratmeter großen Penthouse richtete sich der Mann nun zu seiner vollen Größe auf. Er schloss die Tür hinter sich bis auf einen handbreiten Spalt, durch den er gerade noch die Hand hindurchstrecken und die Türklinke an der Innenseite ertasten und sich somit vergewissern konnte, dass sein Plan funktionieren würde.

Mit einem zufriedenen Grinsen, das allerdings auch ein heimlicher Beobachter der bizarren Szenerie nicht hätte bemerken können, da er nicht nur den Plastikoverall, sondern auch Plastikhandschuhe, Einmalüberschuhe aus Kunststoff, an deren Sohlen er dicke Filzplatten geklebt hatte, und eine FFP2-Maske trug, ging er wieder ins Schlafzimmer zurück.

Jetzt ging alles ganz schnell. Er drehte den Leichnam der Frau, die er vor nicht einmal fünfzehn Minuten hier in ihrem Schlafzimmer getötet hatte, in Bauchlage und fasste die Tote von hinten unter den Achseln.

Das ist alles deine Schuld, du hättest dich in Zurückhaltung üben und ein klein bisschen bescheidener sein müssen, dann wäre es nicht so weit gekommen!

Er hob den Körper an, der noch keine Totenstarre aufwies, hievte ihn auf die zerwühlte Bettdecke, auf der zahlreiche cremefarbene Seidenkissen lagen. Ein Triumph seiner Größe, Unantastbarkeit und Gerissenheit übermannte ihn, als er feststellte, dass sein Plan aufgehen würde, dass er schon im Vorfeld an alles gedacht, jeden seiner Handlungsschritte akribisch geplant und alle Eventualitäten berücksichtigt hatte. *The chase is better than the catch,* der alte Motörhead-Song hatte recht. Er wusste in diesem Moment nur zu gut, wie wahr das war …

Auf dem Bett, neben der mit einem Jumpsuit aus feinem Jersey bekleideten Toten kniend, löste er nun zunächst das mehrfach locker um den Ansatz der Türklinke am Türblatt geschlungene Ende des Spanngurts. Dann zog er den rücklings auf dem Bett liegenden Leichnam noch ein Stück weiter in Richtung Kopfende, sodass der Kopf mit dem blondierten, akkurat geschnittenen Bob jetzt fast die Metallstäbe am Bettende berührte.

Sein Blick fiel dabei auf ihre leeren, toten Augen. Sie schienen so etwas wie eine Mischung aus Erstaunen und Entsetzen auszudrücken über das, was der Mann, den sie doch so gut zu kennen geglaubt hatte, da gerade mit ihr tat.

Du unersättliches Miststück …

Wut stieg in ihm auf. Dieselbe Wut, die er in den letzten Wochen verspürt hatte, als sie ihre verdammten Spielchen mit ihm getrieben hatte.

Erpresst hast du mich! Konntest den Hals nicht vollbekommen. Und das, obwohl du alles, was du hast, und alles, was du bist, allein mir zu verdanken hast.

Und als er jetzt wieder in ihre toten Augen sah, schienen sie nichts mehr auszudrücken, er sah nur Leere in ihrem Blick. Mit der behandschuhten Rechten wischte er von der Stirn der Toten in Richtung Nasenrücken über beide Augenoberlider, die herunterklappten und die toten Augen schlossen.

Mit beiden Händen griff er nun hinter die Schultern der Toten und zog Oberkörper und Kopf zu sich heran. Beinahe sah es so aus, als würde sich die Tote im Bett noch einmal aus eigener Kraft aufrichten, und fast hätten sich ihre und seine Nasenspitzen bei diesem Manöver kurz berührt. Er war froh, dass er einen Mund-Nasen-Schutz trug. Nicht, weil er bei dieser Berührung womöglich ein Gefühl von Ekel, Reue oder überhaupt irgendeine Emotion verspürt hätte, sondern weil jegliche Übertragung von DNA-Spuren von ihm auf ihren Körper seinen Plan womöglich zunichtegemacht hätte. Auch befürchtete er für einen Moment, dass Schweißtropfen auf die Tote vor ihm oder auf das Bett heruntertropfen würden, aber dies verhinderte seine Overall-Kapuze.

Auf keinen Fall darf ich eine biologische Spur an oder auf ihrem Körper hinterlassen. Denn ich bin ja noch nie hier gewesen …

Er schlang das lose Ende des Spanngurts, das von den Verknotungen am Bettgestell abging, nun zweimal eng um den Hals der Toten. Und zwar exakt so, dass die dort an der Vorderseite des Halses annähernd horizontal verlaufende, immer noch rötliche Drosselmarke von dem Spanngurt verdeckt wurde. Die Drosselmarke würde durch ihre zunehmende oberflächliche Vertrocknung innerhalb der nächsten Stunden eine schmutzig bräunliche Farbe annehmen.

Er ließ den Leichnam los, und der schlaffe Körper glitt für den Bruchteil einer Sekunde von ihm weg, bis der Teil des Spanngurts zwischen der oberen Längsstrebe des Metallgestells und ihrem Hals straff gespannt war und unter Zug stand.

Durch seine Inszenierung der Auffindesituation der Toten – auf dem Rücken liegend in ihrem Bett, den Oberkörper leicht schräg nach oben gerichtet und das Strangwerkzeug, den Spanngurt, eng um den Hals liegend, hatte er die ursprüngliche Drosselmarke in eine Strangmarke verwandelt. Sie würde von jedem auch noch so erfahrenen Leichenschauer und polizeilichen Todesermittler als solche akzeptiert werden.

Vor allen Dingen, weil sie ja allein im Raum gewesen sein muss, als sie sich das Leben nahm …

Er erhob sich vom Bett und betrachtete zufrieden sein Werk.

Der Rest ist ein Kinderspiel.

Er hob die leere dunkelbraune Papiertüte vom Boden auf, in der er seine Utensilien – Overall, Mundschutz, Füßlinge, Plastikhandschuhe und Spanngurt – in das Charlottenburger Penthouse im noblen Ortsteil Westend transportiert hatte. Er würde keinerlei Spuren hinterlassen …

Dann trat er seitlich an die mit weißem Klavierlack lackierte Heizgitterverkleidung unter der breiten Panoramafensterfront des Schlafzimmers heran. Verdeckt von den schweren, bodentiefen, cremefarbenen Seidenvorhängen warf er einen Blick hinaus. Auch wenn die Wahrscheinlichkeit äußerst gering war, von einem der weit entfernt gegenüberliegenden Wohnhäuser aus gesehen zu werden, bewegte er sich langsam, immer darauf bedacht, nicht die seitliche Deckung der Vorhänge zu verlassen.

Dann drehte er den Heizkörper auf die höchste Stufe.

Die Leichenfäulnis wird ihr Übriges tun …, ging es ihm durch den Kopf, als er sich erneut der Toten zuwandte und das nach Anlegen des Stranges um den Hals der Toten noch etwa zweieinhalb Meter lange freie Ende des Spanngurts ergriff und, wie nur wenige Minuten zuvor, erneut mehrfach um die Türklinke wickelte, sodass sich die nach außen hin öffnende Schlafzimmertür nur noch einen knapp dreißig Zentimeter breiten Spalt weit öffnen ließ. Erneut zwängte er sich in gebückter Haltung durch den Türspalt in den Flur, blieb diesmal aber vor der Schlafzimmertür hocken, die er auch jetzt wieder bis auf einen nur noch handbreiten Spalt schloss. Dann schob er beide Hände zurück in das Innere des Schlafzimmers. Diesmal fixierte er die Umwicklungen der Türklinke mit einem Doppelknoten.

Er erhob sich und überprüfte ein letztes Mal sein Werk: Die Schlafzimmertür ließ sich jetzt nur noch wenige Zentimeter weit öffnen, ehe der Spanngurt zwischen Türklinke und der zweitourig um den Hals der Toten gelegten Schlinge Zug aufnahm und eine weitere Öffnung der nach außen in den Flur öffnenden Tür verhinderte.

Als sich die Frau erhängt hatte, konnte keine weitere Person mit ihr im Zimmer gewesen sein, las er schon in Gedanken in der Ermittlungsakte, die sich demnächst mit dem Suizid von Daria Diakovska beschäftigen würde.

Er drückte auf den Knopf des zu dieser Wohneinheit gehörenden Aufzugs, der ihn direkt in die Tiefgarage des Gebäudes bringen würde. Von dort würde er sich durch den nicht kamera- oder sonst wie überwachten Notausgang in den großen umliegenden Park davonstehlen, wo ihm Büsche und Bäume reichlich Deckung boten und sich seine Spur für immer verlieren würde.

† † †

I

Sonntag, 8. April, 16:44 Uhr,
Berlin-Steglitz,
Psychiatrische Fachklinik *Sana Mente*

Es schnürte Sabine Yao auch heute das Herz zusammen, ihre Schwester Mailin so zu sehen: die gräuliche, ungesunde Gesichtsfarbe, ihr von den Psychopharmaka aufgedunsenes Gesicht, das ihren Kopf unverhältnismäßig groß in Relation zu ihrem ausgemergelten Körper erscheinen ließ, und die im Nacken von einem Haarband nur unzureichend zusammengehaltenen und wirr vom Kopf herabhängenden schwarzen Haare. Auch wenn sich Mailins psychischer Zustand in den letzten Wochen deutlich verbessert hatte, war ihr körperliches Erscheinungsbild nach wie vor bemitleidenswert.

Ihre sechs Jahre jüngere Schwester hatte schon als kleines Mädchen eine gewisse Instabilität, etwas Zorniges, in sich getragen. Als Jugendliche hatte sie die Schule vernachlässigt, sich immer wieder geritzt und dann als junge Erwachsene schließlich versucht, ihre eigene Zerrissenheit im Alkohol zu ertränken. Erst mit der Gründung einer eigenen Familie hatte sich ihr Verhalten geändert, und es war ihr viel besser gegangen. Doch seit über einem Jahr war alles anders und sie nicht mehr dieselbe.

Mailins tragisches Schicksal hatte vor fast fünfzehn Monaten am Flughafen BER seinen Lauf genommen, als ihr Mann Thanh Zhou während seiner Frühschicht im Cargo-Bereich des Flughafens BER unter einem tonnenschweren Container begraben und getötet worden war. Von einem Tag auf den anderen war Mailin mit ihren damals eineinhalb Jahre alten Zwillingstöchtern Sina und Siara auf sich allein gestellt gewesen. Und als ob sie an diesem Schicksalsschlag nicht schon schwer genug zu tragen gehabt hätte, wurde ihre Tochter Siara ein halbes Jahr später Opfer eines brutalen Gewaltdelikts, bei dem sie schwerste Kopfverletzungen und irreparable Hirnschäden davontrug. Anfangs stand Mailin sogar selbst unter polizeilichem Verdacht, ihrer Tochter das angetan zu haben. Daraufhin war sie völlig abgestürzt, auch wenn sich kurze Zeit später herausstellte, dass sie zu Unrecht verdächtigt worden war. Mailin hatte allerdings auch nach dem Beweis ihrer Unschuld weiterhin Unmengen an Alkohol konsumiert, die autoaggressiven Tendenzen aus ihrer Pubertät wieder aufgenommen und sich geritzt. Während der Untersuchung des Vorfalls um ihre Tochter war sie sogar auf eine Jugendamtsmitarbeiterin losgegangen und hatte sich zu allem Unglück auch noch ihrer darauffolgenden Ingewahrsamnahme durch Polizeibeamte widersetzt.

Und auch wenn Yao insgeheim hoffte, dass der exzessive Alkoholmissbrauch und die damit verbundenen impulsiven Ausfälle und Selbstverletzungen nun der Vergangenheit angehörten und das Leben ihrer Schwester und ihrer Kinder mit den entsprechenden therapeutischen Maßnahmen und Betreuung durch Mitarbeiter der Familienhilfe in nicht allzu ferner Zukunft wieder in geordnete Bahnen geraten würde, wusste sie als Medizinerin nur zu gut, dass ihre Schwester zeit ihres Lebens eine suchtgefährdete, labile Person bleiben würde, die durch persönliche oder familiäre Niederlagen jederzeit wieder aus der Bahn geworfen werden konnte.

Sabine Yao lehnte sich auf der Couch im Besucherzimmer zurück und suchte Augenkontakt mit Mailin, die schräg neben ihr in einem geräumigen Sessel saß. Als ihre Blicke sich trafen, lächelte Yao ihrer Schwester zu.

Ich muss ihr Kraft geben. Zuversicht. Im Moment bin ich der einzige Mensch, den sie hat, die einzige Unterstützung.

»Ich habe mit Doktor Schweiger gesprochen. Er meint, die Dosisreduktion deiner Medikamente verträgst du gut, und wenn du in den nächsten vier Wochen weiter so erfreuliche Fortschritte machst, wird er die Medikamente weglassen können. Und er sagt auch, wenn du dich dann ein paar Wochen stabil zeigst, kannst du vielleicht schon Ende Mai oder Anfang Juli entlassen werden. Das hört sich doch ganz gut an, oder?«

Mailin nickte zur Erwiderung nur stumm und presste dabei die Lippen so fest aufeinander, dass sämtliche Farbe aus ihnen wich.

»Verdammt, Kleine. Das ist doch eine Perspektive. Ich weiß, dass es schwer für dich ist. Aber du musst nach vorne schauen. Nicht zurück. Für Sina und Siara, und …«, fuhr Yao fort und überlegte kurz, ob sie sagen sollte, dass Thanh es definitiv auch so gewollt hätte, aber das Thema war immer noch so hochemotional für Mailin, dass sie sich dagegen entschied und stattdessen hinzufügte: »… und du hast mich. *Wir* müssen nach vorne schauen. Ich werde immer an deiner Seite sein.«

Du musst aufstehen, wieder laufen lernen, fügte sie in Gedanken hinzu. *Aber für dich ist es eigentlich viel mehr, als nur wieder laufen zu lernen. Du musst wieder leben lernen. Dich zurechtfinden in einem Leben ohne den Vater deiner Kinder und mit der riesigen Bürde, zwei kleine Mädchen, eines davon mit schweren körperlichen und geistigen Behinderungen, großzuziehen.*

»Und dann? Was mache ich dann, Bine?«, fragte Mailin mit brüchiger Stimme und sah Yao aus verquollenen Augen an.

Ihr viel zu großes hellgraues Sweatshirt hing an ihr herunter wie ein unförmiger Sack, und sie leckte sich immer wieder mit der Zunge über die blassen Lippen – eine Nebenwirkung der Psychopharmaka.

Auch wenn Mailin immer noch ein Bild des Jammers war, war Yao glücklich, dass ihre Schwester antwortete und dabei auch noch adäquat reagierte auf das, was sie zu ihr gesagt hatte. Die Verzweiflung über ihre jetzige Situation schwang jedoch in jedem ihrer wenigen Worte mit. Noch zu Anfang des Jahres war mit Mailin keinerlei Kommunikation möglich gewesen, weder auf verbaler noch auf nonverbaler Ebene, an ein Gespräch gar nicht zu denken. Bis vor etwa drei Monaten hatte sie ihr Krankenzimmer nicht selbstständig verlassen, war auf Unterstützung bei der Körperpflege und Nahrungsaufnahme angewiesen gewesen und hatte immer nur apathisch dagesessen. Yao hatte sie dennoch regelmäßig zweimal die Woche besucht. Mit ihrer eingefrorenen Mimik, die keinerlei Rückschlüsse auf ihr Gefühlsleben zuließ, und mit ihrer totalen motorischen Antriebslosigkeit hatte sie dem Erscheinungsbild einer völlig entkräfteten, vor sich hin siechenden Greisin geglichen.

»Dann kommt der nächste Schritt«, beantwortete Yao die Frage ihrer jüngeren Schwester. »Rehabilitation. Du gehst ganztägig in eine ambulante Behandlung in einer – wie Doktor Schweiger es nannte – *wohnortnahen* Einrichtung. Es gibt in Marzahn wohl mehrere solcher ambulanten Therapieeinrichtungen. Doktor Schweiger will mir zwei oder drei nennen, die er uns empfehlen würde. Die werde ich mir ansehen und dir davon berichten. Dann entscheidest du, in welche du gehen möchtest. Es sei denn, du willst nicht zurück nach Marzahn in deine Wohnung, was ich durchaus verstehen könnte. Dann werde ich dir eine neue Wohnung suchen, und es würde auf ein ambulantes Therapiezentrum dort in der Nähe hinauslaufen. Wichtig ist nur, dass sich die ambulante Therapie nahtlos an deinen Klinikaufenthalt hier anschließt. Das ist entscheidend, damit es weiter bergauf mit dir geht. Aber wo du zukünftig mit deinen Töchtern wohnen möchtest, das entscheidest du.«

»Ich weiß es nicht, Bine. Ich weiß wirklich nicht, was ich möchte. Was ich weiß, ist, dass ich für Sina und Siara da sein möchte und dass ich es ohne deine Hilfe nicht schaffe …«

† † †

Als Yao die psychiatrische Fachklinik verließ, die neben der Behandlung psychischer Erkrankungen auch auf Entzugsbehandlungen bei Suchterkrankungen spezialisiert war, hatte die Abenddämmerung bereits eingesetzt. Der kaum bewölkte Himmel über Berlin erstrahlte in einer spektakulären Farbmischung aus intensivem Pink und hellem Lila, ein Phänomen, das auf Staub aus der Sahara zurückzuführen war. Dieses Farbspektakel war von den Meteorologen auch für die nächsten Tage angekündigt worden.

Als die Rechtsmedizinerin über den an diesem Sonntagabend fast leeren Klinikparkplatz zu ihrem Mini Cooper ging, spürte sie endlich wieder Hoffnung in sich aufsteigen. Anders als bei ihren zahllosen vorherigen Besuchen schien sich etwas getan zu haben. Zum ersten Mal empfand sie kein Gefühl von Hilflosigkeit oder Leere mehr.

Es geht aufwärts mit Mailins psychischer Gesundheit, dachte die Rechtsmedizinerin, als sie zu dem funktionalen quaderförmigen Bau mit der dunkelgrauen Klinkerfassade zurückschaute. Und da sah sie eine kleine Gestalt in einem grauen Oberteil an einem Fenster des Flurs im zweiten Stock, in der auch das Besucherzimmer lag. Dieses Mal winkte Mailin ihr zum Abschied.

† † †

2

Montag, 9. April, 14:37 Uhr,
Berlin,
Treptowers, BKA-Einheit »Extremdelikte«
Sektionssaal

Professor Paul Herzfeld, Chef der rechtsmedizinischen Abteilung »Extremdelikte« des Bundeskriminalamts, warf einen Blick durch das große runde Sichtfenster der Sektionssaaltür, das an das Bullauge eines Schiffs erinnerte. Auf dem äußeren rechten der drei Sektionstische, die er von hier einsehen konnte, nahm Assistenzarzt Doktor Tomas Tomski, der erst vor einem knappen Jahr in Herzfelds Team gekommen war, unter den kritischen Blicken des erfahrenen Doktor Alfons Murau zusammen mit Sektionsassistent Hermann Vogel die Obduktion der sterblichen Überreste einer Frau vor. Der Begriff *Überreste* war hier zutreffend, denn viel hatten die Wildtiere, die sich offensichtlich mehrere Wochen über den Körper hergemacht hatten, nicht übrig gelassen. Den feinen Rillen und Knochenabsplitterungen an den nur noch von wenig vertrockneten, jetzt lederartig verhärteten Weichgewebsresten bedeckten langen Röhrenknochen und den Bisspuren am Schädel nach musste es sich um Füchse und Wildschweine gehandelt haben. Aufgrund einiger Verdachtsmomente, die darauf hindeuteten, dass es sich bei der Toten um die seit knapp sechs Wochen vermisste Frau eines Berliner Bezirksabgeordneten handelte, waren die rechtsmedizinischen Experten der »Extremdelikte« ins Spiel gekommen. Trotz Todesdrohungen gegen ihn und seine Familienangehörigen hatte sich der Bezirksabgeordnete nicht von seinem harten Kurs gegen die organisierte Kriminalität in seinem Bezirk abbringen lassen. Nach Bekanntwerden des Leichenfunds und der möglichen Identität der Toten hatte sich der Berliner Generalstaatsanwalt persönlich der Sache angenommen und in einer eilig anberaumten Pressekonferenz – natürlich öffentlichkeitswirksam – unmissverständlich verlautbaren lassen, dass seine Behörde den Fall schnellstmöglich aufklären und etwaige Tatbeteiligte unter vollständiger Ausschöpfung aller Mittel des Rechtsstaats zur Verantwortung ziehen werde. Somit war dieser Todesfall von den Berliner Ermittlungsbehörden auch als *High Profile Case* eingestuft worden und bei Herzfeld auf dem Schreibtisch gelandet.

Herzfeld hatte in der heutigen Frühbesprechung dem im Hinblick auf das Alter wie auch die Berufserfahrung jüngsten Mitglied der rechtsmedizinischen Abteilung diesen Fall zugewiesen. Allerdings nicht, ohne dem Youngster Tomski den rechtsmedizinischen Routinier Murau zur Seite zu stellen. Getreu seinen zwei Leitsprüchen *Mit seinen Aufgaben wächst man* und *Trau ihnen was zu* war er in seiner verantwortungsvollen Position als Chef der »Extremdelikte« bisher nicht nur immer bestens gefahren, sondern bei seinen Mitarbeitern auch gut gelitten.

Doch natürlich ließ es sich Herzfeld von Zeit zu Zeit nicht nehmen, das, was er an seinem Job am meisten liebte, nämlich die Untersuchung von Opfern von Kapitaldelikten am Tatort und im Sektionssaal, dem vorzuziehen, was er in seinem Job am meisten hasste: nämlich stundenlange Videokonferenzen mit Controllern, die jeden Cent des ihm jährlich für seine Abteilung zur Verfügung gestellten Budgets regelmäßig hinterfragten, oder langweilige Empfänge von Berliner Politikern, ihrer Entourage und den üblichen Lobbyisten, bei denen sich stets dieselben Gestalten am Büfett drängelten, um sich zu späterer Stunde bei Schaumwein und Häppchen gegenseitig auf die Schulter zu klopfen und dabei Ämter zu vergeben, Begünstigungen zu verschaffen oder Aufträge zuzuschanzen. Herzfeld hegte eine tiefe Aversion gegen jegliche Vetternwirtschaft, für ihn zählte einzig und allein das Leistungsprinzip.

Der mittlere Sektionstisch war bereits verwaist. Nur die letzten im kalten Neonlicht der Deckenlampen wie kleine Perlen glänzenden Wassertropfen auf dem blanken Stahl des Sektionstischs legten Zeugnis darüber ab, dass hier vor wenigen Minuten ein toter Mensch nach den Regeln der rechtsmedizinischen Kunst und den Vorgaben der Strafprozessordnung, die eine Öffnung aller drei Körperhöhlen – Kopf-, Brust- und Bauchhöhle – gesetzlich vorschrieb, untersucht worden war.

Herzfeld ließ den Blick nach links wandern. Dort arbeitete sich seine Stellvertreterin Doktor Sabine Yao gerade mit präzisen und routinierten Handgriffen durch die verschiedenen Organe und Organpakete des Toten auf dem Sektionstisch vor ihr. Nach der Exenteration, der Entnahme aller Organe aus dem Körper, lagen diese jetzt vor ihr auf dem sogenannten Organtisch, der über dem Wasserbecken am Fußende des Sektionstischs angebracht war. Gerade griff die Rechtsmedizinerin nach dem Herz des Toten.

Aber der Chef der rechtsmedizinischen Abteilung des BKA war nicht in den Sektionstrakt gekommen, um seinen Mitarbeitern bei der Arbeit zuzuschauen oder gar, um ihre Arbeit im Sektionssaal zu überprüfen. Er wusste, dass sein zwar kleines, dafür aber sehr leistungsstarkes Team forensischer Pathologen – alle von ihm persönlich ausgewählt und eingestellt – seine Arbeit im Sektionssaal nach dem ebenfalls von der Strafprozessordnung bei gerichtlichen Obduktionen vorgegebenen Vieraugenprinzip zuverlässig und tadellos erledigte.

Nein, Herzfeld war hier, weil er Sabine Yao an den Tatort eines Tötungsdelikts schicken wollte, das sich erst vor wenigen Stunden in Nikolassee ereignet hatte. Einem Ortsteil von Berlin Steglitz-Zehlendorf, in dem die besser betuchten Berliner in denkmalgeschützten Villen oder extravaganten Architektenhäusern entlang der dortigen Alleen hinter hohen, blickdichten Hecken residierten. Üblicherweise nahmen seine Mitarbeiter nicht an der Rufbereitschaft der insgesamt acht Mordkommissionen des Berliner LKA teil, die für die versuchten und vollendeten Tötungsdelikte in der Hauptstadt zuständig waren. Doch nachdem Herzfeld den Namen der Toten gehört und sich daraufhin kurz vergewissert hatte, dass es sich bei der Verstorbenen um dieselbige handelte, war ihm sofort klar gewesen, dass es sich bei dieser Todesermittlung um eine höchst delikate Angelegenheit handeln würde. Und er wollte den rechtsmedizinischen Anteil an dieser Todesermittlung von Anfang an in den richtigen Händen wissen.

Herzfeld hatte schon den Zeigefinger an dem automatischen Türöffner neben ihm, als er innehielt und noch einmal einen Blick auf Sabine Yao warf.

Jeden der routinierten Handgriffe der siebenunddreißigjährigen Fachärztin für Rechtsmedizin mit den pechschwarzen Haaren und den feinen, blassen Gesichtszügen verfolgte er mit regem Interesse. Er hatte Yaos Ausnahmetalent für die Rechtsmedizin nicht erst vor neun Jahren erkannt, als er sie aus der Kieler Rechtsmedizin abgeworben und zu seiner rechtsmedizinischen Spezialeinheit nach Berlin geholt hatte. Nein, das war schon viel früher gewesen, schätzungsweise vor sechzehn oder siebzehn Jahren, als er selbst noch als Professor für Rechtsmedizin in Kiel tätig gewesen war. Damals hatte er die junge Deutschchinesin im Rahmen einer ihrer ersten Famulaturen am Kieler Institut für Rechtsmedizin kennengelernt.

Ihr fein geschnittenes Gesicht erinnerte ihn auch jetzt wieder an eine Porzellanmaske, während sie mit der Koronarschere in der rechten Hand die Herzkranzschlagadern des Herzens, das sie in ihrer Linken hielt, mit Bedacht und konzentriertem und völlig ruhigem Gesichtsausdruck aufschnitt. Yao schien mit dem Resultat zufrieden, denn mit einem sanften, fast unmerklichen Nicken legte sie das Herz in die flache Organschale aus Edelstahl neben den Füßen des Toten auf dem Sektionstisch, in der die bereits zuvor von ihr präparierten und untersuchten Organe lagen.

Herzfeld riss sich von seinen Gedanken los und drückte auf den Türöffner, sodass die automatische Schiebetür zum Sektionssaal geräuschlos aufglitt. Er trat zunächst zu Doktor Tomski, Doktor Murau und Sektionsassistent Vogel an den Tisch, um sich kurz auf den aktuellen Stand bezüglich der Identifikation und möglicher Erkenntnisse der fast völlig skelettierten Toten bringen zu lassen.

Alle trugen die typische Sektionssaal-Arbeitskleidung: lange blaue Hose, blauer kurzärmeliger Schlupfkasack mit V-Ausschnitt, schwarze Gummistiefel und eine weiße Plastikschürze.

»Vü hot das depperte Viehzeug ned von ihr übrig glossn«, bemerkte Murau in seinem breiten Wiener Dialekt, der an Intensität nichts eingebüßt hatte, seit er vor sieben Jahren Wien verlassen hatte und nach Berlin umgesiedelt war. »Man soit im Grunewald die Jagdsaison des gonze Joar freigeben. Weg mit der depperten Schonzeit für des Viech. Die gschissenen Wüdschweine san bei meinem Schwager letztes Wochenende in den Goatn eingfoin. Ham afoch den Zaun kaputt gmocht und ois verwüstet. Und als ich vor zwa Wochn um den Teufelssee gradelt bin, da steht auf amoi so a depperte Sau mit ihren fünf Frischlingen vor mir am Weg. Schaut mi mit bleden Aug an. Bewegt si ka Stück. Glotzt nur weiter so bled. Ja denken S', das Viech mocht ma Platz? Na, ned ums Vareckn. I bin jedenfalls vom Radl gstiegn ...«

»Gibt es schon irgendwelche Erkenntnisse, ob es sich hierbei um die Frau handelt, von der die Ermittlungsbehörden ausgehen, dass sie es ist?«, unterbrach Herzfeld den früheren Wiener Gerichtsarzt in ruhigem Tonfall und machte dabei eine Kopfbewegung in Richtung der unzähligen Knochen auf dem Sektionstisch. Diese waren mittlerweile von den Obduzenten fast vollständig von den Weichgewebsresten befreit worden, und Doktor Tomas Tomski sortierte und positionierte sie gerade auf dem blanken Stahl des Sektionstischs so, dass das ursprüngliche Skelett der Toten nachgebildet wurde.

»Na des woa amoi a Frau. Des is kloa«, erwiderte Murau. Falls er über die Unterbrechung seines Vortrags durch seinen Chef verärgert war, war das von seinem runden, rosigen Gesicht nicht abzulesen.

Soweit Herzfeld das mitbekam, wurde Murau von allen Mitgliedern der rechtsmedizinischen Abteilung des BKA als versierter Rechtsmediziner geschätzt, war aber wegen seiner meist ausufernden Monologe, häufig untermalt von boshaften Anekdoten, und seines offensichtlich unendlichen Repertoires an düsterer Poesie nicht immer wohlgelitten. Besonders in den morgendlichen Frühbesprechungen war er deswegen gefürchtet.

»Im kloanen Becken hauma Reste ihrer Gebärmutter gfunden. Die woar anscheinend zu zäh und ungenießbar für die Wüdschweine und Reineke Fuchs. Is ja ka Wunder, weil sie jede Menge intramurale Myome in ihrem Uterus hot.«

Murau spielte damit auf eine immer wieder in der Rechtsmedizin gemachte Beobachtung an, die zwar bisher nicht Einzug in irgendein rechtsmedizinisches Lehrbuch für Studenten oder angehende Fachärzte gehalten hatte, die aber jeder rechtsmedizinische Routinier mit genügend Erfahrung bestätigen konnte. Nämlich dass von Tumoren durchsetztes Gewebe – und zwar nicht nur bösartige Krebswucherungen, sondern auch gutartige Knotenbildungen, wie sie sich in der Gebärmuttermuskulatur der weiblichen Überreste hier fanden – von Tieren, die an einem Leichnam fraßen, verschmäht wurde.

Im häuslichen Umfeld waren zumeist Hunde und Katzen für die postmortalen Artefakte an Leichen verantwortlich, getrieben von Hunger, wenn sie sich nur lange Zeit genug ohne Futter mit ihrem toten Frauchen oder Herrchen in einer Wohnung befanden. Im Freien galten neben Mäusen und Füchsen – in Abhängigkeit von den geografischen Gegebenheiten – Wildschweine, Dachse, Schnecken und Vögel als Verursacher der postmortalen Artefakte, mit denen es Tomski und Murau auch in diesem Fall an den regelrecht abgenagten und angefressenen langen Röhrenknochen und am Schädel zu tun hatten.

Auch nach fast dreißig Jahren in der Rechtsmedizin war es für Herzfeld immer noch eine verblüffende Erkenntnis, dass fast jedes Tier unter bestimmten Bedingungen Leichen als Nahrungsquelle heranzog – in der Forensik war dieses subsummierte Phänomen unter dem Begriff *Postmortaler Tierfraß* bekannt –, tumorbefallene Organe jedoch strikt mied und als Futterquelle ausließ. Herzfeld hatte schon oft überlegt, was die Ursache dafür sein könnte. *Bei jauchig zerfallenen, möglicherweise eitrigen, mit Bakterien besiedelten Krebsgeschwülsten kann ich es ohne Probleme nachvollziehen, dass der Geruch, der ja schon für uns im Sektionssaal fast unerträglich ist, auf das viel sensiblere Geruchsorgan von Tieren verstörend und abschreckend wirkt und sie deshalb im wahrsten Sinne des Wortes nicht anbeißen. Aber warum bei gutartigen Tumoren, die vom Bindegewebe oder den glatten Mus-*

kelzellen ausgehen und eigentlich nie zerfallen und Bakterien auch keinen Nährboden bieten?

Herzfeld riss sich aus seinen Überlegungen los und fragte, an Tomski gewandt: »Haben wir mittlerweile den Zahnstatus der Vermissten vom LKA erhalten? Ich weiß, dass Frau Hübner gleich heute Morgen den zuständigen Beamten hinterhertelefoniert hat, weil der Zahnstatus bisher nicht Bestandteil der Akte ist.«

»Bisher noch nicht«, antwortete der zweiunddreißigjährige Assistenzarzt mit den widerspenstigen braunen Locken.

Herzfeld registrierte aus den Augenwinkeln, wie Sabine Yao begann, in ihr Diktiergerät zu sprechen. Offensichtlich hatte sie ihre Obduktion beendet. Mit den Worten »Herr Tomski, Ihren Bericht zu dem Fall hier und die Auswertung des CTs im Anschluss an die Obduktion bitte bei mir im Büro« machte Herzfeld auf dem Absatz kehrt und ging zu Sabine Yao, die ebenfalls in blaue Sektionssaalkleidung und Gummistiefel gekleidet war.

† † †

Herzfeld sah die Andeutung eines Lächelns über Yaos Gesicht huschen, als sie ihn erblickte, was sie aber nicht daran hinderte, weiter in das Diktiergerät zu sprechen, während sie ihn mit fragendem Blick ansah.

»Regelrechte Anlage von Herzvorhöfen und Kammern, das ovale Fenster geschlossen, keine Gerinnselbildungen in den Herzohren. Ziffer. Kein vermehrter Fettbewuchs der Herzoberfläche, die Herzüberzüge spiegelnd. Unauffälliger Aspekt der Herzinnenhaut aller Herzhöhlen. Ziffer. Die Taschen- und Segelklappen beider Herzen ohne Auffälligkeiten, regelrechte Schluss- und Öffnungsfunktion gegeben, soweit ex vivo überprüfbar … Moment, Chef …«

Als Obduzent musste man sofort nach einer Obduktion zuallererst die Befunde entweder schriftlich oder auf Band festhalten, sonst lief man Gefahr, wegen anderer Gedanken oder eines neuen Falls, den man unverzüglich übernehmen musste, etwas zu vergessen. Herzfeld signalisierte ihr mit einem Nicken, dass er warten könne, und Yao fuhr in der dem Diktieren eigenen schnellen und fast betonungslosen Sprechweise fort.

»Neue Zeile. Regelrechter Abgang der Herzkranzschlagadern bei Linksversorgungstyp. Alle drei Hauptäste beider Herzkranzschlagadern frei aufschneidbar, nirgendwo degenerative Gefäßwandinnenschichtveränderungen, keine Gerinnselbildungen. Ziffer. Das Herzmuskelfleisch auf den Flachschnitten homogen bräunlich-rötlich, keine mit dem bloßen Auge erkennbare Veränderungen.«

Nach diesen Worten schaltete seine zierliche Stellvertreterin die Aufnahmefunktion des Diktiergeräts aus und sah Herzfeld erwartungsvoll an.

»Na, an seinem Herzen ist er jedenfalls nicht gestorben, soweit ich das raushören konnte«, kommentierte Herzfeld mit einem Zwinkern.

»Aber deswegen sind Sie nicht hier, Chef«, erwiderte Yao.

»Richtig, deswegen bin ich nicht hier. Ich möchte Sie bitten, sobald Sie hier abkömmlich sind, zu einem Leichenfundort zu fahren.«

Wie überall in der Rechtsmedizin zwischen Vorgesetzten und deren Mitarbeitern auch heute noch üblich, siezten sich die beiden nach wie vor. Und Herzfeld sah trotz der vielen Jahre, die sie sich nun gut kannten und zusammenarbeiteten, auch keinerlei Veranlassung, etwas daran zu ändern.

Yaos Blick wurde noch eine Spur fragender. »Zu einem Leichenfundort? Die Kollegen vom Landesinstitut haben doch eigentlich Bereitschaftsdienst. Oder sind explizit die ›Extremdelikte‹ für diesen Fundort angefordert worden?«

»Eigentlich nicht …« Herzfeld wand sich, denn ihm war nur zu bewusst, dass er mit dem, was er gleich von Yao verlangen würde, seine Kompetenzen überschritt und das Aufgabenprofil seiner Abteilung deutlich flexibler als üblich auslegte. »Es ist ein normaler LKA-Fall, die vierte Mordkommission ist schon vor Ort, und großer Bahnhof ist angesagt. Die Kollegen von der Kriminaltechnik sind unterwegs …«

»Was ist da los? Unsere Leute von der KT?«, unterbrach Yao ihn neugierig.

»Nein, nicht direkt unsere Leute … vielmehr die Spurensicherung vom LKA. Ich dachte nur … Sagen wir mal so: Ich halte es für das Beste, wenn eine erfahrene Kollegin aus unserer Abteilung den Fall begleitet.«

Der Chef der Extremdelikte spürte, dass sie ihm diese halb gare Erklärung nicht abkaufte. Deshalb schob er schnell hinterher: »Ich halte es für klug, dass im Ersten Angriff – wenn am Leichenfundort noch alles unverändert ist, die große Ermittlungsmaschinerie gerade erst anrollt – von Anfang an ein rechtsmedizinischer Profi unserer Abteilung dabei ist. Jemand, der den Kollegen Jörgensen unterstützt, der heute beim Landesinstitut Dienst hat. Quasi eine Art Amtshilfe.«

»Jörgensen ist länger als ich im Fach«, erwiderte Yao, die den weit über sechzigjährigen Facharzt für Rechtsmedizin gut kannte. So wie sich alle in Berlin tätigen Rechtsmediziner meist schon seit vielen Jahren untereinander gut kannten. Sei es, dass sie im Landesinstitut für gerichtliche oder soziale Medizin, im Institut für Rechtsmedizin der Charité oder beim BKA angestellt waren. Das war schlicht dem Umstand geschuldet, dass das Fach Rechtsmedizin im medizinischen Fächerkanon die kleinste Fachdisziplin war. Es gab kaum Personalfluktuation in den rechtsmedizinischen Instituten, da so gut wie niemand, der sich einmal für dieses Fach entschieden hatte, der Rechtsmedizin wieder den Rücken kehrte.

»Und ich denke«, fuhr Yao fort, »dass Jörgensen keinerlei Unterstützung von mir benötigt, wenn es um rechtsmedizinische Expertise an einem Tatort geht. Was ist da los, Chef? Was steckt dahinter?«

Herzfeld gab sich geschlagen. »Okay. Die Ehefrau eines Arztes, der definitiv kein Unbekannter in der Berliner Medizinerszene ist, wurde heute Mittag gegen halb zwei von ihm in dem gemeinsamen Wohnhaus tot aufgefunden. Professor Doktor Roderich Kracht, so heißt er, ist der Ärztliche Leiter einer renommierten Berliner Schönheitsklinik, *Corpore Sano*, vielleicht haben Sie seinen oder den Namen der Klinik schon mal gehört?«

Yao schüttelte den Kopf.

Und sie kann sich deshalb auch nicht im Entferntesten vorstellen, welche Kreise dieser Fall ziehen kann, ging es Herzfeld durch den Kopf.

»Ich verstehe immer noch nicht …«, setzte Yao gerade an, aber Herzfeld unterbrach sie.

»Roderich Kracht ist ein in der Öffentlichkeit stehender Mann mit vielen prominenten Freunden, die sich, ich formuliere das mal etwas salopp, bei ihm unters Messer gelegt haben oder ihre Frauen oder Geliebten von ihm an der einen oder anderen Stelle verschlanken oder aufpolstern ließen. Dieser Mann ist äußerst einflussreich und hat beste Kontakte, er ist vernetzt bis in die höchsten Kreise von Politik und Justiz. Und ich gehe davon aus, dass er just in diesem Augenblick, während seine tote Frau noch in seinem Haus liegt, eine Armada richtig scharfer Anwälte in Stellung bringt, um jeden Schritt der Ermittlungsbehörden sehr genau zu beobachten und erheblichen Druck auszuüben. Die Kollegen vom LKA brauchen sehr schnell eine konkrete Spur zum Täter, einen Ermittlungserfolg, sonst werden Kracht und seine Anwälte sehr ungemütlich.«

»Hört sich nicht gerade an, als ob Sie die besten Freunde wären, Sie und Kracht«, merkte Yao salopp an.

»Sagen wir mal so: Ich gehe solchen Typen wie Kracht aus dem Weg. Diese Mischung aus beruflichem Ehrgeiz, Streben nach Macht und diesem gespielten freundschaftlichen Interesse an allen, die einem irgendwie irgendwann vielleicht mal von Nutzen sein könnten – euphemistisch nennt man das bekanntlich *Networking* –, und das Ganze dann auch noch gekrönt von einer ordentlichen Profilneurose, wie es bei Professor Kracht der Fall ist, war mir schon immer suspekt und zuwider.«

»Nein, Sie beide sind nicht die besten Freunde«, stellte Yao mit der Andeutung eines verschmitzten Grinsens fest, wovon sich Herzfeld jedoch nicht aus dem Konzept bringen ließ.

»Der Mord an Krachts Frau – es sieht momentan danach aus, dass ein Unfall oder Suizid mit ziemlicher Sicherheit ausscheiden – wird spätestens morgen bei der Polizeipräsidentin und dem Innensenator ganz oben auf der Agenda stehen und die Herrschaften unter enormen Druck setzen. Und den geben sie dann geradewegs und ungefiltert nach unten weiter. Wenn der oder die Täter nicht schnellstens ermittelt werden oder sich nicht wenigstens eine heiße Spur ergibt, mit der die zuständigen Ermittler arbeiten können, wird es für alle Beteiligten sehr ungemütlich.«

»Aber was wird Jörgensen sagen, wenn ich plötzlich unangekündigt am Tatort aufschlage?«

»Sie sind bereits angekündigt, Frau Yao«, entgegnete Herzfeld. »Ich habe das vor zwanzig Minuten telefonisch mit Professor Ionnidis, Jörgensens Chef vom Landesinstitut, geklärt. Er hat meine Bedenken, als er den Namen Roderich Kracht hörte, sofort nachvollziehen können und ist meiner Argumentation gefolgt, dass wir angesichts eines solchen *High Profile Case* die Kräfte der Rechtsmedizin bündeln müssen. Er hält es daher für eine gute Idee, wenn jemand von unserer Abteilung dabei ist.«

Yao hob ihre wie mit einem feinen Tuschepinsel gezeichneten schwarzen Augenbrauen. Er kannte diesen unverhohlen skeptischen Blick seiner fast zwanzig Jahre jüngeren Mitarbeiterin nur zu gut.

»Ist doch mal was Neues. Das Vieraugenprinzip schon am Tatort, so hat es Ionnidis jedenfalls formuliert«, sagte Herzfeld daraufhin scherzhaft.

Yao schien zwar noch nicht restlos davon überzeugt zu sein, dass es zwei erfahrener Rechtsmediziner an diesem Leichenfundort bedurfte, aber sie opponierte zu Herzfelds Erleichterung auch nicht weiter.

»Ich denke, dass ich hier innerhalb der nächsten fünfzehn Minuten wegkomme. Den Rest des Sektionsprotokolls kann ich unterwegs im Auto diktieren.«

»Perfekt«, gab Herzfeld zurück. »Frau Hübner wird Ihnen die Adresse und das, was wir bisher zu dem Fall haben, aufs Handy schicken. Viel ist es noch nicht, der Notruf ging ja gerade mal vor etwas mehr als einer Stunde ein.«

»Der Notruf kam von Roderich Kracht?«

Herzfeld nickte stumm.

† † †

Als Yao kurz darauf mit ihrem Diktiergerät und der Akte unter dem Arm den Sektionssaal in Richtung der Umkleiden verließ, sah Herzfeld ihr gedankenversunken hinterher.

Sie füllt die Lücke, die Abel als mein Stellvertreter bei seinem Weggang hinterlassen hat, perfekt aus. Diese Frau ist nicht nur fachlich enorm befähigt, sie scheint auch Leitungsqualitäten zu haben, die ich bei Abel immer vermisst habe. Ich muss ihr nur noch etwas Zeit geben. Mit seinen Aufgaben wächst man …

Die Silhouette von Yaos zierlicher Gestalt war hinter dem Bullauge der jetzt wieder geschlossenen Sektionssaaltür nicht mehr zu sehen. Herzfeld verspürte eine gewisse Genugtuung, womöglich sogar Stolz darüber, dass er sich vor etwas mehr als vier Monaten für Yao entschieden hatte, als er vor der Wahl stand, sie oder Oberarzt Martin Scherz, den Dienstältesten der Abteilung, zu seinem Stellvertreter zu ernennen. Mit seiner Entscheidung hatte er offensichtlich richtiggelegen.

Man braucht dafür jemanden mit einem eigenen Kopf, der Dinge hinterfragt, so, wie sie es eben getan hat. Keine willenlosen Befehlsempfänger …

Herzfeld zuckte zusammen, als er direkt hinter sich Muraus Stimme vernahm, in der ihm eigenen hohen Tonlage und dem Wiener Singsang. Als Herzfeld klar wurde, dass Murau mal wieder ein Benn-Zitat anstimmte, nahm er Reißaus. Sein Kollege verehrte diesen expressionistischen Dichter zutiefst, der in dem Band *Verse vom Seziertisch* seine eigenen Erfahrungen als Mediziner im Seziersaal verarbeitet hatte.

»*Ein ersoffener Bierfahrer wurde auf den Tisch gestemmt. / Irgendeiner hatte ihm eine dunkelhellila Aster / zwischen die Zähne geklemmt …*«, hallte es Herzfeld nach, als sich die automatische Schiebetür des Sektionssaals langsam hinter ihm schloss.

† † †

3

Montag, 9. April, 15:23 Uhr,
Pkw Dr. Sabine Yao

Yao hatte sich rasch umgezogen und war mit dem Fahrstuhl in den siebten Stock gefahren. Dort hatte sie in ihrem Büro die Ermittlungsakte zu dem eben noch von ihr obduzierten Toten samt Diktafon in ihrer geräumigen Saint-Laurent-Handtasche verstaut und sich ihre schwarze Cabanjacke mit Autoschlüssel und Dienstausweis darin übergezogen. Der April in Berlin war dieses Jahr ungewöhnlich kühl. Zuletzt hatte sie sich den Tatortkoffer gegriffen, einen breiten Aluminiumkoffer, wie ihn auch Handwerker für ihre elektronischen Geräte verwendeten. Darin enthalten war das komplette Instrumentarium für die Todeszeitbestimmung und Untersuchung eines Verstorbenen.

Wenige Minuten später saß sie in ihrem Mini Cooper auf dem großen Parkplatz vor den Treptowers und wischte sich einige widerspenstige Haarsträhnen, die sich aus ihrem schwarzen Pferdeschwanz gelöst hatten, aus der Stirn, während sie die von der Abteilungssekretärin Renate Hübner auf ihr Handy geschickte Adresse in Nikolassee in das Navigationsgerät eingab. Genervt stellte sie beim Blick auf das Display fest, dass aufgrund zahlloser Baustellen und dadurch bedingter Straßensperrungen und Umleitungen die vor ihr liegende Fahrt vierundfünfzig Minuten betragen würde. *Der Berliner Verkehr ist die absolute Pest. In den neun Jahren, die ich jetzt hier in Berlin bin, ist es jedes Jahr schlimmer geworden. Man könnte fast meinen, die Politiker des Berliner Senats wollten die Berliner mit diesen unzähligen Straßenbaustellen, auf denen man nie auch nur einen Menschen arbeiten sieht, mürbe machen, damit sie freiwillig aufs Rad oder die öffentlichen Verkehrsmittel umsteigen. Aber ich kann ja schlecht auf dem Fahrrad oder mit der U-Bahn ans andere Ende der Stadt zu einem Tatort ... Na ja, wenigstens genügend Zeit, das Protokoll weiterzudiktieren ...* Sie seufzte und startete den Motor.

† † †

Yao bog gerade von der Stadtautobahn A100 am Dreieck Funkturm auf die AVUS ab, die in südwestlicher Richtung in die Richtung Potsdam führende A115 überging, als die Freisprechanlage einen eingehenden Anruf ankündigte: *Sara Wittstock.*

»Hallo, Sabine, kannst du ein paar Minuten deiner Zeit für mich erübrigen? Ich bräuchte da in einer Sache deine Hilfe.«

Yao hörte, wie die Anruferin auf einer Tastatur herumtippte, während sie telefonierte.

Sara Wittstock, IT-Expertin beim BKA und Computerforensik-Mastermind, war früher ebenfalls in der Abteilung für IT-Forensik des BKA in den Treptowers untergebracht gewesen. Doch seit einem knappen Jahr arbeitete die IT-Expertin durchgehend im Homeoffice in ihrem eigenen *Rechenzentrum,* wie sie es nannte. Neben dem BKA waren der Staatsschutz und von Zeit zu Zeit auch diverse innerdeutsche Geheimdienste ihre Auftraggeber. Im Auftrag der deutschen Regierung agierende Dienste, von denen Yao nicht einmal gewusst hatte, dass sie existierten, bis Sara die Namen einiger Institutionen und Organisationen hatte fallen lassen und auf Nachfrage ihr gegenüber ein paar Andeutungen gemacht hatte, was in deren Tätigkeitsprofil fiel. Sie war zwar kein echter Freelancer, da sie immer noch beim BKA angestellt war, aber ein echter Freigeist. Sie gab nichts auf gesellschaftliche Konventionen und nur wenig auf Dienstanweisungen oder sonstige behördliche Vorschriften, was ihre Vorgesetzten zwar niemals offiziell gestattet hätten, aber insgeheim duldeten, da ihre unkonventionelle Art ihnen schon oft einen Vorteil und Vorsprung bei ihren verdeckten Missionen verschafft hatte, da sie notfalls auch mittels eines Hackerangriffs Informationen zu beschaffen verstand.

»Für dich immer, Sara. Was gibt's?«, erwiderte Yao, nachdem sie sich vergewissert hatte, dass der Lieferwagen vor ihr kein gefährdendes Fahrmanöver durchführte.

»Ich bin seit letzter Woche Mitglied in einer Taskforce – oder, besser gesagt, ich *bin* die Taskforce, da es außer mir niemand anderen gibt, der das Projekt umsetzen wird. Es geht um *Teleforensik*. Schon mal gehört?«

»Nope«, antwortete Yao und musste unwillkürlich schmunzeln.

»Kannst du auch nicht, Schätzchen, da ich das Baby erst mal zur Welt bringen muss«, fuhr Sara Wittstock enthusiastisch fort. »*Telemedizin*. Das sagt dir aber etwas?«

»Klar«, entgegnete Yao und warf einen Blick in den rechten Außenspiegel, um die Fahrspur zu wechseln. »Zumindest das, was so in der Presse und im Ärzteblatt dazu verlautbart wird. Mit Telemedizin versucht man vor allem im ländlichen Raum die Lücken des derzeitigen Ärztemangels zu schließen. Ob das allerdings von Erfolg gekrönt ist, vermag ich nicht zu sagen. Ich weiß aber, dass beispielsweise Kardiologen mittlerweile die Funktionsfähigkeit kardiologischer Implantate telemedizinisch in ihrer Praxis überprüfen können, auch wenn der Patient sich zu Hause oder ganz woanders befindet. Wenn du mich fragst, Sara, sind allerdings auf Telemedizin beruhende Kommunikationsmethoden, bei denen der Patient per App übers Handy oder von zu

Hause am PC seinen Hausarzt konsultiert, in vielerlei Hinsicht fragwürdig. Ein echtes Arzt-Patient-Verhältnis kommt da wohl kaum zustande.«

»Sehr gut, da hat jemand eine klare Meinung«, kommentierte die IT-Expertin das eben Gehörte mit einem leicht sarkastischen Unterton in der Stimme. »Aber über Ethik wollte ich nicht mit dir diskutieren. Vielmehr geht es meinem Auftraggeber um die Entwicklung einer mobilen und leicht handhabbaren Kriminaltechnik-Unit, die auch in entlegenen Regionen der Welt – internetbasiert oder wahlweise auch satellitengestützt, je nachdem, was verfügbar ist – Daten von Tatorten, in Realtime und 24/7, global verfügbar macht. Ich bin gerade an der Entwicklung der entsprechenden Algorithmen, die ich …«

»Entschuldige, dass ich dich unterbreche, Sara«, sagte Yao, die beim Blick auf ihr Navi-Display gerade festgestellt hatte, dass sie die nächste Abfahrt der A115 nehmen musste und in vier Minuten ihren Zielort erreicht haben würde, »du weißt, das sind böhmische Dörfer für mich. Von deinen IT-Sachen verstehe ich nichts. Wie sollte ich dir da behilflich sein?«

»Ganz einfach …«, klang es aus dem Lautsprecher der Freisprechanlage, weiterhin untermalt von stakkatoartigen Tippgeräuschen, »… wenn ich schon mal dabei bin, könnte man die Rechtsmedizin gleich mit digitalisieren und euch verstaubten Leichenschnipplern bei ein paar Sachen unter die Arme greifen. Ihr messt doch immer noch die Rektaltemperatur mit einem stinknormalen Thermometer, richtig?«

»Na ja, von den Quecksilberthermometern sind wir mittlerweile weg, wir benutzen Digitalthermometer«, antwortete Yao in scherzhaftem Tonfall mit Blick auf den silberfarbenen Tatortkoffer im Beifahrerfußraum neben ihr. »Und Computertomografie haben wir auch …«

»Wow! Na bravo! Willkommen im einundzwanzigsten Jahrhundert, Doktor Yao. Aber Spaß beiseite. Du sollst mir nur mal bei Gelegenheit ein paar Sachen erklären. Wie ihr bestimmte Dinge handhabt. Rechtsmedizinische Tatortarbeit. Todeszeitbestimmung und so. Ihr tropft doch immer noch pupillenerweiternde Augentropfen in das eine und pupillenverengende Augentropfen in das andere Auge eurer Mordopfer, um zu sehen, wie lange …« Wittstocks Stimme brach unvermittelt ab, und es herrschte einige Sekunden Stille am anderen Ende der Leitung.

»Sara, bist du noch da?«, fragte Yao, die in achthundert Metern am Ziel sein würde.

»Sorry, Schätzchen, dein Chef ruft mich gerade an. Da gehe ich besser ran, denn ich bin ja immer noch nebenbei beim BKA. Mal hören, was der Professor jetzt wieder für ein IT-Problem in eurer Abteilung ausgemacht hat. Wir hören!«

Damit war das Gespräch auch schon beendet.

† † †

4

Montag, 9. April, 16:15 Uhr,
Berlin-Nikolassee

Bisher hatte es Yao in den bald neun Jahren, die sie inzwischen in Berlin lebte, erst zweimal hierher in den direkt an der Grenze zu Brandenburg gelegenen äußersten Südwesten der Stadt geführt. Und diese beiden Ausflüge hatte sie nicht in bester Erinnerung. Vor vielen Jahren hatte sie auf dem Empfang einer privaten Stiftung, die sich für Kinder aus armen Familien engagierte, einen Architekten kennengelernt. Zu ihrem ersten Date ein paar Tage später waren sie in den Wannseeterrassen verabredet gewesen, einem dem Strandbad Wannsee unmittelbar benachbarten Restaurant, das für seine gute Küche und seine spektakuläre Aussicht über den Großen Wannsee und die Havel geschätzt werde, wie er ihr auf dem Empfang zugeraunt hatte. Das Date war dann allerdings noch vor dem Hauptgang von der Ehefrau des Architekten, die dieser Yao gegenüber wohlweislich verschwiegen hatte, beendet worden. Die Frau war schreiend an ihrem Tisch aufgetaucht und hatte ihren Mann als Ehebrecher, notorischen Fremdgeher und Weiberhelden beschimpft, neben anderen, deutlich unflätigeren Schimpfworten. Mittlerweile konnte Yao über diese Begebenheit lachen, damals hatte sie ihre Empörung kaum bändigen können und das Lokal kurz nach der Ehefrau verlassen.

Und auch den zweiten Ausflug in den Berliner Südwesten, nur wenige Monate später, hatte Yao verbucht unter: *zum Vergessen*. Damals war sie in einer Dezembernacht gegen halb zwei an einen Leichenfundort auf Schwanenwerder gerufen worden. Von ihrem jetzigen Standort aus war diese Insel nur eineinhalb Kilometer entfernt. Bei Temperaturen unter dem Gefrierpunkt war sie dort bis zum Morgengrauen nur in einem dünnen Kaschmirmantel und in ebenfalls weder für die Witterung noch für das Gelände geeigneten und zudem nagelneuen Schuhen im Schein ihrer Taschenlampe mit uniformierten Schutzpolizisten durch Unterholz und Gestrüpp gestolpert. Auf dem verwilderten und entsprechend zugewucherten Gelände eines seit Jahrzehnten verlassenen ehemaligen Kinder- und Jugendferienlagers waren zahlreiche über viele Hektar einzeln verstreute menschliche Knochen gefunden worden, die »fachmännisch« geborgen und »noch vor Ort begutachtet« werden sollten, wie es der leitende Beamte damals formuliert hatte. Als gegen fünf Uhr morgens auch noch Nieselregen einsetzte, waren Yaos neue Schuhe bereits völlig ruiniert und ihr bis dahin tadelloser Kaschmirmantel nicht nur über der Schulter und am Saum eingerissen, weil sie im Dunkeln an Zweigen und Ästen hängen geblieben war, sondern auch mit klebrigen Harzflecken übersät. Mantel und Schuhe hatte sie noch am selben Tag entsorgt.

Yao schüttelte diese unguten Erinnerungen von sich ab und sah aus den Seitenfenstern ihres Mini hinaus. Hier reihte sich Villa an Villa. Hinter altem Baumbestand, hohen Natursteinmauern und blickdichten, perfekt geschnittenen Hecken blitzten immer wieder riesige Wohnhäuser oder auch ganze Gebäudeensembles hervor, wenn sich eine der endlos langen Kiesauffahrten auftat und Yao für einen kurzen Augenblick im Vorbeifahren einen Blick auf die Prachtbauten erhaschen konnte. Häuser, die genauso wie die darum angelegten Gärten die Attribute *mondän* und *kostspielig* verdienten. Hier lebten die Berliner beschaulich unter ihresgleichen, die sich diese elitäre Wohngegend fernab von City-Smog und Problemkiezen wie dem Wedding oder Neukölln leisten konnten.

Eine andere Welt, ging es Yao durch den Kopf, als sie die zweigeschossige Gründerzeitvilla mit der cremegelb verputzten Fassade entdeckte, die der Ort eines Verbrechens gewesen sein musste. Auf dem Grünstreifen zwischen Bordsteinrand und dem mit würfelförmigen Natursteinen gepflasterten Gehweg parkten zwei Polizeiwagen. Bei einem der beiden Streifenwagen war das Blaulicht noch eingeschaltet. Auf der gegenüberliegenden Straßenseite stand ein silberfarbener VW-Bus, der mit ziemlicher Sicherheit zu den Ermittlern gehörte.

Auch hier ist man nicht geschützt vor Gewalt, Tod und all dem unweigerlich damit verbundenen Schmerz für die Hinterbliebenen, die für den Rest ihres Lebens mit dem Verlust eines geliebten Menschen weiterleben müssen, dachte Yao, als sie ihren Wagen am Alleerand hinter einem weißen Mercedes Sprinter zum Stehen brachte und den Motor ausschaltete.

Der Sprinter gehörte zu den Kollegen der Spurensicherung. Die beiden Hecktüren des Tatortfahrzeugs standen auf und gaben den Blick auf mehrere große silberfarbene Metallkoffer auf einem herausgezogenen schubladenartigen Koffersystem frei. An einem der voluminösen Koffer machte sich gerade ein hagerer Mittvierziger mit Stirnglatze zu schaffen, den Yao von früheren Einsätzen als Polizeifotografen erkannte. Yao stieg aus und begrüßte den Mann, woraufhin dieser ihr mit einem freundlichen Lächeln zunickte, ehe er weiter in dem Ausrüstungskoffer kramte.

Als Yao um ihren Mini in Richtung Beifahrerseite herumging, sah sie, dass zwei Streifenpolizisten vor dem Eingangsportal der Villa postiert waren. Als sie sich durch die geöffnete Beifahrertür ins Wageninnere bückte, um ihren Tatortkoffer zu greifen, baute sich ein Schatten neben ihr auf.

»Tachchen, die Dame. Kann man helfen?«

Yao zog ihren BKA-Dienstausweis aus ihrer Cabanjacke und hielt sie dem Uniformierten, der gemeinsam mit den anderen Schutzpolizisten Neugierige und Pressevertreter vom Tatort fernhalten sollte, mit einem freundlichen Lächeln entgegen.

»Alles klärchen, wa!«, kommentierte er.

Yao schnappte sich ihren Tatortkoffer, verstaute Jacke und Handtasche im Kofferraum ihres Wagens und erreichte zeitgleich mit dem mittlerweile in einen weißen Overall der Spurensicherung gekleideten, schwer bepackten Polizeifotografen das Eingangsportal, hinter dem ein breiter Kiesweg über das Grundstück zu der Villa führte. Yao bemerkte die Zahl 1865 im oberen Bogen des imposanten, etwa drei Meter hohen Eingangstors. Es war ebenso kunstvoll geschmiedet wie der schwarze gusseiserne Zaun, der mit einer direkt dahinter gepflanzten blickdichten, etwa ein Meter achtzig hohen Eibenhecke das Grundstück gegen ungebetene Besucher abschottete.

Kurz bevor sie die etwa vier Meter breite Natursteintreppe erreichten, deren sechs Stufen zu einer weit geöffneten, wuchtigen Eingangstür aus dunklem Edelholz führten, fiel Yaos Blick auf zwei sehr gepflegt erscheinende, wenn nicht sogar nagelneue Autos, einen SUV und einen extravaganten Sportwagen. Beide Fahrzeuge standen in einiger Entfernung in einem Carport.

»Ein Urus. Mindestens sechshundertfünfundzwanzig PS. Alter Falter … Das andere ist ein McLaren, der hat noch mehr Pferdchen unter der Haube«, raunte ihr der Polizeifotograf, der sie bisher schweigend über das parkähnliche Anwesen begleitet hatte, sichtlich beeindruckt zu.

Yao, die zwar Wert auf exklusive Kleidung legte, aber mit Autos überhaupt nichts anzufangen wusste, erwiderte nichts.

† † †

5

Montag, 9. April, 16:25 Uhr,
Berlin-Nikolassee,
Villa Kracht

Yao passierte in Begleitung des Polizeifotografen die imposante Eingangstür und fand sich in einer großen und über beide Hauptgeschosse des Gebäudes reichenden Halle wieder, die sie mit den strahlig verlaufenden Ornamenten im Deckenbereich an ein Kreuzrippengewölbe im Inneren einer Kirche erinnerte. Die Wände waren mit dunklem Edelholz vertäfelt. Rechter Hand befand sich eine bodentiefe Fensterfront, die den Blick auf den parkähnlichen Garten freigab, in dem sich neben einigen größeren Statuen im hinteren Bereich auch ein Springbrunnen mit Wasser speienden Hirschen befand. Linker Hand waren bunte Bleiglasfenster in die Wandvertäfelung eingearbeitet, durch die sich das Sonnenlicht brach. Gegenüber dem Eingangsbereich führte eine aufwendig gearbeitete Holztreppe aus dunklem Edelholz in den oberen Stock.

Dort, wo sich der Polizeifotograf soeben in die Tiefe des Hauses entfernt hatte, erschien eine in einen weißen Ganzkörperanzug der Spurensicherung gekleidete Person, die sich als Erste Kriminalhauptkommissarin Monica Monti, langjährige Leiterin der vierten Mordkommission des Berliner Landeskriminalamts entpuppte. Die Ermittlerin mit den italienischen Wurzeln und den widerspenstigen schwarzen Locken, die unter dem Rand der Kapuze ihres Overalls herausschauten, war Yao zwar schon seit einigen Jahren von gemeinsamen Seminaren und Fortbildungen bekannt, die die Beamten von LKA und BKA gleichermaßen bei der

Fortbildungsakademie der Berliner Polizei besuchten. An einem Tatort waren sich die beiden Frauen jedoch bisher noch nie begegnet.

»Frau Doktor!«, begrüßte sie die Ermittlerin, die von genauso zierlicher Statur wie Yao war.

»Wenn mich nicht alles täuscht, waren wir schon beim *Du,* Monica«, antwortete Yao mit einem breiten Lächeln.

»Alles klar, ich wollte nur auf Nummer sicher gehen ... Wusste nicht, ob du dich noch erinnerst ... Ich habe schon von Doktor Jörgensen gehört, dass du kommst. Ich gebe dir am besten erst mal ein kurzes Briefing, womit wir es hier zu tun haben, während du deinen Anzug überziehst, und dann bringe ich dich zu Doktor Jörgensen und der Toten.«

Yao signalisierte ihr Einverständnis und zog einen originalverpackten Ganzkörperoverall, die obligatorischen Plastiküberschuhe sowie Mundschutz und eine Packung mit Latexhandschuhen der Größe XS aus ihrem Tatortkoffer, den sie neben sich auf dem Parkettboden abgestellt hatte. »Hätte ich mich draußen umziehen sollen?«, fragte sie vorsichtig.

»Nein, nein. Alles in Ordnung«, erwiderte Monti, wobei sie sich den Mundschutz herunterzog und Yao jetzt ihrerseits ein breites Lächeln schenkte. »Wir sind hier in diesem Bereich schon durch mit der Spurensicherung. *Clean area,* sozusagen.«

Während sich Yao mit gekonnten Handgriffen ihre Schutzkleidung überzog, fasste Monica Monti den bisherigen Ermittlungs- und Kenntnisstand zusammen.

»Professor Doktor Roderich Kracht, fünfundfünfzig Jahre alt, hat heute gegen kurz nach 13:30 Uhr seine Ehefrau, Melanie Kracht, zweiundvierzig, im Badezimmer hier in der unteren Etage seines Hauses leblos aufgefunden. Er war erst wenige Minuten vorher von der Arbeit nach Hause zurückgekehrt, aus *seiner* – wie er sich wörtlich ausdrückte – Klinik. Kracht konnte seine Frau zunächst nicht im Haus finden, was ihn wohl irritierte, da sie eigentlich zusammen zu Mittag essen wollten, ihr Auto vor der Tür stand, ihr Haustürschlüssel im Eingangsbereich an der üblichen Stelle lag und seine Frau schließlich auch auf sein Rufen im Haus nicht reagierte. Er hatte bei Verlassen der Klinik, die anscheinend von ihm geleitet wird, aber das wird gerade noch alles ermittelt, gegen kurz nach 13:00 Uhr vergeblich versucht, sie auf ihrem Handy zu erreichen. Na ja, wie auch immer. Er findet sie dann im Badezimmer, versucht, sie vom Boden aufzuheben, stellt dabei aber fest, dass sie tot ist. Dann hat er 110 gewählt, und die Kollegen in der Zentrale haben entschieden, sofort auch einen Notarztwagen mitzuschicken. Der Notarzt, der sogar noch kurz vor den Beamten vom hiesigen Abschnitt hier eingetroffen ist, stellte ebenfalls nur noch den Tod fest. Das war um exakt 13:47 Uhr. Wir sind dann gegen 15:00 Uhr eingetroffen, Jörgensen ist seit etwa vierzig Minuten vor Ort. Er sagt, ein Angriff gegen den Hals sei zum jetzigen Zeitpunkt als die wahrscheinlichste Todesursache anzunehmen. Wie auch immer … Du wirst dir selbst ein Bild machen. An der Bestimmung der Todeszeit ist er noch dran.«

Angriff gegen den Hals …, ging es Yao durch den Kopf.

»Sobald *ihr* die Todeszeit eingegrenzt habt, können *wir* wiederum den mutmaßlichen Tatzeitraum näher eingrenzen und Zeugenbeobachtungen, die in dieser Zeit gemacht wurden, konkret nachgehen. Du kennst das ja, Sabine. Momentan tappen wir noch im Dunkeln, weil das Zeitintervall von acht Stunden verdammt lang ist.«

Yao, die sich mittlerweile vollständig mit ihrer Schutzkleidung vermummt hatte und sich den Mundschutz zurechtzog, verstand nicht, was die Ermittlerin genau mit diesem Zeitintervall von acht Stunden meinte, doch Monti fuhr bereits fort: »Zuletzt lebend gesehen hat Kracht seine Frau heute Morgen gegen kurz vor 5:30 Uhr, als er das Haus verließ. Er selbst war also in der Zeit von etwa 5:30 Uhr bis 13:30 Uhr außer Haus, nach seinem eigenen Bekunden. Natürlich wird das noch genau von uns überprüft werden.«

»Warum ist er so früh los?«, wollte Yao wissen. In der Medizin begann der Arbeitstag zwar immer früh am Morgen, deutlich früher als in den meisten anderen Berufen, aber für einen Chefarzt oder Ärztlichen Leiter einer Klinik schien es dann doch etwas ungewöhnlich.

»Weil Kracht immer montags und freitags von kurz vor 6:00 bis kurz vor 7:00 Uhr in einem Fitnessstudio eines nur Mitgliedern vorbehaltenen exklusiven Clubs trainieren geht, wie er sagte. Auch das werden wir natürlich überprüfen.«

Yao gab ein zustimmendes Brummen von sich.

»Zurück zum Tatort: bisher keinerlei Einbruchspuren. Nichts durchwühlt oder in anderem Zustand als am Morgen, als Kracht das Haus verlassen hat. Es scheint nichts zu fehlen – zumindest Stand jetzt. Vielleicht hat Frau Kracht den Täter über den Haupteingang reingelassen, allerdings stand auch eine Terrassentür im hinteren Bereich des Hauses offen, als Herr Kracht zurückkehrte. Dort gibt es eine große steinerne Freitreppe, die in den Garten führt. Da machen sich die Kollegen von der KT gerade zu schaffen. Keine Bewirtungssituation oder zum jetzigen Zeitpunkt irgendwelche Anhaltspunkte dafür, dass Frau Kracht Besuch hatte oder jemanden erwartet hat. Auch keinerlei Anzeichen für ein Kampfgeschehen. Wir überprüfen, wer alles einen Schlüssel zum Haus hat. Fest steht, wenn es ein Fremder war, hat der Täter sie offensichtlich überrascht, nachdem er unbemerkt ins Haus eingedrungen ist. Oder sie war bei dem

Angriff völlig arglos, weil es eben kein Fremder war, sondern jemand, den sie kannte.«

»Was wisst ihr bisher über Frau Kracht und ihren Mann?«, fragte Yao, während sie es Monti gleichzutun begann und den weißen Overall an Ärmeln und Beinen mehrfach umschlug. Herzfelds Andeutungen vorhin im Sektionssaal über Professor Roderich hatten die Neugier der Rechtsmedizinerin geweckt.

»Viel wissen wir noch nicht über die Krachts. Nur dass Frau Kracht im Gegensatz zu ihrem Mann eher zurückgezogen gelebt haben soll. Wie gesagt, sie ist dreizehn Jahre jünger als er gewesen. Seit vier Jahren verheiratet. Er hat hier schon vorher gelebt. Seit wann und ob allein oder mit einer Lebensgefährtin, ist noch unklar. Laut ersten Erkenntnissen keine zerrüttete Ehe, zumindest haben die Nachbarn, die wir bisher befragt haben, nichts von Streitigkeiten berichtet. Kracht und seine Frau wurden nur selten gemeinsam in der Öffentlichkeit gesehen, aber wenn, dann wirkten sie wie ein liebevolles, harmonisches Paar.«

Yao entnahm ihrem Tatortkoffer eine bauchige Tasche aus dunklem Leder in DIN-A4-Format, in der neben dem elektronischen Thermometer mit unterschiedlichen Sonden zur Messung von Rektaltemperatur und Umgebungstemperatur sowie einem transportablen Reizstromgerät zur Überprüfung der elektrischen Erregbarkeit der mimischen Muskulatur noch weiteres Instrumentarium wie Pinzetten, Skalpelle und kleine Asservatenbehälter verstaut waren.

Da die Erste Kriminalhauptkommissarin ihren Mundschutz wieder hochzog, ein Zeichen dafür, dass sie ihre Ausführungen fürs Erste beendet hatte, nutzte Yao die Gelegenheit, um weitere Nachfragen zu stellen.

»Das Gelände um die Villa scheint mir nicht nur äußerst gepflegt, sondern auch ganz gut nach außen hin abgeschottet. Was ist mit Überwachungskameras, Gärtnern oder sonstigem Personal?« Yao wusste, dass sie mit dieser und den noch folgenden Fragen ihr eigenes berufliches Terrain verließ. Monica Monti konnte in den vielen Jahren, in denen sie jetzt bereits die vierte Mordkommission leitete, einige beachtliche Ermittlungserfolge vorweisen. Yao hoffte deshalb inständig, dass die Ermittlerin ihr Interesse an weiteren Einzelheiten nicht falsch oder gar als Kritik verstand. Spätestens am nächsten Tag würde sie ohnehin fast alle Antworten auf ihre offenen Fragen in der dann schriftlich vorliegenden Ermittlungsakte vorfinden. Yao war einfach jedes Mal, wenn sie in einen neuen Fall einstieg, nicht nur hoch konzentriert, sondern auch interessiert an jeglichen Details, die ihren ersten Eindruck vervollständigten. Sie war damit zwar schon mehrfach bei den jeweils zuständigen Mordermittlern angeeckt, aber bei Monica Monti hatte sie das Gefühl, dass die Ermittlerin ihr das nicht übel nehmen, sondern ihre Nachfragen als professionelle Neugier verstehen würde.

»Keine Kameras. Ein Gärtnertrupp kommt wohl einmal die Woche, ganztägig jeden Donnerstag. Keine Haushaltshilfe, nicht mal eine Reinigungskraft. Frau Kracht hat das riesige Haus ganz allein bewirtschaftet und in Schuss gehalten, sagt ihr Mann. Es gibt zwar eine Alarmanlage, die war aber nicht eingeschaltet, was laut Professor Kracht jedoch nicht ungewöhnlich ist, da sie nur nachts eingeschaltet wird.«

Monti schien registriert zu haben, dass Yao ihre Vorbereitungen für die rechtsmedizinische Untersuchung der Toten beendet hatte, denn sie setzte sich langsam in Bewegung und bedeutete ihr mit einer ausladenden Schulterbewegung, ihr in den Flur rechts neben der Haupttreppe zu folgen, in dem zuvor schon der Polizeifotograf verschwunden war.

Yao schloss zu der Ermittlerin auf und fragte: »Was hat Kracht auf dich für einen Eindruck gemacht, Monica?«

»Was meinst du?«

»Ich meine …« Yao suchte nach den richtigen Worten. »Das, was hier passiert ist … Dass seine Frau tot ist, ist das eine. Das andere aber ist, dass sie offensichtlich gewaltsam getötet, Opfer eines Verbrechens wurde. Und das auch noch in ihren eigenen vier Wänden, ihrem und auch seinem Zuhause. Und er sie hier tot liegen sieht. Das macht doch was mit ihm …«

»Wie Kracht reagiert hat?«, fragte Monti. »Gefasst. Getroffen, aber gefasst, würde ich sagen.« Bei diesen Worten nickte sie hinter ihrem Mundschutz bekräftigend, wobei die viel zu große weiße Kapuze, die ihr tief in die Stirn hing, wie ein überdimensionierter Ballon vor und zurück wippte. »Als wir ihm gesagt haben, dass er uns routinemäßig seine gesamte Kleidung, die er am Körper trägt, für die Untersuchung im Labor überlassen muss, war er sofort damit einverstanden. Das habe ich schon ganz anders erlebt. Dass sich Angehörige von Getöteten aufregen, man würde sie verdächtigen und nicht seine eigentliche Arbeit machen und nach dem wahren Täter suchen. Kracht hingegen hat diese Aufforderung ausgesprochen gefasst, fast gelassen aufgenommen.«

Yao warf Monti im Gehen einen fragenden Blick zu, ob es mit dieser Bemerkung vielleicht eine tiefgründigere Bewandtnis hatte.

Aber die Erste Kriminalhauptkommissarin schien in dem schmalen Streifen, der zwischen dem Rand der Overall-Kapuze und dem Mundschutz nur Yaos Augen freiließ, ihren Blick nicht richtig einordnen zu können, denn sie berichtete weiter.

»Herr Kracht ist jetzt bei uns in der Keithstraße, zeugenschaftliche Vernehmung. In Begleitung seines Anwalts. Mit dem hat er telefoniert, als er noch hier war, und ihn zu uns ins Dienstgebäude zitiert. Professor Doktor Roderich Kracht scheint eine große Nummer zu sein. Mit *eigener Klinik für Plastische und Ästhetische Chirurgie,* wie er sich ausgedrückt hat. Fakt ist, nicht mal eine halbe Stunde nachdem die Kollegen mit ihm in die Keithstraße gefahren waren, hat mein Dezernatsleiter angerufen und mir erklärt, dass dieser Fall nicht nur von großem öffentlichen Interesse ist, sondern auch der Innensenator höchstpersönlich regelmäßig über den Stand der Ermittlungen auf dem Laufenden gehalten werde möchte.

So etwas habe ich in den gesamten zwanzig Jahren, die ich jetzt bei der Truppe bin, fast zehn davon bei der Mordkommission, noch nie erlebt. Kracht ist eine bedeutende Persönlichkeit, hat gute Kontakte und so weiter. Ich meine …«, Monti machte eine kurze Pause, ehe sie fortfuhr, »… als ob wir nicht jeden Fall ernst nehmen und nicht immer mit größter Sorgfalt und Akribie vorgehen würden. Ich finde … na, ist auch egal.

Jedenfalls läuft die übliche Maschinerie an. Wir überprüfen sämtliche privaten und beruflichen Kontakte von Frau und Herrn Kracht, befragen die Nachbarn, ob irgendwem irgendwas irgendwann um das Haus herum oder in der Straße aufgefallen ist, ob ein Nachbar vielleicht eine Kamera hat, deren Aufnahmen wir auswerten können.«

Nachdem Yao und die Ermittlerin den letzten Teil des lang gestreckten Flurs, der ebenso imposant wie die Eingangshalle mit deckenhohem, dunklem Edelholz vertäfelt war und dann in einen weiß gestrichenen, deutlich helleren Teil übergegangen war, passiert hatten, blieb Monti vor einer geöffneten Tür stehen. »Da sind wir.«

Hinter der Tür befand sich ein Badezimmer.

»Hier liegt die Tote. Und hier hat ihr Mann sie auch gefunden.«

Yao blickte in ein überdimensioniertes Badezimmer, das ihr auf den ersten Blick ungefähr so groß erschien wie Wohn- und Schlafzimmer ihrer Wohnung zusammen, darin drei Männer in weißen Ganzkörperanzügen. Zwei der Männer beugten sich gerade zu einer Person herunter, die auf dem Fliesenboden lag. Allerdings waren von der Toten nur die nackten Füße und Beine zu sehen, der Rest war von einer whirlpoolartigen Badewanne verdeckt, die vor einer riesigen Fensterfront mit Blick auf den hinteren Teil des Gartens thronte. Bei dem dritten Mann, der immer wieder seine Position veränderte und sich mit einer riesigen Kamera immer mal wieder der Person auf dem Boden näherte, handelte es sich um den Polizeifotografen.

»Ich lasse dich jetzt deine Arbeit machen, Sabine, und höre mal nach, ob die Kollegen neue Erkenntnisse haben«, verabschiedete sich Monti. Ehe sie im Flur verschwand, drehte sie sich noch einmal zu Yao um.

»Ach, noch was, Herr Kracht meinte, seine Frau hätte in letzter Zeit vermehrt dem Alkohol zugesprochen.«

Was wir problemlos anhand ihres Blutalkoholspiegels überprüfen werden. Und wie häufig sie getrunken hat, werden wir über Alkoholismus-Marker im Rahmen der toxikologischen Untersuchung verifizieren oder falsifizieren können …, schoss es Yao durch den Kopf. Sie warf einen Blick durch die halb geöffnete Tür gegenüber dem Badezimmer, hinter der sich ein Fitnessraum befand, der mit zahlreichen chromblitzenden Geräten wie Fahrrad-Ergometer, Rudertrainer, Crosstrainer und diversen in entsprechenden Ständern und Regalen vorgehaltenen Hanteln und Gewichtscheiben in den verschiedensten Variationen und Größen keine Wünsche offenließ.

Kracht geht in ein Fitnessstudio zum Trainieren, obwohl er ein eigenes Fitnessstudio bei sich zu Hause hat? Sie würde Monti bei Gelegenheit fragen, welche Erklärung der Hausherr dafür hatte, denn die engagierte Ermittlerin mit den italienischen Wurzeln würde Roderich Kracht genau diese Frage stellen. *Jede Wette …*

Dann betrat Yao den Tatort.

† † †

Lars Jörgensen brummte ein »Willkommen« hinter seinem Mundschutz, als Yao zu ihm und den beiden anderen Männern in den weißen Ganzkörperschutzanzügen trat und sie begrüßte. Yao schätzte den kurz vor seiner Pensionierung stehenden Rechtsmediziner – *Gerichtsarzt,* wie er sich selbst gerne scherzhaft nannte – für seine fachliche Kompetenz, die sie schon mehrfach vor Gericht erleben durfte.

Zu solchen Zusammentreffen von Rechtsmedizinern verschiedener Berliner Institutionen vor Gericht kam es immer dann, wenn die »Extremdelikte« zum Beispiel einen Mordfall von den Kollegen des Landesinstituts im Verlauf eines Strafverfahrens übernommen hatten, da dieser sich im Lauf der Ermittlungen als Teil einer Serie durch ein und denselben Täter oder als politisch motiviertes Attentat erwiesen hatte, sodass Staatsschutz und der Generalbundesanwalt die Ermittlungen an sich zogen. In der Regel wurden dann sowohl der obduzierende Rechtsmediziner des Landesinstituts als auch der später hinzugezogene rechtsmedizinische Sachverständige von Herzfelds BKA-Spezialeinheit vor Gericht geladen, und so hatten sich die beruflichen Wege von Yao und Jörgensen das eine oder andere Mal gekreuzt. Nichtsdestotrotz war die heutige Situation für die beiden Rechtsmediziner neu.

Yao wollte gerade Jörgensen und den beiden Beamten des LKA ihre Anwesenheit erklären und betonen, dass es dabei keineswegs um eine Kontrolle von Jörgensens rechtsmedizinischen Untersuchungen und den daraus resultierenden Ergebnissen oder gar um Misstrauen gegenüber seiner fachlichen Befähigung gehe, sondern dass ihre beiden Chefs wohl der Überzeugung seien, dass das im Sektionssaal geltende Vieraugenprinzip in diesem Fall auch bei der rechtsmedizinischen Tatortarbeit Anwendung finden solle, aber Jörgensen kam ihr zuvor.

»Mein Chef, Professor Ionnidis, hat Sie schon angekündigt. Die erste Leichenschau, gerade bei einem Tötungsdelikt – und um ein solches handelt es sich hier unzweifelhaft –, hat immer weichenstellenden Charakter. Und je mehr Fachleute darauf schauen, umso besser«, wandte er sich mit tiefer Stimme mehr an den Polizeifotografen und den Beamten von der Spurensicherung, der gerade mit einem angefeuchteten Wattetupfer vorsichtig über den Hals der Toten strich, um dort möglicherweise vorhandene, mit dem bloßen Auge nicht sichtbare Hautkontaktspuren – DNA-haltiges Material, das vom Täter stammte – zu sichern, als an Yao.

Sie atmete erleichtert und anscheinend gut für alle Anwesenden vernehmbar hinter ihrem Mundschutz aus, was Jörgensen mit einem knappen »Alles gut, Frau Kollegin« kommentierte.

Der anwesende Beamte der Spurensicherung war augenscheinlich ein jüngerer Kollege, wie Yao an dem blonden Haaransatz und den freundlichen grünen Augen, die noch von keinerlei Fältchen umgeben waren, festmachte und dem sie bisher auch noch nicht begegnet war. »Burkhard Henßge, KT«, stellte er sich vor.

»Sabine Yao, BKA, Rechtsmedizin.«

Yao verschaffte sich kurz einen Überblick über das an die fünfzig Quadratmeter große Badezimmer: ein langer, weiß lackierter Unterschrank, darauf eine Edelholzplatte mit zwei frei stehenden tropfenförmigen weißen Keramikwaschbecken mit glänzenden Armaturen und darüber ein Spiegelschrank, ein frei montiertes Toilettenbecken und ein entsprechendes Bidet sowie eine viertelkreisförmige Duschkabine aus rahmenlosem Glas und im Zentrum des Raumes die Whirlpoolwanne. Davor lag die Tote, der Yao nun ihre ganze Aufmerksamkeit schenkte.

Die zweiundvierzig Jahre alt gewordene Melanie Kracht war nicht nur eine sehr zierliche, sondern auch auffallend hübsche Frau gewesen, wie Yao feststellte. Sie schätzte ihr Gewicht auf etwa fünfzig Kilogramm, vielleicht sogar etwas weniger. Eine Schätzung der Körperlänge war aufgrund der Lage der Toten, die nur mit einem türkisfarbenen Seidenslip und einem gelben Seidennegligé mit dezentem hellgrauen Spitzensaum bekleidet war, nicht möglich. Melanie Kracht lag auf ihrer linken Körperseite, beide Arme nach vorne weit von sich gestreckt, die sehnigen und muskulösen Beine leicht angewinkelt, in den Kniegelenken gebeugt. Das Negligé war ihr bis über die Hüften hochgerutscht und gab den Blick auf eine wohlproportionierte Taille frei. Die mit dunkelrotem Nagellack überzogenen Finger- und Fußnägel waren makellos, und die Rechtsmedizinerin konnte auch bei genauerem Hinsehen keinerlei Abbrüche der Fingernagelränder erkennen. Doch auch die großen, spaltweit geöffneten blauen Augen der Toten mit den langen, dunkel geschminkten Wimpern und dem feinen Lidstrich, der leicht geöffnete Mund mit den vollen dunkelroten Lippen, hinter denen sich weiße Zähne zeigten, und das lange, gepflegte dunkelblonde Kopfhaar, das am Hinterkopf mit einem hellvioletten Haarband zu einem Zopf zusammengehalten wurde, konnten nicht über die Zeichen einer massiven Gewalteinwirkung gegen den Körper der zierlichen Frau vor ihrem Tode hinwegtäuschen. An dem schmalen Hals zeigten sich zahlreiche unregelmäßig konfigurierte oberflächliche Hautschürfungen, die teils streifig, teils kleinfleckig imponierten und bereits eine fortgeschrittene bräunliche Vertrocknung aufwiesen. Eine postmortale Vertrocknung, die durch die Verdunstung von Gewebswasser entstand, wenn die nur wenige Mikrometer dicke äußerste Hautschicht – Epidermisschüppchen, bestehend aus abgestorbenen, verhornten Hautzellen – durch starke Reibung oder heftigen Druck verletzt und gewaltsam abgelöst wurde. Zudem zeigte die Gesichtshaut im Bereich beider Unterlider und auf der Stirn zahlreiche kleinste punktförmige Blutungen, wie Yao feststellte, als sie sich dem Gesicht der Toten auf etwa zwanzig Zentimeter näherte. Kleinste punktförmige Blutungen, *Petechien,* vom Durchmesser her meist nicht größer als die Spitze einer Stecknadel, die der unbedarfte Betrachter beziehungsweise Leichenschauer bei nur oberflächlicher Betrachtung allzu leicht übersehen oder schlichtweg für Hautunreinheiten halten konnte. Yao klappte mit der behandschuhten rechten Hand Melanie Krachts rechte Ohrmuschel nach vorne und fand auch hier, in der zwischen Nacken und Hinterhaupt gelegenen Hautregion, massenhaft kleinste punktförmige, dunkelrote Einblutungen.

»Auf der anderen Seite das gleiche Bild«, hörte sie Jörgensens Bassstimme hinter sich. »Ich bin hier übrigens durch«, ergänzte er. »Ich schlage vor, Sie erheben Ihre Befunde und führen Ihrerseits auch noch mal eine Eingrenzung der Todeszeit durch, und wir vergleichen später unsere Ergebnisse. Ich gehe erst mal eine rauchen, wenn's recht ist.«

»Einverstanden, danke«, erwiderte Yao. Und dann an den Fotografen gewandt: »Sie haben das schon alles?«

Der nickte zustimmend und ergänzte, als Jörgensen den Raum verlassen hatte: »Ich halte mich im Hintergrund bereit, vielleicht haben Sie ja doch noch den einen oder anderen Befund, der uns bisher entgangen ist.«

»Danke.«

Yao zog ihr Handy aus einer der Seitentaschen ihres Schutzanzugs und schoss ein paar Übersichtsaufnahmen der Örtlichkeit des Badezimmers und dann aus verschiedenen Blickwinkeln Fotos der toten Melanie Kracht auf dem Fußboden vor ihr. Aus Erfahrung wusste sie, dass eigene Aufnahmen im Nachhinein manchmal hilfreich waren bei der Erstellung des Leichenfundortberichts, um sich Gegebenheiten wieder ins Gedächtnis rufen zu können, da die Lichtbilder der KT-Fotografen den Rechtsmedizinern immer erst einige Tage später zugingen.

Mit einem surrenden Geräusch zog Yao den Reißverschluss ihrer braunen Ledertasche auf und entnahm eine Pinzette aus Edelstahl.

»Darf ich?«, wandte sich Yao fragend an Kriminaltechniker Henßge, der gerade das Wattestäbchen mit dem Abrieb von der Halshaut in ein längliches Plastikröhrchen steckte und dieses dann auf dem dafür vorgesehenen Etikett beschriftete.

»Nur zu …«, lautete die Antwort des Mannes im weißen Ganzkörperschutzanzug, als er sich zu einem aufgeklappten Alukoffer beugte, um das Plastikröhrchen zu anderen dort bereits fein säuberlich aufgereihten Röhrchen mit darin enthaltenen Wattestäbchen zu legen. »Ich muss eh auf die Kollegen warten, die noch an der Terrasse und im Wintergarten zugange sind, bevor wir uns an die Faserspuren hier im Raum machen.«

Yao wusste, was das bedeutete. Die Kriminaltechniker würden in den nächsten Stunden in dem gesamten Raum mit einer sogenannten *forensischen Lichtquelle* agieren. Dieses Streiflicht wurde seitlich auf plane oder auch unebene Oberflächen projiziert, und durch ihren Schattenwurf wurden kleinste Faserspuren sichtbar gemacht. Die Kollegen von der KT würden zusätzlich den Tatortbereich, mit dem der oder die Täter wahrscheinlich in Berührung gekommen waren – wie etwa die Badezimmertür oder der Whirlpool, in deren unmittelbarer Nähe sich das Tatgeschehen sehr wahrscheinlich abgespielt hatte –, mittels *Tape Lifting* bearbeiten. Dabei handelte es sich um eine Klebebandmethode, bei der mit einem mehrere Zentimeter breiten und transparenten speziellen Spurensicherungsklebeband die betreffenden Gegenstände Zentimeter für Zentimeter systematisch »abgeklebt« wurden, um etwaige mit dem bloßen Auge auch unter Zuhilfenahme von Streiflicht und einer Lupe nicht sichtbare Mikrofaserspuren sicherzustellen.

»Brauchen Sie mehr Licht?«, fragte Henßge.

Yao verneinte, da das Tageslicht, das durch das riesige Panoramafenster hereinfiel, das Badezimmer ausreichend ausleuchtete und Yao ohnehin schon mehrfach die Erfahrung gemacht hatte, dass wesentliche rechtsmedizinische Befunde auf der Leichenhaut – wie oberflächliche Hautabschürfungen, kleinste Einblutungen in den Lidhäuten oder Sekretspuren – unter Zuhilfenahme von Kunstlichtquellen manchmal nicht in ihrer eigentlichen Ausprägung zur Darstellung kamen.

Die Rechtsmedizinerin kniete sich neben den Kopf der Toten und fasste mit ihrer Pinzette zunächst das rechte, dann das linke Augenoberlid und zog es jeweils vorsichtig in Richtung der Stirn nach oben, um die Lidhäute inspizieren zu können. Dann drehte sie die längliche, im Spitzenbereich abgerundete Edelstahlpinzette, die sie jetzt wie ein Sushi-Stäbchen zwischen Daumen und Zeigefinger hielt, langsam um etwa hundertachtzig Grad in der eigenen Achse und wickelte so erst das rechte und danach das linke Augenoberlid um die Pinzette. So konnte sie auch die Augenbindehäute in dem Bereich des Übergangs vom Augapfel zur Innenseite der Augenlider beurteilen. *Alles andere hätte mich auch verwundert,* dachte Yao, denn überall bot sich ihr das gleiche Bild: massenhaft teils punktförmige, teils kleinfleckförmige und teils auch zu wenigen Millimetern großen Blutungen konfluierende Punktblutungen, *Petechien,* in den Lidhäuten und Bindehäuten beider Augen. Herzfeld hatte deren Aussehen in einer Vorlesung in Kiel, die sie vor fast zwei Jahrzehnten als junge Studentin besucht hatte, mit den *Sprenkeln auf Wachteleiern* verglichen. Damals hatte er das Foto eines Wachteleis neben die Petechien in den weit hochgezogenen Oberlidern eines Erdrosselten gehalten – sehr drastisch, aber auch sehr einprägsam. Yao machte mehrere Fotos von den Hautabschürfungen am Hals und von den Petechien und begann dann mit den Untersuchungen zur Eingrenzung der Todeszeit. Dafür musste zunächst der Ausprägungsgrad der Totenstarre festgestellt werden, danach galt es, Intensität und Wegdrückbarkeit der Totenflecke zu beurteilen sowie etwaige noch vorhandene Erregbarkeit der mimischen Muskulatur mittels Reizstrom zu prüfen. Schließlich mussten Umgebungstemperatur und Körperkerntemperatur gemessen werden, letztere über eine durch den Anus in den Enddarm eingeführte Sonde.

Die Leichenstarre der Toten war in allen von Yao überprüften großen und kleinen Gelenken bereits stark ausgeprägt. Yao warf einen Blick auf ihre geliebte Armbanduhr. Ein Geschenk ihres viel zu früh verstorbenen Vaters zu ihrem bestandenen dritten Staatsexamen in Medizin. 17:23 Uhr. Sie notierte sich die Uhrzeit in einem kleinen abgegriffenen Notizbuch, in dem sie ihre sämtlichen Beobachtungen und Untersuchungsergebnisse an Tatorten festhielt.

Dann brach sie die Leichenstarre im rechten Ellbogengelenk der toten Melanie Kracht, indem sie mit der linken Hand den Oberarm der Toten fixierte und mit der rechten den Unterarm der Toten mehrfach mit großer Kraft im gesamten Bewegungsumfang des Ellbogengelenks hin- und herbewegte. Zunächst noch gegen den Widerstand der das Ellbogengelenk versteifenden Totenstarre von Oberarm- und Unterarmmuskulatur, der aber schließlich nachgab. Mit dieser Technik überprüften Rechtsmediziner, ob die Totenstarre nach ihrer gewaltsamen Lösung, dem »Brechen«, nach einiger Zeit wieder eintrat. Daraus ließen sich wertvolle Hinweise auf das postmortale Intervall erlangen, also die Zeit, die seit dem Tod bereits vergangen war.

Yao schaltete ihr Diktafon ein und sprach: »Die Totenstarre in allen großen und kleinen Gelenken kräftig ausgebildet. Brechen der Totenstarre im rechten Ellbogengelenk um 17:23 Uhr. Die Totenflecken entsprechend der Auffindeposition in rückwärtigen und linksseitigen Körperpartien ausgebildet, korrespondierende Aussparung der Aufliegeflächen. Die Totenflecken von blauvioletter Farbe, mäßig kräftig ausgebildet, auf kräftigen Fingerdruck vollständig zur Abblassung zu bringen. « Die »Wegdrückbarkeit« von Totenflecken, die relativ simpel mit Druck einer oder mehrerer Fingerkuppen auf die Haut innerhalb eines Totenfleckareals überprüft wurde, war ein weiteres Kriterium zur Eingrenzung der Todeszeit. Totenflecken waren nur innerhalb der ersten zwanzig Stunden postmortal durch kräftigen Druck noch wegdrückbar, um, falls dies der Fall war, kurze Zeit später wieder aufzutauchen. Das zugrunde liegende Phänomen war nichts anderes, als dass die roten Blutkörperchen, die sich entsprechend der Schwerkraft nach dem unwieder-

unwiederbringlichen Herz-Kreislauf-Stillstand in den Blutgefäßen der Haut ansammelten und so die Totenflecken bildeten, noch in den Blutgefäßen verschiebbar waren. Was nach etwa zwanzig Stunden postmortal nicht mehr der Fall war, da die Zellmembranen der roten Blutkörperchen zerfielen.

Yao sah erneut auf ihre Armbanduhr und notierte unter Umgebungstemperatur die von ihr mit ihrem digitalen Thermometer um 17:34 Uhr direkt neben der Toten auf gleicher Höhe über Bodenniveau gemessene Raumtemperatur von dreiundzwanzig Grad Celsius. Dann wechselte sie über den kleinen Steckanschluss am Thermometergehäuse die Temperatursonde und führte den schmalen, etwa zwanzig Zentimeter langen Metallstab über den Anus der Toten, wobei sie den Slip zur Seite schob, vorsichtig etwa zehn Zentimeter weit in den Enddarm hinein, bis sie an der Spitze der Sonde einen Widerstand spürte. Sie beließ die Temperatursonde im Körper von Melanie Kracht.

Als Nächstes zog sie das Reizstromgerät aus ihrer Ledertasche und wandte sich erneut dem Gesicht der Toten zu. Wieder ein kurzer Blick auf ihre Armbanduhr. 17:38 Uhr. Auch bei dem Reizstromgerät, das zur Eingrenzung der Todeszeit in der Rechtsmedizin seit vielen Jahrzehnten Anwendung fand, befand sich am Gerätegehäuse ein kleiner Steckanschluss, über den aber keine Temperatursonde, sondern Einstichelektroden angeschlossen wurden. Die blanken, spitzen Metallenden dieser zwei Kabel wurden nebeneinander etwa einen halben Zentimeter tief durch die Haut des Oberlidrandes gestochen und dort in der Augenringmuskulatur platziert. Dann wurde über einen Schalter am Gerät ein elektrischer Reizimpuls von definierter Stromstärke und Impulsfrequenz gesetzt. So konnte überprüft werden, ob die mimische Muskulatur des Gesichts des Toten diesen elektrischen Reiz noch mit einer Kontraktion, also einer Zuckung der Gesichtsmuskeln, beantwortete, was innerhalb der ersten sechs bis acht Stunden nach dem Tod noch die Regel war. In einem zweiten Untersuchungsgang wurden die Nadeln der Elektroden über die Haut neben dem rechten und linken Mundwinkel eingestochen, so im Mundringmuskel platziert und das Prozedere durch Auslösen des elektrischen Reizimpulses wiederholt. Auch hier wurde getestet, ob es zu einer postmortalen Kontraktion der mimischen Muskulatur in diesem Bereich kam.

Es hatte durchaus etwas Gespenstisches, wenn nach Betätigen des Schalters am Reizstromgerät sich die Mimik des Toten veränderte, wenn das vorher regungslose, maskenhafte Gesicht mit einem Mal ein Auge heftig zusammenkniff oder die Lippen aufeinanderpresste, als würde der Tote Grimassen schneiden.

Doch im Fall der toten Melanie Kracht blieb jegliche Reaktion im Gesicht aus. Yao zog die kleinen Nadelelektroden vorsichtig heraus, wischte die Elektrodenspitzen mit einem alkoholischen Tupfer sauber, verstaute das Gerät wieder in der Ledertasche und machte sich ein paar Notizen. Sie sah ein weiteres Mal auf ihre Armbanduhr und las die gemessene Rektaltemperatur auf der digitalen Anzeige des elektronischen Thermometers ab: *32 Grad Celsius.* Sie notierte diesen Wert und die Uhrzeit 17:45 Uhr daneben in ihrem Notizbüchlein. Vorsichtig zog sie die Rektalsonde aus dem Anus der Toten und wischte die schmierigen, bräunlichen Kotanhaftungen zunächst mit einem Papiertuch, dann mit einem Alkoholtupfer von dem länglichen Metallstab ab, ehe sie die Elektrode aus der Steckverbindung des Thermometergehäuses löste und Thermometer und Sonde wieder in ihrer Ledertasche verstaute.

Zuletzt überprüfte sie, ob die von ihr vor fünfundzwanzig Minuten im rechten Ellbogengelenk der toten Frau gewaltsam gelöste Totenstarre Zeichen eines Wiedereintritts der Totenstarre, also eines erneuten Erstarrens der Muskulatur von Ober- und Unterarm und einer dadurch bedingten Versteifung des Ellbogengelenks aufwies.

Fehlanzeige …

Yao setzte sich jetzt auf den Wannenrand des Whirlpools, machte sich eine weitere kurze Notiz und nahm wieder ihr Diktafon an sich.

»Um 17:48 Uhr noch keinerlei Zeichen eines Wiedereintritts der Totenstarre im rechten Ellbogengelenk«, diktierte sie und warf einen Blick in ihr Notizbuch. »Die um 17:34 Uhr gemessene Raumtemperatur beträgt dreiundzwanzig Grad, die um 17:45 Uhr gemessene Rektaltemperatur zweiunddreißig Grad. Geschätztes Körpergewicht der Toten fünfzig Kilogramm. Der Leichnam war nur mit einer dünnen Lage bekleidet, nämlich mit Slip, schulter- und dekolletéfreiem Negligé, deshalb wird ein Korrekturfaktor von 1,1 zugrunde gelegt. Keinerlei elektrische Erregbarkeit der mimischen Muskulatur um 17:38 Uhr bei definiertem Reizimpuls von dreißig Milliampere und Impulsdauer von zehn Millisekunden, weder an Musculus orbicularis oculi noch an Musculus orbicularis oris.«

Yao überlegte kurz, legte das Diktafon wieder neben sich auf dem Wannenrand ab und öffnete in ihrem Handy die App zur Berechnung der Todeszeit. Dann gab sie, immer mal wieder einen rückversichernden Blick in ihr Notizbuch werfend, die soeben erhobenen Befunde in die jetzt auf dem Handydisplay erschienenen Felder ein. Nachdem sie noch einmal alle Eingaben überprüft hatte, drückte sie die Returntaste, und es erschien die wahrscheinliche Todeszeit der strangulierten Arztehefrau mit dem zugehörigen Konfidenzintervall, also dem Bereich, in dem die tatsächliche Todeszeit mit fünfundneunzigprozentiger Sicherheit lag.

Melanie Kracht starb am heutigen Vormittag zwischen 10:00 und 12:00 Uhr.

† † †

Yao verließ das Badezimmer und bog in dem langen Flur nach links ab, da sie aus dieser Richtung Stimmen vernahm und immer wieder für Sekundenbruchteile aufblitzende Blitzlichtfragmente wahrnahm

Der Flur führte in einen riesigen, salonartigen Raum, der eine Deckenhöhe von etwa vier Metern aufwies, über getäfelte Wandverkleidungen und eine weiß-gelbe Kassettendecke verfügte und mit einem riesigen Billardtisch, diversen hellbraunen Chesterfield-Sofas und gewaltigen Chesterfield-Sesseln möbliert war. Die ledernen Sofas und Sessel bildeten einladende Sitzgruppen um antike Couchtische und kleinere Beistelltische.

In einem der Sessel entdeckte sie Lars Jörgensen, immer noch in seinem weißen Ganzkörperoverall mit Maske und Handschuhen.

Er winkte Yao zu sich heran: »Ich glaube, Sie sind hier falsch, Frau Kollegin, das hier ist das Herrenzimmer.« Er lächelte. »Aber ich freue mich über Gesellschaft. Und keine Sorge, die Spurensicherung ist schon durch, das ist also *clean area*.«

Dankbar ließ sich Sabine neben Jörgensen in einen der riesigen Sessel fallen, in dem sie regelrecht versank.

Die beiden Rechtsmediziner tauschten ihre jeweiligen Untersuchungsergebnisse aus, und Yao war beruhigt, dass Jörgensen auch zu dem Schluss gekommen war, dass Melanie Kracht irgendwann zwischen 10:00 und 12:00 Uhr an diesem Vormittag gestorben war. Dieser Zeitraum musste auch der Tatzeit entsprechen, in der sich der oder die Angreifer im Haus befunden hatten, denn die Zeichen eines Angriffs gegen den Hals der zierlichen Frau waren so massiv, dass Melanie Kracht diesen nicht längere Zeit überlebt haben konnte.

Nachdem Jörgensen und Yao sich über ihr weiteres Vorgehen abgestimmt hatten, suchten sie die leitende Ermittlerin Monica Monti, die sie in einem neben dem Salon gelegenen, lichtdurchfluteten Wintergarten antrafen. Monti telefonierte gerade mit ihren Kollegen in der Keithstraße, die anscheinend die Vernehmung von Roderich Kracht beendet hatten.

Aufgrund der zahlreichen prachtvollen exotischen Pflanzen wirkte der Wintergarten auf Yao eher wie ein Gewächshaus in einem botanischen Garten als ein privater Wohnraum. Auf seinem Boden standen zwei sperrige, silberfarbene Schrankkoffer der Spurensicherung, die wie eine Kreuzung aus überdimensioniertem Werkzeugkasten und altmodischem Kühlschrank aussahen. In ihrem Inneren befanden sich alle möglichen Utensilien wie Kontrastpulver, DNA-Abstrichröhrchen, Spezialklebefolie zur Sicherung von Faserspuren, diverse Asservatenbehälter, streichholzschachtel- bis schuhkartongroß, dicke, dunkelbraune Papiertüten in allen Größen, verschiedene Wasserwaagen, Schraubenschlüssel, Akkuschrauber, Bohrmaschinen und Scheinwerfer.

Kriminaltechniker in weißen Ganzkörperanzügen waren mit der Sicherung möglicher tatrelevanter Spuren beschäftigt. Einige streuten schwärzliches Kontrastpulver aus, das zum Auffinden von Fingerabdrücken diente, und brachten über den bestreuten Flächen eine spezielle Folie an. Zur Sicherung von Faserspuren klebten sie das Interieur des Wintergartens Zentimeter für Zentimeter systematisch mit transparentem Spurensicherungsklebeband ab.

Als Monti ihr Telefonat beendet hatte, berichteten Jörgensen und Yao von ihrer übereinstimmenden Eingrenzung der Todeszeit auf 10:00 bis 12:00 Uhr vormittags.

»Damit fällt ihr Mann schon mal aus dem Kreis der Verdächtigen, wenn sich seine Angaben bestätigen«, kommentierte die Ermittlerin. »Ich danke Ihnen, ich gebe das gleich an die Zentrale weiter, damit die Kollegen bei ihren Zeugenbefragungen den relevanten Zeitraum entsprechend eingrenzen können.«

»Ein letzter Punkt noch. Naturgemäß basieren unsere Todeszeitberechnungen vor Ort auf einem geschätzten Körpergewicht der Toten, da wir hier keine Möglichkeit haben, den Leichnam zu wiegen. Wenn sich im Landesinstitut – denn ich denke, dorthin wird Frau Krachts Leiche gebracht?« Fragend sah Yao Jörgensen an, der zustimmend nickte. »Wenn sich beim Wiegen im Institut herausstellt, dass das tatsächliche Körpergewicht der Toten von dem von uns geschätzten Körpergewicht um zwei Kilo mehr oder weniger abweicht, müssen wir die Todeszeit noch einmal neu berechnen.«

»In zwei bis drei Stunden wissen wir Genaueres«, schaltete sich Jörgensen nach einem Blick auf seine Uhr ein.

Yao nickte zustimmend und verabschiedete sich. Im Gehen hörte sie, wie Jörgensen mit der Leiterin der vierten Mordkommission vereinbarte, mit der Obduktion gegen 20:30 Uhr an diesem Abend zu beginnen.

† † †

6

Montag, 9. April, 18:22 Uhr,
Berlin-Nikolassee

Yao fröstelte, als sie die sechs Stufen der breiten Natursteintreppe des imposanten Eingangs hinunterlief. Kurz bereute sie es, ihre Cabanjacke im Auto gelassen zu haben.

Als sie kurz darauf in ihre Jacke eingehüllt mit eingeschalteter Sitzheizung und Innenraumheizung in ihrem Mini Cooper die noble Villengegend verließ, um in Richtung des Zubringers zur A115 zu fahren, kam ihr einer der drei rund um die Uhr für den Leichentransport eingesetzten Kleintransporter des Landesinstituts für gerichtliche und soziale Medizin entgegen. Das silberfarbene Fahrzeug mit dem Schriftzug *GERICHTSMEDIZIN* – in riesigen weißen Lettern auf einem blauen Längsstreifen auf beiden Seiten – würde ein weiteres Mordopfer, das das Leben in der deutschen Hauptstadt gefordert hatte, einsammeln und in das *Haus der Toten,* wie das in Moabit ansässige Leichenschauhaus von vielen Berlinern genannt wurde, bringen.

† † †

7

Montag, 9. April, 19:18 Uhr,
Berlin,
Treptowers, BKA-Einheit »Extremdelikte«

Nachdem Yao ihren Mini Cooper auf ihrem Parkplatz vor dem BKA-Dienstgebäude abgestellt hatte, vergewisserte sie sich durch einen Blick an der Fassade des mit Glas ummantelten Turms am Spreeufer empor, dass im Büro ihres Chefs noch Licht brannte. Das war nicht ungewöhnlich, da Herzfeld regelmäßig bis weit nach 20:00 Uhr in seinem Büro anzutreffen war und oft einer der Letzten war, die das Gebäude verließen.

Die Pförtnerloge im Eingangsbereich des hundertfünfundzwanzig Meter hohen Turms, dem die Treptowers ihren Namen verdankten, war um diese Uhrzeit jedoch bereits verwaist. Yao verschaffte sich mit ihrem Transponderchip und dem zusätzlich benötigten sechsstelligen Code Zugang ins BKA-Gebäude. Mit dem Fahrstuhl fuhr sie dann direkt in den zehnten Stock, in dem sich Herzfelds Büro befand.

† † †

8

Montag, 9. April, 19:24 Uhr,
Berlin,
Treptowers, BKA-Einheit »Extremdelikte«,
Büro Prof. Paul Herzfeld

Renate Hübners Arbeitsplatz in Herzfelds Vorzimmer war erwartungsgemäß um diese Uhrzeit leer, auch wenn Herzfelds Sekretärin bekannt dafür war, regelmäßig unbezahlte Überstunden zu machen. Yao durchquerte den lang gestreckten Raum, der nur von einer schmalen Lichtleiste im Fußboden in schummriges Licht getaucht wurde, und klopfte an Herzfelds Bürotür. Als keine Reaktion erfolgte, klopfte sie erneut, diesmal etwas energischer. Da sie immer noch keine Antwort aus dem Inneren vernahm, öffnete sie die von innen mit einer mit dunkelgrünem Leder überzogenen Schalldämmung verkleidete schwere Bürotür etwa schulterbreit und steckte vorsichtig den Kopf hinein.

»Die Frage betrifft doch den Kausalzusammenhang zwischen Trauma und Todesursache«, hörte sie Professor Herzfeld in energischem Tonfall sagen. Er saß hinter seinem wuchtigen Schreibtisch und hatte den Hörer seines Tischtelefons zwischen linke Schulter und Halsseite geklemmt. Während er sprach, blätterte er in einem dicken Aktenordner vor ihm auf der Schreibtischplatte. »Nein, das kann ich ganz und gar nicht nachvollziehen«, fuhr er streng fort. Mit einer Kopfbewegung gab er seiner Stellvertreterin zu verstehen, dass sie hereinkommen und sich setzen solle.

Sabine Yao glitt lautlos in den Raum und nahm auf einem der Stühle Platz.

»Noch mal: Die Frage betrifft doch den Kausalzusammenhang zwischen Trauma und Todesursache«, wiederholte Herzfeld in deutlich schärferem Tonfall. »Eine Densdislokation in den Spinalkanal: Ja, aber doch bitte nicht mit diskoligamentären Zerreißungen auf Höhe C7 und Th1. *Diskoligamentär!* Ligamentum longitudinale und Bandscheibe, meinetwegen. Aber doch kein Insertionsausriss aus dem vorderen Atlasbogen! Ich bitte Sie! Wie passt das denn bitte unfallmechanisch zusammen?«

Da ist definitiv kein Vertreter der Ermittlungsbehörden am anderen Ende der Leitung, sondern ein Mediziner, sonst würde Herzfeld auf die medizinischen Fachtermini verzichten, schlussfolgerte Yao. *Jemand, der wohl mit Herzfelds Einschätzung nicht einverstanden ist … beziehungsweise Herzfeld nicht mit der des anderen …*

Herzfeld, der die Ärmel seines hellblauen Hemdes über die Ellbogen hochgekrempelt hatte, erhob sich hinter seinem Schreibtisch und wechselte den Telefonhörer von seiner Schulter in die linke Hand. Offenbar musste er gehörig an sich halten, seinen Gesprächspartner am anderen Ende der Leitung nicht zu unterbrechen, denn er begann, mit den Fingern der rechten Hand ungeduldig auf die Schreibtischplatte vor ihm zu trommeln. Ein untrügliches Zeichen dafür, dass sein Geduldsfaden kurz vor dem Zerreißen war.

Durch die nicht vollständig geschlossenen Jalousien vor der breiten Fensterfront fiel das Licht eines der großen Flutlichtscheinwerfer herein, die an der Fassade der Treptowers angebracht waren und das BKA-Gelände bei Dunkelheit in gelbes Licht tauchten. Auf seiner der Fensterfront zugewandten rechten Körper- und Gesichtshälfte zeichnete sich ein Muster aus Schattenbalken und hellgelben Lichtstreifen ab, während er Yao mit einem Augenrollen und einer Handbewegung bedeutete, dass sie sich noch einen Moment gedulden müsse.

Doch es war Herzfeld selbst, der keine zwei Minuten später die Geduld verlor und in den Hörer brüllte: »Nein, das sehe ich überhaupt nicht so! Ob es sich bei dem beschriebenen Frontalaufprall des nicht angeschnallten Fahrers um ein todesursächliches Hyperextensionstrauma beim Aufprall mit dem Kinn auf den bereits entfalteten Airbag handelt oder um ein reines Airbag-Entfaltungs-Trauma, das man ohne Weiteres bei seiner Bergung hätte verhindern können, wenn man eine Airbag-Kralle eingesetzt hätte, ist aus meiner Sicht völlig unklar. Denn genau dieser Teil der Dokumentation fehlt in Ihrer Akte! Weder klinisch noch radiologisch oder autoptisch lässt sich das klären. Schönen Tag noch!« Und mit diesen Worten knallte er den Hörer auf das Tischtelefon.

Erschöpft ließ sich Herzfeld nach hinten in seinen wuchtigen Schreibtischsessel fallen. »Diese verdammten Kettenhunde der Versicherungen. Das war ein Orthopäde, der als Gutachter für einen Versicherungskonzern arbeitet. Es geht um eine Lebensversicherung. Teile des Protokolls des Rettungsdienstes fehlen beziehungsweise sind nicht in der mir überlassenen Akte enthalten. Und zwar der Teil, der sich auf die Bergung des Verunfallten bezieht. Der hat zu diesem Zeitpunkt noch gelebt, kurz nach Eintreffen in der Klinik ist er dann verstorben. Der Kollege scheint nicht für eine objektive Aufarbeitung des Unfallgeschehens, sondern für die Verhinderung der Auszahlung der Lebensversicherung des Getöteten an die Angehörigen bezahlt zu werden. Anders kann ich mir diese Impertinenz nicht erklären …« Nach einer kurzen Pause fügte er hinzu: »Würde mich nicht wundern, wenn er einen Bonus oder eine Prämie für jede Summe bekommt, die die Versicherung nicht auszahlen muss. Aber«, Herzfeld sah Yao geradewegs an, »kommen wir zu Professor Doktor Roderich Kracht.

Denn ich nehme an, Sie kommen direkt vom Leichenfundort respektive Tatort. Und ich bin gespannt, was Sie zu erzählen haben.«

†††

Yao berichtete ihrem Chef, nur von wenigen kurzen Nachfragen seinerseits unterbrochen, von ihren Erkenntnissen und Feststellungen am Sterbeort von Melanie Kracht und dem Ergebnis der äußeren Leichenschau. Sie beschrieb die Zeichen massiver Gewalteinwirkung gegen den Hals der zierlichen Frau und erläuterte ihre und Jörgensens Einschätzung, was die mutmaßliche Todeszeit der Arztgattin betraf, sowie Krachts Alibi und was Monica Monti zu den wenigen bisher ermittelten Erkenntnissen zu den Krachts und deren privatem Umfeld gesagt hatte.

Mit den Bemerkungen »Krachts Alibi wird derzeit noch überprüft« und »die zuständige Mordermittlerin Monti spricht zwar nicht von einer harmonischen Ehe, aber von einem nicht disharmonischen Auftreten der beiden in der Öffentlichkeit« war Yao am Ende ihres Berichts angelangt.

»Sind Sie Kracht begegnet?«, wollte Herzfeld wissen.

»Nein. Als ich in der Villa eingetroffen bin, war er schon in der Keithstraße zur Vernehmung.«

»Wenn Kracht zwischen 5:30 Uhr und 13:30 Uhr nicht zu Hause war, scheidet er als Täter definitiv aus.« Herzfelds Feststellung schien mehr für ihn selbst als für Yao bestimmt zu sein.

Genau das hat Monti auch schon gesagt.

Trotzdem ließ ihr Herzfelds Bemerkung keine Ruhe. »Wie kommen Sie darauf, dass Kracht überhaupt als Täter infrage kommt?«

»Das tue ich nicht«, reagierte er prompt. »Keineswegs. Im

Gegenteil. Roderich Kracht ist raus. Aber wir wissen doch beide nur zu gut, welche Spekulationen und Mutmaßungen gerade bei derartigen Fällen sofort ins Kraut schießen.«

»Bei derartigen Fällen?«

»Die Ehefrau eines prominenten Arztes wird Opfer eines Tötungsdelikts. Die perfekte Ausgangslage, um jede Menge schmutzige Wäsche zu waschen und wilde Gerüchte zu verbreiten. Die Presse wird sich darauf stürzen. Hat Kracht vielleicht schon eine andere? Eine Geliebte, für die Melanie Kracht weichen musste? Wer ist Begünstigter im Fall des Todes von Krachts Frau? Ist er womöglich verschuldet? Kann es sein, dass es ein Auftragsmord war? Oder hat sich Kracht mit den falschen Leuten eingelassen? War der Täter der Ehemann einer von Kracht operierten Frau, der mit dem Resultat unzufrieden war? Oder doch *nur* ein banaler Raubmord? Aber wenn ja, warum wurde nichts gestohlen? Oder womöglich wurde doch etwas gestohlen, aber die Polizei hüllt einen Mantel des Schweigens darüber? Vielleicht hatte Frau Kracht ihrerseits auch einen heimlichen Lover? Ist ein von ihr kürzlich abservierter Geliebter der Täter? Und so weiter … Sie sehen, Frau Yao, worauf ich hinauswill. Dieser Fall birgt unglaublich viel Sprengstoff. Erst stehen die Krachts im Fokus. Und präsentieren die Ermittlungsbehörden nicht bald einen Täter, wird deren Arbeit von der Presse hinterfragt. Die Journaille wird sich austoben. Denn dieser Fall hat alle Zutaten, die es braucht: Am helllichten Tag wird in einer noblen Villa in einer der feinsten Wohngegenden Berlins die Gattin eines reichen Schönheitschirurgen ermordet.«

Yao nickte nachdenklich.

»Erinnern Sie sich noch an den Fall Gsell, Frau Yao?«

»Die Busen-Witwe …«, setzte Yao an, wurde aber von ihrem Chef unterbrochen.

»Ich sehe, Sie sind wie immer gut informiert und auch im Boulevard zu Hause, Frau Yao.« Herzfeld deutete ein verschmitztes Grinsen an.

»Na ja, manche Schlagzeilen springen einem ja förmlich ins Auge …«, erwiderte Yao in fast entschuldigendem Tonfall.

»Das ist genau der Punkt. Darauf wollte ich hinaus«, fuhr Herzfeld unbeirrt fort. »Der Schönheitschirurg Franz Gsell, Chef seiner eigenen Schönheitsklinik in Nürnberg, starb an den Folgen eines brutalen Raubüberfalls. Zwei Männer hatten ihn in seiner Villa mit einer Axt schwer verletzt. Seine, wie Sie es treffend zitierten, als *Busen-Witwe* im Boulevard bekannt gewordene Frau und von Haus aus Escort-Girl, bis sie den guten Doktor heiratete, wurde lange Zeit verdächtigt, die Täter zu dem Raubüberfall nicht nur angestiftet, sondern den Tod ihres Mannes dabei auch billigend in Kauf genommen, womöglich sogar in Auftrag gegeben zu haben. Später, viel später wurde sie von allen Vorwürfen einer Tatbeteiligung am Tod ihres Mannes freigesprochen. Da hatte sie aber bereits ein halbes Jahr in Untersuchungshaft gesessen und war von der Journaille für alle Zeiten gebrandmarkt … Die Karriere eines Staatsanwalts ist dabei auch noch höchst unrühmlich zu Ende gegangen, und das Ganze hielt sich viele Jahre im Boulevard. Am Ende gab es nur Verlierer. Und genau solch ein Potenzial haben die tote Melanie Kracht und ihr nunmehr verwitweter Schönheitschirurg Roderich Kracht auch. Ich höre schon förmlich das Rauschen im Blätterwald …«

»Verstehe«, sagte Yao nachdenklich. Bisher war sie als Fachärztin für Rechtsmedizin in Herzfelds Team vor allem für das Operative verantwortlich gewesen, sie erhob Befunde, dokumentierte gerichtsfest und interpretierte schließlich für die Ermittlungsbehörden. Doch jetzt, nach Fred

Abels Ausscheiden aus der Abteilung vor einem halben Jahr, hatte sie seine Position des Stellvertreters übernommen und war in die Abteilungsleitung aufgestiegen. Sie musste sich noch daran gewöhnen, dass Führungskraft und Entscheidungsträger zu sein bedeutete, über den Tellerrand des operativen Tagesgeschäfts zu blicken und vorausschauend zu agieren. Es galt, Herausforderungen und mögliche Probleme vorauszusehen, lange bevor diese für alle offensichtlich wurden, und rechtzeitig die Weichen zu stellen, damit es gar nicht erst zu Problemen kam. Sie hatte schon immer Herzfelds Fähigkeit bewundert, wie ein erfahrener Kapitän Untiefen oder Eisberge lange im Voraus zu erkennen und zu umschiffen.

»Nun, wie dem auch sei, Frau Yao. Es war ein anstrengender Tag für Sie, und auf mich wartet noch einige Arbeit«, unterbrach Herzfeld ihre Gedanken. Mit diesen Worten erhob er sich und zeigte auf einen Stapel Akten auf seinem Schreibtisch. »Wir reden morgen weiter. Vielleicht hat die Vierte bis dahin ja auch schon eine Verhaftung oder zumindest erste Erkenntnisse zu dem oder den Tätern vorzuweisen.«

† † †

9

Montag, 9. April, 20:43 Uhr,
Berlin-Charlottenburg,
Wohnung von Dr. Sabine Yao

Kurz vor 21:00 Uhr betrat Yao ihre geräumige Vierzimmerwohnung im obersten Stock eines dreigeschossigen Jugendstilgebäudes, das als eines von wenigen Gebäuden die alliierten Luftangriffe auf die Reichshauptstadt im Zweiten Weltkrieg fast unbeschadet überstanden hatte. Ihr erster Weg führte sie ins Badezimmer, wo sie ausgiebig heiß duschte. Dieses abendliche Ritual war mehr als das bloße Abwaschen des Geruchs des Todes, der mal brachial wie der ätzende, beißende Gestank fauler Fäkalien bei hochgradig fäulnisveränderten Leichen oder wie der Geruch von muffigem Torf bei bereits mumifizierten oder schon weitgehend skelettierten Leichen sein konnte. Manches Mal kam der Geruch aber auch wesentlich dezenter daher wie der Hauch der chemischen Putz- und Desinfektionsmittel, die im Sektionssaal verwendet wurden. Tatsächlich war die Gewohnheit, sich nach der Rückkehr in die eigenen vier Wände als Allererstes unter die heiße Dusche zu stellen, auch so etwas wie eine symbolische Reinigung, die der Rechtsmedizinerin den nötigen Abstand zu dem verschaffte, was sie tagsüber im Sektionssaal oder an Tatorten gesehen, von Mordermittlern berichtet bekommen oder im Gerichtssaal als Sachverständige von den Augenzeugen eines Gewaltverbrechens gehört hatte. Auch wenn sich Yao das so niemals eingestehen würde und auf psychologische Deutungen im Zusammenhang mit ihren Arbeits- und Freizeitgewohnheiten keinerlei Wert legte.

Nun machte sie es sich auf ihrem großen Boxspringbett mit den vielen Kissen gemütlich und schaltete ihren Laptop ein. Während das Gerät hochfuhr, nahm sie kleine Schlucke aus ihrer Teetasse.

Sie gab in der Google-Suchleiste *Corpore Sano Berlin* ein.

Herzfeld hatte Yaos Neugier an der Person Kracht geweckt.

Sofort ploppten unzählige Suchergebnisse auf, von denen sie den obersten Link anklickte und direkt auf die Website der Klinik gelangte.

Corpore Sano Schönheitsklinik Berlin – Ihr privates Facharztzentrum für Plastische und Ästhetische Chirurgie, las Yao dort. Unser Facharztzentrum bietet selbst zahlenden Patientinnen und Patienten eine ambulante und stationäre Rundumversorgung zur Verbesserung ihres Aussehens und ihrer Lebensqualität. Ein hohes Maß an Präzision und die jahrelange Erfahrung unserer renommierten Professoren und erfahrenen Spezialisten garantieren, dass jeder bei uns durchgeführte Eingriff harmonisch auf das Gesamtbild der jeweiligen Patientin oder des Patienten individuell abgestimmt ist. Auch Männer können von unserer Plastischen und Ästhetischen Chirurgie nur profitieren! Wir behandeln Sie hier nach den neuesten medizinischen Erkenntnissen. Vier OP-Säle sowie zweiundzwanzig Betten stehen Ihrem Wohl und Ihrer Schönheit an den drei Berliner Standorten unserer *Corpore Sano Schönheitsklinik*, in unserem Haupthaus in Lichterfelde und in unseren beiden Dependancen im Roseneck und am Kurfürstendamm, zur Verfügung. Nach der Operation und auch bei konservativen Behandlungen genesen Sie rasch auf unseren Wohlfühl-Stationen, die rund um die Uhr von unseren Ärzten und von professionellem Pflegepersonal betreut werden.

Seit ihrer Gründung durch Professor Doktor Roderich Kracht

vor über fünfzehn Jahren arbeitet die *Corpore Sano Schönheitsklinik* nach den höchsten Standards in den Bereichen Qualität, Patientensicherheit und Hygiene. Unser Anspruch ist Ihre Schönheit! Und unser Versprechen ist, dass Sie bei uns sofort vergessen, dass Sie sich in einer medizinischen Einrichtung befinden. Unsere auf höchstem universitären Niveau durchgeführten Leistungen beinhalten unter anderem Fettabsaugung, Körperformung, Haartransplantation, Nasenkorrekturen, Ohrenkorrekturen, Lippen-OPs, Brustvergrößerungen …

Yao überflog die schier unendliche Liste der in der *Corpore Sano Schönheitsklinik* angebotenen medizinischen Eingriffe, bis sie bei den Begriffen Intimchirurgie und Vaginalverjüngung stoppte.

»Vaginalverjüngung?« Fassungslos las sie das Wort laut vor und schüttelte den Kopf. Die Welt schien um eine weitere irrsinnige »Verschönerung« reicher.

In meinem Medizinstudium war Intimchirurgie jedenfalls kein Thema, und der Begriff Vaginalverjüngung fiel definitiv auch nicht …

Yaos persönliche Einstellung zu schönheitschirurgischen Eingriffen war keineswegs ambivalent, sondern sehr eindeutig. Mit zunehmendem Alter wollte sie durch Klugheit, Scharfblick und Eloquenz anziehend auf andere wirken und nicht durch artifizielle äußerliche Schönheit. Aber sie war sich durchaus bewusst, dass Älterwerden mit den damit verbundenen Veränderungen des Äußeren auch Mut verlangte.

Yao scrollte nach oben und klickte im Menü auf den Unterpunkt *Unsere Spezialisten.*

Es erschien als Erstes das Konterfei eines Mannes, das mit *Professor Doktor Roderich Kracht, Ärztlicher Leiter und Klinikdirektor, Facharzt für Plastische und Ästhetische Chirurgie* untertitelt war. Ihr fiel sofort das symmetrisch geformte Gesicht des Mannes und die markante Kieferlinie auf. Er hatte volle, akkurat geschnittene mittelgraue Haare und trug einen weißen Kittel, darunter ein weißes Oberhemd. Roderich Krachts Blick wirkte offen, sympathisch. Unter seinem Namen mit Titel und Funktion stand in Anführungszeichen geschrieben: *»Um es mal ganz plastisch auszudrücken: In meiner Klinik sind Sie bestens aufgehoben.«*

Humor hat er ja … oder einen guten PR-Mann, ging es Yao durch den Kopf, ehe sie weiterlas. *Ein Team von spezialisierten Fachärzten führt die Operationen der gesamten Plastischen und Ästhetischen Chirurgie auf höchstem Niveau durch. Alle meine Fachärzte haben langjährige Berufserfahrung und sind Mitglieder in renommierten Fachverbänden.* Das Foto von Professor Roderich Kracht war drei- bis viermal so groß wie die darunter folgenden Bilder der in der *Corpore Sano Schönheitsklinik* angestellten Fachärztinnen und Fachärzte. In die seitliche Menüleiste waren mehrere Links eingebettet. Unter *Presseberichte* und *Referenzen* fand sich ein mit *Curriculum Vitae* betitelter Link, den Yao jetzt anklickte.

Laut Lebenslauf des Klinikchefs hatte Roderich Kracht nach seinem Abitur 1986 zunächst in Marburg, dann in Heidelberg Medizin studiert. Dort hatte er auch seine mit *summa cum laude,* der höchsten Auszeichnungsstufe einer Doktorarbeit, benotete Promotionsschrift verfasst. Nach Beendigung seines Medizinstudiums mit dem dritten Staatsexamen 1992 war er bis 1993 für ein knappes Jahr im Hamburger Universitätsklinikum Eppendorf in der dortigen Allgemeinchirurgie als Arzt tätig gewesen. 1995 hatte Kracht ein Forschungsstipendium der *Virchow Foundation for Young Talented Doctors With Extraordinary Skills* erhalten und war als *Visiting Fellow,* als Gastwissenschaftler, an das *Downtown Hospital* in New York gegangen, von dem er ein Jahr später an das *New York University Medical Center* in Manhattan wechselte, um sich in Plastischer Chirurgie ausbilden zu lassen.

Dann war er bis zum Jahr 2000 an der *Clínica Pitanguy* in Rio de Janeiro gewesen, ehe er nach fünf Jahren im Ausland wieder nach Deutschland zurückkehrte. In Brasilien schien seine Karriere in der Schönheitschirurgie Fahrt aufgenommen zu haben, denn als Yao bei Google *Clínica Pitanguy, Rio de Janeiro* eingab, stellte sie fest, dass diese Klinik bereits seit Jahrzehnten den Ruf genoss, weltweit das ultimative Mekka der Plastischen Chirurgie zu sein.

Yao kehrte zu Krachts Lebenslauf auf der Website der *Corpore Sano Schönheitsklinik* zurück und las dort weiter, dass Kracht nach seiner Rückkehr nach Deutschland im Jahr 2000 die Facharztanerkennung für Plastische und Ästhetische Chirurgie erhalten hatte. Weitere Karrierestationen waren verschiedene deutsche Universitätskliniken, in denen er offenbar stringent an seiner akademischen Karriere feilte, denn schon 2005 habilitierte er sich in Plastischer und Ästhetischer Chirurgie und wurde 2006 zum außerplanmäßigen Professor an der Johannes Gutenberg-Universität Mainz ernannt, wo er als Operateur und Hochschullehrer bis 2008 tätig war. In diesem Jahr eröffnete er seine eigene Privatklinik für Schönheitschirurgie in Berlin.

Am Ende von Krachts Lebenslauf folgte eine endlose Aufzählung von Preisen, Ehrungen und Auszeichnungen, die er erhalten hatte, sowie seiner Mitgliedschaften in verschiedenen medizinischen Fachgesellschaften.

Beeindruckend!, dachte Yao und sank tiefer in die Kissen ein. *Der Mann hat eine steile Karriere hingelegt. Das schafft gerade mal einer unter zehntausend in der Medizin.* Die Rechtsmedizinerin hätte allerdings selbst nicht sicher sagen können, ob sie Roderich Kracht für seinen Ehrgeiz und seine Zielstrebigkeit, gepaart mit höchstem fachlichen Können, bewundern sollte oder ob sie nicht doch eher Mitleid mit seinen Kollegen und Mitbewerbern hatte, die bei seinem rasanten Aufstieg in den Olymp der Schönheitschirurgie zwangsläufig auf der Strecke geblieben sein mussten, weil er sie mit Ellbogentaktik weggeschoben hatte. Yao kannte das universitäre Haifischbecken der Medizin noch gut aus ihrer Zeit an der Kieler Rechtsmedizin und beneidete deshalb keinen ihrer Kollegen, der sich für eine akademische Laufbahn an einer medizinischen Fakultät entschieden hatte.

Yao nahm den Laptop von den Knien und goss sich aus der schwarzen gusseisernen Kanne eine weitere Tasse Tee ein, die sie auf ihrem Nachttisch nach dem Duschen dort abgestellt hatte. Dabei bemerkte sie, dass sie ihren Avocado-Toast, der auf einem Teller daneben lag, ganz vergessen hatte. Peinlich darauf bedacht, nicht zu krümeln, nahm sie einen ersten Bissen von dem erkalteten Brot.

Ohne Frage ist Professor Roderich Kracht nicht nur ein sehr zielorientierter und erfolgreicher Arzt, sondern auch ein erfolgsverwöhnter Geschäftsmann …

Er hatte sich seinen luxuriösen Lebensstil, von dem sich Yao heute in Nikolassee ein Bild hatte machen können, mit harter Arbeit und aus eigener Kraft erschaffen. Umso schmerzlicher musste es für ihn sein, dass sein Leben, seine vielleicht nicht uneingeschränkt heile, aber anscheinend doch sehr geordnete und behütete Welt, mit dem heutigen Tag wie ein Kartenhaus in sich zusammengefallen war.

Kracht steht vor dem Scherbenhaufen seines Lebens. Auch jeder noch so große kommende berufliche Erfolg wird ihm nie wieder das zurückgeben können, was er heute auf einen Schlag, völlig unerwartet verloren hat …

Während Yao ihren Toast aufaß und über Kracht und die

tragische Wendung nachdachte, die sein Leben an diesem schicksalhaften Tag genommen hatte, merkte sie, wie eine bleierne Müdigkeit von ihr Besitz ergriff, und sie musste mehrmals hintereinander gähnen. Sie wollte gerade den Laptop zuklappen, als ein Gedanke in ihrem Hinterkopf Form annahm. Zuerst war der Gedanke nur wie ein feiner Nebel. Etwas an Krachts Vita irritierte sie, ohne es richtig greifen zu können. Da war sie sich zunehmend sicher, je länger sie jetzt wieder über seinen beruflichen Werdegang und seine Karriere als Arzt nachdachte. *Was stört mich nur daran?*, überlegte sie.

Yao setzte sich kerzengerade im Bett auf, streckte den Rücken und die Schulterblätter nach hinten durch und klappte ihren Laptop wieder auf. Erneut flog ihr Blick über Roderich Krachts Lebenslauf. Als sie ein zweites Mal durch die chronologische Aufzählung seiner beruflichen Stationen und seines ärztlichen Werdegangs scrollte, wusste sie, was sie unbewusst wahrgenommen hatte. Nämlich, dass in Roderich Krachts Lebenslauf etwas fehlte.

»Wó míng bai la! – Das ist es!«, rief sie laut auf Chinesisch aus.

Es ist die Chronologie … oder vielmehr die Lücke in der ansonsten perfekt in Szene gesetzten Chronologie seiner beruflichen Karriere.

† † †

10

Montag, 9. April, 23:07 Uhr,
Berlin-Reinickendorf,
Weiße Stadt, Wohnung von Sara Wittstock

Sara Wittstock ging mit einem Becher frisch gekochtem Kaffee in der Hand aus der Küche ihrer Dreizimmerwohnung vorbei an den zwölf bis zur Decke reichenden Server-Türmen, die links und rechts an den Wänden des Flurs nebeneinanderstanden. Sie war sorgsam darauf bedacht, in dem lediglich von den unregelmäßig blinkenden grünen und roten Leuchtdioden der Servereinheiten erleuchteten Teil ihrer Wohnung nicht über die auf dem Boden liegenden armdicken Kabelbündel zu stolpern. Die Kabel verbanden die surrenden und unregelmäßig blinkenden Servertürme mit dem Raum, in dem sich ihre Schaltzentrale befand. Dieser war auch tagsüber von den bis auf den Boden reichenden, dicken lilafarbenen Vorhängen verdunkelt, die sowohl innerhalb der Wohnung jeden Hinweis darauf abschirmten, ob draußen Tag oder Nacht war, als auch von außen keinerlei Rückschlüsse darauf zuließen, ob sich jemand in der Wohnung aufhielt, weil vielleicht eine Lichtquelle auszumachen oder hinter den Fensterscheiben die Silhouette einer Person zu sehen war. Auf einem gigantischen Schreibtisch im Zentrum war eine Mauer von zwölf Monitoren errichtet – jeweils vier neben- und drei übereinander. Auf der riesigen Schreibtischplatte vor der Monitorwand und teilweise auch auf dem hochflorigen Teppich im ganzen Raum verstreut lagen neben allerlei undefinierbaren elektronischen Bauteilen diverse PC-Mainboards, Grafikkarten, Festplatten und Laufwerke, bei denen es sich teilweise um Einzelstücke handelte, die als Sonderanfertigungen nach Wittstocks Anforderungen und Wünschen hergestellt worden waren. Drei Mobiltelefone, vier Tastaturen und mehrere PC-Mäuse lagen auf der Schreibtischplatte, dazwischen teils geleerte, teils noch ungeöffnete Chips- und Schokoladenverpackungen sowie volle und ausgetrunkene Cola-Dosen. Dies war das Reich der Frau, die nicht nur für das BKA tätig war und in Amtshilfe für die LKAs der verschiedenen Bundesländer in Erscheinung trat, sondern die auch regelmäßig vom Staatsschutz oder von anderen inländischen Diensten kontaktiert wurde, weil diese auf die außergewöhnlichen Fähigkeiten des Computerforensik-Mastermind Wittstock zurückgreifen wollten. Behörden, von denen die meisten derart im Verborgenen und unter dem Deckmantel des Schweigens operierten, dass nicht einmal die Bundesregierung und schon gar nicht die deutsche Bevölkerung überhaupt von ihrer Existenz wussten.

Wittstock stellte den dampfenden Kaffeebecher auf der Tischplatte vor ihr ab, zog den abgewetzten Bürostuhl heran und wollte gerade nach einer Tastatur greifen, als eines der Mobiltelefone auf dem Schreibtisch zu brummen begann. Sie sah auf das Display, das beim ersten Brummton hell aufgeleuchtet hatte.

»Schätzchen, wenn ich vorhin am Telefon gesagt habe, dass ich deine Hilfe gebrauchen könne, meinte ich eigentlich nicht, dass wir heute Abend direkt damit anfangen, eure verstaubte rechtsmedizinische Arbeitsweise an Tatorten und bei der Ermittlung der Todeszeit digital etwas aufzupeppen und zu optimieren …«, begrüßte sie Yao in leicht belustigtem Tonfall.

»Ich dachte, ich komme jetzt sofort bei dir mit meinem Tatortkoffer vorbei, und wir beide gehen das alles mal Punkt für Punkt und der Reihe nach durch«, lautete die Antwort am anderen Ende der Leitung, aber ehe Wittstock etwas erwidern konnte, schob Yao nach: »Nein, Scherz, Sara. Ich bin todmüde, und das Einzige, was ich heute noch tun werde nach unserem Telefonat, ist schlafen.«

»Und du rufst mich an, um mir das zu sagen?«

»Sara, ich habe eine Bitte. Es geht um einen gewissen Roderich Kracht. Professor Doktor Roderich Kracht. Er ist Leiter einer Schönheitsklinik hier in Berlin. Ich habe …«

»Hat er jemanden zu Tode operiert? Ich glaube, ihr nennt das *Mors in tabula,* oder?«

»Richtig, so heißt das. *Mors in tabula*. Tod auf dem Operationstisch während eines chirurgischen Eingriffs. Aber darum geht es hier nicht, Sara, und Kunstfehler landen für gewöhnlich auch nicht bei den Extremdelikten auf dem Tisch. Es geht um etwas ganz anderes. Allerdings gibt es auch eine Tote …«

»Spuck's schon aus, Schätzchen!«

»Krachts Frau ist heute Vormittag ermordet worden. Er ist weder Verdächtiger, noch wird ihm irgendetwas vom LKA vorgeworfen. Allerdings bin ich auf der Website seiner Klinik in seinem Lebenslauf über etwas gestolpert, für das ich gerade keine Erklärung habe. Der Mann hat eine Bilderbuchkarriere hingelegt und so ziemlich alles erreicht, was man als Mediziner erreichen kann: Promotion mit Prädikat, Forschungsstipendium im Ausland, internationale Top-Ausbildung, jede Menge Preise und Ehrungen. Aber da ist etwas, was nicht ins Bild passt. Sozusagen ein weißer Fleck in seinem Lebenslauf. Ich habe eben versucht, irgendetwas zu Roderich Kracht in den Jahren 1993 bis 1995 im Netz zu finden, aber Fehlanzeige. Verstehst du? Diese Lücke über etwa zwei Jahre seines Lebens passt nicht in die ansonsten makellose Kontinuität seines Lebenslaufs.«

»Verstehe«, antwortete die IT-Expertin, obwohl sie das

eigentlich nicht tat, und nahm vorsichtig einen Schluck von ihrem immer noch leicht dampfenden Kaffee. »Hau dich hin. Ich melde mich.«

Nachdem sie das Handy zurück auf die Schreibtischplatte gelegt hatte, drückte die IT-Expertin eine kurze Tastenfolge auf einer Tastatur, die sie schon während des Gesprächs mit Sabine Yao zu sich herangezogen hatte, und die untere Reihe Monitore erwachte augenblicklich zum Leben.

† † †

11

Dienstag, 10. April, 8:52 Uhr,
Berlin-Moabit,
Landesinstitut für gerichtliche und soziale Medizin

Der heutige Vormittag sollte für Sabine Yao einen anderen Verlauf nehmen als ursprünglich geplant. Denn gerade als sie sich nach der morgendlichen Frühbesprechung in der Damenumkleide des Sektionstrakts der Treptowers für ihre anstehende Obduktion hatte umziehen wollen, war Renate Hübner in der Sammelumkleide erschienen. Herzfelds Sekretärin war von gefürchteter Humorlosigkeit und hatte ihr, emotionslos wie immer, mitgeteilt, dass ein gewisser Doktor Jörgensen vom Landesinstitut erfolglos versucht habe, sie zu erreichen, und um einen dringenden Rückruf bitte. Sie hatte Yao einen Notizzettel mit Jörgensens Namen und seiner Mobilnummer in die Hand gedrückt und wortlos die Damenumkleide wieder verlassen.

Yao war daraufhin aus dem Sektionstrakt geeilt, in dem der Mobilfunkempfang nur unzureichend bis nicht existent war, und hatte Jörgensen zurückgerufen.

Der Kollege vom Landesinstitut hatte ihr mitgeteilt, warum ein zeitnahes persönliches Treffen in dem in Moabit ansässigen Landesinstitut vonnöten sei, und Yao hatte im Anschluss an das Telefonat ihre Kollegin Doktor Wiebke Rath gebeten, für sie die Obduktion des in seiner Flüchtlingsunterkunft erstochenen Mannes aus Eritrea zu übernehmen.

Und so kam es, dass Sabine Yao jetzt, eine gute Stunde später, über den an der Turmstraße gelegenen Haupteingang das riesige Gelände des ehemaligen Krankenhauses Moabit betrat, in dem sich der Sektionssaal des Landesinstituts für gerichtliche und soziale Medizin befand.

Das Landesinstitut war nicht wie das Institut für Rechtsmedizin der Charité mit Forschungs- und Lehraufgaben im universitären Bereich betraut, sondern nahm die gerichtsärztliche Versorgung der Hauptstadt wahr. Es blickte nicht nur auf eine traditionsreiche Geschichte zurück, sondern war auch an einem historisch bedeutenden Standort untergebracht. Eröffnet 1937 als Gerichtsärztliches Institut des Stadtgesundheitsamtes, war es seit nunmehr fast zwanzig Jahren auf dem Gelände des ehemaligen Krankenhauses Moabit untergebracht.

Wenn diese Gebäude sprechen könnten, dachte Sabine Yao, als sie zwischen den lang gestreckten drei- bis viergeschossigen Backsteinbauten, die im Zweiten Weltkrieg größtenteils von den flächendeckenden Bombardements der Alliierten verschont geblieben waren, eine der von mächtigen Kastanienbäumen gesäumten Alleen entlangging.

Hier hatte der Begründer der modernen Bakteriologie und Virologie, Robert Koch, in den 1880er-Jahren einen Teil seiner bahnbrechenden Forschungen zu Desinfektion und Sterilisation durchgeführt. Jüdische Ärzte hatten hier noch bis lange nach der Machtergreifung durch die Nationalsozialisten nahezu unbehelligt im Dritten Reich praktizieren können – bis auch sie schließlich mit einem Berufsverbot belegt und in Konzentrationslager deportiert worden waren. Später in der NS-Zeit war der jetzige Standort des Landesinstituts ein Ort unmenschlicher Zwangssterilisationen durch SS-Ärzte gewesen.

Die gerichtsärztlichen Versorgungsaufgaben der im Landesinstitut angestellten Kolleginnen und Kollegen, von denen sich einige in der Tradition ihrer Institution immer noch gerne als *Gerichtsärzte* bezeichneten, waren neben Obduktionen, den gesetzlich vorgeschriebenen zweiten Leichenschauen in den beiden Berliner Krematorien – an die dreißigtausend jedes Jahr –, Untersuchungen von in Strafverfahren Beschuldigten auf ihre Haftfähigkeit oder von Angeklagten auf ihre Verhandlungsfähigkeit vor Gericht.

Obwohl Jörgensen an diesem Morgen im Sektionssaal eingeteilt war und gegen elf in einer Gerichtsverhandlung als rechtsmedizinischer Sachverständiger in dem nur wenige Hundert Meter entfernten Kriminalgericht Moabit in der Turmstraße auftreten musste, hatte er darauf gedrängt, dass Yao und er die Ergebnisse seiner noch am Abend zuvor durchgeführten Obduktion Melanie Krachts persönlich besprechen und diskutieren sollten.

Zu Recht, wie Yao gedacht hatte, nachdem sie der kurzen Schilderung am Telefon gelauscht hatte.

Sie erreichte das Verwaltungsgebäude des Landesinstituts, wo sie von einer freundlichen Frau mittleren Alters bereits erwartet und in den Sektionstrakt gebracht wurde. Dort erwartete sie eine Assistentin in blauer Sektionssaalkleidung, schwarzen Gummistiefeln und mit schwarzem Bandana. Yao folgte der Frau in die Damenumkleide, wo sie ihr einen Spind zuwies und einen langärmeligen, viel zu großen und ausgewaschenen gelben Schutzkittel, der von hinten zu schließen war, und blaue Einmalplastiküberschuhe überreichte.

Yao nahm aus ihrer Handtasche das Notizbuch, in dem sie am Vortag ihre Schlussfolgerungen aus der Untersuchung der Leiche mit der jeweiligen Uhrzeit vermerkt hatte, und verstaute es in einer der Gesäßtaschen ihrer Jeans. Dann zog sie ihre Daunenweste aus und schloss diese zusammen mit ihrer Handtasche in einem schmalen Spind ein, ehe sie sich die Überschuhe über ihre Loafer zog und in den Kittel schlüpfte.

Yao war schon mehrfach im Sektionssaal des Landesinstituts gewesen und wusste deshalb, was sie erwartete.

† † †

Die automatisch öffnende Sektionssaaltür schwang geräuschlos auf, und fast im selben Moment umgab die Rechtsmedizinerin der ebenso unverwechselbare wie unvergleichbare Geruch, der von Toten in unterschiedlichen Erhaltungsstadien ausging.

Der mit fast hundertfünfzig Quadratmetern Grundfläche nicht nur größte, sondern mittlerweile auch älteste, da fast durchgehend seit 1889 in Betrieb befindliche, Sektionssaal Berlins befand sich ebenerdig in dem Teil des auch als Verwaltung des Landesinstituts genutzten Gebäudes. In dem knapp zwanzig Meter langen Sektionssaal standen insgesamt fünf Sektionstische – mit einem Abstand von etwa zwei Metern zueinander in einer Reihe angeordnet – vor einer riesigen Fensterfront aus Milchglas. Diese Scheiben waren das Relikt einer Zeit, in der elektrisches Licht noch nicht zur Verfügung gestanden hatte und zwangsläufig nur bei Tageslicht obduziert werden konnte. Aber der Sektionssaal des Landesinstituts hielt noch eine weitere Besonderheit vor, denn bei den Sektionstischen handelte es sich durchweg um die Originaltische aus Marmor, die noch aus der Zeit des Begründers der modernen Pathologie, Rudolf Virchow, stammten und auf denen in den vergangenen über hundertdreißig Jahren bereits Hunderttausende Leichen obduziert worden waren.

Im hinteren Teil des Saals beugte sich Jörgensen über eine undefinierbare Masse auf dem vorletzten der fünf Sektionstische. Auf dem Weg zu ihm schritt Yao die Reihe der Sektionstische ab. Auf der ersten marmornen Tischplatte lag seltsam verkrümmt ein sehr blasser nackter Körper, augenscheinlich ein älterer Mann, wie Yao an dem schütteren grauen Haar und dem Körperbau ausmachte. Ab dem Hüftbereich abwärts war der Körper in seiner Längsachse in sich verdreht, wobei sich das rechte Bein des Toten gegen die Verdrehung des Restes des Unterkörpers zu sträuben schien, denn es lag nicht nur schlaff, als gehörte es gar nicht zum Rest des Körpers, sondern war auch deutlich kürzer als das linke Bein.

Beckenfraktur nach einem massiven Polytrauma, mutmaßte Yao. Neugierig blieb sie an dem gewaltigen Marmorwaschbecken am Fußende des Sektionstischs stehen. Es war fast randvoll mit hellrötlich gefärbtem Wasser. Das, was Yaos Aufmerksamkeit erregt hatte, entpuppte sich als ein etwa zwanzig Zentimeter langer, relativ dünner, aber offensichtlich stabiler Ast, der sich einmal durch die linke Wade des Toten gebohrt hatte und mit den noch daran befindlichen grünen Blättern wie ein groteskes Fähnchen aus dem Bein des Toten ragte.

»Fenstersturz aus dem vierten Stock, wobei die Linde, die ihm auf dem Weg nach unten in die Quere kam, nicht wirklich seinen Sturz abgefedert hat, wie man sieht«, hörte Yao neben sich die Stimme der Sektionsassistentin, die ihr kurz zuvor den Kittel überreicht hatte.

Yao vermutete für einen Moment, dass sich ein weiterer Ast in die untere Extremität gebohrt hatte, denn auch an der Innenseite des rechten Oberschenkels steckte ein länglicher Gegenstand, ähnlich dem Stück eines Besenstiels, der sich jedoch bei genauerem Hinsehen als ein Teil des dort herausragenden Oberschenkelknochens entpuppte.

Yao setzte ihren Weg zu Jörgensen fort. Auch wenn sie im

Sektionssaal des BKA jeden Tag mit Toten zu tun hatte, so war doch die Masse und der Facettenreichtum der Todesfälle, die im Landesinstitut untersucht wurden, jedes Mal aufs Neue ein Faszinosum für sie.

Auf dem nächsten Sektionstisch lag ein hochgradig fäulnisveränderter Leichnam einer Frau undefinierbaren Alters. Die gesamte Oberhaut war schmutzig grün verfärbt und die Brüste der Toten waren ballonartig aufgebläht. Diese groteske Vergrößerung der Brüste war ebenso wie das aufgeblähte Gesicht mit den kissenartig vorgewölbten Augenlidern und der aufgedunsenen, aus dem leicht geöffneten Mund zwischen den Zahnreihen hervorquellenden Zungenspitze eine Folge des bei fortgeschrittener Leichenfäulnis auftretenden *Fäulnisgasemphysems.* Der durch massive Gasbildung im Rahmen der bakteriellen Fäulnisprozesse in Bauchhöhle und Brusthöhle aufgetriebene Körper wurde irgendwann durchlässig, und die Gasbläschen wanderten in das Unterhautfettgewebe, sammelten sich dort an und hoben die darüber gelegene Haut an, woraus das teils groteske Aussehen der Toten resultierte.

Auf dem dritten Sektionstisch lag eine offenbar bisher nicht identifizierte weibliche Wasserleiche. Zumindest schloss die Rechtsmedizinerin dies einerseits aus dem durchnässten schulterlangen Kopfhaar und der durchfeuchteten Bekleidung sowie andererseits aus der Tatsache, dass sich gerade eine Kriminaltechnikerin an den Händen der Toten zu schaffen machte. Yao erinnerte sich zwar nicht an ihren Namen, doch die Frau war ihr von früheren Einsätzen als Daktyloskopin, Fingerabdruckspezialistin, bekannt.

Mit einem »Guten Morgen« begrüßte Yao die stämmige Mittfünfzigerin mit den kurzen, feuerrot gefärbten Haaren in dem weißen Overall der Spurensicherung.

»Morgen! Was machen Sie denn hier?«, erwiderte die Kriminaltechnikerin aufgeräumt.

»Ein Besuch bei Kollege Jörgensen«, beantwortete Yao die Frage mit einem Lächeln und blieb kurz bei der Beamtin stehen. Sie sah ihr interessiert zu, wie diese mit einem Skalpell an jedem Finger der linken Hand der Toten die Haut unterhalb der Fingerspitzen, etwa auf Höhe des Übergangs der Fingermittelglieder zu den Endgliedern, einschnitt. Nun legte sie das Skalpell vor sich auf der marmornen Sektionstischplatte ab und zog vorsichtig die Oberhaut und den Fingernagel von der Kuppe des linken Zeigefingers der Toten. Diesen Fingerling aus Menschenhaut stülpte sie wie einen kleinen Handschuh über die Kuppe ihres eigenen Zeigefingers der behandschuhten linken Hand und presste die Fingerbeere, die Unterseite der Fingerkuppe, ihres linken Zeigefingers mit dem daran jetzt anhaftenden Papillarleistenmuster der Haut der Toten auf einen mit Druckerschwärze getränkten Silikonstreifen. Daraufhin drückte sie mit ihrer eigenen Hand den Fingerabdruck der Toten auf eine Karteikarte, auf der jeweils beschriftete Felder für jeden einzelnen Finger vorgesehen waren. Yao kannte die Methode, mit der sich die Fingerabdruckspezialisten von LKA und BKA den Umstand zunutze machten, dass bei Wasserleichen an den Händen die verhornte Oberhaut durch den Kontakt mit dem Wasser nach einiger Zeit aufquoll und sich von der darunter gelegenen, nicht verhornten Lederhaut ablöste. Es war faszinierend, dass bei vielen Fragestellungen trotz aller modernen, teilweise hochtechnisierten Errungenschaften in der Kriminaltechnik immer noch die handwerkliche Arbeit der Spurensicherer die entscheidende Rolle spielte.

Schließlich trat sie an Jörgensens Sektionstisch.

»Was ist schon Leiche, und was ist noch Matratze?«, begrüßte Lars Jörgensen sie mit seiner Bassstimme und deutete mit seinen knallgelben Latexhandschuhen, die mehr an Geschirrspülhandschuhe als an die in der Medizin üblicherweise verwendeten Einmalhandschuhe erinnerten, auf die menschlichen Überreste vor ihm.

Der mumifizierte, an Händen und Füßen bereits überwiegend skelettierte Leichnam zeigte eine teils dunkelbraune, teils grauschwarze Hautfarbe, die sich lederartig straff über die Knochenkonturen von Ellbogen, Kniegelenken und Hüftknochen spannte. Der Grund der leeren Augenhöhlen war von reichlich faserartigem, gräulichem Material bedeckt, Ausscheidungen von Speckkäfern, die am Leichnam gefressen hatten. Darauf war reichlich gräulicher Schimmelpilzbefall zu sehen. Der oder die in Linksseitenlage liegende Tote – das Geschlecht war aufgrund der Fäulnisveränderungen äußerlich nicht festzumachen – schien mit einer schmutzig verfärbten, dünnen Schaumstoffmatratze regelrecht verschmolzen zu sein, die unter dem Körper auf dem Sektionstisch lag.

»Unsere Fahrer, die den Toten aus seiner Wohnung geholt haben, haben sich entschieden, den Toten gleich mitsamt Unterlage einzusammeln, damit beim Lösen des Leichnams nicht alles auseinanderfällt und Befunde verloren gehen …«, sagte Jörgensen fast entschuldigend. »Aber, Frau Yao, Sie sind nicht hier, um zu hören, wie ich über menschlichen Verfall nach dem Tode referiere. Ich unterbreche hier, und wir gehen ein Stockwerk höher, damit ich Ihnen von der Obduktion von Melanie Kracht berichten kann.«

Jörgensen wandte sich an einen jungen, pickelgesichtigen Mann, der sich bisher an einem chromglänzenden Sideboard im Hintergrund gehalten hatte. »Herr Weise, wären Sie so freundlich, hier weiterzumachen? Ich denke, ich bin in spätestens einer halben Stunde wieder bei Ihnen …«

† † †

Etwa fünf Minuten später betraten Yao und Jörgensen einen Raum im ersten Obergeschoss des Gebäudes, er schien eine Mischung aus Personalküche, Aufenthaltsraum und Ruheraum zu sein. Neben einer kleinen Küchenzeile befand sich ein zweisitziges Sofa, dem gegenüber stand auf einem Kiefernregal ein Fernseher, in der Mitte war ein größerer ovaler Tisch mit sechs Stühlen platziert. Jörgensen bedeutete Yao, Platz zu nehmen. »Kann ich Ihnen einen Tee oder einen Kaffee anbieten?«

Yao lehnte das Angebot dankend ab.

»Die Todesursache von Frau Kracht ist, wie gestern schon am Tatort vermutet, ein Angriff gegen den Hals im Sinne eines Würgens. Auch wenn die Befunde an der Halshaut mit den streifigen Hautschürfungen und kleinen Kratzern ja eher diskret daherkommen, sprechen die inneren Befunde eine eindeutige Sprache«, begann Jörgensen seine Ausführungen. Er nahm sein Handy, das er zuvor auf der Tischplatte zusammen mit ein paar handgeschriebenen Notizen abgelegt hatte, entsperrte durch schnelles Eintippen einer Zahlenfolge das Display, wischte kurz ein paarmal darüber und hielt Yao dann das Gerät hin. »Kräftige, dunkelrote Einblutungen in der oberflächlichen und tiefen Halsmuskulatur«, kommentierte er das erste Foto. Dann präsentierte er seine Obduktionsbefunde anhand der Handyfotos, unterbrochen von kurzen Pausen, in denen er zu den jeweiligen Befunden kurze Bemerkungen wie »Abbrüche beider oberen Schildknorpelfortsätze«, »zweifacher Bruch des Zungenbeins« und »streifige Einblutungen auch im hinteren Kehlkopfmuskel« machte. Schließlich zeigte er Yao mehrere Fotos, die die Körperrückseite der toten Melanie Kracht auf dem Obduktionstisch zeigten. Der Rücken war einmal der Länge nach durch einen vom Nacken bis zum Beginn der Gesäßfalte reichenden Schnitt eröffnet worden. Auf den sowohl als Übersichtsaufnahmen als auch aus direkter Nähe gemachten Fotos fielen Yao die dunkelroten, feucht glänzenden Einblutungen in dem normalerweise goldgelben Unterhautfettgewebe von Schulterblättern und Kreuzbein auf.

»Widerlagerverletzungen«, bemerkte Yao.

»Korrekt, das passt zum steinharten Terrakottaboden im Badezimmer. Der Großteil der Strangulation muss stattgefunden haben, als sie rücklings auf dem Boden lag. Während er sie würgte, wird der Täter sehr wahrscheinlich neben ihr gekniet haben, denn ich habe keinerlei Verletzungen im Bereich ihrer Brustkorbvorderseite oder im Weichgewebe des Beckenrings gefunden, die darauf hindeuten würden, dass er während des Würgens auf ihr gekniet oder gesessen hat.«

Yao nickte stumm.

Der Täter ist mit hoher Effizienz vorgegangen. Keinerlei Kampfspuren im Badezimmer. Vermutlich war er ihr körperlich deutlich überlegen. Er muss sie mit seinem Angriff überrascht haben. Er stand vor ihr, sie rechnete nicht damit …
»Abwehrverletzungen oder Anzeichen für ein Sexualdelikt?«, fragte sie dann.

»Weder noch. Keinerlei Hämatome im Unterhautfettgewebe der Unterarme, keine Griffspuren an den Oberarminnenseiten. Keinerlei Verletzungen am Scheidenvorhof oder in der Vagina selbst. Am Anus und im Rektum auch nichts. Völlig intakte Schleimhaut. Vaginal-, Anal- und Mundabstriche negativ. Der Slip ist bei der KT, aber da erwarte ich keine Überraschungen.«

Yao nickte erneut.

»Todesursache ist Erwürgen. Der Täter muss ihr körperlich deutlich überlegen gewesen sein, hat das Überraschungsmoment genutzt«, fasste Jörgensen das zusammen, was Yao auch schon festgestellt hatte. »So weit, so gut. Oder auch nicht …«, fuhr er fort. »Während wir mit der Todesursache keinerlei Schwierigkeiten haben, bereitet mir, wie ich Ihnen schon am Telefon sagte, unsere Todeszeit ein wenig Bauchschmerzen. Das Körpergewicht liegt mit knapp einundfünfzig Kilogramm in dem Bereich, den wir vor Ort geschätzt hatten. Aber was mich stutzig gemacht hat gestern Abend bei der Obduktion, ist die Tatsache, dass die Leichenstarre, die Sie gestern um …«, er blätterte kurz in den Seiten vor ihm, »… 17:23 Uhr im rechten Ellbogengelenk gebrochen hatten, weder bei der äußeren Leichenschau unserer Toten gegen 20:00 Uhr noch bis zum Ende meiner Obduktion kurz vor Mitternacht wieder eingetreten ist.«

Jörgensen hatte Yao bereits am Telefon von seiner Beobachtung berichtet, die nicht zu den wissenschaftlich anerkannten Beobachtungen und den in den rechtsmedizinischen Fachbüchern nachlesbaren Gesetzmäßigkeiten des Wiedereintritts der Totenstarre nach ihrer gewaltsamen Lösung passte. Das Phänomen des Wiedereintretens der Totenstarre, nachdem sie gewaltsam gelöst worden war, ließ sich normalerweise innerhalb von zwei bis zehn Stunden nach dem Tod beobachten. Sie beruhte auf dem Umstand, dass in den Fasern eines Muskels beziehungsweise einer ein Gelenk im Rahmen der Totenstarre versteifenden Muskelgruppe die Totenstarre nicht zeitgleich, sondern erst allmählich nach und nach eintrat. Beim gewaltsamen Brechen der Totenstarre durch den Rechtsmediziner wurden die bereits erstarrten Muskelfasern durch passive Bewegung der Muskeln über die Mobilisierung eines Gelenks zwar gelöst, die Starre trat aber innerhalb kurzer Zeit erneut ein, wenn der Betreffende noch nicht länger als zehn Stunden tot war, da eben noch nicht alle Muskelfasern im frühen postmortalen Intervall bereits erstarrt waren und sich erst sukzessive versteiften.

Deshalb ließ sich die rechtsmedizinische Lehrmeinung, dass eine innerhalb der ersten zwei bis zehn Stunden gebrochene Totenstarre jedes Mal wieder eintrat, nicht mit dem Fall der toten Melanie Kracht vereinbaren, da sie ausweislich der unabhängig voneinander durchgeführten Todeszeitberechnungen der beiden Rechtsmediziner zu dem Zeitpunkt, als Yao die Starre um 17:23 Uhr gebrochen hatte, ja erst zwischen fünf und knapp siebeneinhalb Stunden tot gewesen sein konnte. Dass die Totenstarre bei Melanie Kracht nicht wieder eingetreten war, konnte demzufolge nur bedeuten, dass sie entweder schon länger tot war, als Jörgensen und Yao aufgrund ihrer Untersuchungen veranschlagt hatten, oder dass beiden Rechtsmedizinern unabhängig voneinander bei ihren Berechnungen zur Todeszeit ein Fehler unterlaufen war. Dies allerdings wäre ein schier unmöglicher Zufall, da sie beide denselben Fehler hätten begehen müssen oder zufällig auf dasselbe falsche Resultat hätten gekommen sein müssen.

Was von jeder mathematischen Wahrscheinlichkeit her ein Ding der Unmöglichkeit ist. Und das auch noch zu unterschiedlichen Untersuchungszeitpunkten, da Jörgensen ja schon geraume Zeit vor mir am Tatort eingetroffen ist und mit seinen Untersuchungen am Leichnam begonnen hat …

»Ein Messfehler von Körperkerntemperatur und Umgebungstemperatur, der bekanntlich die gravierendsten Auswirkungen auf die Berechnung der Todeszeit hat, ist praktisch ausgeschlossen«, bemerkte Yao, »da wir beide zu unterschiedlichen Zeitpunkten und mit unterschiedlichen Thermometern zu demselben Resultat gelangt sind. Aber trotzdem sollten wir unsere jeweiligen Aufzeichnungen noch mal Punkt für Punkt durchgehen.«

Jörgensen nickte zustimmend und zog nach kurzem Blättern zwei Seiten aus dem vor ihm liegenden kleinen Stapel mit handschriftlichen Notizen, während Yao das abgegriffene Notizbuch aus ihrer Gesäßtasche zog.

Nachdem die beiden Rechtsmediziner ihre Untersuchungsergebnisse unter Berücksichtigung der Tatsache, dass Jörgensens Befunderhebung eine Stunde und zehn Minuten vor Yaos Untersuchung der Toten stattgefunden hatte, abgeglichen hatten, indem sie zunächst ihre Ergebnisse jeder für sich in die App zur Todeszeitberechnung auf ihren Handys eingaben und dann nochmals die Messergebnisse des anderen überprüften, stand eine knappe Viertelstunde später definitiv fest, dass sich ihre vor Ort getroffenen Feststellungen nur mit einer Todeszeit von Melanie Kracht zwischen zehn und zwölf Uhr am Morgen des Todestags vereinbaren ließen. Wobei es nichts an der Tatsache änderte, dass dies in krassem Widerspruch zu der von Jörgensen festgestellten Beobachtung der nicht wieder eingetretenen Totenstarre im rechten Ellbogengelenk von Melanie Kracht stand.

»Ich bin mir sicher, es gibt irgendeine Erklärung …«, versuchte es Jörgensen und sah Yao mit ratlosem Gesichtsausdruck an.

Die stellvertretende Leiterin der BKA-Rechtsmedizin hatte schon auf ihrer Fahrt nach Moabit fieberhaft überlegt, was die Ursache dieser Entdeckung sein konnte, die sowohl aus dem Rahmen ihrer eigenen empirischen Erfahrung fiel als auch jede rechtsmedizinische Lehrmeinung konterkarierte. Denn eine von der Rechtsmedizin den Beamten der Mordkommission falsch mitgeteilte Todeszeit, die diese ihren Ermittlungen als unverrückbar zugrunde legten, konnte folgenschwere Konsequenzen sowohl für den Verlauf als auch für das Ergebnis einer Mordermittlung haben. Das

Alibi eines Tatverdächtigen, eine zu einem konkreten Zeitpunkt von einem Augenzeugen gemachte Beobachtung oder die Aufzeichnungen einer Überwachungskamera, all das erschien in einem völlig anderen Licht und war letztlich wertlos, wenn bei den Ermittlungen ein falscher Tatzeitpunkt zugrunde gelegt wurde.

»Ich habe mir vorhin schon einmal überlegt, welche potenziellen Einflussfaktoren auf die zeitliche Abfolge der Totenstarre eine Rolle spielen, Herr Jörgensen.« Yao richtete sich kerzengerade auf dem harten Holzstuhl auf. Ihre sorgfältig manikürten Finger ruhten auf ihren Oberschenkeln, und sie war hoch konzentriert, als sie mit ihrer Aufzählung begann: »Einen nicht unerheblichen Einfluss auf die Totenstarre, also, wie schnell sie sich bildet und schließlich auch wieder löst, hat die Muskelaktivität vor dem Tod. Bei Bettlägerigen, die sich vor ihrem Ableben kaum mehr bewegt haben, dauert es extrem lange, bis sich die Starre überhaupt bemerkbar macht. Das andere Extrem sind Hochleistungssportler, bei denen tritt die Totenstarre extrem schnell nach dem Tod ein, da ihr Adenosintriphosphat-Spiegel durch die übermäßige Muskelaktivität vor dem Tode sehr niedrig ist. Adenosintriphosphat als Energieträger, quasi das Benzin unserer Muskeln, aber das wissen Sie …«

»Korrekt«, unterbrach Jörgensen sie. »Ich erinnere mich noch gut an den Fall eines Marathonläufers, der kurz vor dem Ziel bei Kilometer einundvierzig tot umfiel. Als er nicht mal eine Stunde später hier bei uns eingeliefert wurde, war der gesamte Körper steif wie ein Brett, so etwas habe ich noch nie zuvor und danach auch nie wieder in dieser Ausprägung gesehen. Bei ihm ist die Leichenstarre nach Brechen übrigens auch nicht wieder eingetreten.«

Yao signalisierte mit einem Nicken ihre Zustimmung.

»Allerdings kannten wir bei ihm die exakte Todeszeit, da sofort ein Notarzt vor Ort gewesen war«, fuhr Jörgensen fort.

Yao nickte. »Nach allem, was wir zum jetzigen Zeitpunkt wissen, können wir bei Frau Kracht eine extreme körperliche Anstrengung – und damit meine ich nicht Fitnesstraining an einem der vielen Trainingsgeräte bei ihr zu Hause oder eine Joggingrunde durch Nikolassee, sondern eine anstrengende, länger dauernde Flucht vor oder ein sehr heftiges, kräftezehrendes Handgemenge mit ihrem Mörder – ausschließen.«

»Definitiv«, pflichtete Jörgensen ihr bei.

»Kommen wir zum nächsten Punkt: maligne Hyperthermie.«

Yao spielte damit auf eine äußerst seltene extreme Erhöhung der Körpertemperatur an, die aufgrund einer genetischen Veranlagung bei manchen Menschen spontan nach der Einnahme von Muskelrelaxanzien oder synthetischen Drogen ausgelöst werden konnte.

»Oder«, fuhr sie fort, »eine hochfieberhafte Erkrankung zum Zeitpunkt ihres Todes? Was ist mit einer Schilddrüsenüberfunktion?«

Auch die zuletzt genannte Erkrankung führte zu einer erhöhten Körpertemperatur, die einerseits direkten Einfluss auf die Geschwindigkeit des zeitlichen Ablaufs der Totenstarre hatte und andererseits die Körperkerntemperatur aus ihrem normalen Bereich von knapp siebenunddreißig Grad Celsius nach oben verschob und so einen systematischen Fehler bei der Todeszeitberechnung zur Folge hatte, die standardgemäß eine normale Körpertemperatur des Betreffenden zum Zeitpunkt seines Todes zugrunde legte.

»Allesamt Sackgassen«, erwiderte Jörgensen und fuhr sich sichtlich angestrengt durch seine Haare. »Unser *General Unknown Screening* in der Toxikologie ist in dieser Hinsicht negativ verlaufen. Zum Zeitpunkt ihres Todes stand Frau Kracht unter keinerlei Einfluss von irgendwelchen Substanzen. Was Infekt oder Schilddrüsenüberfunktion anbelangt – ebenfalls Fehlanzeige. Bei meiner Obduktion keinerlei Infektionsfokus, die Atemwege und Lungen unauffällig, nichts an den Nieren. Die Schilddrüse von regelhafter Form und Größe, die Schnittflächen ganz normal gefeldert, keine Knoten, rein gar nichts, was auf eine Schilddrüsenerkrankung hindeuten würde.«

»Mehr fällt mir momentan dann auch nicht mehr ein«, gab Yao frustriert von sich. Sie konnte sich schlicht nicht erklären, wieso die Totenstarre bei Melanie Kracht nach ihrem gewaltsamen Brechen nicht wieder eingetreten war, und noch weniger konnte sie sagen, ob sie daher davon ausgehen mussten, dass der von ihr und Jörgensen mitgeteilte Todeszeitpunkt aufgrund dieser Beobachtung schlichtweg falsch war.

Jörgensen schienen ähnliche Überlegungen umzutreiben, denn schließlich saßen die beiden Rechtsmediziner mehrere Minuten einfach nur schweigend da.

Jörgensen ergriff als Erster wieder das Wort und sagte nach einem hastigen Blick auf seine Armbanduhr: »Ich muss wieder runter, Frau Yao. Ich muss mich jetzt wirklich mit der Obduktion sputen. Und mein Schwurgerichtstermin ist auch schon in einer knappen Stunde. Wir müssen das hier erst mal vertagen. Bitte entschuldigen Sie mich jetzt.«

»Ganz kurz noch, Herr Jörgensen«, sagte Yao im Aufstehen. »Sind Sie einverstanden, wenn ich Monti anrufe und sie über unser heutiges Treffen und Gespräch informiere? Schließlich ist sie die Leiterin der Ermittlungen und sollte zumindest wissen, dass …«

»Absolut«, fiel ihr Jörgensen ins Wort, der es jetzt sehr

eilig zu haben schien. »Je transparenter wir damit umgehen, umso besser – selbst wenn sich im Nachhinein herausstellen sollte, dass nichts dran ist. Machen Sie es gut, Frau Yao. Sie finden selbst raus?«

Yao sah dem älteren Kollegen, der sich schnellen Schrittes entfernte, noch kurze Zeit hinterher.

Was zum Teufel haben wir nur übersehen?

† † †

12

Dienstag, 10. April, 9:57 Uhr,
Pkw Dr. Sabine Yao

Monti«, meldete sich die Leiterin der vierten Mordkommission des Berliner Landeskriminalamts bereits nach dem zweiten Klingelton.

»Ich bin's, Sabine. Ich hoffe, mein Anruf kommt nicht ungelegen?«

»Nein, nein. Hier ist zwar viel los, aber ein paar Minuten sind drin. Falls es um den Mordfall Kracht geht, wovon ich ausgehe, kann ich dich kurz auf den neuesten Stand bringen. Ich war gerade bei meinem Dezernatsleiter zum Rapport, regelmäßiger Bericht von unserer Behörde an den Innensenator und so weiter. Hab ich dir ja gestern erzählt, dass da großes Interesse an dem Fall vonseiten der Chefetage besteht. Aber meinem Dezernatsleiter habe ich auch nur berichten können, was ich dir jetzt ebenfalls sage, dass wir unter Hochdruck an dem Fall arbeiten, jeder noch so kleinen Spur nachgehen. Wir sind sogar durch Kräfte der dritten und sechsten Mordkommission verstärkt worden, was ganz und gar unüblich ist. Na ja, Chefetage und so, aber ich wiederhole mich ... Bisher ist jedenfalls nichts dabei, was so aussieht, dass es die Ermittlungen in die richtige Richtung lenken könnte. Ich habe zwar noch nicht alle Berichte von heute Nacht vorliegen, aber wenn jemand aus meinem Team eine heiße Spur hätte, wüsste ich das. Das in aller Kürze. Ich melde mich, wenn es was Neues gibt. Ich muss jetzt ...«

»Ganz kurz noch, Monica«, unterbrach Yao die Deutschitalienerin. »Ich war gerade bei Jörgensen im Landesinstitut, und wir sind noch mal unsere Berechnungen zur Todeszeit durchgegangen. Es gibt einen Punkt im Zusammenhang mit der Totenstarre von Melanie Kracht, den wir nicht ganz einordnen können, oder sagen wir mal so: für den wir bisher keine plausible Erklärung haben.«

Und dann schilderte Yao in knappen Sätzen die Diskrepanz zwischen der am Vorabend von Jörgensen gemachten Beobachtung der nicht wieder eingetretenen Totenstarre und ihren nochmals überprüften Berechnungen zur Todeszeit.

»Wir sind ratlos. Es ist nicht so, dass wir die euch mitgeteilte Todeszeit von Frau Kracht infrage stellen würden, wir bleiben dabei. Aber wir haben schlichtweg keine plausible Erklärung … Wie auch immer, Monica. Ich wollte dich nur darüber informieren.«

Die Erste Kriminalhauptkommissarin hatte wortlos zugehört, und als ein kurzes Schnarren in der Freisprechanlage ertönte, befürchtete Yao schon, dass die Verbindung abgebrochen sei. »Monica?«

»Ja, ich bin noch dran. Ich überlege«, ertönte die Antwort klar und deutlich aus dem Pkw-Lautsprecher. »Aber was soll ich sagen? Die Experten dafür seid schließlich ihr …«

Yao fluchte innerlich.

Schöne Experten sind wir. Wenn ich bloß wüsste, was …

Ihr kam eine Idee. »Der Notarzt, Monica. Vielleicht kann er etwas dazu sagen, wie weit Leichenflecke und Leichenstarre bereits fortgeschritten waren, als er dort eingetroffen ist. Er war immerhin als einer der Ersten vor Ort und an der Leiche. Wenn ich mich recht erinnere, hast du gesagt, das war um 13:47 Uhr. Also etwa zwei Stunden vor Jörgensen und knapp drei Stunden vor mir. Wir könnten seine Beobachtungen zu den sicheren Todeszeichen mit unseren Befunden abgleichen. Oder vielleicht gibt es sogar ein Einsatzprotokoll des Notarztes?«

»Leider nein, wir haben nur den Totenschein mit den Personalien der Toten, dem Datum und der Uhrzeit seines Eintreffens. Außer den Kreuzchen bei *Leichenstarre* und *Leichenflecken* und *nicht natürlicher Tod* ist da nichts drauf. Aber ich werde versuchen, ihn zu erreichen, und hören, was er dazu sagt. Ich melde mich.«

In diesem Moment zeigte das Display auf dem Armaturenbrett einen neu eingehenden Anruf von Sara Wittstock.

»Danke, Monica«, sagte Yao, verabschiedete sich von der Ermittlerin und nahm den eingehenden Anruf an.

»Die Lücke von zwei Jahren im Lebenslauf deines Schönheitschirurgen kann ich schließen«, kam die IT-Expertin direkt zur Sache. »Herr Professor Doktor Roderich Kracht ist ein Kollege von dir.«

»Das weiß ich auch …«

»Nein, ein echter Kollege.«

»Was?«

»Er hat selbst mal als Rechtsmediziner gearbeitet.«

»Wie bitte?«, entfuhr es Yao. »Du willst mich auf den Arm nehmen, Sara, oder?«

»Nein, keineswegs.«

»Klartext, Sara! Wovon redest du?«

»Okay, Schätzchen. Zu den Jahren 1993 bis 1995 war tatsächlich nichts über den guten Mann im Netz zu finden. Auch nichts in meinen Datenbanken. Der von dir gestern Abend angesprochene ›weiße Fleck‹ in seinem Lebenslauf. Dann habe ich meine Suche ausgeweitet. Ich bin über die Namen der Versicherten aller möglichen Rentenversicherungen gegangen und habe schließlich meine Suche auf die Datenbanken berufsständischer Versorgungswerke ausgedehnt und auch dort nach Kracht gesucht. Und siehe da, beim Versorgungswerk der Ärztekammer Mecklenburg-Vorpommern habe ich ihn gefunden. Zwischen 1993 und

1995 wurden vom Universitätsklinikum Greifswald für Roderich Kracht die Beiträge für seine Altersvorsorge beim Versorgungswerk der Ärztekammer Mecklenburg-Vorpommern eingezahlt. Und weißt du, wo er an der Uni Greifswald gearbeitet hat? Im Institut für Rechtsmedizin! Also seid ihr Kollegen, wenn mich nicht alles täuscht!«

†††

13

Dienstag, 10. April, 10:26 Uhr,
Berlin,
Treptowers, BKA-Einheit »Extremdelikte«,
Büro Prof. Paul Herzfeld

Paul Herzfeld hatte seiner Stellvertreterin am anderen Ende der Leitung schweigend zugehört. Zunächst hatte sie ihm von der nicht wieder eingetretenen Totenstarre bei Melanie Kracht berichtet, was, wie auch Herzfeld befand, eigentlich ein Ding der Unmöglichkeit war. Dann hatte sie ihm von Wittstocks Rechercheergebnis zu der Lücke in Krachts Lebenslauf erzählt, und Herzfeld hatte erneut seine Befürchtung geäußert, dass der Mord an der Ehefrau des Berliner Schönheitschirurgen weit größere Kreise ziehen könnte, als ihnen allen lieb war. Er wusste um Sara Wittstocks Genialität und Einfallsreichtum in Bezug auf Personenrecherche in den unzähligen Datenbanken, auf die sie legal Zugriff hatte – oder sich ihn einfach durch ein digitales Hintertürchen verschaffte. Wobei er Letzteres nicht gutheißen konnte, da sich diese Recherchen weder mit dem Datenschutzkonzept des BKA noch mit seiner Vorstellung die Persönlichkeitsrechte unbescholtener Bürger betreffend in Einklang bringen ließen.

Aber manchmal heiligt der Zweck eben doch die Mittel.

»Nun gut, Frau Yao, das ist interessant, aber ob es relevant ist, wissen wir zum jetzigen Zeitpunkt nicht.« Er lauschte kurz der Erwiderung seiner Stellvertreterin am anderen Ende der Leitung und stellte dann fest: »Ja, das ist ein guter Punkt, der mir auch sofort in den Sinn kam. Warum verschweigt Kracht in seinem offiziellen und für jedermann sichtbaren Lebenslauf, dass er am Anfang seiner beruflichen Karriere als Arzt in der Rechtsmedizin gearbeitet hat? Das sollte eigentlich nichts sein, wofür man sich schämt. Im Gegenteil. Doch wir sollten nicht zu viel darauf geben. Schließlich geht es nicht um Roderich Kracht, sondern um seine ermordete Frau. Lassen wir die Kollegen vom LKA ihren Job machen. Es ist schließlich nicht unsere …« Herzfeld hielt abrupt inne. »Mir fällt da gerade etwas ein. Ich weiß, wer uns vermutlich weiterhelfen kann. Nicht, dass ich irgendetwas auf Roderich Krachts Zeit in der Greifswalder Rechtsmedizin gebe … Aber vielleicht kann ich schon bald Licht ins Dunkel bringen. Ich melde mich.«

†††

14

Dienstag, 10. April, 12:56 Uhr,
Berlin,
Treptowers, BKA-Einheit »Extremdelikte«,
Büro Prof. Paul Herzfeld

Herzfeld beobachtete Yao, wie diese einen Schluck dampfenden Tee aus dem Becher trank, den Renate Hübner ihr vor wenigen Minuten gebracht hatte.

»Ich meine …«, sagte Yao und schien nach den richtigen Worten zu suchen.

Doch Herzfeld signalisierte ihr mit einer Geste, sich zu gedulden.

Sie ist neugierig. Definitiv. Aber auf eine sehr sympathische Art. Hat ihren eigenen Kopf. Will alles ganz genau wissen, hinterfragt die Dinge. Versucht, sich einen Überblick zu verschaffen, nichts außer Acht zu lassen, was wichtig sein könnte. Sie sammelt möglichst viele Informationen, auch wenn diese sich später als irrelevant herausstellen könnten. Gräbt tiefer als andere im Umfeld von Gewaltdelikten …

Unauffällig sah Herzfeld auf die Armbanduhr an seinem linken Handgelenk.

Ich erkenne viel von mir aus meinen Anfangsjahren in ihr wieder: gute Voraussetzungen, niemals den Enthusiasmus, den unser Job erfordert, und das extrem hohe Maß an Einsatzbereitschaft, ohne die man in der Rechtsmedizin nun mal nicht besteht, zu verlieren.

Der Chef der BKA-Rechtsmediziner war mehr denn je überzeugt von seiner Entscheidung, sich für die junge Yao als seine Stellvertreterin entschieden zu haben, auch wenn dies, wie ihm nicht entgangen war, nicht nur für Außenstehende, sondern auch für einige ältere Kollegen in seiner Abteilung immer noch nicht nachvollziehbar schien.

Herzfeld sah, wie sich Yao bemühte, konzentriert und ruhig zu wirken, aber ihr fahriger Griff an den Hinterkopf, um den Halt ihres Haargummis zu überprüfen, das ihren pechschwarzen Pferdeschwanz zusammenhielt, verriet ihre Anspannung. Er wusste, dass sie nur zu gerne wissen würde, was er gemeint hatte, als er sie vor fünf Minuten in sein Büro gebeten hatte mit dem Hinweis, sie solle dabei sein, wenn etwas Licht in Roderich Krachts Zeit in der Greifswalder Rechtsmedizin gebracht würde.

Herzfeld schaute erneut unauffällig auf seine Armbanduhr.

Noch drei Minuten. Wenn er pünktlich ist … aber davon gehe ich aus.

† † †

15

Dienstag, 10. April, 12:57 Uhr,
Berlin,
Treptowers, BKA-Einheit »Extremdelikte«,
Büro Prof. Paul Herzfeld

Kracht hat sich in den USA in Plastischer Chirurgie ausbilden lassen«, las Herzfeld beeindruckt vom Computermonitor vor ihm ab, auf dem er Professor Roderich Krachts Lebenslauf auf der Website der *Corpore Sano Schönheitsklinik* aufgerufen hatte. »Dann war er ein paar Jahre in der *Clínica Pitanguy,* dem Mekka der Plastischen. Jeder Plastiker, der etwas auf sich hält, lernt das Handwerk dort.«

»Sie scheinen sich ja mit Schönheitschirurgie gut auszukennen«, brachte Yao ihre Verwunderung über dieses ihr bisher verborgen gebliebene Interesse ihres Chefs zum Ausdruck.

Er hat mich doch nicht allen Ernstes hierhergebeten, um mir von Kracht vorzuschwärmen? Langsam wird der Chef wunderlich und ich ungeduldig …

»Ich habe schon immer gerne über den Tellerrand meiner eigenen Profession geschaut«, erwiderte Herzfeld und blickte erneut auf seine Armbanduhr. »Ich bin Kracht übrigens ein paarmal bei verschiedenen Veranstaltungen begegnet. Die ersten beiden Male hat er mir von seiner Zeit als Plastischer Chirurg in Rio berichtet. Ich hatte fast den Eindruck, als wollte er mich damit beeindrucken. Wenn ich damals gewusst hätte, dass er auch mal als Rechtsmediziner tätig gewesen war, hätten wir wenigstens ein gemeinsames Thema gehabt. Danach habe ich versucht, einen Bogen um ihn zu machen, wenn wir uns über den Weg gelaufen sind. Als

Gründer und Ärztlicher Leiter einer renommierten Berliner Schönheitsklinik, zudem einer der größten in unserer Stadt, was Räumlichkeiten, ärztliche und andere Mitarbeiter und Patientenaufkommen anbelangt, ist er in Berliner Medizinerkreisen kein unbeschriebenes Blatt.«

Herzfeld kommt eigentlich immer schnell zum Punkt, vergeudet keine Zeit mit Plänkeleien. Doch heute zeigt er ganz neue Seiten von sich.

Diese ungewisse Warterei und sein Interesse an Krachts Werdegang zerrten an Yaos Nerven, und das, obwohl sie seit frühster Kindheit gelernt hatte, ihre Emotionen zu kontrollieren, sich nichts anmerken zu lassen. Das hatte ihr schon so manche Auseinandersetzung erspart, besonders in den Jahren, in denen Mailin die Familie mit ihrem Verhalten regelmäßig fast in den Wahnsinn getrieben hatte.

Yao riss sich von ihren Gedanken los und fragte: »Ist das gut oder schlecht?« Sie zwang sich zu einem schmalen Lächeln.

»Sagen wir mal so: Kracht ist nicht unumstritten, was seine Klinik anbelangt. Eine private Investorengruppe aus den Vereinigten Arabischen Emiraten zieht im Hintergrund die Fäden und finanziert Kracht und seine Klinik. Dass die Scheichs ihre Frauen und Geliebten zu ihm für Schönheitsoperationen schicken, die viele für überflüssig halten, da medizinisch nicht indiziert, und dadurch an anderer Stelle medizinische Ressourcen fehlen, sagen die einen. Böse Zungen sprechen sogar von Geldwäsche der Saudis über Krachts Klinik. Angeblich Einnahmen aus illegalen internationalen Waffengeschäften, die gegen Kriegswaffenkontrollgesetze und das Völkerrecht verstoßen. Ob das stimmt? Ich weiß es nicht. Andere halten dagegen, dass Krachts Patienten, die meist mit einer ganzen Entourage nach Berlin reisen, viel Geld in die Stadt bringen. Richtig viel Geld, da sie nicht nur in hochpreisigen Hotels residieren, sondern auch in den Edelboutiquen auf dem Ku'damm ein und aus gehen. Wie auch immer … Geld regiert die Welt, und in der Plastischen Chirurgie gilt das umso mehr.«

Yao nickte und schaute nun ihrerseits verstohlen auf ihre Armbanduhr.

† † †

16

Dienstag, 10. April, 13:02 Uhr,
Berlin,
Treptowers, BKA-Einheit »Extremdelikte«,
Büro Prof. Paul Herzfeld

Das Tischtelefon signalisierte lautlos einen eingehenden Anruf aus seinem Vorzimmer.

Na endlich …

Herzfeld beugte sich aus seinem wuchtigen Schreibtischsessel über die Schreibtischplatte nach vorne und drückte eine der Tasten am Telefon, woraufhin Renate Hübners Stimme ertönte: »Herr Professor Dalitz für Sie.«

»Danke. Stellen Sie ihn bitte durch.«

Herzfeld hatte nach Yaos Anruf auf deren Rückfahrt zu den Treptowers Renate Hübner gebeten, mit dem Chefsekretariat des Instituts für Rechtsmedizin in Greifswald einen möglichst zeitnahen Telefontermin mit Professor Martin Dalitz, Direktor des Greifswalder Instituts für Rechtsmedizin, zu vereinbaren.

»Hallo, Paul, unverhofft kommt oft. Wir haben länger nicht voneinander gehört. Alles klar in Berlin?«, erklang die Stimme des Chefs der Greifswalder Rechtsmedizin am anderen Ende.

Herzfeld und Dalitz kannten sich seit mittlerweile knapp zwanzig Jahren. Herzfeld hätte Dalitz nicht als engeren Freund oder Vertrauten bezeichnet, wohl aber als einen guten Bekannten. Sie trafen sich zwar nicht oft, aber regelmäßig, nämlich auf der einmal jährlich stattfindenden Jahrestagung der Deutschen Gesellschaft für Rechtsmedizin. Daher verband sie die Erinnerung an viele gemeinsame

Kongressabende mit unterhaltsamen Gesprächen, sowohl fachlicher als auch privater Natur.

Was rechtsmedizinische Themen anbelangte, hatten die beiden Professoren in ihrer jeweiligen beruflichen Laufbahn nur wenig Berührungspunkte gehabt, aber Herzfeld schätzte den knapp zehn Jahre älteren Kollegen, der bei den Ermittlungsbehörden in Mecklenburg-Vorpommern seit fast drei Jahrzehnten einen hervorragenden Ruf genoss.

»Ich danke dir, dass du es so kurzfristig einrichten konntest, Martin. Ja, hier ist alles in Ordnung«, erwiderte Herzfeld. »Ich würde dir gerne ein paar Fragen zu jemandem stellen, der, wie es scheint, früher mal bei dir im Institut gearbeitet hat. Wenn du einverstanden bist, würde meine Stellvertreterin, Frau Doktor Sabine Yao, die hier bei mir im Büro sitzt, mithören.«

»Nur zu, ich habe nichts dagegen, Paul. Du machst es ja wie immer spannend.«

Herzfeld drückte die mit dem Lautsprechersymbol versehene Taste an seinem Tischtelefon und sagte: »Frau Yao hört jetzt mit«, und dann, zu Yao gewandt: »Professor Martin Dalitz, Direktor des Instituts für Rechtsmedizin in Greifswald, und das bereits seit 1990, wenn ich mich nicht täusche.«

»Hallo, Frau Kollegin«, grüßte Dalitz.

»Guten Tag, Herr Professor.«

»Da wir die Förmlichkeiten jetzt hinter uns haben … Um wen oder was geht es, Paul?«, fragte Dalitz, dessen Stimme nun gut im Raum vernehmbar war.

»Es geht, wie ich eben schon andeutete, um einen ehemaligen Mitarbeiter von dir, Martin. Roderich Kracht. Ist lange her, Anfang der Neunziger soll er bei dir am Institut gewesen sein. Sagt dir der Name noch etwas?«

»Ehrlich gesagt, Paul, hatte ich gehofft, diesen Namen nie wieder zu hören.«

Herzfeld erwiderte nichts und wartete, dass Dalitz fortfuhr, was dieser nach einer kurzen Pause und einem leisen Seufzer auch tat.

»Kracht war Anfang oder Mitte der Neunziger, wann genau, müsste ich in den alten Personalakten raussuchen lassen, als junger Assistenzarzt hier bei mir am Institut angestellt. Er wollte bei mir seinen Facharzt für Rechtsmedizin machen. Aber dann kam es anders. Sagen wir mal, es kam einiges dazwischen.«

Yao warf Herzfeld einen vielsagenden Blick zu, und sie war wohl gerade im Begriff, ihm etwas zuflüstern zu wollen, denn sie beugte sich mit vor den Mund gehaltener Hand in seine Richtung über die schwere Schreibtischplatte, aber da erklang wieder Dalitz' Stimme, und Yao setzte sich auf ihrem Stuhl zurück.

»Warum fragst du, Paul?«

»Krachts Frau ist gestern Vormittag ermordet worden. In der gemeinsam bewohnten Villa hier in Berlin. Aber, Martin, damit da jetzt kein falscher Eindruck entsteht: Kracht zählt nicht zu den Verdächtigen in diesem Fall. Nichts liegt im Moment ferner als das. Er hat für die mutmaßliche Todeszeit seiner Frau ein hieb- und stichfestes Alibi. Aber trotzdem gibt es da eine Sache, die uns aufgefallen ist und die wir gerne verstehen würden – mit deiner Hilfe. Frau Doktor Yao ist unsererseits mit dem Fall betraut. Und sie ist bei ihren Nachforschungen zu Roderich Kracht auf die Tatsache gestoßen, dass er früher einmal in der Greifswalder Rechtsmedizin gearbeitet hat, das aber in seinem Lebenslauf auf der Homepage seiner Klinik mit keinem Wort erwähnt. Das muss natürlich ganz und gar nichts zu bedeuten haben.«

»Kracht ist nicht nur ein sehr komplexer, sondern in vielerlei Hinsicht auch undurchsichtiger Charakter.«

»Wie meinst du das?«, wollte Herzfeld wissen und warf Yao einen vielsagenden Blick zu.

»Roderich Kracht war ein sehr talentierter junger Kollege. Sein Vater war übrigens in den Siebziger- und Achtzigerjahren hier Ordinarius für Pathologie an der Universität Greifswald. Sein Talent hat er definitiv vom Vater geerbt. Roderich Kracht war ein hervorragender Diagnostiker im Sektionssaal, und das, obwohl er damals hier der jüngste Assistent war, aber ich schweife ab. Und weil du es gerade erwähnt hast ... Stichwort Todeszeit ...«

Jetzt hielt es Sabine Yao nicht mehr auf ihrem Stuhl. »Was ist damit?«, fragte sie in Richtung des Tischtelefons.

»Was ich eigentlich sagen wollte, ist, dass Kracht hier am Institut intensive Forschungen zur Todeszeitbestimmung betrieben hat.«

Das kann doch verdammt noch mal kein Zufall sein, dachte Herzfeld und ahnte, dass Sabine Yao Ähnliches durch den Kopf ging.

»Kracht hat seine Forschungsarbeiten allerdings nie publiziert«, fuhr Dalitz fort. »Dazu ist es dann leider nicht mehr gekommen.« Der Greifswalder Rechtsmediziner seufzte laut, dann fügte er hinzu: »Ich dachte, er wird sich bei mir habilitieren und später einmal einen Lehrstuhl besetzen ...«

»Welcher Art genau waren seine intensiven Forschungen zur Todeszeitbestimmung?«, fiel Herzfeld dem älteren Kollegen ins Wort.

Ehe er auf Herzfelds Frage einging, bekräftigte Dalitz noch einmal: »Er war ein wirklich talentierter junger Kollege.«

Herzfeld hatte den Eindruck, als wollte sich sein älterer Kollege an dieser Stelle schon mal vorauseilend entschuldigen für das, was gleich kommen würde.

»Kracht hat an der Entwicklung von Nomogrammen für

die Todeszeitberechnung gearbeitet, die – seiner für mich damals schlüssigen Argumentation nach – auch im späten postmortalen Intervall anwendbar wären.«

Bisher gibt es kein einziges solches Diagramm für das späte postmortale Intervall, in das wir unsere am Leichenfundort getroffenen Feststellungen wie Rektaltemperatur, Umgebungstemperatur und Körpergewicht eintragen und dann durch Einzeichnen einer Geraden den oberen und unteren Wert der wahrscheinlichsten Todeszeit ablesen könnten. Auch wenn die jüngeren Kollegen solche Nomogramme nur noch aus den Lehrbüchern kennen und nicht mehr verwenden, da sie das über ihre Handy-App zur Todeszeitbestimmung machen … Aber letztlich sind die mathematischen Funktionen unserer alten Nomogramme Grundlage der Algorithmen in modernen Apps zur Todeszeitbestimmung. Ein solches Nomogramm wäre tatsächlich ein echtes Novum …

Was Herzfeld gerade durch den Kopf ging, fasste Dalitz jetzt in Worte.

»Stell dir das bitte einmal vor, Paul! Ein Nomogramm, das auch nach achtundvierzig oder sogar zweiundsiebzig Stunden noch eine zuverlässige Eingrenzung der Todeszeit zulässt. So eine Methode würde nicht nur die Rechtsmedizin, das würde sehr wahrscheinlich die gesamte Kriminalistik revolutionieren.«

»Was ist passiert? Warum hat er seine Forschungen nicht abgeschlossen?«, fragte Herzfeld voller Ungeduld.

»Er hat das Institut verlassen«, antwortete Dalitz mit belegter Stimme, und er wirkte mit einem Mal kurz angebunden.

»Aber warum? Was ist passiert?«, wiederholte Herzfeld seine Frage und beobachtete aus den Augenwinkeln Yao, die jetzt vor seinem Schreibtisch auf und ab lief.

»Sagen wir mal so, Paul, Roderich Kracht ist nicht der gewesen, für den ich und alle anderen hier im Institut ihn gehalten haben. Zweifelsohne war er ein brillanter Kopf, was seine Forschungsaktivitäten anbelangte, und ohne Zweifel auch speziell für unser Fach sehr talentiert. Viel talentierter, als ich es jemals bei einem meiner ärztlichen Mitarbeiter erlebt habe. Aber …«, Dalitz räusperte sich laut und vernehmlich, ehe er weitersprach, »… er hatte auch eine dunkle Seite. Charaktereigenschaften und, ich nenne es mal Triebe, die eine Fortsetzung seiner Anstellung für mich unmöglich machten.«

»Was ist passiert?«, insistierte Herzfeld, und diesmal sah er Yao direkt an, deren Gesichtsausdruck aber keine Emotion preisgab.

»Er hat Frauen mit Beruhigungsmitteln sexuell gefügig gemacht.«

Herzfeld hatte das Gefühl, dass Dalitz' Worte wie eine Wand im Raum standen.

»Eigentlich hatte er das gar nicht nötig. Er war ein sehr attraktiver junger Mann. Galant, eloquent, intelligent. Er gab seinem Gegenüber stets das Gefühl der vollen Aufmerksamkeit. Besonders bei den Mitarbeiterinnen und ebenso bei unseren Studentinnen war er durchweg beliebt. Auch die männlichen Kollegen haben ihn geschätzt, doch um die ging es ihm nicht«, sprudelte es aus Dalitz jetzt heraus. »Bereits wenige Monate nachdem ich ihn eingestellt hatte, gab es Gerede. Dass er sich mit Frauen in Bars träfe, sie dort auf ein Getränk einlade, sie *bezirze,* wie man altmodisch sagt, und die Damen dann später mit zu sich nach Hause nähme. Dann häuften sich die Gerüchte, dass viele dieser zumeist sehr jungen Frauen – oft unter zwanzig, und glaub mir, Paul, es waren nicht wenige – am nächsten Tag krank wären und nicht zur Arbeit oder in die Vorlesung gehen könnten. Heute nennt man das *Date Rape.*« Er seufzte hörbar. »Und die

Frauen, die sich auf eine Verabredung mit Kracht eingelassen haben, hatten offenbar durchweg einen Filmriss, also keine Erinnerung mehr daran, was bei Kracht in der Wohnung im Laufe des späteren Abends geschah oder wie der Abend endete.«

Yao sah ihn alarmiert an, doch Herzfeld konzentrierte sich wieder ganz auf Dalitz' Bericht.

»Damals, das ist ja jetzt etwa dreißig Jahre her, waren Vergewaltigungsdrogen – oder der gerne in diesem Zusammenhang in unserer Fachliteratur bemühte Anglizismus *Date Rape Drugs* – etwas noch gänzlich Unbekanntes. Und wir hätten damals auch keinerlei toxikologische Nachweisverfahren für Barbiturate, Benzodiazepine, Chloralhydrat und was noch alles damals von ihm eingesetzt wurde, in den Blutproben Lebender gehabt.«

»Was von Kracht eingesetzt wurde?«, fragte Yao ungläubig.

»Ich habe damals eigenmächtig Ermittlungen angestellt, weil ich nicht glauben konnte, was erzählt wurde. Zumal ich Kracht ganz anders eingeschätzt hatte. Doch tatsächlich hat er damals in so ziemlich jeder Apotheke in Greifswald und auch in der Umgebung unter Vorlage seines Arztausweises verschreibungspflichtige Sedativa und Hypnotika gekauft. Ich mache mir bis heute Vorwürfe, dass ich nicht sofort mit diesem Wissen zur Polizei gegangen bin und Anzeige gegen ihn erstattet habe. Heute würde ich anders handeln. Aber zwischen damals und heute liegt die Erfahrung eines halben Lebens …«

»Was ist dann passiert? Wie ging es weiter?«, fragte Yao ungeduldig.

Dalitz schwieg eine Weile, dann fuhr er fort: »Die Situation ist eskaliert. Was sich genau abgespielt hat, weiß ich bis heute nicht. Jedenfalls kam eines Tages eine junge Frau – sie war Mitarbeiterin im Dekanat, und ich erinnere mich noch ganz genau an ihr Gesicht und ihren Namen, *Marlies Schoof* – mitten in der Nacht zu sich und fand sich eingepfercht im Bettkasten von Krachts Bett wieder, splitternackt. Es gelang ihr, aus seiner Wohnung zu fliehen.«

»Und dann kam die Polizei ins Spiel?«, wollte Herzfeld wissen.

Wieder schwieg der Chef der Greifswalder Rechtsmedizin eine Weile. »Nein. Marlies Schoof ging geradewegs zu ihrem Chef, dem damaligen Dekan. Und der informierte mich. Wir haben uns beratschlagt, was zu tun ist. Um einen Skandal zu vermeiden, der die Medizinische Fakultät unserer Universität in den Grundfesten erschüttert hätte und ihn und mich ohne Frage unsere Positionen und Titel, unseren Job, einfach alles gekostet hätte.«

»Ich verstehe nicht ganz …«, hakte Yao nach, die jetzt direkt vor Herzfelds Schreibtischplatte stand, als ob sie so näher am Geschehen wäre.

»Weil ich dem Dekan wenige Tage zuvor im Vertrauen von den Gerüchten, meinen Recherchen bezüglich Krachts Apothekenbesuchen und meiner Vermutung, was lief, berichtet hatte. Der Dekan war quasi Mitwisser. Wir saßen im selben Boot«, erklärte Dalitz.

Seine Stimme war jetzt so leise, dass sich auch Herzfeld zur Telefonanlage vorbeugte, um kein Wort zu verpassen.

»Dann ging alles ganz schnell. Wir haben Kracht noch am selben Tag vor die Wahl gestellt: Entweder er reicht umgehend seine sofortige Kündigung ein, oder wir gehen zur Polizei. Wir hielten das damals zwar für einen durchaus unkonventionellen, aber gangbaren Weg. Heute sage ich, es war ein schäbiges und niemals wiedergutzumachendes Verhalten. Aber Kracht wäre nicht Kracht, wenn er nicht sogar daraus noch Kapital geschlagen hätte. Er werde nur kündigen, wenn wir ihm ein tadelloses Arbeitszeugnis und ein Empfehlungsschreiben ausstellen würden, das ihm alle Karrieremöglichkeiten weiterhin offenließe.«

»Aber da habt ihr euch nicht drauf eingelassen, oder?«, fragte Herzfeld, den es jetzt ebenfalls nicht mehr auf seinem Schreibtischstuhl hielt.

»Er hat uns klipp und klar gesagt, dass er nicht kündigen würde, wenn wir seiner Forderung nicht nachkämen. Schließlich hätten wir nichts gegen ihn in der Hand, was einer arbeitsrechtlichen Auseinandersetzung standhalten würde. Und dass er den Skandal, der damit ins Rollen kommen würde, in Kauf nehmen würde.«

»Ich fasse es nicht. Dieser Typ ist wirklich ein perverser Dreckskerl … Aber …« Herzfeld suchte nach den richtigen Worten, um Dalitz, den die so unvermittelt in ihm hochkommenden Erinnerungen schwer mitzunehmen schienen, wie er an dessen jetzt dünner und immer wieder abbrechenden Stimme hören konnte, nicht noch mehr zuzusetzen. »Er hatte etwas gegen dich in der Hand, richtig?«

»Er wusste genau, dass ich ihm auf die Schliche gekommen war, anscheinend hat er es regelrecht ausgekostet, denn er hat mir unverblümt ins Gesicht gesagt, dass ich mich als Mitwisser schuldig gemacht hätte, weil ich ihn nicht an weiteren Taten gehindert habe, und dass ich wohl wisse, dass auf Strafvereitelung empfindliche Strafen stehen! Und ich habe mich darauf eingelassen!«, brach es aus Dalitz heraus.

»Aber eines habe ich ihm abringen können«, stellte der Greifswalder Ordinarius für Rechtsmedizin jetzt fest und klang dabei nun weniger aufgewühlt denn zerknirscht. »Nämlich sein Versprechen, dem Fach Rechtsmedizin ab diesem Tag für immer den Rücken zuzukehren. Ich habe ihm gesagt, wenn ich mitbekäme, dass er sich irgendwo in Deutschland in einem der Institute bewirbt, würde ich reinen Tisch machen. Darauf hat er sich eingelassen … Dann habe ich nie wieder etwas von ihm gehört. Einmal hieß es, er wäre in die USA gegangen, dann wieder, er wäre in Rio de Janeiro und würde sich dort in Plastischer Chirurgie ausbilden lassen … Aber ich wollte das gar nicht wissen …«

Herzfeld schossen zahlreiche Überlegungen durch den Kopf. Was er eben gehört hatte, war so unglaublich, dass er nur noch mit halbem Ohr zuhörte, als Dalitz sagte: »Ich schäme mich unendlich für mein damaliges Verhalten. Ich habe noch nie mit jemandem darüber gesprochen. Aber jetzt bin ich froh, dass es endlich raus ist. Du kannst über mich richten, wenn du …«

»Ich bin dankbar, dass du uns gegenüber so offen bist, Martin«, unterbrach Herzfeld ihn. »Das ist weder meine Aufgabe, noch steht es mir zu. Nichts, was hier gerade gesagt wurde, verlässt diesen Raum.« Mit diesen Worten sah er zu Yao, die ihm stumm zunickte. »Das war eine andere Zeit. Und wie du schon sagtest, dein halbes Leben liegt zwischen damals und jetzt, Martin.«

† † †

17

Dienstag, 10. April, 13:44 Uhr,
Berlin,
Treptowers, BKA-Einheit »Extremdelikte«,
Büro Prof. Paul Herzfeld

Nachdem Herzfeld das Gespräch mit Dalitz mit dem Versprechen beendet hatte, ihn über den weiteren Verlauf ihrer Untersuchungen auf dem Laufenden zu halten, stand er auf und ging wortlos zum Fenster.

Yao konnte regelrecht sehen, wie es im Kopf ihres Chefs arbeitete, und stellte sich nach anfänglichem Zögern zu ihm an die große Glasfront. Auch in ihrem Kopf wirbelten die Gedanken. Sie war sprachlos und empört über Dalitz' Verhalten. *Gott sei Dank ist in der heutigen Zeit so eine Vorgehensweise nicht mehr vorstellbar.*

Neben ihr holte Herzfeld tief Luft und massierte sich mit der rechten Hand den Nacken.

Beide Rechtsmediziner blickten in den grau verhangenen Berliner Himmel und schwiegen. Es war der Chef der »Extremdelikte«, der das fassungslose Schweigen als Erster brach. »Ich sehe keinerlei Veranlassung, irgendetwas von dem, was wir da eben von Kollege Dalitz über Kracht vernommen haben, in Zweifel zu ziehen.« Er räusperte sich, dann fuhr er fort. »Ich sehe aber auch keinerlei Veranlassung, dass das, was wir eben unter dem Siegel der Verschwiegenheit gehört haben, in irgendeiner Form nach außen dringt. Menschen begehen Dummheiten. Menschen machen Fehler. Natürlich ist das, was wir gerade über Kracht gehört haben, ein Verbrechen – wenn es so stattgefunden hat. Doch Menschen können sich ändern …« Herzfeld schien das primär zu sich selbst zu sagen.

Yao schluckte und konnte nicht anders, als den Feststellungen ihres Chefs entschieden entgegenzutreten: »Ein Rechtsmediziner kann sein Wissen um die Rekonstruktion von Gewaltverbrechen inklusive der Einschätzung der Todeszeit auch manipulativ anwenden.«

»Wie bitte?« Herzfeld schien verärgert. »Rechtsmediziner ist mir dann doch etwas hochgegriffen, Frau Yao. Roderich Kracht war vor etwa dreißig Jahren für zwei Jahre als junger Assistent in der Rechtsmedizin in Greifswald. Um als Rechtsmediziner bezeichnet zu werden, fehlt es da doch wohl an einigem.«

»Vor dem Hintergrund, dass wir eine Diskrepanz zwischen dem Nichtwiedereintreten der Totenstarre bei Frau Kracht und der von Jörgensen und mir unabhängig voneinander berechneten Todeszeit der Frau haben, die wir nicht erklären können, und angesichts der Tatsache, dass der Ehemann des Mordopfers ein Spezialist für Todeszeitbestimmung ist, erscheint der ganze Fall doch vielleicht in einem etwas anderen Licht«, beharrte Yao auf ihrem Standpunkt. Wie konnte ihr Chef diesen Zusammenhang nicht sehen?

Herzfeld wollte davon allerdings partout nichts wissen. »Jetzt ist er schon Spezialist für Todeszeitbestimmung!« Herzfeld versuchte diese Bemerkung in gespielt belustigtem Tonfall, was ihm deutlich misslang.

»Sie waren es, der mir beigebracht hat, auf mein Bauchgefühl zu vertrauen. Ich finde …«

»Meinen Sie nicht, dass Sie sich da gerade ein bisschen verrennen, Frau Yao?«, unterbrach Herzfeld sie, jetzt jedoch in versöhnlichem Tonfall. »Solange wir nur eine Seite, nämlich Dalitz' Version, kennen – auch wenn ich, wie gesagt, keinerlei Zweifel habe, dass alles, was er uns berichtet hat, sich auch tatsächlich so zugetragen hat – und wir nicht wissen, wie sich die Dinge für Kracht in der Rückschau darstellen, werden wir keine voreiligen Schlüsse ziehen. Und …«, Herzfeld machte eine kurze Pause und sah seine Stellvertreterin mit zusammengekniffenen Augen und gerunzelter Stirn an, »… wir werden nicht eine drei Jahrzehnte zurückliegende Straftat, die nie zur Anzeige gebracht wurde, soweit wir wissen, und mittlerweile längst verjährt ist, mit dem Mord an seiner Frau in Verbindung bringen.«

Yao entging nicht, dass ihr Chef nach der wuchtigen Armbanduhr an seinem linken Handgelenk tastete, was immer ein Zeichen dafür war, dass er ein Gespräch oder einen Termin so bald wie möglich beenden wollte.

»Nur dass das klar ist, Frau Yao, wir machen unseren Job im Hier und Jetzt«, fuhr er fort. »Wir fangen nicht an, in alten Geschichten herumzustochern. Wenn Sie mir eine plausible, naturwissenschaftlich fundierte Erklärung dafür liefern, warum die von Ihnen am Leichenfundort bei Melanie Kracht gebrochene Totenstarre nicht bei Kollege Jörgensens anschließenden Untersuchungen im Landesinstitut wieder eingetreten war, gerne experimentell belegt in einer Rekonstruktion oder meinetwegen mit einem dafür geeigneten Computermodell, wie man die Todeszeit im Fall von Melanie Kracht hätte manipulieren können, dann werde ich mir überlegen, ob wir genau hier, an diesem Punkt, weitermachen. Vorher nicht. Und eines muss Ihnen klar sein, muss uns beiden klar sein: Wenn Sie oder ich Verdächtigungen oder Anschuldigungen gegen Roderich Kracht im Zusammenhang mit dem Mord an seiner Frau verlauten lassen …«, Herzfelds rechter Zeigefinger und Mittelfinger fuhren unter das Armband der Uhr an seinem linken Handgelenk, »… wenn wir auch nur die leiseste Andeutung in diese Richtung machen, ohne forensischen Beweis, dann wird uns das ganz gewaltig um die Ohren fliegen. Und eine Verleumdungsklage wäre dabei noch das kleinste Übel. Wir würden mit falschen Verdächtigungen und unbewiesenen Behauptungen etwas lostreten, das wir nicht mehr kontrollieren können. Glauben Sie mir, ich weiß, wovon ich rede. Dann können wir uns beide sehr wahrscheinlich nach einem neuen Job umsehen. Kracht verfügt in der Berliner Politik, auch bei Justiz und Inneres, nicht nur über beste Kontakte, sondern findet ohne große Probleme auch geeignete Mittel und Wege, uns das Leben verdammt schwer zu machen. Verstehen Sie mich nicht falsch: Die Wahrheit ist für mich das höchste Gut, und ich bin der Rechtsstaatlichkeit und Rechtssicherheit zutiefst verpflichtet. Aber das hier ist vermintes Territorium.«

Herzfeld ging zu seinem Schreibtisch zurück und setzte sich, ein sicheres Zeichen dafür, dass er das Gespräch für so gut wie beendet erachtete.

»Wenn es irgendetwas gibt, womit sich ein Anfangsverdacht belegen lässt, etwas Substanzielles, dass Kracht beim Tod seiner Frau seine Hände im Spiel hatte, wenden wir uns an die Ermittler. Meinetwegen bin ich dann sogar der Erste, der zum Generalstaatsanwalt geht. Aber erst dann. Und bis dahin – keine Alleingänge, Yao!«

† † †

18

Dienstag, 10. April, 18:45 Uhr,
Berlin-Charlottenburg,
Wohnung von Dr. Sabine Yao

Das darf doch wohl nicht wahr sein!

Das Licht im Treppenhaus im dritten Stock war immer noch defekt. Yao hatte zwar schon zweimal – einmal in der vergangenen Woche und dann am heutigen Morgen erneut – eine Nachricht auf dem Anrufbeantworter der Hausverwaltung hinterlassen mit der Bitte um Reparatur und dem Hinweis, dass sicherlich nur die Glühbirne defekt sei, aber passiert war bisher nichts.

Vorsichtigen Schrittes erreichte Yao den Treppenabsatz vor ihrer Wohnung – in der linken Hand eine schwere Tüte mit ihren Einkäufen, in der rechten ihre Handtasche, die allerdings auch nicht viel leichter als die Einkaufstüte war, da sie einiges an Fachliteratur aus ihrem Büro mitgenommen hatte. Während der Arbeitszeit war einfach momentan keine Gelegenheit, sich bezüglich der neuesten rechtsmedizinischen Forschungsarbeiten und interessanten Fallberichte der verschiedenen rechtsmedizinischen Institute auf den aktuellen Stand zu bringen, sodass sie sich vorgenommen hatte, die Lektüre auf den Feierabend zu verlegen.

Yao ertastete im Halbdunkel des Treppenhauses den Wohnungsschlüssel in ihrer Handtasche und öffnete die Wohnungstür. Sie setzte Einkaufstüte und Handtasche im dunklen Flur ihrer Wohnung auf dem Parkettboden ab, knipste den Lichtschalter an und schloss die Wohnungstür hinter sich.

Sie überlegte kurz, ob sie die fünfstufige Klapptrittleiter

aus Aluminium, die ihr beim Auswechseln von Deckenglühbirnen oder beim Abnehmen der Gardinen für die Reinigung gute Dienste leistete, aus der Abstellkammer hinter ihrer Küche holen und den Glühbirnenwechsel selbst vornehmen sollte. Typisch, immer fühlte sie sich für alles zuständig … Dabei hatte sie gerade heute einen ersten Vorgeschmack darauf bekommen, was ihre neue Position als Stellvertreterin bedeutete. Ab jetzt musste sie sich viel mehr mit der diplomatischen und politischen Dimension ihres Jobs beschäftigen. Das operative Arbeiten würde nicht mehr ihren kompletten Alltag bestimmen. Und jetzt konnte sie sofort üben und das Auswechseln der Glühbirne anderen überlassen, auch wenn ihr der Vergleich ein wenig lächerlich vorkam.

Nachdem Yao ihre Einkäufe verstaut, heiß geduscht und sich dann einen Salat mit Cherrytomaten, Büffelmozzarella und Basilikumblättern zubereitet hatte, saß sie jetzt in einem cremefarbenen Jogginganzug an ihrem geräumigen Küchentresen und kratzte die letzten Reste Mozzarella und Aceto balsamico mit ihrer Gabelspitze vom Teller, vor sich die neueste Ausgabe des *Archiv für Kriminologie*. Diese Fachzeitschrift deckte das gesamte Spektrum der forensischen Wissenschaften und deren Randbereiche ab. Aber so recht konnte sie sich nicht auf den Artikel konzentrieren. Immer wieder schweiften ihre Gedanken ab; zu den Erkenntnissen des heutigen Tages; zu Jörgensen und seiner Beobachtung der nicht wieder eingetretenen Totenstarre; zu den Ausführungen von Professor Dalitz, der ein so gänzlich anderes Bild des renommierten, gesellschaftlich geachteten und von der Berliner Prominenz und Politik hofierten Schönheitschirurgen Professor Roderich Kracht gezeichnet hatte. Dalitz hatte die dunkle Seite des Mannes aufgezeigt, dessen Frau am Vortag ermordet worden war. Vielleicht war es tatsächlich nur ein Stück dunkler Vergangenheit von Kracht gewesen, die Dalitz mit seinem Geständnis aufgetan hatte. Ein längst abgeschlossenes Kapitel in seinem Leben? Menschen können sich ändern, hatte Herzfeld gesagt. Vielleicht war Kracht mittlerweile ein anderer?

Wieder und wieder überlegte Yao, ob Jörgensen und sie etwas übersehen hatten, wie sich das Nichtwiedereintreten der Totenstarre bei Melanie Kracht würde erklären lassen. Aber ihr fiel nichts ein.

Kracht war zwar mal Spezialist für Todeszeitbestimmung oder, wie Herzfeld es ausgedrückt hat, er hat sich vor dreißig Jahren mal für eine kurze Zeit mit neuen Forschungsansätzen zur Todeszeitbestimmung beschäftigt. Sicherlich war er damals tiefer mit der Materie vertraut als andere, aber ein Genie oder gar Verbrechersuperhirn ist er ja nun gewiss auch nicht. Obwohl … Er hat Frauen betäubt und vergewaltigt, also Grenzen massiv überschritten. Ein unverzeihliches Verhalten! Was, wenn er auch hier Täter war und diesmal seine rechtsmedizinischen Kenntnisse zur Vertuschung seiner Tat eingesetzt hat?

Yaos Gedanken drehten sich im Kreis, sie schüttelte unwirsch den Kopf. Sie musste einen klaren Kopf behalten, sich strikt an die Fakten halten. Allerdings ging ihr die bloße Vorstellung, dass ein Rechtsmediziner seine Kenntnisse zur Vertuschung eines Mordes anwenden könnte, unter die Haut und löste Wut und Fassungslosigkeit in ihr aus. Die Rechtsmedizin war für Yao nicht nur irgendein Fachgebiet, das sie zufällig meisterte, sondern es war für sie von Anfang an eine Berufung gewesen.

Yao sah auf ihre Armbanduhr: 20:10 Uhr. Kurz überlegte sie, noch ins Fitnessstudio zu gehen. Auch wenn sie überhaupt keine Lust hatte, würde das vermutlich nicht nur ihrem verspannten Oberkörper guttun, sondern sie auch auf andere Gedanken bringen.

In diesem Moment klingelte ihr Handy.

»Guten Abend, Frau Yao, oder soll ich besser sagen: Frau Kollegin Yao. Hier ist Doktor Stefan Schweiger. Sie hatten heute Nachmittag auf meiner Mailbox eine Nachricht mit der Bitte um Rückruf bezüglich geeigneter Therapieeinrichtungen für die ambulante Weiterbetreuung Ihrer Schwester hinterlassen. Ich komme jetzt erst dazu, mich zu melden, und hoffe, es ist nicht zu spät am Abend für Sie?«

»Nein, auf gar keinen Fall, Herr Schweiger. Vielen Dank für Ihren Rückruf«, sagte Yao.

† † †

19

Mittwoch, 11. April, 7:31 Uhr,
Berlin,
Treptowers, BKA-Einheit »Extremdelikte«,
Besprechungsraum

Yao registrierte, dass Professor Paul Herzfeld an diesem Morgen erschöpft, irgendwie übernächtigt wirkte. Die Falten auf der Stirn schienen tiefer als sonst, seine ohnehin relativ prominenten Augenringe heute dunkler als üblich, und seine ansonsten gesunde Gesichtsfarbe unterschied sich kaum von der hellgrauen Beamer-Leinwand hinter ihm. Vielleicht hatte ihr Chef ja ähnlich wie sie die halbe Nacht wach gelegen und sich in Hirngespinsten über Roderich Kracht und seine tote Ehefrau verloren?

Aber anscheinend wollte sich der Chef der BKA-Rechtsmediziner das nicht anmerken lassen, denn mit kräftiger Stimme eröffnete er jetzt die morgendliche Frühbesprechung: »So, Herrschaften. Schauen wir doch mal, was wir heute so auf dem Tisch haben.«

Yao registrierte, dass er dabei vergeblich versuchte, so enthusiastisch wie immer zu klingen. Sie fragte sich, ob das wohl auch ihren Kollegen auffiel. Aber der Blick in die Runde zeigte ihr, dass dies offensichtlich nicht der Fall war.

Herzfeld nahm mit der einen Hand einen taubengrauen Schnellhefter von einem kleinen Aktenstapel und betätigte mit der anderen Hand die Fernbedienung des Beamers, der fast im selben Moment mit einem monotonen Brummen zum Leben erwachte und sein Gesicht in einen grellen Lichtschein tauchte.

Außer Sabine Yao waren an diesem Morgen die Assistenzärzte Doktor Wiebke Rath, Doktor Alfons Murau und Doktor Tomas Tomski sowie Oberarzt Doktor Martin Scherz in dem geräumigen Besprechungsraum ihrer Abteilung, der mit einem großen Konferenztisch und zehn Stühlen, PC, Leinwand und Beamer nicht nur farblos, sondern auch sehr übersichtlich möbliert war. Der Stuhl der Abteilungssekretärin Renate Hübner, die nur zu außergewöhnlichen Anlässen wie Briefings bei besonderen Einsatzlagen der Abteilung in der Frühbesprechung zugegen war, war verwaist. Und auch Assistenzärztin Doktor Alexandra Roth würde für längere Zeit im Sektionssaal nicht zur Verfügung stehen, da sie schwanger war.

Schwangeren und stillenden Frauen war laut Mutterschutzgesetz untersagt, bestimmte, für sie und das Leben ihres Kindes potenziell gefährliche, Tätigkeiten auszuüben. Und da im Sektionssaal jederzeit die Gefahr bestand, mit tödlichen Bakterien, Pilzen, Viren oder Parasiten wie dem Erreger der Toxoplasmose in Kontakt zu kommen, was im Sinne der *Biostoffverordnung* für Mutter und Kind *eine unverantwortbare Gefährdung* darstellte, war der schwangeren Kollegin der Aufenthalt im Sektionstrakt und in den Laborräumen untersagt, denn es waren Orte, in denen sie nicht nur Mikroorganismen, sondern auch Formalin mit seiner potenziell krebserregenden Wirkung ausgesetzt wäre.

Alexandra Roths Aufgabe bestand jetzt darin, ihre Kollegen bei der Auswertung und Archivierung der zum Teil exorbitant großen CT-Datensätze und dem Erstellen der entsprechenden Bildmappen für die Ermittlungsbehörden zu unterstützen und schriftliche Gutachten *nach Aktenlage* zu erstellen. Letzteres bedeutete, dass Befunderhebung, Befundinterpretation und gutachterliche Würdigung entweder ohne Obduktion oder klinische Untersuchung eines überlebenden Gewaltopfers erfolgte oder die Akte viele Jahre später nochmals hervorgezogen und retrospektiv erneut unter rechtsmedizinischen Aspekten ausgewertet – gegebenenfalls auch neu bewertet und das frühere Ergebnis revidiert – wurde.

Yao vermisste ihre Kollegin. Nicht nur als fachlich brillante Obduzentin im Sektionssaal, sondern auch als kluge und lebenserfahrene Frau von Anfang vierzig. Zudem war mit dem Weggang von Fred, der im letzten Jahr Yaos engster Vertrauter geworden war, und dem jetzigen Ausfall von Alexandra Roth eine kaum zu schließende Lücke in der Riege der Obduzenten der rechtsmedizinischen Spezialeinheit des BKA entstanden. Und adäquater Ersatz war zurzeit nicht in Sicht.

Oberarzt Martin Scherz, dienstältestes Mitglied der »Extremdelikte« und seit der Gründung der rechtsmedizinischen Sonderabteilung dabei, starrte missmutig vor sich hin. Seitdem Herzfeld ihm vor etwas mehr als vier Monaten eröffnet hatte, dass nicht er, sondern sie seine Stellvertreterin werde, hatte er nicht mehr als zwei Sätze mit Yao gewechselt und war noch übellauniger als zuvor. Ihm gegenüber saß der gebürtige Wiener Alfons Murau, der kein Hehl daraus gemacht hatte, dass er Yao und niemand anders für die richtige Wahl als stellvertretende Leiterin der Abteilung hielt.

Yao wusste, dass er dies nicht getan hatte, um Herzfeld oder ihr zu gefallen, sondern dass der manchmal etwas egozentrische Kollege einfach nur seine Meinung gesagt hatte – mit der er nie hinter dem Berg hielt.

Scherz und Murau waren zuvor schon keine Freunde gewesen, aber die klare Positionierung des ehemaligen österreichischen Gerichtsarztes hatte aus dem ohnehin schon tiefen Graben zwischen den beiden einen regelrechten Krater gemacht. Yao war nicht entgangen, dass Herzfeld neuerdings bei der Einteilung der Sektionsfälle für den jeweiligen Tag im Rahmen der Frühbesprechung peinlich darauf bedacht war, die beiden Streithähne auf keinen Fall gemeinsam zu einer Obduktion einzuteilen und am besten noch nicht einmal zur gleichen Zeit im Sektionssaal arbeiten zu lassen. Denn beide Männer waren weder auf den Mund gefallen noch einer verbalen Auseinandersetzung gegenüber abgeneigt. Scherz war außerdem berüchtigt für seine Nörgeleien und Sticheleien und Murau dafür, dass er an einigen Tagen eine extrem kurze Lunte hatte.

»Gestern ist eine Leiche in einer Messie-Wohnung in Neukölln gefunden worden«, begann Herzfeld seinen Bericht zum ersten Obduktionsfall des Tages. »Bei dem Toten handelt es sich mutmaßlich um den Wohnungsmieter, einen wegen sexuellen Missbrauchs Schutzbefohlener schon mehrfach strafrechtlich in Erscheinung getretenen ehemaligen Pädagogen. Bis vor einiger Zeit hatte er immer mal wieder junge Männer über Nacht bei sich zu Besuch. Wahrscheinlich Strichjungen, zumindest steht es so in der zeugenschaftlichen Vernehmung der Nachbarn.«

»Sicherlich vom Hartgeldstrich, die Früchtchen, was?«, warf Oberarzt Scherz mit einem gutturalen Lachen ein, aber den Kommentar überging Herzfeld geflissentlich und fuhr unbeirrt fort: »Ein Nachbar, der ihn schon einige Zeit nicht mehr gesehen hatte – wie lange genau, ist noch Gegenstand der Ermittlungen, auf jeden Fall viele Wochen, vielleicht auch Monate –, ist stutzig geworden, weil der Briefkasten regelrecht mit Post zugestopft war und sein Hund in den letzten Wochen immer wieder an der Tür seines Nachbarn stehen blieb und wie besessen herumschnüffelte. Dem Nachbarn ist schließlich auch der strenge Geruch aufgefallen, der aus den Türritzen und unter der Schwelle hinausdrang und der sich mit dem weit fortgeschrittenen Fäulniszustand des Toten in der Wohnung in Einklang bringen lässt.«

Herzfeld blätterte in der Akte vor sich. »Der Mann, um den es sich mutmaßlich handelt, ist vor drei Jahren wegen sexuellen Missbrauchs Schutzbefohlener und entsprechender Verurteilungen fristlos aus dem Schuldienst entlassen worden und lebt seitdem von Sozialhilfe. Eindeutige Chatverläufe belegen, dass er über einschlägige Internetplattformen und Apps immer wieder Kontakte zu jüngeren Männern aufgenommen und sich zu Treffen verabredet hat. Gestern hat die Feuerwehr im Beisein der Polizeibeamten des zuständigen Abschnitts die Wohnungstür geöffnet, und den Kollegen bot sich dieser Anblick …« Auf der Leinwand schräg hinter ihm erschien das Bild eines völlig vermüllten Zimmers. Unrat türmte sich kniehoch in dem Raum.

»Sehen Sie den Toten?«, fragte Herzfeld und sah erwartungsvoll in die Runde seiner Mitarbeiter.

»Machen wir jetzt hier einen auf Wimmelbild?«, fragte Oberarzt Scherz gereizt, vermied es aber, seinen Chef direkt anzusehen.

Herzfeld ließ sich von Scherz' Kommentar auch diesmal nicht aus dem Konzept bringen und klickte mit der Fernbedienung weiter zum nächsten Foto. Darauf war zu sehen, dass mittlerweile Teile des Fußbodens, graues oder vielleicht früher einmal helles, jetzt jedenfalls völlig verschmutztes Linoleum oder ein ähnlicher Belag, freigeräumt waren und dort ein Toter lag oder zumindest etwas, das an menschliche Überreste erinnerte.

Der Körper schien ausgemergelt und im Bereich der Hüfte seltsam verkrümmt. Die gesamte Körperoberfläche war von einem dunkelbräunlichen Farbton, zumindest das, was noch von ihr übrig war, denn in der Mitte des Brustkorbs klaffte ein riesiges Loch, sodass der Blick frei war auf die leeren Brusthöhlen, in deren Tiefe Yao eine undefinierbare Masse – sehr wahrscheinlich Reste der beiden Lungenflügel – sowie gesprenkelt erscheinende Auflagerungen einer weißlichen amorphen Masse erkannte, die auf den ersten Blick an Kreide erinnerte.

Die kleinen Krabbeltiere haben ganze Arbeit geleistet, aber als der Schimmelpilzrasen wuchs, ist ihnen der Appetit vergangen, und sie sind weitergezogen, ging es Yao bei dem Anblick des von Käfern und anderen Insekten regelrecht ausgeweideten Torsos durch den Kopf.

»Kollege Tomski, Ihr Fall.« Mit diesen Worten übergab Herzfeld den dünnen Schnellhefter dem Assistenzarzt. »Handelt es sich um den Wohnungsmieter, nämlich den besagten ehemaligen *Lehrer,* und können wir eine äußere Gewalteinwirkung trotz des Zustands der Leiche nachweisen oder ausschließen? Das werden Sie unter Zuhilfenahme des CTs bitte herausfinden. Frau Roth unterstützt Sie bei Letzterem.«

Den Rest der Frühbesprechung verfolgte Yao nur noch mit einem Ohr. Hinter Herzfeld erschienen immer wieder schlaglichtartig neue Bilder weiterer für diesen Tag anstehender Obduktionsfälle auf der Leinwand. Meistens handelte es sich um stark verweste oder bereits überwiegend skelettierte menschliche Überreste. Alles *Wohnungsleichen* – so der Begriff in der Rechtsmedizin für in Wohnungen, in der Regel in den eigenen vier Wänden, jedenfalls nicht in der Öffentlichkeit oder im Freien, aufgefundene Tote.

Immer mal wieder sprang der hellgrüne Punkt des Laserpointers einem Glühwürmchen gleich über die Leinwand, aber Yao achtete weder auf die jeweiligen angezeigten Details, noch hörte sie, was der Chef der BKA-Rechtsmediziner dazu sagte.

Yao war in Gedanken immer noch bei dem nur aufgrund des ungewöhnlichen Verhaltens des Nachbarhunds aufgefundenen Toten. Als sie vor neun Jahren Herzfelds Ruf nach Berlin zu den »Extremdelikten« gefolgt war, hatte sie sich relativ rasch mit einem damals für sie völlig neuen Phänomen konfrontiert gesehen: Tote, die monatelang, teilweise sogar viele Jahre, unbemerkt, von niemandem vermisst in ihren Wohnungen lagen, ehe sie gefunden wurden. Ein Phänomen, das sie vorher nicht gekannt hatte, das sie aber nicht losließ – und nach wie vor zutiefst beunruhigte. Natürlich hatte Yao auch in der Kieler Rechtsmedizin als junge Assistenzärztin immer mal wieder Verstorbene untersucht, die in bereits fortgeschrittenem Fäulnis- und Verwesungszustand in ihren Wohnungen aufgefunden worden waren, aber dabei hatte es sich um Einzelfälle gehandelt. Berlin hingegen war anders. Die größte deutsche Metropole mit ihren mittlerweile fast vier Millionen Einwohnern spuckte jeden Tag Dutzende solcher Todesfälle aus. Yao war bewusst, dass sie und ihre Kollegen in ihrem beruflichen Alltag mehr über den Zustand der Gesellschaft erfuhren, als andere jemals ertragen konnten.

Das einsame Leben und Sterben in der Anonymität der Großstadt.

Meist waren es Zufälle, die überhaupt erst zur Auffindung der Toten führten. Wie der Hund des Nachbarn, der fasziniert von den Gerüchen des vor sich hin verwesenden Toten immer wieder an dessen Wohnungstür geschnüffelt hatte, bis auch seinem Herrchen die Geruchssensationen auffielen. Mancher Verstorbene war zu Lebzeiten ohne Kontakt zu Angehörigen, Freunden oder Nachbarn gewesen, sodass seine Wohnungstür erst durch die Polizei geöffnet wurde, weil sein Vermieter oder die Hausverwaltung ihn nicht hatte erreichen können, um eine Ablesung von Strom- oder Wasserzähler vornehmen zu lassen oder weil es in der Wohnung darüber zu einem Wasserschaden gekommen war und nun im gesamten Wohnhaus das Schadensausmaß für die Versicherung dokumentiert werden sollte. In vielen Fällen wurde die Miete regelmäßig direkt vom Sozialamt bezahlt, sodass es nicht zu ausbleibenden Mietzahlungen kommen konnte und das Verschwinden der Betreffenden niemandem auffiel.

Bei einigen dieser erbarmungswürdigen Gestalten ist es tatsächlich so, dass sie erst nach ihrem Tod vermisst werden, wenn es zu spät ist. Die Menschen geben häufig nicht mehr aufeinander acht. Umso wichtiger ist es, dass ich für Mailin und die Zwillinge da bin. Dass ich sie niemals fallen lassen werde, egal, ob Mailin mich dafür verflucht, dass ich versuche, ihr äußerer Kompass zu sein …

Und noch ein weiteres trauriges Phänomen war Yao während ihrer Zeit bei den »Extremdelikten« immer bewusster geworden: dass nämlich viel mehr Menschen Psychopharmaka einnahmen, als sie sich es während ihres Medizinstudiums oder in ihrer Anfangszeit als Rechtsmedizinerin nur im Entferntesten hätte vorstellen können.

Doktor Fuchs, der Leiter des toxikologischen Labors von Herzfelds rechtsmedizinischer Sondereinheit, hatte in einer ihrer Frühbesprechungen vor einiger Zeit eine von ihm erstellte Statistik präsentiert, aus der hervorging, dass über die Hälfte aller Verstorbenen, die hier in den Treptowers untersucht wurden, zum Zeitpunkt ihres Todes unter dem Einfluss von Psychopharmaka – Antidepressiva, Neuroleptika, Tranquilizer, Sedativa, Psychostimulanzien – standen. Zumeist auch in Kombination mehrerer Substanzen. Auch wenn die Einnahme dieser Psychopharmaka in der Regel nicht todesursächlich war – teilweise konnten die Wirkstoffe nur im therapeutischen Bereich oder in Spuren in den postmortalen Venenblutproben und Herzblutproben nachgewiesen werden –, sagte dies in Yaos Augen doch viel über den Zustand der Gesellschaft aus. Fuchs' Ausführungen dazu hatten Yao erschüttert. Hinzu kam der Grad der Alkoholisierung der von den Rechtsmedizinern untersuchten Verstorbenen zum Zeitpunkt ihres Todes, worauf Fuchs bei seiner kurzen Präsentation ebenfalls eingegangen war. Auch über die Hälfte aller in ihrer rechtsmedizinischen Abteilung Obduzierten war zum Zeitpunkt ihres Todes alkoholisiert. Und das meist in Promillebereichen, die für Yao jenseits ihrer Vorstellungskraft lagen, was ihre eigene Erfahrung mit alkoholischen Genüssen anbelangte. Seit mittlerweile über einem Jahr trank sie keinen Schluck Alkohol mehr. Als Mailin nach dem Tod ihres Mannes Thanh wieder zu trinken begonnen hatte, hatte sich Yao nicht etwa selbst als gefährdet angesehen oder gar eine genetische Veranlagung vermutet. Im Gegenteil – einen guten Rotwein, einen Chablis zu einem Fischgericht oder einen Mojito als Sundowner im Urlaub auf der Hotelterrasse hatte sie stets zu schätzen gewusst. Yaos Entscheidung, keinen Alkohol mehr zu trinken, gründete auf ihrer festen Überzeugung, dass sie ihrer kleinen Schwester nicht helfen könne, ohne mit gutem Beispiel – völlige Abstinenz – voranzugehen.

Und wenn ich jetzt nicht auf Mailin aufpasse, wenn ich jetzt nicht ohne Wenn und Aber für sie einstehe, ihr Halt und Kraft gebe, dann wird meine kleine Schwester sehr wahrscheinlich auch durchs Raster fallen, aus dem Fokus der Gesellschaft geraten … Vielleicht würde auch sie dann erst nach einiger Zeit tot aufgefunden werden, nachdem sie sich totgesoffen oder sonst was angetan hat, wenn ihre autoaggressiven Züge wieder die Oberhand gewinnen.

Yao schüttelte es bei diesem Gedanken geradezu, und sie registrierte, dass ihr die ihr schräg gegenüber auf der anderen Seite des Konferenztischs sitzende Wiebke Rath mit hochgezogenen Augenbrauen einen fragenden Blick zuwarf. Yao bewegte fast unmerklich den Kopf, um der Kollegin zu signalisieren, dass alles in Ordnung war.

Als sie sich wieder in Gedanken über Mailin zu verlieren drohte, riss sie Herzfelds laute Stimme zurück ins Konferenzzimmer: »So, liebe Leute, das war's. Zumindest vorerst. Man soll bekanntlich den Tag nicht vor dem Abend loben. Möglicherweise werden wir heute noch den einen oder anderen Fall dazubekommen, der Tag ist ja noch jung. Ich selbst bin auf Stand-by für alle Verbrechen, die sich bis morgen früh in unserer schönen Hauptstadt ereignen und für die unsere geschätzten Kollegen von den Ermittlungsbehörden die ›Extremdelikte‹ für zuständig erklären. Frau Yao, die ich heute nicht im Saal eingeteilt habe, bleibt bitte noch einen Moment hier.«

Alle Rechtsmediziner bis auf Yao erhoben sich von ihren Stühlen, aber da ertönte nochmals Herzfelds tiefe Stimme über den Lärm der über den Boden schabenden Stühle und die einsetzenden Gespräche unter den Kollegen hinweg.

»M-O-M-E-N-T noch! Fast hätte ich es vergessen. Herr Tomski! Wie ist der Stand bezüglich der Identifizierung der toten Frau aus dem Grunewald von Montag?«

Herzfeld sprach damit die skelettierten und zu großen Teilen Wildtierfraß zum Opfer gefallenen weiblichen Überreste an, die Tomski zwei Tage zuvor unter den kritischen Blicken Alfons Muraus untersucht hatte. Herzfeld hatte in der Frühbesprechung vor zwei Tagen die Möglichkeit erwähnt, dass es sich dabei um die seit einigen Wochen vermisste Frau eines Berliner Bezirksabgeordneten handeln könne, dessen Familie von Mitgliedern des Organisierten Verbrechens bedroht wurde.

Yao vermutete, dass der Generalstaatsanwalt, der den

Vermisstenfall öffentlichkeitswirksam an sich gerissen hatte, im Hintergrund gehörig Druck auf Herzfeld ausübte.

»Mit dem Zahnstatus, den wir vom LKA bekommen haben, konnten wir leider überhaupt nichts anfangen. Der datiert aus dem Jahr 2006. Was Neueres haben die nicht«, war jetzt Tomskis Stimme zu vernehmen. Der junge Assistenzarzt pustete kräftig in Richtung seines Haaransatzes, um seine widerspenstigen braunen Locken, die ihm mittlerweile bis zu den Augen herunterhingen, zu bändigen. Dann fuhr er fort: »Relevante Teile von Unterkiefer und Oberkiefer der Frau sind in Verlust geraten. Auch bei erneuter weiträumiger Absuche des Fundorts nach meiner gestrigen diesbezüglichen Information an die Kripo nicht auffindbar. Entweder von den Tieren verschleppt oder verspeist. Der linke Unterkieferast war noch weitgehend erhalten, mit Zahnbesatz. Allerdings ohne irgendwelche Zahnarbeiten. In den noch vorhandenen Teilen des Oberkiefers nur leere Zahnfächer, was bekanntlich bedeutet, dass die postmortal ausgefallen sind. Frau Roth ist an der CT-Rekonstruktion der Gebissanteile dran, die wir haben. Doch ohne aktuellen Zahnstatus zum Vergleich kommen wir damit nicht wirklich weiter. Ich hätte Sie heute auch noch davon in Kenntnis gesetzt.« Den letzten Satz sprach Tomski deutlich leiser.

»DNA?«

»Bereits in Arbeit. Doktor Fuchs sagt, mit den noch vorhandenen Zähnen kann er eine Analyse fahren und bis morgen Abend ein DNA-Profil erstellen. Die MoKo weiß Bescheid, dass Fuchs Vergleichsmaterial von der Vermissten benötigt. Das sollte heute hier bei uns eintreffen.«

»Gut«, kommentierte Herzfeld und signalisierte, dass das Gespräch damit beendet war.

† † †

Als Herzfeld die Tür des Besprechungsraumes hinter den Kollegen geschlossen hatte, wandte er sich fragend an Yao: »Alles klar bei Ihnen? Den gestrigen Tag und die damit einhergehenden Erkenntnisse gut verdaut?«

Yao nickte stumm.

»Keine Alleingänge bezüglich Kracht, Frau Yao!«

»Habe ich verstanden«, erwiderte sie und bemühte sich, dabei nicht unwillig zu klingen. »Kein Sektionsfall für mich heute?«

»Korrekt. Ich möchte, dass Sie in die Keithstraße zu Kriminaloberkommissar Akpinar fahren. Er erwartet Sie um zehn. Etage und Zimmernummer bekommen Sie von Frau Hübner aufs Handy. Es geht um die Beurteilung von Verletzungen anhand von Fotos bei einem vier Jahre alten Todesfall.«

Yao zog fragend die Augenbrauen hoch. »Ein *Todesfall?* Sie meinen wahrscheinlich *Tötungsdelikt?*«

»Mir wurde explizit *Todesfall* gesagt. Aber dass es sich um ein Gewaltverbrechen handelt, ist naheliegend, da Akpinar zur *Cold Cases Unit* von Plathner gehört, und die beschäftigen sich bekanntlich nicht mit plötzlichen Herztodesfällen oder Suiziden.«

»Und die können mir nicht die Ermittlungsakte inklusive Fotos und der Fragen, die sie haben, per Mail senden? Würde doch Sinn ergeben, wenn ich erst mal die Akte studiere und da nicht unvorbereitet auflaufe?«, wollte Yao wissen.

»Offensichtlich nicht. Akpinar ist – so wurde es mir zumindest mitgeteilt – seit Längerem mit dem Fall beschäftigt und eingearbeitet. Das Problem ist wohl, dass seinerzeit keine Obduktion durchgeführt wurde. Aber worum genau es geht, weiß ich tatsächlich selbst nicht. Ich könnte jetzt die Mail von Plathner raussuchen und Ihnen vorlesen, aber mehr, als dass es um eine Beurteilung von Verletzungen anhand von Fotos für Kriminaloberkommissar Akpinar von der *Cold Cases Unit* geht, steht da auch nicht drin. So, wie ich es verstanden habe, soll sich auch keiner von uns in den Fall einarbeiten, sondern lediglich einen Blick auf ein paar Fotos werfen und seine fachliche Meinung dazu abgeben.« Herzfeld warf einen Blick auf seine Armbanduhr.

Yao überlegte kurz, ob sie das Thema Kracht doch noch einmal ansprechen sollte, aber ihr Chef schien alles gesagt und es wieder einmal eilig zu haben. Sie folgte ihm wortlos in Richtung der Fahrstühle zu den oberen Büroetagen der Treptowers.

† † †

20

Mittwoch, 11. April, 10:04 Uhr,
Berlin-Charlottenburg, Keithstraße,
LKA, *Cold Cases Unit,*
Büro Kriminaloberkommissar Cem Akpinar

Yao schätzte Kriminaloberkommissar Cem Akpinar auf etwa Ende dreißig, Anfang vierzig. Ein untersetzter Mann mit beginnendem Bauchansatz, der, ebenso wie der im Stirnbereich schon merklich gelichtete schwarze Haaransatz, ein jungenhaftes Gesicht mit weichen Gesichtszügen und wachen Augen, um die sich in den Augenwinkeln eine Fülle von Lachfalten abzeichneten, kontrastierte. Akpinar, der viel lächelte und mit ruhiger Stimme sprach, wurde aufgrund seines Erscheinungsbilds gewiss häufig unterschätzt – durchaus ein Vorteil für einen Mordermittler, sollte er sich diesen gegenüber Zeugen oder Verdächtigen zunutze machen –, aber Yao war bereits nach den ersten Minuten in Akpinars Büro klar, dass sie einen echten Profi vor sich hatte, was bisher ungeklärte Kriminalfälle, also Cold Cases, anbelangte.

Nachdem sie sich kurz miteinander bekannt gemacht hatten und Akpinar Yaos Jacke an einem ansonsten leeren Garderobenständer in seinem Büro aufgehängt hatte, bat er sie, auf einem der typischen Siebzigerjahre-Bürostühle an einem ähnlich aus der Zeit gefallenen Tisch Platz zu nehmen – das nach wie vor unvermeidliche Interieur deutscher Polizeistuben. Yao setzte sich, nahm ihr Handy aus ihrer Handtasche, schaltete es auf lautlos und verstaute das Mobiltelefon dann wieder in der Tasche, die sie auf dem freien Stuhl neben sich platzierte.

Einen Kaffee lehnte die Rechtsmedizinerin dankend ab. Kurz überlegte sie, um eine Tasse Tee zu bitten, entschied sich aber dagegen.

Nachdem Akpinar einen roten, abgegriffenen Pappaktenordner von seinem Schreibtisch geholt und Yao gegenüber Platz genommen hatte, kam er ohne weitere Umschweife zur Sache. »Frau Doktor, ich möchte, dass Sie sich ein paar Fotos ansehen und mir sagen, was Sie als Rechtsmedizinerin darauf sehen.«

»Worum genau geht es?«

»Es handelt sich um einen Todesfall, der fast auf den Tag genau vier Jahre zurückliegt. Ich würde gerne Ihre völlig unvoreingenommene Meinung zu den Bildern hören, ehe ich Ihnen weitere Einzelheiten dazu berichte.«

Yao nickte zögerlich. Üblicherweise wurde von den ermittelnden Beamten zunächst der betreffende Fall einmal umrissen, damit der Rechtsmediziner einen groben orientierenden Überblick zu Vorgeschichte und Fragestellungen bekam. Das schien hier gerade etwas anders zu laufen …

»Ich hoffe, das ist in Ordnung für Sie?«, fügte Akpinar hinzu, und sein Lächeln wurde eine Spur breiter.

»Alles klar, dann zeigen Sie mal her.«

† † †

21

Mittwoch, 11. April, 10:15 Uhr,
Berlin-Steglitz,
Psychiatrische Fachklinik *Sana Mente*

Mailin fühlte sich einfach nur schrecklich. Die vergangene Nacht war die Hölle gewesen. Schlaflos hatte sie sich von einer Seite der Matratze auf dem schweißnassen Bezug zur anderen Seite gewälzt. Sie kannte diese Phasen. Das unbändige Verlangen, nur einen Schluck Alkohol zu trinken.

Nur einen einzigen Schluck, mehr nicht. Um meinen Körper in den Griff zu bekommen. Um etwas runterzufahren, um weitermachen zu können, um endlich wieder zu funktionieren.

Es waren jetzt gute neun Monate her, dass sie das letzte Mal ein Glas getrunken hatte. An den genauen Tag konnte sie sich nicht erinnern, zu grausam waren damals die Ereignisse gewesen. Erst der Tod ihres geliebten Thanh, dann der brutale Angriff auf ihre kleine Siara. Die Tage danach hatte sie in einem dicken Nebel aus Betäubung und Wut verbracht.

Seit sie im *Sana Mente* war, zählte sie die Tage, die sie ohne Alkohol hinter sich gebracht hatte. Jeder Tag ein kleiner Erfolg. Ein Erfolg nach dem nächsten.

Morgen schaffe ich das auch wieder …

Das hatte man ihr in der Therapie beigebracht. Was man ihr nicht beigebracht hatte, war, wie sie sich dem Dämon entzog, wenn er ihr nachts auflauerte. Wenn sie allein war. Allein mit ihren Gedanken, mit ihren Schuldgefühlen, aber auch mit dem Drang, dem unbändigen Drang, etwas zu trinken. Sie hatte eine Zeit lang zu hoffen gewagt, sie wäre über diesen Punkt hinweg, an dem alle Gedanken nur um Alkohol, um den nächsten Schluck kreisten.

Es wird nie aufhören. Der Geist aus der Flasche wird Ihnen immer ins Ohr flüstern. Er wird Sie für den Rest Ihres Lebens begleiten. Das wird niemals aufhören, Frau Zhou, hatte Doktor Schweiger gesagt. Sie werden aber lernen, es in den Griff zu bekommen, den Geist in der Flasche zu halten. Deshalb sind Sie hier.

Die letzten Tage waren gut gewesen, die meisten Nächte auch. Sie war ihrer Schwester Sabine unendlich dankbar dafür, dass sie für sie da war, für sie einstand, ihr die Entscheidungen abnahm, die sie selbst nicht treffen konnte. Oder wollte. Wie sie sich selbst dafür hasste. Dieser verdammte Kontrollverlust, das Verheimlichen, die Lügen.

Dieser Selbstbetrug.

Aber auch jetzt, zwei Stunden nach dem Frühstück, das für Mailin lediglich aus zwei Tassen schwarzem Kaffee bestanden hatte, weil sie das Gefühl gehabt hatte, sie müsse sich definitiv übergeben, wenn sie feste Nahrung zu sich nahm, war er immer noch da.

Der Drang. Der Dämon.

Ihr Mund war trocken, die Zunge fühlte sich pelzig an. Nicht mal zum Zähneputzen hatte sie die Kraft. Am Nachmittag stand Kunsttherapie auf dem Plan. Lächerliche Töpferarbeiten und Leinwände mit Pinselstrichen bekritzeln. *Gott, wie ich das hasse. Ich bin vielleicht alkoholkrank, aber ich bin doch nicht behindert!*

Der Elf-Uhr-Termin bei Doktor Schweiger würde heute und morgen ausfallen, da er sich auf einem Kongress irgendwo im Brandenburger Umland befand. Sie könnte zu der Jovanovic gehen. Das hatte Schweiger ihr gesagt. Nein, eher ans Herz gelegt. Aber wie sie diese Frau hasste. Dieser harte serbische Akzent, dieses rollende R, diese stakkatoartig klingenden Worte. Sätze, die wie ausgespuckt erschienen.

Fast, als ob sie sich bei jedem Wort übergeben müsste …

Diese Frau hatte etwas gegen sie. Das hatte sie sofort gespürt, bei der ersten Sitzung mit ihr, als Doktor Schweiger ein paar Tage im Urlaub gewesen war.

Nur einen Schluck. Nur einen verdammten Schluck …

† † †

22

Mittwoch, 11. April, 10:27 Uhr,
Berlin-Charlottenburg, Keithstraße,
LKA, *Cold Cases Unit,*
Büro Kriminaloberkommissar Cem Akpinar

Akpinar zog das oberste mehrerer in DIN-A4-Format ausgedruckter Fotos aus dem Ordner und legte es vor der Rechtsmedizinerin auf den Tisch.

Yao betrachtete das Foto einen kurzen Moment und verfiel in ihren professionellen Diktiermodus: »Ich sehe auf dem Foto den Hals einer Person, schlank, sehr wahrscheinlich den einer Frau. An der Vorderseite des Halses, etwa auf Höhe des Kehlkopfs, vielleicht auch etwas darüber, das lässt sich hier nicht so genau sagen, weil der Adamsapfel der Person auf dem Bild nicht sehr prominent wirkt – was meine Annahme, dass es sich dabei um eine Frau handelt, untermauert –, sehe ich eine annähernd horizontal verlaufende, bräunlich vertrocknete Strangulationsmarke. Keine Zwischenkammblutungen, kaum erkennbare Breitenunterschiede der Strangulationsmarke. Ich spreche bewusst von einer *Strangulationsmarke,* da es sich dem Anschein nach sowohl um eine Strangmarke als Folge von Erhängen als auch um eine Drosselmarke handeln kann. Sehr wahrscheinlich zweitourige Schlingenführung. Ich schätze die Breite der Strangmarke auf nicht mehr als einen, vielleicht anderthalb Zentimeter, wobei ich einen Maßstab auf dem Foto vermisse. Als Strangwerkzeug kommt alles Mögliche in Betracht: ein Gürtel, ein Riemen, irgendetwas in der Art, was der entsprechenden Breite der Strangulationsmarke entspricht. Auf jeden Fall war das kein Elektrokabel, keine Verlängerungsschnur oder ein PC-Kabel …«

Akpinar schien beeindruckt, denn er vergaß zu lächeln.

† † †

23

Mittwoch, 11. April, 10:30 Uhr,
Berlin-Steglitz,
Psychiatrische Fachklinik *Sana Mente*

Mailin setzte sich aufs Bett und wischte sich mit dem Handrücken über ihre schweißnasse Stirn. Dann zog sie die Schublade ihres Nachttischs auf und fingerte darin zwischen aufgerissenen Keksverpackungen, einer Dose Kaugummis, mehreren Tempopackungen und ihrem Nagelnecessaire nach ihrem Handy. Der Zettel mit seiner Handynummer, den Doktor Schweiger ihr gestern nach der Elf-Uhr-Sitzung mit dem Hinweis gegeben hatte, sie könne ihn jederzeit anrufen, lag immer noch auf dem kleinen Tisch am Fußende ihres Betts. Kraftlos, mit unsicheren Schritten ging sie mit dem Handy zum Tisch, ließ sich auf einen der beiden Stühle, die links und rechts daneben standen, fallen und griff nach dem Zettel mit Doktor Schweigers Telefonnummer.

Ihre Finger zitterten so stark, dass sie mehrere Versuche brauchte, bis sie die Handynummer eingetippt hatte. Sie drückte auf die Wähltaste und hielt sich das Gerät ans Ohr.

»Der Teilnehmer ist im Moment nicht erreichbar, wird aber per SMS über Ihren Anruf informiert!«, ertönte eine sonore Frauenstimme aus dem Gerät.

† † †

24

Mittwoch, 11. April, 10:32 Uhr,
Berlin-Charlottenburg, Keithstraße,
LKA, *Cold Cases Unit,*
Büro Kriminaloberkommissar Cem Akpinar

Ach ja«, fuhr Yao fort und tippte auf das DIN-A4-Foto vor sich auf dem Tisch, »ein grober Strick oder Tampen scheidet als Tatwerkzeug aus, weil sich das Muster der Oberfläche eines solchen Strangulationswerkzeugs auf der Halshaut der Frau, die, wie ich mal vermute, tot ist, als Negativabdruck abgezeichnet hätte. Es gibt noch mehr Fotos, oder?« Yao sah den Ermittler fragend an.

Akpinar nickte stumm und zog zwei weitere DIN-A4-Fotografien aus dem roten Pappordner.

Yao studierte sie wortlos. Die Fotos zeigten aus verschiedenen Perspektiven Übersichtsaufnahmen eines Schlafzimmers. Letztlich war die Kamera des Fotografen beim zweiten Bild um wenige Grad differiert ausgerichtet worden. Rechter Hand war auf beiden Fotos eine breite Panoramafensterfront zu sehen. Allerdings war der Hintergrund hinter der von bodentiefen, cremefarbenen Vorhängen gesäumten Panoramascheibe so unscharf, dass Yao nicht erkennen konnte, ob das Gebäude, in dem das Foto aufgenommen worden war, sich in urbaner oder eher ländlicher Gegend befand und in welchem Stockwerk sich der abgebildete Raum vermutlich befand. Rechts neben dem Panoramafenster stand ein opulent gestalteter Sessel, der mit purpurfarbenem Samt bezogen schien, darauf lagen einige helle Kleidungsstücke, wahrscheinlich Damenunterwäsche. Neben einer halb geschlossenen Zimmertür in der linken Bildhälfte stand ein massives, kupferfarbenes Metallbett. Auf der ebenfalls cremefarbenen Tagesdecke lag zwischen zahlreichen Seidenkissen in Rückenlage eine blonde Frau mit einem gepflegten Bob-Haarschnitt. Sie trug einen roséfarbenen, einteiligen Hosenanzug, einen sogenannten Jumpsuit. Um ihren Hals war ein schmaler, orangefarbener oder hellroter Gurt geschlungen, so genau konnte Yao die Farbe nicht erkennen. Der Gurt war augenscheinlich straff an der obersten, längs verlaufenden Querstrebe des Metallbetts befestigt, wodurch der Oberkörper am Kopfende des Betts leicht schräg nach oben aufgerichtet war. Direkt neben dem Bett lag auf dem weichen, sandfarbenen Teppichboden die vielleicht anderthalb Meter lange Fortsetzung des orangenen oder hellroten Gurts, und ein weiterer Teil dieses Gurts, allerdings ohne Verbindung zu dem am Boden liegenden Stück, schien von der Türklinke an der Innenseite der sich nach außen hin öffnenden Schlafzimmertür herabzuhängen.

Yao hob den Blick von den Fotos und wandte sich an Akpinar: »Erhängen in liegender beziehungsweise fast liegender Position. Passend zu der annähernd horizontalen Strangmarke auf diesem Foto.« Mit diesen Worten tippte sie mit dem Zeigefinger der rechten Hand auf das ihr als Erstes vorgelegte Bild.

Der Kriminalkommissar nickte mehrfach stumm.

»Ich müsste wissen, ob die Strangmarke zirkulär um den Hals der Toten verläuft oder sich zum Nacken hin verliert, Herr Akpinar. Das erschließt sich mir aus diesen Fotos bisher noch nicht. Dann kann ich Ihnen sagen, ob es sich tatsächlich um ein Erhängen handelt oder um ein kaschiertes Tötungsdelikt, zum Beispiel durch Erdrosseln oder eine Vergiftung, irgendein Gewaltverbrechen, das als Erhängen inszeniert wurde.«

Akpinar wollte gerade zu einer Erwiderung ansetzen, als Yao nachschob: »Da Sie sich in Ihrer Abteilung nachweislich nicht mit Betrugsdelikten oder Steuerhinterziehung beschäftigen, sondern Mordermittler sind, gehe ich mal ganz stark davon aus, dass ich genau aus diesem Grund hier bin, um festzustellen, ob es sich um ein Tötungsdelikt handelt oder nicht.«

† † †

25

Mittwoch, 11. April, 10:35 Uhr,
Berlin-Steglitz,
Psychiatrische Fachklinik *Sana Mente*

Sabine … Ich muss mit Sabine sprechen. Ich muss ihre Stimme hören. Wenn ich jetzt keine Unterstützung bekomme – und wenn es nur ein paar aufmunternde Worte am Telefon sind und das Versprechen, dass sie mich heute wieder besucht –, dann drehe ich gleich völlig durch.

Was sagt Doktor Schweiger ständig? Ihr Tag braucht Struktur. Viel mehr Struktur als früher. Ich werde immer an deiner Seite sein. Genau diesen Satz hat Sabine doch bei ihrem letzten Besuch gesagt, schoss es Mailin durch den Kopf.

Sie merkte, wie ein großer Schweißtropfen von der Stirn ihren Nasenrücken hinunterlief und sich dann von der Nasenspitze löste. Er fiel auf das Handydisplay in ihrer Hand. Fast sah es aus wie eine Träne.

Aber Tränen habe ich schon lange keine mehr … Gott, wie ich mich dafür hasse! Warum kann ich nicht so stark, so selbstbewusst, so selbstständig wie meine Schwester sein. Ich verfluche mich dafür, was ich ihr antue. Was ich meiner Familie antue! Würde ich dasselbe für Sabine tun? Würde ich auch so kompromisslos zu ihr stehen, sie bedingungslos unterstützen?

Mailin atmete tief aus. Ein weiterer Schweißtropfen fiel von ihrer Stirn auf das Handy, dann noch einer.

Das Schlimme ist, ich weiß es nicht … Ich kann ja noch nicht mal meinen Kindern eine gute Mutter sein. O Gott, wie ich die Mädchen vermisse. Sina! Siara! Wie konnte ich nur …

Mailin wusste, sie stand kurz vor einem Kontrollverlust.

Reiß dich zusammen! Wenn nicht für dich, dann für deine Kinder, für Bine!

Sie gab sich einen Ruck, rief die Anrufliste auf dem Handydisplay auf, drückte auf Wählen und hielt sich mit der rechten Hand das Mobiltelefon ans Ohr. Derweil zupfte ihre linke Hand nervös an einem Stofffaden ihres zerwühlten Bettlakens.

»Der Teilnehmer ist im Moment nicht erreichbar, wird aber per SMS über Ihren Anruf informiert!«, ertönte die sonore Frauenstimme erneut.

† † †

26

Mittwoch, 11. April, 10:36 Uhr,
Berlin-Charlottenburg, Keithstraße,
LKA, *Cold Cases Unit,*
Büro Kriminaloberkommissar Cem Akpinar

Sie liegen völlig richtig mit Ihrer Vermutung, Frau Doktor«, erwiderte Akpinar. »Wenn es sich zweifelsfrei um einen Suizid handeln würde, hätte sich mein Chef sicher nicht an Professor Herzfelds rechtsmedizinische Sondereinheit ›Extremdelikte‹ gewandt.«

»Apropos Professor Herzfeld«, sagte Yao. »Mein Chef meinte, eine Obduktion sei in diesem Fall, dem Todesfall … dem Todesfall von …«

»Daria Diakovska, so hieß die Frau«, warf der Kriminaloberkommissar geflissentlich ein, »aber dazu komme ich gleich. Reden Sie bitte weiter.«

»Professor Herzfeld hat gesagt, dass eine Obduktion im Todesfall dieser Frau nicht erfolgt sei. Aber gibt es vielleicht noch weitere Fotos? Von den seitlichen Halspartien oder dem Nacken? Material, das mir Aufschluss über den Verlauf der Strangmarke gibt. Von der Körperrückseite? Von der entkleideten Leiche, sodass ich mir ein Bild hinsichtlich der Ausprägung der Totenflecken und ihrer Lokalisation machen kann?«

»Leider nein«, erwiderte Akpinar zerknirscht. »Das ist alles.«

»Das ist überaus misslich«, sagte Yao und überlegte kurz. »Vier Jahre ist das jetzt her, sagen Sie … Wie sieht es aus mit einer Exhumierung? Auch nach vier Jahren im Sarg beziehungsweise Erdgrab sind Kehlkopfskelett und Zungenbein in der Regel noch sehr gut erhalten. Auch etwaige knöcherne Verletzungen an diesen Strukturen könnten uns eventuell Hinweise liefern auf einen Suizid oder ein als solchen inszeniertes Tötungsdelikt. Wir könnten nach Abwehrverletzungen suchen. Oder nach dickschichtigen Einblutungen im Zungengrund, die ein untrüglicher Beweis für ein Erdrosseln wären. Wir …«

»Entschuldigen Sie, dass ich Sie unterbreche, Frau Doktor«, meldete sich Akpinar, jetzt wieder lächelnd, zu Wort, »aber die Frage, ob der Körper von Frau Diakovska seine letzte Ruhestätte in einem Erdgrab fand oder ob er kremiert wurde, ist noch nicht abschließend geklärt. Da sie polnische Staatsangehörige war, wurde ihr Leichnam nach der staatsanwaltlichen Freigabe von Berlin aus nach Polen überführt. Dort gibt es eine erwachsene Tochter. Auf die komme ich gleich noch zu sprechen. Mein entsprechendes Auskunftsersuchen an die polnischen Kollegen ist jedenfalls noch nicht beantwortet worden, insofern weiß ich nicht, ob wir an den Leichnam herankommen. Ich bin da aber dran, das hat Priorität, weil ich den gleichen Gedankengang hatte. Aber ich will Sie jetzt nicht länger auf die Folter spannen.«

Akpinar lehnte sich auf seinem Stuhl zurück, legte die Hände vor sich auf der Tischplatte ab und sah Yao direkt an. »Bei der Toten handelt es sich, wie schon gesagt, um eine gewisse Daria Diakovska. Zum Zeitpunkt ihres Todes vierundfünfzig Jahre alt. Kaufmännische Geschäftsführerin im Gesundheitswesen. Anscheinend eine sehr vermögende Frau. Sie wurde von ihrer Haushälterin erhängt in ihrem Penthouse im noblen Charlottenburger Ortsteil Westend aufgefunden, so, wie Sie es hier auf den Lichtbildern sehen. Und wenn ich sage *vermögend,* dann meine ich das auch. Eigener Aufzug, der direkt ins Penthouse im fünften Stock führt – zweihundertfünfzig Quadratmeter groß, mit Blick über ganz Berlin, zu einer Seite über Teufelsberg und Grunewald bis zum Horizont und auf der anderen Seite über das Olympiastadion bis zum Hahneberg. Ein Ausblick, für den Leute töten würden …«

Yao gefiel, dass dem stämmigen Mordermittler sein Humor anscheinend nicht abhandengekommen war. Eine Eigenschaft, die auch Rechtsmediziner häufig auszeichnete. *Auch wenn es nur ein schmaler Grat ist zwischen schwarzem Humor und bitterbösem, zynischem Sarkasmus, wie Kollege Scherz immer wieder aufs Neue drastisch veranschaulicht …*

Yaos Gedanken kehrten zum Fall Diakovska zurück. Akpinars Bemerkung, dass die Frau sehr vermögend gewesen sei, bestätigte ihren Eindruck, den sie beim Betrachten der Übersichtsaufnahmen von dem Schlafzimmer der Frau gewonnen hatte.

Materieller Wohlstand ist immer ein Mordmotiv … Allerdings schützen Vermögen und ein Leben im Überfluss auch nicht vor dunklen Gedanken und Todessehnsucht …

»Das ist zwar Ihr Beritt, Herr Akpinar, aber sagen Sie, gibt es ein Motiv von irgendwem, falls es sich um ein Tötungsdelikt handeln sollte? Jemand, der Kapital aus dem Tod von Frau Diakovska geschlagen hat? Oder gibt es so was wie einen Abschiedsbrief?«

»Auf ihrem Tablet fand sich ein Abschiedsbrief. Der war zwar auffällig unpersönlich, aber das muss bekanntlich in einem Ausnahmezustand, in dem sich ein Suizident zweifelsohne befindet, nicht unbedingt etwas bedeuten.«

Von der Authentizität des Abschiedsbriefs auf dem Tablet scheint er nicht wirklich überzeugt …, ging es Yao durch den Kopf.

»Die damaligen polizeilichen Ermittlungen liefen auf Suizid hinaus.«

Er hat gewaltige Bauchschmerzen wegen der damaligen Einschätzung seiner Kollegen, dass es ein Suizid war …

»Wie gesagt, das Ganze ist so ziemlich auf den Tag genau vier Jahre her. Ihre Haushälterin hat sie gefunden – einen Tag nachdem der Abschiedsbrief auf Frau Diakovskas Tablet verfasst worden war. Die Haushälterin wäre an jenem Tag und in der darauffolgenden Woche eigentlich nicht bei Frau Diakovska gewesen, weil sie Urlaub hatte. Sie hatte aber am Vortag ihr Handy im Penthouse liegen gelassen. Nachdem ihr das aufgefallen war, versuchte sie Frau Diakovska am Abend ihres letzten Arbeitstags zu erreichen. Vergeblich. Doch das hat sie nicht weiter irritiert, da Diakovska häufig beruflich auf Reisen war. Als sie am nächsten Tag gegen Mittag ihr Handy holte, fand sie ihre Arbeitgeberin tot auf. Übrigens hielt die Haushälterin es für sehr ungewöhnlich, dass die Heizung im Schlafzimmer auf die höchste Stufe gedreht war, da dies überhaupt nicht den Gewohnheiten von Frau Diakovska entsprach und draußen frühlingshafte Temperaturen herrschten. Das steht so im Vernehmungsprotokoll.«

Und wenn die Haushälterin dann erst eine Woche später die Diakovska aufgefunden hätte, wäre der Leichnam aufgrund der hohen Umgebungstemperatur im Schlafzimmer bereits hochgradig fäulnisverändert gewesen, ging es Yao durch den Kopf, sie behielt diesen Gedanken aber vorerst für sich.

»Aber … jetzt kommt der damals entscheidende Punkt. Die Schlafzimmertür ließ sich von außen nur etwa eine Handbreit weit öffnen, da der Spanngurt, den Sie hier sehen«, er tippte auf den auf dem Boden liegenden Spanngurt auf einem der Fotos, »und der an der oberen Querstrebe des massiven Metallbetts befestigt war, nicht nur zweifach fest um ihren Hals gewickelt war, sondern auch von innen straff mit der Türklinke verbunden war, was eine Öffnung der nach außen in den Flur öffnenden Tür verhinderte.«

»Und wie konnte die Haushälterin dann ins Schlafzimmer gelangen?«

»Gar nicht. Sie war in Sorge um ihre Chefin, da sie nicht zu Hause zu sein schien, aber ihr Handy und ihr Schlüsselbund, beides Dinge, ohne die sie niemals ihre Wohnung verließ, in einer Schale im Flur lagen. Sie hat dann nach ihr gerufen und in jeden Raum nachgeschaut. Die Schlafzimmertür ließ sich nur wenige Zentimeter weit öffnen, aber sie konnte durch den Spalt sehen und hat dann sofort die 110 gerufen. Die Kollegen haben durch den handbreiten Spalt den Gurt, der die Tür blockierte, einfach gekappt. Der abschließende Tenor der damals am Leichenfundort ermittelnden Kollegen lautete: Als sich Frau Diakovska erhängte, konnte keine weitere Person mit ihr im Zimmer gewesen sein. Das ließ keinen Raum für Zweifel an der Suizidthese. Ergo: kein Rechtsmediziner vor Ort, keine Spurensicherung mit DNA-Abrieb vom Strangwerkzeug oder sonst irgendwelche Spurensicherungsmaßnahmen. Und die Kollegen vom Ersten Angriff haben auch keine Nahaufnahmen von dem Spanngurt gemacht, als der sich noch um ihren Hals befand. Lediglich die beiden Übersichtsaufnahmen und die Nahaufnahme der Strangulationsmarke, nachdem der Gurt bereits entfernt worden war, liegen uns also vor. Schlussendlich wurde der Leichnam ohne Obduktion von der Staatsanwaltschaft freigegeben.«

»Gut«, sagte Yao. »Oder auch nicht gut. Aber wie kommen die *Cold Cases* jetzt bei diesem Fall ins Spiel? Was veranlasst Sie, Herr Akpinar, zu der Annahme, dass es sich nicht um einen Suizid, sondern um ein Tötungsdelikt handelt, denn sonst hätten Sie ja die Ermittlungen nicht wieder aufgenommen, und ich würde nicht hier bei Ihnen sitzen?«

»Die Tochter hat die Suizidthese von Anfang an bezweifelt. Aber sie konnte uns die ganze Zeit über nichts Handfestes liefern, außer einem vagen Gefühl. Ihre Form der Trauerarbeit, mit dem Verlust der Mutter klarzukommen, dachten wir. Wir haben das Umfeld von Frau Diakovska überprüft – niemand, der ein Motiv haben könnte. Aber dann, vor knapp vier Wochen, hat uns die Tochter ein Foto gemailt, auf dem das Bett hier«, er tippte erneut auf eine der Übersichtsaufnahmen des Schlafzimmers, »mindestens einen Meter weiter weg von der Tür steht. Und sie meinte, ihre Mutter hätte das schwere Metallbett niemals allein bewegen können.«

»Wieso schickt die Tochter das jetzt erst, vier Jahre später?«, wollte Yao wissen.

»Weil sie es vorher nicht auftreiben konnte. Ihre Mutter war anscheinend auf Datingplattformen und Dating-Apps unterwegs. Sie wissen schon, auch solche für Sextreffen ohne große Anlaufzeit.«

Nein, weiß ich nicht, dachte Yao, hörte aber weiter gespannt zu, ohne etwas darauf zu erwidern.

»Die Tochter hat nicht lockergelassen, bis ihr einer der Betreiber dieser einschlägigen Portale das Back-up des Profils ihrer Mutter zugänglich gemacht hat. Und da fand sich das Foto …« Akpinar blätterte in dem roten Aktenordner, schien aber nicht zu finden, wonach er suchte. »Ich müsste in meinem PC schauen, wenn Sie es sehen wollen, ich habe gerade keinen Ausdruck von dem Bild hier. Darauf zeigt sich Frau Diakovska in ziemlich aufreizender Wäsche auf ihrem Bett.«

»Das hat sie von sich da gepostet?« Yao versuchte, möglichst unbeteiligt zu klingen, als sie für sich feststellte, dass sie tatsächlich keinerlei Ahnung von den Gepflogenheiten der Kontaktaufnahme im virtuellen Raum hatte.

»So ist es.«

»Aber die Haushälterin … hat die denn nichts zur Position des Betts im Schlafzimmer gesagt? Ich meine, sie war doch anscheinend fast täglich vor Ort. Da müsste ihr das doch aufgefallen sein, oder nicht?«

»Guter Punkt«, antwortete Akpinar kleinlaut. »Dazu steht leider nichts in der Akte der damaligen Todesermittlung. Und die Haushälterin dazu befragen können wir nicht mehr, da sie vor einem halben Jahr verstorben ist. Der Kollege, der damals federführend ermittelt hat, erinnert sich nicht, ob sie zur Position des Betts irgendetwas gesagt hat. Er meint, wenn in seinen Aufzeichnungen in der Ermittlungsakte dazu nichts steht, wird sie dazu auch nichts gesagt haben.«

Yao atmete tief aus.

»Aber«, sagte Akpinar und klang jetzt fast ein wenig euphorisch, »wir haben den Hinweis der Tochter und das Foto ernst genommen und uns ein identisches Bett besorgt. Was übrigens gar nicht so einfach war. Für die Anschaffung eines solchen Teils, das mit einer fünfstelligen Summe zu Buche schlägt, ist der Haushaltstitel der *Cold Cases* nicht ausgelegt. Das kam nicht infrage. Aber zum Glück zeigte sich der Hersteller kooperativ und hat uns ein baugleiches Bett leihweise überlassen. Wir haben dann letzte Woche in einer der Hallen der Spurensicherung eine Rekonstruktion mit einer unserer Beamtinnen mit ähnlicher Statur und Körpermaßen wie der Toten durchgeführt …«

»Und?«, fragte Yao gespannt.

»Es ging aus wie das berühmte Hornberger Schießen. Anheben oder gar mal eben zur Seite tragen hat nicht funktioniert. Aber mit irrsinnig viel Kraftaufwand konnte die Kollegin das Teil im Schweiße ihres Angesichts einen guten Meter weit zur Seite verschieben.«

»Hm«, murmelte Yao.

»Genau. Nimmt jemand, der sich umbringen will, der den festen Entschluss nach den vielen Überlegungen, dem

Abwägen, ob es die richtige Entscheidung ist, ob es doch nicht noch einen anderen Ausweg gibt, nimmt so jemand, der weiß, dass ihn jederzeit Zweifel übermannen können und er von seinen Absichten zurücktreten könnte, wenn er seinen Entschluss nicht direkt in die Tat umsetzt, nimmt diese Person solch eine Anstrengung, solch einen Kraftakt in Kauf?«

»Sagen Sie es mir«, erwiderte Yao und sah den Kriminaloberkommissar gespannt an.

»Ich weiß es schlichtweg nicht. Aber gefragt haben wir uns das natürlich alle. Und da wir schon mal dabei waren, das passende Bett hatten und auch eine nach außen hin öffnende Tür mit der Türklinke in entsprechender Höhe wie der im Penthouse, haben wir mal versucht, ob man vielleicht die Konstruktion mit dem Spanngurt, der von der oberen Querstrebe des Metallbetts zur Klinke verläuft, auch so inszenieren kann, dass man im Inneren des Raumes alles so vorbereitet, dass man die Türklinke von außen über Zug schließen und das Ganze fixieren kann. Sodass derjenige, der die Tür als Letzter schließt, nicht im, sondern außerhalb des Schlafzimmers ist. Und bingo!«

In den Worten des Ermittlers schwang nun unüberhörbar Triumph mit. »Es funktioniert tatsächlich! Wir haben zwar etliche Versuche gebraucht, aber die Schlussfolgerung der Kollegen, die den Fall als Suizid zu den Akten gelegt haben, dass sich nämlich die Tür zum Schlafzimmer von außen nicht öffnen ließe und sich keine andere Person zum Zeitpunkt des Todes von Diakovska mit im Schlafzimmer befunden haben könne, ist damit widerlegt.«

Yao war beeindruckt. Natürlich kannte sie aus eigener Erfahrung genug Fälle, bei denen von einem Täter der Versuch unternommen worden war, einen Tatort zu fingieren, um beispielsweise ein Tötungsdelikt in einem anderen Licht erscheinen zu lassen und um von sich selbst als Täter abzulenken.

Das Problem dabei ist nur, dass – abgesehen von erfahrenen Mordermittlern und Rechtsmedizinern – kaum einer weiß, wie ein echter Tatort, sei es der eines Raubmords oder der eines Sexualmords, wirklich aussieht.

Yao hatte schon mehr als einmal erlebt, wie ein Tatort zwar so verändert worden war, dass es nach einem Raubmord aussehen sollte, der Täter aber in seinem Nachtatverhalten Fehler begangen hatte. Sie selbst hatte einmal blutverschmierte Kleidung in einer Waschmaschine am Tatort eines angeblichen Raubes entdeckt. Von den Ermittlern vor Ort darauf angesprochen, hatte der Ehemann der Getöteten angegeben, sich seiner Bekleidung entledigt zu haben, nachdem diese voller Blut gewesen wäre, weil er seine tote Ehefrau, die blutüberströmt auf dem Küchenboden gelegen hatte, vom Boden hochgehoben und an sich gedrückt hatte, um zu sehen, ob sie noch lebte. Die Antwort auf die Frage, warum er erst seine blutbefleckte Kleidung ausgezogen, in die Waschmaschine gestopft, sich geduscht und frische Kleidung angezogen und erst *danach* den Notruf gewählt hatte, war er damals allerdings schuldig geblieben.

† † †

27

Mittwoch, 11. April, 11:17 Uhr,
Berlin-Steglitz,
Psychiatrische Fachklinik *Sana Mente*

Blutrote Wolken waren aufgezogen. Mailin lag schweißgebadet rücklings ausgestreckt auf dem ungemachten Bett in ihrem Klinikzimmer, die Hände rechts und links von ihrem Körper in Bettlaken und Matratze gekrallt. Ihr Körper zuckte. Ihr Puls raste, in ihren Schläfen hämmerte es.

Ein Neurobiologe hätte ihr rational erklären können, dass es die Hormone Serotonin und Dopamin waren, die gerade ungehemmt in ihrem Gehirn ihre jeweiligen Rezeptoren befeuerten. Ein gnadenloses Neurotransmitter-Dauerfeuer. Reine Biochemie, das vegetative Einmaleins der menschlichen Physiologie.

Für Mailin fühlte es sich jedoch an, als müsste sie gleich in ihrem eigenen Schweiß ertrinken, der ihr mittlerweile aus jeder Pore rann und ihr graues Sweatshirt im Brustbereich in einer Schmetterlingsform bereits vollständig dunkel gefärbt hatte. In der Magengrube schien sich eine unsichtbare Faust zu befinden, die ihr gesamtes Gedärm gepackt hatte und immer wieder unerbittlich zusammenzog. Sie zitterte so stark am ganzen Körper, dass sie das Gefühl hatte, kaum noch Kontakt mit der Matratze unter sich zu haben.

Sie wusste, dass jetzt nur eines half. Allein Blut konnte die blutroten Wolken vertreiben. Blut, das sie beruhigte. Ihr eigenes Blut. Es war erstaunlich, wie sie durch den dunkelroten, klebrigen Film immer wieder klarer sehen konnte. Unter Aufbietung all ihrer Kräfte schaffte sie es, mit der rechten

Hand in der noch immer offen stehenden Nachttischschublade nach dem Nagelnecessaire zu tasten.

Die Nagelschere.

Nach einer gefühlten Ewigkeit lag das dunkelblaue Lederfutteral auf ihrer Brust, und sie nestelte umständlich die kleine Schere heraus.

Sie freute sich auf den Schmerz und spürte augenblicklich die Erlösung, als sie die Spitzen tief in das Fleisch an der Innenseite ihres Oberschenkels rammte. Immer und immer wieder. Dorthin, wo sich schon zahlreiche, teils fein gezogene, teils strahlige, teils sternförmige hellgräuliche und rosige Narben nebeneinander in einem obszönen Muster in der blassen Haut befanden, die zunehmend von dem sprudelnden Rot ihres Blutes verdeckt wurden.

† † †

28

Mittwoch, 11. April, 11:53 Uhr,
Berlin-Charlottenburg, Keithstraße,
LKA, *Cold Cases Unit*,
Büro Kriminaloberkommissar Cem Akpinar

Nachdem Yao und Akpinar noch einige Einzelheiten des Falls Diakovska aus den verschiedenen Blickwinkeln ihrer jeweiligen Profession erörtert hatten, teilte die Rechtsmedizinerin dem Kriminaloberkommissar ihre abschließende Einschätzung mit. »Was mir überhaupt nicht gefällt, ist, dass die Strangmarke so kräftig ausgebildet ist.« Mit diesen Worten ergriff sie noch einmal das zuallererst vorgelegte Foto, das den Hals der Toten zeigte, und hielt es dem Ermittler entgegen. »Ich würde in dieser Erhängungsposition«, sie zeigte auf die rücklings auf dem Bett liegende Tote, den Strang noch um den Hals, auf einem der weiteren beiden Fotos auf der Tischplatte vor ihnen, »bei der nur sehr geringe Zugkraft auf den Hals ausgeübt wird, einen wesentlich diskreteren Befund der Strangmarke erwarten. Weil sie ja liegt und nicht wirklich hängt, ihr Körper fast waagerecht und nicht vertikal positioniert ist. Diese Strangmarke hier hingegen ist deutlich ausgeprägt. *Zu* deutlich, wenn Sie mich fragen. Da muss viel Zugkraft drauf gewesen sein. Aber«, sie warf dem untersetzten Mann ihr gegenüber am Tisch einen bedauernden Blick zu, »um das aus rechtsmedizinischer Sicht wasserdicht zu machen, damit das Ganze auch später in einem Gerichtssaal besteht, wenn es um die alles entscheidende Frage geht, nämlich ob es sich um ein kaschiertes Tötungsdelikt handelt oder nicht, müsste ich mir ein Bild vom Verlauf der Strangulationsmarke an den seitlichen Halspartien und im Nacken machen. Bei einer zirkulär verlaufenden Strangulationsmarke wäre ein Erhängen ausgeschlossen und ein Erdrosseln erwiesen. Aber ohne Obduktion, ohne Fotos dieser Partien, die wir ja leider …«

»… nicht haben, ist das nicht möglich«, führte Akpinar den Satz zu Ende.

»Exakt.«

»Danke, Frau Doktor.« Akpinar lächelte jetzt übers ganze Gesicht. »Das war schon mal sehr hilfreich. Ich schätze, mir bleibt jetzt nichts anderes übrig, als zu hoffen, dass Frau Diakovska nicht eingeäschert wurde. Eine Exhumierung könnte, wie Sie ja schon sagten, im besten Fall noch einiges an Erkenntnisgewinn liefern.«

Yao nickte. »Herr Akpinar. Ich kann Ihnen anbieten, mir die gesamte Ermittlungsakte noch mal in Ruhe anzusehen. Manchmal findet man als Rechtsmediziner zwischen den Zeilen noch etwas, dem man nachgehen könnte.«

»Sehr, sehr gerne«, nahm Akpinar das Angebot dankend an. »Ich stelle Ihnen alles zusammen und schicke es per Mail. Ihre Mailadresse?«

Yao griff in ihre Handtasche auf dem Stuhl neben ihr und zog aus einer Innentasche ein silberfarbenes Visitenkartenetui heraus, entnahm eine ihrer Karten und überreichte sie Akpinar. Dann verabschiedeten sich die beiden.

† † †

29

Mittwoch, 11. April, 12:04 Uhr,
Berlin-Charlottenburg, Keithstraße,
LKA

Als Yao durch den Empfangsbereich des LKA im Erdgeschoss zum Ausgang ging, stieß sie fast mit Monica Monti zusammen.

»Sabine, was machst du denn hier? Dich hätte ich jetzt nicht hier in unseren heiligen Hallen erwartet. Habt ihr heute nichts zu tun in den Treptowers?«, fragte die offensichtlich gut gelaunte Leiterin der vierten Mordkommission scherzhaft.

»Hallo, Monica! Ich war bei Kriminaloberkommissar Akpinar in der *Cold Cases Unit*. Ein vier Jahre zurückliegender Todesfall, der mehr Fragen als Antworten aufwirft«, antwortete Yao, und die beiden Frauen schüttelten sich kurz die Hand.

»Aha, Geschichten aus der Gruft«, erwiderte Monti mit einem Augenzwinkern. »Ich würde dich ja gerne auf einen Tee mit in mein Büro nehmen, aber um 13:00 Uhr ist Lagebesprechung der Soko ›Nikolassee‹, und ich muss vorher noch …«

»Es wurde eine Soko im Mordfall Melanie Kracht eingerichtet?«, unterbrach Yao sie.

»Ja, zweiundzwanzig Mann beziehungsweise Frauen. Der Innensenator hat ordentlich Druck hier bei uns im Haus gemacht.«

»Wow. Das ist ein beachtlicher Personalstab«, entfuhr es Yao.

»Und wenn du dich fragst, Sabine, warum du bisher noch

nichts, absolut rein gar nichts vom Fall Kracht in der Zeitung oder den Onlinemedien gelesen hast, es herrscht absolute Nachrichtensperre. Nichts darf momentan nach außen dringen, was die Ermittlungen in irgendeiner Form gefährden könnte.«

Damit die von Herzfeld befürchtete Journaille möglichst lange im Zaum gehalten wird, ging es Yao durch den Kopf.

»Sagst du mir trotzdem, wie der momentane Stand ist?«, fragte Yao leise und blickte instinktiv zu beiden Seiten, um zu sehen, ob sich noch andere Personen im Foyer befanden.

»Klar. Du bist wohl über den Verdacht erhaben, dass du für fünfzig Euro der Journaille Infos steckst, würde ich mal sagen«, sagte Monti in ebenfalls deutlich leiserem Tonfall. »Ich muss mich aber kurz fassen. Wo fange ich an …«

Yao registrierte Montis angestrengten Gesichtsausdruck, der jedoch den einzigen Hinweis darauf gab, dass die Ermittlerin mit den italienischen Wurzeln unter enormem Stress stand. Ihr Äußeres war wie immer makellos.

»Erst mal zum Ehemann: Krachts Alibi ist wasserdicht. Er hat am Montag gegen 5:30 Uhr das Haus verlassen und war gegen 13:30 Uhr wieder zurück. Das hat die Auswertung der Kameraaufnahmen eines Nachbarn ergeben, der etwa einhundert Meter weiter in derselben Straße wohnt. Die Kamera im Bereich seines Eingangstors zeichnet nicht nur seine Einfahrt, sondern auch ein kleines Stück von der Straße dahinter auf. Und da sieht man Professor Kracht zu den betreffenden Uhrzeiten vorbeifahren. Kein Zweifel, dass er es ist, der im Auto sitzt. Sein Auto, sein Nummernschild, wir haben Standaufnahmen ausgewertet. Blöderweise«, Monti schob sich mit einer unbewussten Geste ihre beim Reden immer wieder über der Stirn wippenden schwarzen Korkenzieherlocken aus dem Gesicht, »ist das die einzige Kamera, die wir bisher ausfindig machen konnten. Auch dass er von zu Hause direkt ins Fitnessstudio fuhr, wo er sich bis kurz vor sieben aufgehalten hat, ist jetzt Fakt. Wobei *Fitnessstudio* vielleicht nicht der richtige Begriff ist. Vielmehr handelt es sich um einen ausschließlich Mitgliedern vorbehaltenen exklusiven Club am Ufer des Wannsees, etwa fünfzehn Autominuten von seiner Villa entfernt. Aber das nur nebenbei … Jedenfalls war er in dem Studio mit seiner Mitgliedskarte im fraglichen Zeitraum eingeloggt, und mehrere unabhängige Zeugen haben uns zudem seine Anwesenheit bestätigt. Kracht trainiert dort immer montags, mittwochs und freitags, von sechs bis ungefähr sieben Uhr, insofern ist das auch nichts Ungewöhnliches für den Tattag.«

Yao wusste, dass in derartigen Mordfällen – nicht nur, wenn es sich bei dem Tatort um die eigenen vier Wände handelte – immer zuerst Ehepartner, Lebensgefährten, Liebhaber und weitere dem Opfer nahestehende Personen überprüft wurden, da in ungefähr achtzig Prozent aller Tötungsdelikte der Täter im direkten persönlichen Umfeld des Opfers zu finden war.

Im Nahfeld von Frau Kracht …

Im Fall der getöteten Arztgattin kamen weitere Faktoren hinzu, die die Aufmerksamkeit der Ermittler zunächst auf den Ehemann richteten. Es gab keine Zeichen eines gewaltsamen Eindringens in die Villa, was bedeutete, dass Melanie Krachts Mörder über einen Schlüssel oder zumindest über sehr gute Orts- und Insiderkenntnisse verfügt haben musste oder dass Melanie Kracht den Täter freiwillig ins Haus gelassen hatte. Demnach war die Wahrscheinlichkeit hoch, dass sie ihren späteren Mörder gut gekannt hatte, denn sein Angriff musste für Melanie Kracht völlig unerwartet erfolgt sein, wie die Untersuchung des Tatorts inklusive äußerer Leichenschau sowie auch Jörgensens Obduktion ergeben hatte.

»Gegen 7:30 Uhr traf Kracht am Montagmorgen in der Klinik ein, um 8:30 Uhr hat er begonnen zu operieren«, fuhr Monti fort. »Kurz vor 13:00 Uhr hat er die Klinik wieder verlassen, wie Aufnahmen aus der dortigen Tiefgarage belegen, und gegen 13:00 Uhr hat er von seinem Handy aus seine Frau auf deren Handy angerufen. Vergeblich. Genauso, wie er es uns schon in seiner ersten Vernehmung gesagt hat. Alles überprüft und verifiziert.«

Wasserdichter kann ein Alibi nicht sein als das von Kracht. Zur mutmaßlichen Tatzeit kann er sich definitiv nicht bei sich zu Hause, am Tatort, aufgehalten haben, überlegte Yao.

»Nach der jetzigen Spurenlage muss *der* oder *die* Täter – denn wir haben bisher nichts, was eine Einzeltätertheorie beweisen oder widerlegen würde – von hinten über die Terrassentür ins Haus gelangt sein. Aber auch im Garten: nichts. Keine Fußspuren, keine abgeknickten Zweige an der Hecke oder der übliche Kram. Was noch ...« Die Ermittlerin schien kurz nachzudenken, dann sprach sie weiter: »Laut toxikologischem Gutachten aus dem Landesinstitut stand Frau Kracht zum Zeitpunkt ihres Todes unter dem Einfluss eines leichten Beruhigungsmittels, allerdings im untertherapeutischen Bereich. Allerdings hatte sie 0,9 Promille Blutalkohol intus, als sie getötet wurde, was ja dann doch ganz ordentlich für einen Montagvormittag ist, wenn man sich nicht gerade auf dem Oktoberfest herumtreibt.«

Yaos Gedanken schweiften bei der Erwähnung des Alkoholisierungsgrades von Melanie Kracht kurz zu Mailin. Aber sie war sofort wieder fokussiert auf die Ausführungen der Ermittlerin.

»Laut den Toxikologen vom Landesinstitut ist aber auch die Kombination von Beruhigungsmittel und den 0,9 Promille nicht geeignet gewesen, Frau Kracht in ihrer Handlungsfähigkeit einzuschränken, da sie Alkohol gewohnt war, um nicht zu sagen, offensichtlich Alkoholmissbrauch betrieb. Die Alkoholismusmarker in ihren Haaren sprechen da wohl Bände. Sagen auch die Toxikologen.«

Was Krachts Behauptung Monti gegenüber, seine Frau habe in letzter Zeit vermehrt dem Alkohol zugesprochen, bestätigt …

»Ansonsten ist Melanie Kracht in letzter Zeit zweimal ambulant in einer der Rettungsstellen der Charité vorstellig geworden. Wann genau und warum ist noch Gegenstand der Ermittlungen. Bisher hat sich jedoch das Bild einer harmonischen Ehe der Krachts bestätigt …« Mit diesen Worten sah die Mordermittlerin auf ihre Armbanduhr »Shit, jetzt muss ich mich aber wirklich sputen. Mach's gut, Sabine!«

»Noch ganz kurz«, sagte Yao, und die Leiterin der vierten Mordkommission, die sich schon einige Meter von der Rechtsmedizinerin entfernt hatte, blieb stehen und drehte sich zu Yao.

»Monica, was sagtest du am Montag, wie lange waren die Krachts schon verheiratet?«

»Vier Jahre!«, antwortete Monti und stürmte auf die Fahrstühle zu.

Yao blieb stehen und sah ihr noch einen Moment lang hinterher.

† † †

30

Mittwoch, 11. April, 12:16 Uhr,
Berlin-Charlottenburg, Keithstraße

Yao verließ das LKA-Gebäude, nahm ihr Handy aus ihrer Handtasche und warf einen Blick darauf. Ein Anruf von ihrer Schwester Mailin in Abwesenheit. Noch auf dem Weg zu ihrem Mini, den sie zwei Querstraßen entfernt abgestellt hatte, wählte sie die Handynummer ihrer Schwester.

Mailin nahm den Anruf nicht entgegen.

† † †

31

Mittwoch, 11. April, 16:15 Uhr,
Berlin,
Treptowers, BKA-Einheit »Extremdelikte«,
Büro Prof. Paul Herzfeld

Herzfeld, der viel Wert darauf legte, über alle dienstlichen Belange und Angelegenheiten seiner Mitarbeiter und insbesondere über den Fortgang der offenen Fälle und Gutachten informiert zu sein, kratzte sich hinter dem Ohr, während er Yao zunickte. Offensichtlich war er zufrieden mit der Einschätzung seiner Stellvertreterin gegenüber Kriminaloberkommissar Akpinar, was den Fall Diakovska betraf.

»Sehe ich ganz genauso. In der von Ihnen geschilderten Erhängungsposition, rücklings, den Oberkörper nur leicht schräg nach oben ausgerichtet, ist die Zugkraft, die durch das Strangwerkzeug auf den Hals ausgeübt wird, viel zu gering, um eine kräftig ausgeprägte Strangmarke, zudem noch mit horizontalem Verlauf, zu erzeugen. Das stinkt gewaltig …« Herzfeld hielt inne und schien mit einem Mal in Gedanken ganz woanders zu sein.

Yao wollte sich gerade laut und vernehmlich räuspern, aber da war der schon wieder zurück im Hier und Jetzt. »Erinnert mich an den Fall Hetzel.«

Yao sah ihren Chef fragend an.

»In der rechtsmedizinischen Literatur auch bekannt als der Kälberstrick-Fall«, erklärte Herzfeld.

Yao konnte sich nicht erinnern, den Namen Hetzel schon einmal gehört zu haben, und auch das Stichwort *Kälberstrick-Fall* löste in ihrem Gehirn keinerlei Erinnerungen oder Assoziationen aus.

»Der Fall liegt lange zurück. Weit vor Ihrer Zeit. Und auch vor meiner. Um genau zu sein, war ich noch nicht mal geboren, als der Fall Hetzel vor mittlerweile über siebzig Jahren für Schlagzeilen in der Öffentlichkeit und großen Aufruhr in der deutschen Rechtsmedizin sorgte. Wahrscheinlich ist der Fall heute auch eher von medizinhistorischer Relevanz, denn fachlich ist da nichts, worauf die Rechtsmedizin stolz sein kann.«

Herzfeld hatte jetzt ihre uneingeschränkte Aufmerksamkeit.

»Der Fall Hetzel zeigt ein paar Dinge sehr gut. Zum einen, dass sich an einer der zentralen Fragestellungen der Rechtsmedizin bis heute rein gar nichts geändert hat, nämlich, ob es sich bei bestimmten Befunden um vital oder postmortal zugefügte Verletzungen handelt oder gar um Artefakte, die weder etwas mit der Todesursache noch mit den Geschehnissen unmittelbar vor dem Tode zu tun haben. Und zum Zweiten, dass eine auf Fotografien fußende Befunderhebung mit vielen Unwägbarkeiten und vielen Wenn und Aber und Spekulation einhergeht. So, wie Sie mir den Fall der vor vier Jahren tot in ihrer Penthouse-Wohnung aufgefundenen Polin geschildert haben.« Herzfeld lehnte sich auf seinem Schreibtischstuhl etwas nach vorne, stützte die Ellbogen vor sich auf der Schreibtischplatte ab und verschränkte die Arme, während er Yao einen vielsagenden Blick zuwarf, die diesen mit einem gespannten Lächeln erwiderte.

»Am 3. September 1953 wurde eine unbekleidete weibliche Leiche in einem Gebüsch am Rand einer Bundesstraße in Baden-Württemberg gefunden. Die Obduktion ergab zahlreiche äußere Verletzungen wie ein Monokelhämatom, multiple, unregelmäßig über den Körper verteilte frische Hämatome und Hautabschürfungen sowie Bissspuren an beiden Brüsten. Bissmarken, die von einem menschlichen Gebiss herrührten. Zudem fanden sich bei der Obduktion ein Einriss des Analrings sowie frische Schleimhautverletzungen der Analschleimhaut, was auf einen forcierten Analverkehr zurückgeführt wurde. Am Hals, direkt unter dem Mundboden, fand sich eine längliche, bandförmige Vertrocknung, die allerdings nicht durchgehend war und an der linken Halsseite y-förmig auslief.«

Yao lehnte sich auf ihrem Besucherstuhl, Herzfeld gegenüber auf der anderen Seite seines wuchtigen Schreibtischs, bequem zurück und lauschte gebannt. Sie fühlte sich in ihre Studienzeit zurückversetzt, in der Paul Herzfeld die Hauptvorlesung »Rechtsmedizin« in Kiel gehalten und sie mit seinen Vorlesungsbildern, seinen plastischen Schilderungen und den daraus resultierenden Schlussfolgerungen in Bann gezogen und ihr Interesse für die Rechtsmedizin geweckt hatte. Seine Schlussfolgerungen hatten in ihren Ohren einfach und logisch geklungen. Doch Yao war schon damals klar gewesen, dass es dafür enormes Fachwissen und den Blick für kleinste Details brauchte, verbunden mit einem untrüglichen Gespür, was wesentlich und was unwesentlich war, ohne dabei das große Ganze außer Acht zu lassen. Diese Erkenntnis war zu jener Zeit ihr Antrieb und innerer Kompass gewesen und hatte maßgeblich ihre Entscheidung für die Rechtsmedizin beeinflusst.

»Es waren übrigens keine Rechtsmediziner, sondern ein Amtsarzt und ein Assistenzarzt aus der Pathologie, die die Obduktion der nackt aufgefundenen und zu diesem Zeitpunkt noch nicht identifizierten Toten durchführten«, fuhr Herzfeld fort. »Ein Umstand, der den Fall später zusätzlich komplizierte, da den Obduzenten als Nicht-Rechtsmedizinern zum Teil die Kompetenz in der Beurteilung des Falls abgesprochen wurde. Zudem verstiegen sich die Obduzenten zu wilden Spekulationen, was die Todesursache der Frau anbelangte. Vorbestehende innere Erkrankungen konnten bei der Toten jedenfalls nicht festgestellt werden. Was die Obduzenten aufgrund des Fehlens entsprechender Befunde allerdings kategorisch ausschlossen, war ein Ersticken. Die zahlreichen Verletzungen am Körper der Frau waren eher leicht, und Abwehrverletzungen, die auf ein Kampfgeschehen hingedeutet hätten, waren nicht vorhanden. Sie gingen von einem todesursächlichen akuten Kreislaufversagen als Folge einer plötzlich erfolgten Bauchfellreizung im Rahmen des Analverkehrs aus.«

Yao sah Herzfeld erstaunt an und zog die Stirn fragend in Falten.

»Noch nie gehört, Frau Yao?«, fragte Herzfeld. »Ich kann Sie beruhigen, das hatte ich bis dato auch noch nicht. Der Analverkehr kurz vor dem Tod ist unzweifelhaft aus den Obduktionsbefunden abzulesen, der Reflextod über eine dabei auftretende Bauchfellreizung ist allerdings nicht nur höchst fragwürdig, sondern völliger Nonsens. Die Frau wurde schließlich als die fünfundzwanzigjährige Magdalena Gierth identifiziert, und bei der Polizei meldete sich kurze Zeit später der damals siebenundzwanzigjährige Hans Hetzel, der angab, Magdalena Gierth zwei Tage zuvor als Anhalterin mitgenommen und mit ihr im Freien einvernehmlichen Geschlechtsverkehr gehabt zu haben. Hetzel sagte in seiner Vernehmung aus, dass er mit der Frau in verschiedenen Stellungen Verkehr auf dem Waldboden gehabt hätte. Geschlechtsverkehr, der zunehmend heftiger wurde, möglicherweise auch etwas aus dem Ruder lief, bis Magdalena Gierth plötzlich leblos zusammensackte und Hetzel feststellen musste, dass sie tot war. Panisch habe er ihre Leiche dann in seinem Wagen zu der Stelle an der Bundesstraße transportiert und abgelegt, an der sie später gefunden wurde. So weit Hetzels Aussage zu den Geschehnissen, die in den folgenden Jahren von ihm immer wieder ohne Abweichungen wiederholt wurde.

Im Prozess kam dann der damalige Direktor der Münsteraner Rechtsmedizin, Professor Albert Ponsold, als Gutachter ins Spiel. Er hatte zwar weder die Obduktion durchgeführt, geschweige denn die Leiche von Magdalena Gierth zu Gesicht bekommen, war aber zu der Zeit das Gesicht der westdeutschen Rechtsmedizin und ein anerkannter Gutachter mit tadelloser Reputation. Trotz der Beteuerungen Hetzels, der auch in der Hauptverhandlung an seiner Version festhielt, kam das Gericht zu der Überzeugung, dass er Magdalena Gierth zunächst geschlagen, dann anal vergewaltigt und sie schließlich, zur Verdeckung seiner Tat, erdrosselt hätte. Dabei stützten sich die Richter auf die Ausführungen Ponsolds, der sich auf Erdrosseln als Todesursache festlegte. Bei der Obduktion durch den Amtsarzt und den Pathologen waren aber weder punktförmige Blutungen in den Lidhäuten oder den Augenbindehäuten der Toten festgestellt, noch war eine Präparation des Kehlkopfskeletts durch die Obduzenten vorgenommen worden.«

»Der Kehlkopf wurde bei der Obduktion nicht präpariert, und trotzdem legt er sich auf Erdrosseln fest?«, fragte Yao ungläubig.

»Ja, so ist es gewesen. Weil sich die Obduzenten vorschnell auf einen Reflextod der Frau festgelegt hatten, unterblieb eine gezielte Präparation des Kehlkopfs bei der Obduktion, da sie es zu diesem Zeitpunkt für entbehrlich hielten. Ein großer Fehler, wie sich im Nachhinein herausstellte. Schlussendlich wurde Hetzel 1955, zwei Jahre nach der Tat, wegen Mordes zu lebenslanger Haft verurteilt. Als Tatwerkzeug führte Ponsold einen Kälberstrick an, mit dem Hetzel sein Opfer erdrosselt haben sollte, da er in der Gerichtsverhandlung meinte, auf Vergrößerungen der bandartigen Vertrocknung am Hals der Toten eine Textur, ein Muster, das dem groben Relief eines Kälberstricks entsprechen könnte, zu erkennen.«

»Unglaublich!« Dann wiederholte Yao leise Herzfelds Worte: »Einen Kälberstrick …«

»Zum Anleinen von Kälbern bei Viehtransporten oder bei veterinärmedizinischer Behandlung. Im Prinzip nichts anderes als ein grober Strick.«

»Hat sich Ponsold da nicht verdammt weit aus dem Fenster gelehnt? Ich meine, er hatte zwar sicherlich das Obduktionsprotokoll vorliegen und eventuell auch schon Fotos der Toten. Aber das mutmaßliche Tatwerkzeug, der Kälberstrick, wurde doch offensichtlich nie gefunden.«

Herzfeld nickte.

»Und er hat die Leiche ja selbst nie gesehen, geschweige denn überhaupt untersucht. Moment … wurden damals schon Fotos bei Obduktionen gemacht?«, hakte Yao nach.

»Ja, es gab Fotos«, erwiderte Herzfeld. »Allerdings ähnlich suboptimal wie in dem Fall der *Cold Cases Unit,* den Sie mir eben geschildert haben. Auch im Kälberstrick-Fall gab es nicht eine einzige Aufnahme vom Nacken der Toten, weshalb mir der Fall auch eben in den Sinn kam. Und ja, Ponsold hat sich verdammt weit aus dem Fenster gelehnt. Und das fiel ihm dann vierzehn Jahre später auch mächtig auf die Füße. So lange dauerte es nämlich, bis Hetzels Anwalt ein Wiederaufnahmeverfahren erwirken konnte.«

»Was genau geschah dann?«

»Dann kam der Altmeister der Rechtsmedizin, Professor Otto Prokop aus Ostberlin, als Gegengutachter ins Spiel und hat Ponsolds Gutachten in dem Wiederaufnahmeverfahren Stück für Stück auseinandergenommen, regelrecht in der Luft zerrissen hat er es. Was das Verhältnis von westdeutscher und ostdeutscher Rechtsmedizin für Jahrzehnte zerrüttet hat. Das meinte ich übrigens vorhin mit *medizinhistorischer Relevanz.*«

»Zu welchem Ergebnis ist Prokop gekommen?« Der Name Otto Prokop sagte Yao im Gegensatz zu seinem westdeutschen Pendant Ponsold natürlich etwas. Jeder Medizinstudent, der sich abseits der Vorlesung auch nur ein bisschen mit Rechtsmedizin beschäftigte, kam an Prokops Meisterwerk *Atlas der gerichtlichen Medizin* nicht vorbei.

»Prokop stellte zur Rekonstruktion im Fall Hetzel eigene Versuchsreihen mit Leichen an, ein Vorgehen, das heute aufgrund von Ethikkommissionen und einem gänzlich anderen Verständnis vom Umgang mit Toten in der Rechtsmedizin ausgeschlossen wäre. In seinen *Vertrocknungsversuchen,* so nannte er seine Analysen von Leichen in der entsprechenden Publikation seiner Ergebnisse, gelang es ihm postmortal, viele Stunden nach dem Tod, durch Druck und Aufliegen des Halses der Toten auf verschiedenen länglichen Gegenständen ähnliche bandförmige Hautvertrocknungen zu erzeugen, wie sie am Hals von Magdalena Gierth festgestellt worden waren. Auch wenn es Prokop nicht gelang, die Todesursache der Frau plausibel zu erklären, so hat doch sein vor Gericht anscheinend sehr überzeugend vorgetragenes Gutachten genügend Zweifel an Ponsolds Schlussfolgerungen und der einzig und allein darauf basierenden Feststellung der unzweifelhaften Schuld Hetzels gesät. In seinem Gutachten ging Prokop nicht nur darauf ein, dass ein Erdrosseln als Todesursache aufgrund der von den Obduzenten erhobenen Befunde völlig abwegig wäre, sondern er stellte auch fest, dass die Bissmarken an den Brüsten der Toten niemals mit der erforderlichen Sicherheit Hetzel hatten zugeordnet werden können. Zudem führte der Ostberliner Altmeister aus, dass sich die oberflächlichen Hautabschürfungen und Hämatome am Körper der nackt aufgefundenen Toten nicht nur durch den heftig auf Waldboden durchgeführten Geschlechtsverkehr erklären ließen, sondern zum Teil auch beim Verbringen der Toten vom Ort ihres Todes an den Auffindeort entstanden sein könnten. Hetzel hatte sie nach eigener Aussage nackt in seinem Wagen dorthin transportiert, sodass es sich also genauso gut um postmortale Artefakte handeln könnte. Aufgrund von Prokops Gutachten wurde Hetzel im Jahre 1969 von allen Vorwürfen freigesprochen.«

Yao musste sich wieder einmal eingestehen, dass sie Herzfeld nach wie vor bewunderte. Nicht nur wegen seines überragenden rechtsmedizinischen Könnens, sondern auch, weil er immer wieder unter Beweis stellte, dass er die großen historischen Fälle der Rechtsmedizin in- und auswendig kannte.

Herzfeld erhob sich hinter seinem Schreibtisch, ein untrügliches Zeichen dafür, dass er das Gespräch mit seiner Stellvertreterin für beendet erachtete.

Aber eine Frage hatte Yao noch, deshalb blieb sie sitzen. »Was denken Sie? Ich meine, was ist Ihre persönliche Meinung zum Kälberstrick-Fall, Herr Herzfeld? Sind Sie Team Prokop oder Team Ponsold?«

Herzfeld musste über Yaos Formulierung schmunzeln. »Team Herzfeld, würde ich sagen. Ich habe unzählige Stunden sämtliches mir zur Verfügung stehendes Material im Fall Hetzel eingehend studiert und ausgewertet. Im Zweifel für den Angeklagten … Der Fall Hetzel ist, wie ich schon sagte, in mehrfacher Hinsicht ein Lehrstück für unser Fach. Wie so einige prominente Todesfälle, die niemals ganz aus den Gazetten verschwinden und noch Jahrzehnte später Anlass für Spekulationen geben. Ich denke da zum Beispiel an Uwe Barschel, der 1987 tot in der Badewanne seines Hotelzimmers im *Beau Rivage* in Genf aufgefunden wurde. Oder der Tod von Whitney Houston 2012. Ebenfalls in der Badewanne ihres Hotelzimmers im *Hilton* in Beverly Hills tot aufgefunden. Allerdings im Gegensatz zu Barschel unbekleidet und in Bauchlage im Wasser liegend. Dies sind nur zwei Beispiele prominenter Todesfälle, bei denen ein vernünftiger Erstangriff der Todesermittler – mit Spurensicherung, Polizeifotograf und Rechtsmediziner noch am Leichenfundort – allen späteren Spekulationen entgegengewirkt und Gerüchten von Anfang an den Nährboden genommen hätte.«

»Das beantwortet nicht meine Frage«, erwiderte Yao.

»Was ich im Fall Hetzel denke? Ich vermute, die Wahrheit liegt irgendwo zwischen Ponsold und Prokop. Ich glaube, Ponsold hat sich da zu einer irrigen Theorie verstiegen und sich zum Kettenhund der Anklage machen lassen. Was Prokop anbelangt … Ich bin mir bei einigen Punkten in seiner Argumentationskette nicht ganz sicher, ob er da richtiglag … Was ich aber sicher weiß, Frau Yao, ist, dass wir nie erfahren werden, was wirklich passiert ist. Hetzel selbst ist schon lange tot, und außer ihm war niemand zugegen, als Magdalena Gierth starb.«

Yao hatte nichts anderes als eine solche salomonische Antwort von Herzfeld erwartet. Sie erhob sich nun ebenfalls von ihrem Stuhl, und ihr Chef geleitete sie zur Tür.

»Manchmal muss man die Toten eben ruhen lassen«, sagte Herzfeld – und schob mit einem spitzbübischen Lächeln hinterher: »Aber nicht im Fall von Daria Diakovska. Vielleicht bringt eine Exhumierung Sie ja tatsächlich weiter.«

† † †

32

Mittwoch, 11. April, 20:22 Uhr,
Berlin,
Treptowers, BKA-Einheit »Extremdelikte«,
Büro Dr. Sabine Yao

Es war wieder einmal spät geworden. Yao rieb sich den schmerzenden Nacken und entfernte ihr Haargummi. Für einen kurzen Augenblick fühlte sie, wie sich ihre Kopfhaut entspannte, dann fasste sie die schwarzen Haare erneut zu einem Zopf zusammen und umwickelte diesen mehrfach mit dem schwarzen Haargummi. Sie sah auf ihre Armbanduhr.

Zu spät … Zu spät fürs Fitnessstudio. Und viel zu spät, um Siara in ihrer Rehabilitationseinrichtung einen Besuch abzustatten. Obwohl das überfällig wäre. Auch wenn ich nichts für sie tun kann, ich ja nicht einmal weiß, ob sie meine Anwesenheit überhaupt registriert, geschweige denn, ob sie weiß, wer ich überhaupt bin. Würde Siara ihre eigene Mutter wiedererkennen?

Yaos kleine Nichte Siara war nach einem brutalen Fausthieb durch den berüchtigten Berliner Drogendealer Abdelkarim Saad im Wohnzimmer der elterlichen Wohnung halbseitig gelähmt und befand sich nach einem mehrmonatigen Aufenthalt auf der Kinderintensivstation der Charité mittlerweile in einer Rehabilitationseinrichtung für schwer behinderte Kinder. Sie reagierte zwar auf äußere Reize, aber weder eine verbale Kommunikation noch eine über Gebärden oder Zeichen war mit ihr möglich. Ob sich die Dreijährige noch auf dem geistigen und kognitiven Stand befand, den sie im Alter von zweiundzwanzig Monaten erreicht hatte, bevor sie die schweren Kopfverletzungen davontrug, konnte vonseiten der sie behandelnden Ärzte immer noch nicht eingeschätzt werden.

Siaras Zwillingsschwester Sina, die bei dem Angriff auf ihre Schwester zugegen gewesen war, diesen aber unbeschadet überstanden hatte, war in einer Pflegefamilie untergebracht. Kurz nach dem tragischen Vorfall war Mailin in die Karl-Bonhoeffer-Nervenklinik eingewiesen worden und hatte zu allem Unglück auch noch das Sorgerecht für ihre Töchter verloren.

In der Pflegefamilie kümmerte man sich liebevoll um Sina, doch die Trennung von ihrer Zwillingsschwester setzte dem Mädchen nach wie vor zu. In Absprache mit der zuständigen Therapeutin der Jugendhilfe hatte Yao vor einiger Zeit schweren Herzens davon Abstand genommen, ihre zweite Nichte zu besuchen, da ihr die Eingewöhnungsphase bei ihrer Pflegefamilie sehr zusetzte. Alles, was das kleine Mädchen durch Erinnerungen an ihre frühere Familie verunsichern oder gar verstören konnte, sollte bis auf Weiteres von ihr ferngehalten werden.

Die Rechtsmedizinerin seufzte und versuchte die Verzweiflung und den Schmerz, der sie allein bei den Gedanken an die Mädchen überkam, hinunterzuschlucken und tief in ihrem Inneren zu verschließen. Sie musste einen klaren Kopf bewahren. Sie war die Einzige in der Familie, die sich überhaupt noch in irgendeiner Form um die beiden Mädchen und ihre Schwester kümmern konnte. Yao lehnte sich in ihrem Schreibtischstuhl zurück, streckte den Rücken durch und zog langsam beide Arme seitlich nach hinten, hinter die Lehne des Schreibtischstuhls. Es knackte laut und vernehmlich in ihrer oberen Brustwirbelsäule. Für einen Moment spürte sie so etwas wie eine körperliche Erleichterung, als wäre ihr eine schwere Last von den Schultern genommen worden, aber leider hielt das Gefühl nur wenige Sekunden an.

Yao sortierte noch einige Unterlagen auf ihrem Schreibtisch, wobei sie diese zu kleinen, sauber nebeneinander aufgereihten Stapeln schichtete und mit kleinen Post-it-Zetteln versah, auf denen sie wiederum römische Ziffern notierte, die jeweils die Priorität wiedergaben. Zufrieden betrachtete sie ihr Werk. Wenig hasste sie mehr, als frühmorgens in ihrem Büro einen unaufgeräumten Schreibtisch vorzufinden.

Äußere Ordnung führt zu innerer Ordnung, hatte ihre Großmutter Luise immer gesagt. Struktur hatte ihr von jeher geholfen, die Kontrolle zu bewahren.

Als die Rechtsmedizinerin ihren PC herunterfuhr, erklang ein leises *Pling!,* und ihr wurde am rechten oberen Bildrand des Monitors der Eingang einer neuen E-Mail angezeigt:

KOK Cem Akpinar, LKA 1 – Delikte am Menschen

Todesermittlungsverfahren zum Nachteil Daria Diakovska, 11 Anhänge.

Kurz war Yao versucht, die Mail zu öffnen und zumindest einmal durch die Anhänge zu scrollen, aber da klingelte ihr Handy in ihrer Handtasche auf dem Boden neben dem Schreibtisch. Yao beugte sich zur Seite, zog das Gerät hervor und warf einen Blick auf das Display. *Unbekannte Nummer.*

»Hallo?«

»Spreche ich mit Frau Sabine Yao? Verzeihung, Frau Doktor Yao?«

Die weibliche Stimme am anderen Ende der Leitung sprach mit einem harten, sehr wahrscheinlich osteuropäischen Akzent und rollte das R.

»Wer spricht denn da?«, fragte Yao zurückhaltend.

»Mein Name ist Doktor Dragana Jovanovic. Ich rufe aus

der Psychiatrischen Fachklinik *Sana Mente* in Lichtenberg an. Spreche ich mit Frau Doktor Sabine Yao?«

»Ja, das ist richtig. Ich bin am Apparat«, erwiderte Yao und konnte sich entfernt erinnern, den Namen der Frau schon einmal von Mailin gehört zu haben. In welchem Zusammenhang, fiel ihr allerdings nicht ein. »Ihre Schwester, Frau Mailin Zhou, hat heute versucht, sich das Leben zu nehmen. Es tut mir leid …«

Die Worte der Medizinerin verschwanden in einem dichten Nebel, der sich in Yaos Kopf gebildet hatte, ihr wurde schwindelig.

† † †

33

Mittwoch, 11. April, 21:34 Uhr,
Berlin,
Treptowers, BKA-Einheit »Extremdelikte«,
Büro Dr. Sabine Yao

Knapp eine Stunde nachdem sie das Gespräch mit Frau Doktor Jovanovic beendet hatte, stand Yao immer noch am Fenster ihres Büros im siebten Stock der Treptowers und starrte hinaus, das Handy in der Hand fest umklammert. In ihrem Büro war es mittlerweile dunkel geworden, nur der Bildschirmschoner ihres PCs tauchte ihr Büro in ein schwaches bläuliches Licht. Yao sah die schemenhaften Umrisse ihres Spiegelbilds in der Fensterscheibe. Dahinter lag Berlin wie ein Wesen mit tausend glitzernden Augen. Ein Wesen, das nie zu schlafen und alles zu beobachten schien. Das versuchte, alles um sich herum aufzusaugen.

Ihre Schwester ist außer Lebensgefahr. Ihr geht es den Umständen entsprechend gut, wiederholte Yao mantraartig wieder und wieder die Worte der Psychiaterin. *Wir haben sie rechtzeitig gefunden. Als sie nicht zum Mittagessen erschien … blutüberströmt auf ihrem Bett … nicht mehr ansprechbar … Notarzt … Rettungsstelle … Notoperation … Oberschenkelarterie durchlöchert, regelrecht zerfetzt … hoher Blutverlust, aber keine bleibenden Organschäden … zur Beobachtung in der Chirurgischen Klinik der Charité … morgen Rückverlegung in unsere Klinik … Wie es jetzt weitergeht? Am besten sprechen Sie übermorgen dazu mit meinem Kollegen Doktor Schweiger, Ihre Schwester ist seine Patientin …,* hallten die Worte der Ärztin in ihrem Kopf nach.

Yao wusste, dass Mailins Suizidversuch mehr als nur ein herber Rückschlag war. All das, was sie beide in den letzten

Monaten in zähem Ringen – drei Schritte vor, aber fast immer sofort dann wieder zwei zurück – erreicht hatten, war damit zunichtegemacht. Sie würde der Tatsache ins Auge sehen müssen, dass es jetzt für sie an der Zeit war, andere Wege zu gehen. Über das Undenkbare zumindest nachzudenken. Bisher hatte sich Yao stets geweigert, auch nur im Entferntesten die Möglichkeit einer Vormundschaft für ihre Schwester in Betracht zu ziehen – oder eine Einweisung in die geschlossene Abteilung einer psychiatrischen Klinik, notfalls als richterlich angeordnete Zwangseinweisung. All das war für Yao nie eine Option gewesen. Doch Mailins heutiger Suizidversuch hatte alles verändert. Sie hatte eine Grenze überschritten, die Yao für sie beide gezogen hatte. Seit sie denken konnte, hatte ihre Schwester autoaggressive, selbstdestruktive Tendenzen besessen und sich selbst geritzt. Vor allem als Teenager – und nachdem ihr Mann Thanh vor fünfzehn Monaten ums Leben gekommen war, hatte sie völlig den Halt verloren beziehungsweise diesen im Alkohol gesucht. Auch damals hatte Yao bei Mailin immer wieder selbst zugefügte Schnittverletzungen feststellen müssen.

Soweit Yao den Schilderungen der Ärztin hatte entnehmen können, war das, was Mailin heute unternommen hatte, kein Suizidversuch mit appellativem Charakter gewesen. Dass sie sich selbst dermaßen massive Verletzungen zugefügt hatte, war kein Hilfeschrei gewesen, kein *Parasuizid,* wie es die Kollegen in der Psychiatrie nannten, wenn nicht der Tod beabsichtigt war, sondern ein Hilferuf abgesetzt werden sollte.

Die zierliche Deutschchinesin riss sich von den Lichtern der Stadt unter ihr los. Lichter, die für einige verheißungsvoll und voller Hoffnung und für andere das Tor zur Hölle waren.

Es ist, wie alles im Leben, immer eine Frage der Perspektive …

† † †

34

Mittwoch, 11. April, 23:45 Uhr,
Berlin-Charlottenburg,
Wohnung von Dr. Sabine Yao

Yao kam nicht zur Ruhe. Das Gedankenkarussell um Mailin ließ sich auch nicht mit einer zwanzigminütigen heißen Dusche stoppen. Ein Duschbad so heiß, dass sie sich beim Blick in den Spiegel, als sie aus der Duschkabine trat, kaum wiedererkannte, da ihre normalerweise blasse, fast alabasterfarbene Haut im Gesicht und am ganzen Körper eine ungesunde rote Farbe angenommen hatte.

Eine erlösende Müdigkeit wollte sich auch nicht einstellen, obwohl es bereits auf Mitternacht zuging. Sie war so erschöpft, aber zu viele Gedanken jagten durch ihren Kopf.

Mailin, Siara, Sina – meine Familie, oder vielmehr das, was noch davon übrig ist … Ein Scherbenhaufen. Wo soll das alles bloß noch hinführen?

Yao hatte zweimal versucht, Mailins behandelnden Arzt, Doktor Schweiger, auf dessen Handy zu erreichen, aber beide Male war sein Handy ausgeschaltet gewesen.

Jetzt ist es definitiv zu spät, es noch mal zu versuchen, dachte Yao beim Blick auf die Uhrzeit auf ihrem Handydisplay. Sie würde sich wohl oder übel gedulden müssen. Mit abwesendem Blick zog sie sich ihren cremefarbenen Jogginganzug über und lief ziellos durch ihre Wohnung. Obwohl sie seit dem frühen Mittag nichts mehr gegessen hatte, war an Nahrungsaufnahme nicht zu denken. In der Küche stützte sie sich auf ihrem makellos glänzenden Arbeitsblock ab und konnte ihre Tränen nun nicht mehr zurückhalten.

Sie wusste nicht, wie lange sie dort so gestanden hatte. Sie trocknete sich mit dem Ärmel ihres Pullis die feuchten Wangen ab, da fiel ihr tränenverschleierter Blick auf das Honigglas, das sie am Morgen neben der Spüle abgestellt hatte. Eine heiße Tasse Milch mit Honig würde ihr jetzt guttun.

Keine zehn Minuten später setzte sie den halb geleerten Milchbecher vor sich auf dem Couchtisch ab, lehnte sich auf der Couch zurück und rückte dabei ihren Handtuchturban wieder zurecht, öffnete den Laptop und machte es sich im Schneidersitz auf ihrer taubengrauen Couch bequem. *Wenn ich schon nicht zur Ruhe komme, kann ich die Zeit auch sinnvoll nutzen. Und mich etwas ablenken. Vermutlich kommt die Müdigkeit dann ganz von selbst …*

Yao schaltete den Laptop ein. Als der WLAN-Ausschlag in der unteren Ecke des Monitors ihr anzeigte, dass das Gerät mit dem Internet verbunden war, loggte sie sich über ihren BKA-Zugang ein und rief ihr E-Mail-Postfach auf. Sie scrollte zu der aktuellen Mail von Kriminaloberkommissar Akpinar.

Yao verschaffte sich zunächst einen Überblick darüber, welche Dokumente Akpinar ihr im Anhang geschickt hatte, und legte diese in einem eigenen Ordner auf ihrem Desktop ab, den sie »DD« betitelte, in chronologischer Reihenfolge, dem Fortgang der Ermittlungen folgend. Dann beschäftigte sie sich mit dem jeweiligen Inhalt der Dateien. Bis zu dem Zeitpunkt, als die Tochter der Toten den Ermittlern das Foto des Schlafzimmers ihrer Mutter präsentiert hatte, um das Verschieben des Betts zu zeigen, waren keine neuen ermittlungstechnischen Erkenntnisse im Todesfall Diakovska hinzugekommen. Bereits drei Tage nach Auffindung der Toten hatte der zuständige Staatsanwalt das Verfahren eingestellt, da vonseiten der Ermittlung alles auf einen Suizid hingedeutet hatte. Unregelmäßig verteilt über die vier Jahre waren immer mal wieder ein paar Seiten mit neuen Vermerken zur

Ermittlungsakte hinzugekommen, die einzig und allein Hinweise und Beteuerungen der in Polen lebenden Tochter der Toten enthielten, dass ihre Mutter niemals freiwillig aus dem Leben geschieden sei. Den Hinweis auf einen möglichen Tatverdächtigen oder ein Motiv blieb die Tochter, die auch die Alleinerbin war, jedoch schuldig. Der zuständige Sachbearbeiter der Kripo hatte ihre Zweifel und ihre Bitte, die Ermittlungen wieder aufzunehmen, als ihre Art der Trauerbewältigung eingestuft und ad acta gelegt.

Erst vor knapp vier Wochen war dann Bewegung in den Fall gekommen, als das Foto von Daria Diakovska in ihrem Schlafzimmer aufgetaucht war. Zuständigkeitshalber waren die neuen Ermittlungen der *Cold Cases Unit* des LKA übertragen worden; und hatten Fahrt aufgenommen, nachdem der Fall bei Kriminaloberkommissar Akpinar auf dem Schreibtisch gelandet war.

Yao betrachtete das Foto der damals vierundfünfzigjährigen Daria Diakovska, das den Ausschlag gegeben hatte, dass sich die Ermittler die Mühe gemacht hatten, den Leichenfundort in Teilen nachzubilden und das Geschehen zu rekonstruieren. Eine lasziv lächelnde, sich in weißer Spitzenunterwäsche auf ihrem Bett räkelnde Frau mit einem akkurat geschnittenen blonden Bob. Sie war attraktiv, und ihr Blick schien für Yao auszustrahlen, dass diese Frau sehr wohl wusste, welche Wirkung sie auf Männer hatte.

Yao scrollte durch das zugehörige PDF zu dem Foto und fand heraus, dass das Bild knapp eine Woche vor ihrem Tod aufgenommen worden war. Mit ihrem eigenen Handy mit Selbstauslöser. Das Foto war laut einem Vermerk von Akpinar im Zuge der ersten Ermittlungen nicht auf ihrem Handy gefunden worden, da der Handyspeicher mangels Verdachtsmomenten hinsichtlich eines Verbrechens nicht ausgewertet worden war.

Akpinars Recherche bezüglich möglicher Sexkontakte über die Website der Datingplattform, auf der Diakovska das Foto hochgeladen hatte, war erfolglos geblieben. Mit hoher Wahrscheinlichkeit hatte es außer dem Austausch von ein paar Nachrichten mit interessierten Männern damals keine persönlichen Kontakte beziehungsweise Treffen gegeben.

In der nächsten Datei fand sich die Rekonstruktion in der Halle der Spurensicherung mit dem Ergebnis, dass das luxuriöse, gut hundertdreißig Kilo schwere Metallbett für eine Frau mit Daria Diakovskas Körpermaßen und Statur nur unter erheblichem Kraft- und Zeitaufwand verrückbar war. Und in Yaos Hinterkopf hallte die Frage, aus welchem Grund sie das Bett überhaupt hätte verrücken sollen.

Weil sie das Bett neben der Tür benötigte, damit sie diese von innen mit dem Strangwerkzeug blockiert, überlegte Yao. *Aber warum hat sie nicht einfach die Schlafzimmertür von innen abgeschlossen?*

Yao scrollte zurück zu der PDF-Datei mit den Ermittlungen von vor vier Jahren, konnte aber in der Beschreibung des Penthouses nirgendwo finden, ob an der Innen- oder Außenseite der Schlafzimmertür ein Schlüssel gesteckt hatte. Auch die beiden Übersichtsaufnahmen vom Inneren des Schlafzimmers, die Akpinar ihr am Morgen gezeigt hatte und die sich ebenfalls in der Anlage seiner Mail befanden, halfen ihr nicht weiter, da der um die Türklinke gewickelte orangefarbene Gurt den Blick auf das Türschloss verdeckte.

Ich werde Akpinar dazu befragen. Warum sollte sie ihren Todesort so arrangieren, dass die Person, die als Nächstes das Penthouse betritt, nicht ohne Weiteres ins Schlafzimmer gelangt?

Yao hatte keine Erklärung, auch wenn ihr natürlich bewusst war, dass Suizidenten manchmal die verrücktesten, völlig unerklärlichen Dinge taten, ehe sie aus dem Leben schieden. Dinge, die mit normaler Ratio nicht nachvollziehbar waren. Dinge, die Angehörige sich im Nachhinein nicht erklären konnten. Dinge, die für immer ein Rätsel blieben.

Und da erinnerte sich Yao an einen weiteren Satz, den Akpinar im Zusammenhang mit der Auffindung Diakovskas fast beiläufig hatte fallen lassen. Die Haushälterin habe es sehr ungewöhnlich gefunden, dass die Heizung im Schlafzimmer auf die höchste Stufe gedreht war, da dies überhaupt nicht den Gewohnheiten von Frau Diakovska entsprach und draußen frühlingshafte Temperaturen herrschten. Yao zog sich ihren Handtuchturban vom Kopf, schüttelte ihre nur noch ganz leicht feuchten Haare und massierte sich mit den Fingerspitzen kräftig die Kopfhaut.

Irgendetwas stinkt hier gewaltig … Aber was? Dass die Todesermittler der örtlichen Direktion vom Ersten Angriff am Leichenfundort schlampig gearbeitet haben, ist unstrittig. Aber haben Akpinar und seine Leute etwas übersehen? Habe ich etwas übersehen?

† † †

Yao registrierte die in der unteren rechten Ecke des Laptopmonitors angezeigte Uhrzeit: 1:14 Uhr.

Verdammt! Ich muss sofort ins Bett. In weniger als fünf Stunden klingelt mein Wecker!

Bis auf ein Detail, das ihr noch nicht bekannt gewesen war, hatte Yao aus den Ermittlungsunterlagen keinerlei zusätzliche Erkenntnisse gewonnen, die über das hinausgingen, was Akpinar ihr bereits haarklein am Morgen des Vortags in seinem Büro berichtet hatte.

Ich bin jetzt genau an dem Punkt, an dem Herzfeld heute Nachmittag war, als er mich aus seinem Büro verabschiedet hat. Nämlich bei der Erkenntnis, dass alles von dem Ergebnis der Exhumierung abhängt. Allerdings mit dem großen Unterschied, dass ich heute Nachmittag noch nicht wusste, dass Mailin versucht hat, sich umzubringen. Ich werde morgen früh todmüde bei der Arbeit aufschlagen … Trotzdem war Yao insgeheim dankbar dafür, dass die tote Polin sie in der letzten Stunde so erfolgreich von dunklen Gedanken betreffend ihre Schwester Mailin und vom daraus resultierenden Grübeln, was jetzt die richtigen Schritte für sie sein würden, abgehalten hatte. Yao war sich der Absurdität der Situation dabei durchaus bewusst. Obwohl sie sich mit einem angeblichen Suizid befasst hatte, waren ihre Gedanken und Sorgen um Mailins Suizidversuch für eine ganze Weile in den Hintergrund getreten, und sie war in ihrem Arbeitsmodus als Rechtsmedizinerin zur Ruhe gekommen.

Weil sie ahnte, dass es eine lange Nacht werden würde, mit Gedanken, die immer wieder um Mailin und ihre Kinder kreisen würden, mochte sie sich nicht von ihrem Laptop losreißen und scrollte gedankenverloren durch die chronologisch älteste Datei der Todesermittlungen im Fall Daria Diakovska, bis ihr Blick auf eine Wortkombination unter der Überschrift »Anzeige unnatürlicher Tod / Leichenbericht« fiel, die ihr fast den Atem nahm. Sie las dort: *Corpore Sano Schönheitsklinik!*

»*Bu hui ba!*«, stieß Yao aus. Das konnte doch jetzt nicht wahr sein? Sie musste den gesamten Absatz unter der Zwischenüberschrift »Ermittlungen« mehrmals lesen, bis ihr die Tragweite dessen, was sie gerade entdeckt hatte, bewusst wurde.

In der Penthouse-Wohnung wurden diverse persönliche Gegenstände aufgefunden, die allein der Verstorbenen zugeordnet werden konnten, sowie ein polnischer Personalausweis, ausgestellt auf den Namen Daria Diakovska. Ebenfalls wurde eine Privatversicherten-Krankenkassenkarte sichergestellt, auch auf den Namen Diakovska lautend, und in ihrem Portemonnaie mehrere Visitenkarten, die die Verstorbene als kaufmännische Geschäftsführerin der Corpore Sano Schönheitsklinik *auswiesen. Letzteres wurde durch die als Zeugin befragte Haushälterin bestätigt. Frau Diakovska arbeite im Haupthaus der* Corpore Sano Schönheitsklinik *in Lichterfelde, wobei die Haushälterin die genaue dortige Funktion der Verstorbenen nicht kannte, sondern lediglich wusste, dass sie dort wohl Managerin gewesen sei.*

Die Erhängte war Mitarbeiterin von Kracht in seiner Schönheitsklinik! Yao merkte, wie sich die feinen Härchen in ihrem Nacken aufstellten und sie auch an den Unterarmen eine Gänsehaut bekam. In ihren Ohren begann es zu rauschen, eine Folge des Adrenalins, das gerade kübelweise von ihren Nebennieren in die Blutbahn ausgeschüttet wurde, was wiederum ihre Herzfrequenz und den Blutfluss beschleunigte.

Die logische physiologische Konsequenz dessen, was gerade in ihrem Kopf rumorte.

† † †

Es kann kein Zufall sein, dass mir der Name Kracht, von dem ich niemals zuvor in meinem Leben gehört habe, nun innerhalb von nicht einmal zweiundsiebzig Stunden zweimal unterkommt – und beide Male im Zusammenhang mit gewaltsamen Todesfällen! Nie und nimmer ist das Zufall! So etwas gibt es doch gar nicht … Das eine Opfer ist seine Frau, die einem Tötungsdelikt zum Opfer fällt, das andere eine mutmaßlich enge Mitarbeiterin aus der Chefetage seiner Klinik, die ebenfalls eines gewaltsamen Todes stirbt und ein Todesermittlungsverfahren nach sich zieht, welches mehr Fragen aufwirft, als es Antworten parat hat.

Die Rechtsmedizinerin überlegte fieberhaft.

Soll ich Herzfeld informieren? Hm … wohl eher keine gute Idee, schon gar nicht um diese Uhrzeit … Und seine Einstellung zum Fall Kracht hat er mir gegenüber ja mehr als einmal deutlich zum Ausdruck gebracht.

Yao stöhnte und streckte sich. Draußen ertönte die Alarmanlage eines Autos, ein Hund bellte.

Monti oder Akpinar – oder am besten gleich beide informieren? Die halten mich möglicherweise für übergeschnappt … Dass ich Zusammenhänge konstruiere, die es gar nicht gibt …

Yao sprang von der Couch auf und ging ziellos im Wohnzimmer hin und her. Draußen ertönte immer noch der monotone Klang der Autoalarmanlage.

Yao trat an eines ihrer Wohnzimmerfenster und öffnete es. Der Sound der Alarmanlage des Autos war jetzt fast ohrenbetäubend. Die kalte Nachtluft empfing sie wie eine eisige Umarmung. Sie atmete tief durch die Nase ein, füllte die Lungen mit der erfrischenden Luft und hielt einen Moment den Atem an. Dann atmete sie laut und vernehmlich durch den Mund aus. Sie fröstelte leicht und schloss das Fenster. *Möglicherweise, höchstwahrscheinlich sogar, gibt es gar keinen Zusammenhang zwischen dem gewaltsamen Tod der beiden Frauen,* versuchte sich Yao einzureden.

Aber wie groß ist denn bitte die Wahrscheinlichkeit, dass ich als Rechtsmedizinerin die Ermittlungsunterlagen beziehungsweise den Stand der Ermittlungen von zwei nicht natürlichen Todesfällen vorliegen habe, die beide auf den ersten Blick überhaupt nichts miteinander zu tun haben. Und dann taucht in beiden Verfahren Kracht auf. Im Fall Diakovska allerdings nicht einmal namentlich, sondern nur indirekt über den Namen seiner Klinik …, kehrten jetzt wieder die Zweifel zurück. *Professor Doktor Roderich Kracht! Der zwar in kei-*

nem der Todesermittlungsverfahren als Verdächtiger geführt wird, in einem Fall aber der Ehemann der Ermordeten, im anderen Fall der Arbeitgeber der Toten war. Wie hoch ist bitte die Wahrscheinlichkeit, dass das nur ein Zufall ist?

Verschwindend gering, musste sich Yao eingestehen.

† † †

Yao strich wie ein Tiger im Käfig immer wieder an der Fensterfront ihres Wohnzimmers im dritten Stock entlang. Auf und ab. Hin und her. Ab und zu warf sie dabei einen abwesenden Blick auf die nur von Laternen schemenhaft erhellte, menschenleere Straße unter ihr, auf der die Autoalarmanlage nun schon vor geraumer Zeit verstummt war. Sie blieb stehen und fingerte gedankenverloren an den beigen Samtvorhängen herum, die sie sich vor Kurzem von einem ebenso exklusiven wie sündhaft teuren Raumausstatter aus Mitte hatte maßanfertigen lassen. Sie warf einen Blick auf ihre Armbanduhr: 2:58 Uhr.

Mist! Zu spät, um noch ins Bett zu gehen, zu früh, um irgendetwas unternehmen zu können.

Da kam ihr eine Idee. Es gab noch eine Person wie sie, die gerade mit ziemlicher Sicherheit nicht schlief …

Weil sie eigentlich nie schläft … Zumindest nicht, dass ich das jemals mitbekommen hätte …

Yao schnappte sich ihr Handy und wählte Sara Wittstocks Nummer.

† † †

35

Donnerstag, 12. April, 3:00 Uhr,
Berlin-Reinickendorf,
Weiße Stadt, Wohnung von Sara Wittstock

Du willst also meiner Taskforce *Teleforensik* beitreten. Willkommen im Team!« Mit diesen Worten nahm Wittstock den eingehenden Anruf von Sabine Yao entgegen.

»Ich hoffe, ich habe dich nicht geweckt?«

»Nein, ich habe auf deinen Anruf gewartet, Sabine.«

Die Angesprochene erwiderte nichts. Aus Wittstocks Handylautsprecher kam nur Schweigen. Die IT-Expertin hasste es, wenn sie am Telefon einen Scherz machte und die Rechtsmedizinerin ihn nicht verstand, was durchaus öfter vorkam.

»Ich kann nicht schlafen. Ich …«, war jetzt Yaos Stimme zu hören.

»Kenne ich zur Genüge«, unterbrach Wittstock sie. »Kleiner Tipp vom Profi: Versuche es gar nicht erst. Schlafen wird heutzutage maßlos überschätzt. Genauso wie Work-Life-Balance. Alles Schwachsinn, wenn du mich fragst. Meine Balance hole ich mir an meinen Rechnern. Brute-Force-Algorithmen sind perfekt, um die Zeit zu nutzen, die man sonst mit Schlafen vertrödelt. Aber schieß los, warum rufst *du* um diese Uhrzeit an? Wo brennt's? Du meldest dich wohl kaum, um mir zu sagen, dass du nicht schlafen kannst.«

»Das wollte ich dir gerade erklären, aber du hast mich unterbrochen«, erklang es schroffer, als es Yaos Art war. Offenkundig war ihre Gesprächspartnerin gerade nicht zum Scherzen aufgelegt, weil ihr etwas unter den Nägeln brannte.

»Schieß los!«, sagte Wittstock.

»Es geht noch mal um Professor Roderich Kracht«, begann Yao. *Der Mann mit der Lücke in seinem Lebenslauf in den Jahren 1993 bis 1995,* schoss es Wittstock durch den Kopf.

»Der ärztliche Kollege, der in den frühen Neunzigern selbst mal in der Rechtsmedizin gearbeitet hat und dessen Frau am Montagvormittag in der gemeinsamen Villa ermordet wurde. Er steht zwar nach wie vor nicht unter Verdacht, auch weil er ein wasserdichtes Alibi für den Tatzeitraum hat, aber …«

Sabine schien über die richtigen Worte nachzudenken, denn sie machte eine kurze Pause, ehe sie weitersprach.

»Sein Name ist mir heute … vielmehr gestern … in einem anderen Todesermittlungsverfahren schon wieder begegnet. Kein aktueller Fall. Liegt vier Jahre zurück. Auch damals wurde er nie als Verdächtiger geführt, nicht einmal als Zeuge vernommen. Sein Name taucht nicht einmal in den Ermittlungsunterlagen auf, doch er war, wie es scheint, der Arbeitgeber der Toten. Mein Punkt ist: Ich finde es höchst seltsam, dass ich innerhalb so kurzer Zeit zweimal auf Kracht stoße, und das jeweils im Zusammenhang mit ungeklärten, gewaltsamen Todesfällen. Wobei noch nicht einmal abschließend geklärt ist, ob im zweiten Fall überhaupt Fremdeinwirkung vorliegt. Ich kann mich täuschen, doch zweimal …«

»Nichts ist unmöglich, nur weil es unwahrscheinlich ist, Schätzchen«, unterbrach Wittstock ihre Freundin. »Du meinst, ich soll mal etwas tiefer in seinem Lebenslauf graben?«

»Ich dachte, vielleicht taucht der Name Roderich Kracht in deinen Datenbanken noch im Zusammenhang mit anderen früheren Todesermittlungsverfahren auf?«

»Du weißt, dass die Datenbanken der LKAs der einzelnen Bundesländer nicht miteinander vernetzt sind«, erwiderte Wittstock und nahm sich fest vor, sich bei dem, was sie Sabine jetzt erklären musste, nicht zu sehr aufzuregen oder gar zu tief ins Detail zu gehen. »Virtuelle Wüste Deutschland. Nicht mal in der Verbrechensbekämpfung ist genügend Geld, geschweige denn genügend Frauen- oder meinetwegen auch Manpower für die dringend notwendige Digitalisierung vorhanden. In Rheinland-Pfalz weiß ein Todesermittler nicht, ob es vielleicht schon einmal eine ähnliche Tat mit demselben Muster in Schleswig-Holstein oder sonst wo gegeben hat. Oder ob ein Tatverdächtiger oder Zeuge vielleicht schon einmal in einem anderen Ermittlungsverfahren namentlich aufgetaucht ist. Erst wenn Tatverdächtige rechtskräftig verurteilt sind, tauchen sie im Bundeszentralregister und damit auch in den polizeilichen Datenbanken auf.«

»Hm …«, murmelte Yao.

»Deshalb haben wir ja auch schon vor über zwanzig Jahren *ViCLAS* eingeführt, damit die Jungs und Mädels von den Landeskriminalämtern an vorderster Front ein Back-up durchs BKA bekommen.«

Das Datenbanksystem *Violent Crime Linkage Analysis System* – kurz *ViCLAS* – war im Jahr 2000 vom BKA eingeführt worden. Darin wurden Straftaten im Bereich der schweren sexuell assoziierten Gewaltkriminalität aus allen Bundesländern unter fallanalytischen Gesichtspunkten erfasst und wurden somit überhaupt erst länderübergreifend auswertbar. Wenn mit *ViCLAS* arbeitende Cold-Case-Fallanalytiker des BKA zu dem Schluss kamen, dass mehrere Fälle ein und demselben Täter zuzuordnen waren, konnten sie diesen Tatzusammenhangsverdacht als Ermittlungshinweis an die jeweils ermittelnden Polizeidienststellen weitergeben.

»Das Problem ist, dass in der *ViCLAS*-Datenbank nur Fälle sexuell assoziierter Gewaltkriminalität inklusive Tötungsdelikten mit sexueller Komponente erfasst werden, und das auch nur außerhalb von Paarbeziehungen. Aber …«, Wittstock griff nach der Kaffeetasse vor ihr auf dem Schreibtisch, nahm einen Schluck und verzog angewidert den Mund, doch sprach unbeirrt weiter, »… ich habe eine Idee. Ich könnte den *ViCLAS*-Algorithmus, den ich übrigens selbst geschrieben habe, etwas modifizieren, ein paar Parameter verändern. Die Rohdatensätze habe ich noch. Dann könnte ich schauen, was ich finde. Aber ohne Gewähr, Sabine!«

† † †

36

Donnerstag, 12. April, 14:33 Uhr,
Berlin,
Treptowers, BKA-Einheit »Extremdelikte«,
Büro Dr. Sabine Yao

Der Tag hatte sich bisher zäh wie Kaugummi hingezogen. Yao fühlte sich wie in Watte gepackt.

Nach dem Telefonat mit Sara Wittstock hatte sie sich gegen 3:30 Uhr doch noch ins Bett gelegt und war nach einer gefühlten Ewigkeit, in der sie sich unruhig hin und her gewälzt hatte, in einen kurzen, bleiernen Schlaf gefallen.

Als der Wecker um 6:00 Uhr klingelte, hatte sie sich zum Aufstehen zwingen müssen, denn nicht nur die völlige Übermüdung, sondern auch ihre Sorge um Mailin und der damit verbundene Druck, irgendetwas unternehmen zu müssen, hatten sie jeglicher Energie beraubt.

Die Frühbesprechung war wie in Trance an Yao vorbeigegangen. Keinen einzigen der vier oder fünf von Herzfeld referierten Fälle hätte sie danach wiedergeben können. Deshalb war sie froh gewesen, dass sie Herzfeld kurz vor der Frühbesprechung in seinem Büro angetroffen hatte und er ihrer Bitte entsprochen hatte, sie an diesem Tag trotz weiter bestehender Personalknappheit aus dem Sektionsbetrieb herauszunehmen, da sie sich zusammen mit Akpinar erneut mit dem Fall Diakovska beschäftigen wollte. Sie hatte ihrem Chef berichtet, dass ihr zwischenzeitlich alle Ermittlungsunterlagen vorlagen.

Yao war nicht entgangen, dass Herzfeld sie währenddessen eingehend gemustert hatte, ohne einen Kommentar abzugeben. Trotz ihrer sorgsamen Bemühungen am Morgen, sich äußerlich nichts anmerken zu lassen, schien weder ihr perfektes Make-up noch ihr tadellos gebundener schwarzer Zopf über ihren inneren Gemütszustand hinwegzutäuschen.

Vor einer halben Stunde hatte ihr dann eine unfreundliche, gestresst klingende Pflegekraft bei ihrem Anruf auf Mailins Station mitgeteilt, dass sich ihre Schwester mittlerweile wieder in der Klinik und auf ihrem Zimmer befinde. Allerdings sei sie durch Beruhigungsmittel völlig abgeschossen und *lost in space*, weshalb ein Besuch am heutigen Tage keinen Sinn ergebe, was Yao als eine despektierliche und völlig unpassende Ausdrucksweise sowohl ihr selbst als auch vor allem Mailin gegenüber empfand. Sie verkniff sich aber jegliche Replik, um die Situation nicht zu verschärfen. Die Krankenschwester hatte sie auch darüber informiert, dass die Medikation auf Anweisung von Frau Doktor Jovanovic in dieser Form erst einmal beibehalten werde, bis Mailins behandelnder Arzt Doktor Schweiger wieder in der Klinik sei, also morgen. Er würde dann entscheiden, wie es mit seiner Patientin vor dem Hintergrund ihres Suizidversuchs weitergehe. Yao solle sich aber keine Sorgen machen, denn eine Sitzwache an Mailins Bett stelle ihre durchgehende Beobachtung sicher und verhindere im schlimmsten Fall, dass sie sich in einer eventuellen luziden Phase noch einmal etwas antue.

Yao war nicht klar, ob sie dieser Umstand beruhigen oder beunruhigen sollte.

Ich sollte nach Hause fahren und mich hinlegen. Hier bin ich niemandem von Nutzen, mir selbst am allerwenigsten.

Da klingelte ihr Handy. Ein Blick auf das Display verriet ihr an den ersten Ziffern 4664, dass es sich um einen Anruf aus dem LKA 1 in der Keithstraße handelte.

Sie nahm das Gespräch entgegen.

»Akpinar hier am Apparat. Ich hoffe, ich störe Sie nicht, Frau Doktor?«

»Eigentlich nicht …«, erwiderte Yao, dankbar für die Ablenkung.

»Ich kann es kurz machen, Daria Diakovskas Leiche ist eingeäschert worden. Direkt nach ihrer Überführung nach Polen vor vier Jahren. Das ist jetzt amtlich.«

Shit! Schon wieder eine Sackgasse!

»Ich nehme an«, fuhr der Oberkommissar fort, »es hat sich in den letzten zwanzig Jahren, die meine Ausbildung bei der Polizeifachhochschule mittlerweile her ist, nichts daran geändert, dass man nach einer Einäscherung nichts mehr herausfinden kann? Unser Professor hat uns damals gelehrt: *Kremiert bedeutet: keine Spuren mehr!* Hat der Merksatz noch Gültigkeit?«

»Ja, leider ist das immer noch so«, erwiderte Yao zerknirscht.

Und wird sich wahrscheinlich auch nie ändern, selbst wenn es erste Erfolg versprechende experimentelle Studien gibt, in denen DNA-Fragmente aus kremierten Knochen nachgewiesen werden konnten. Doch in diesem Fall geht es schließlich nicht um die Identifizierung …

»Dann kommen wir da nicht weiter, Herr Akpinar.«

»Schade«, erwiderte der Ermittler. »Meine Mail mit dem gesamten Ermittlungsinhalt haben Sie bekommen?«

»Ja. Danke«, antwortete Yao.

Ach, Mist, ich wollte ihm ja kurz per Mail den Eingang bestätigen …

»Und?«, hakte Akpinar nach. »Hatten Sie schon Zeit, mal reinzuschauen? Mal zu überlegen, ob es aus Ihrer Sicht, aus der Perspektive der Rechtsmedizin, noch neue Ansatzpunkte gibt?«

»Ja, hatte ich.«

»Und?«, ertönte es nochmals mit nun kaum verhohlener Neugier am anderen Ende der Leitung.

»Eine Frage habe ich mir gestellt.«

»Ja?«

»Gab es einen Schlüssel zum Schloss an der Schlafzimmertür? Innen? Oder auch außen? Ich habe weder im Leichenfundort-Protokoll noch in den sonstigen Unterlagen dazu etwas gefunden, und auf den Fotos ist das Schloss innen von dem Gurt verdeckt, der da an der Klinke befestigt ist. Ein Foto von außen von der Schlafzimmertür scheint nicht zu existieren. Wenn sie einen Schlüssel gehabt hätte … Ich meine, hätte Frau Diakovska nicht einfach von innen abschließen können, wenn sie, aus welchen Gründen auch immer, nicht wollte, dass sich die Tür ohne Weiteres öffnen lässt?«

»Guter Punkt!« Akpinar klang regelrecht begeistert. »Das ist uns tatsächlich bisher durchgerutscht. Das zeigt, wie gut ein frischer, ungetrübter Blick von außen ist. Ich werde dem sofort nachgehen.«

Es entstand eine längere Pause, dann erklang wieder Akpinars ruhige Stimme: »Ist Ihnen noch etwas aufgefallen? Irgendein rechtsmedizinischer Ansatzpunkt?«

Yao wollte schon die *Corpore Sano Schönheitsklinik* und damit auch Roderich Kracht erwähnen, biss sich dann aber auf die Zunge.

»Ich habe im Moment auch keine Idee, wo man da noch ansetzen könnte, Herr Akpinar«, sagte Yao stattdessen.

Aber ich bin dran …

»Schade, doch mit dem Hinweis bezüglich des Schlüssels haben Sie mir schon sehr geholfen. Ich melde mich, wenn ich dazu was rausgefunden habe. Und meine Nummer haben Sie ja jetzt. In der Signatur meiner E-Mail von gestern ist meine Handynummer zu finden. Falls Ihnen außerhalb der üblichen Geschäftszeiten doch noch was dazu einfallen sollte.«

Yao sah den Ermittler vor ihrem geistigen Auge jetzt wieder vor sich hin lächeln und verabschiedete sich von ihm.

† † †

Gerade als Yao das Mobiltelefon in ihrer Handtasche verstauen und sich ihren dunklen Trenchcoat von dem Garderobenhaken in ihrem Büro greifen wollte, um nach Hause zu fahren, klingelte das Handy in ihrer Hand erneut. Diesmal war es Monica Monti.

»Hallo, Sabine. Es gibt Neuigkeiten im Fall Kracht. Das Blatt scheint sich zu wenden.«

»Schieß los, was ist passiert?«, drängelte Yao und merkte, wie all ihre Müdigkeit von einem Augenblick auf den nächsten verschwunden schien.

»Ich hatte dir doch gestern, als wir uns hier im Haus über den Weg gelaufen sind, berichtet, dass Melanie Kracht in letzter Zeit zweimal ambulant in einer Rettungsstelle der Charité vorstellig geworden war. Wir wissen jetzt auch, wann und warum.«

»Ich erinnere mich. Was ist passiert?«

»Vor etwa zwei Monaten, Mitte Februar, ist es bei den Krachts in Nikolassee zu einem Notarzteinsatz gekommen.«

Yao lauschte gespannt, während die Leiterin der vierten Mordkommission weitersprach. »›Treppensturz einer weiblichen Person mit Kopfverletzungen‹, lautete der Einsatzgrund. Der Notarzt veranlasste vor Ort, dass Frau Kracht, die außer einer dicken Beule am Kopf und einem blauen Auge keine Verletzungen davongetragen hatte, zur weiteren

Abklärung in die Rettungsstelle gebracht wurde. Die Verletzte war ansprechbar, wenn auch leicht alkoholisiert. Im Röntgen und auch sonst keinerlei Auffälligkeiten, aber man behielt sie zur Beobachtung eine Nacht auf Station. Da hat sie einer Schwester am nächsten Morgen erzählt, dass ihr Mann ihr gegenüber handgreiflich geworden wäre. Die Treppensturzversion, die sie dem Notarzt im Beisein Krachts erzählt hatte und die im Einsatzprotokoll vermerkt wurde, stimme nicht.«

»Wow!«, entfuhr es Yao. »Und das zweite Mal?«

»Ähnliche Konstellation. Nicht mal zwei Wochen später, Ende Februar. Notarzteinsatz wegen ›Sturz in der Häuslichkeit‹. Nichts Näheres dazu im Einsatzprotokoll notiert, aber der sie schließlich in der Rettungsstelle erstuntersuchende Arzt wurde aufgrund der Verletzungen stutzig … Warte … Ich lese es dir vor …«

Yao hörte es am anderen Ende der Leitung laut rascheln, dann war wieder die Kommissarin zu hören. »Er schreibt: *Aufgrund der Vielzahl der Verletzungen in nicht sturztypischer Lokalisation, aufgrund ihrer Gruppierung und ihres augenscheinlich unterschiedlichen Alters besteht der hochgradige Verdacht auf eine Misshandlung als ursächlich für diese Verletzungen. Darauf von mir angesprochen, möchte Frau Kracht dazu keine Angaben machen und verweist auf die bereits vom Notarzt erhobene Anamnese.* Und dann schreibt er: *Häusliche Gewalt?* Mit einem dicken Fragezeichen dahinter!«

»Noch mal wow!«, sagte Yao. »Ist dem nachgegangen worden?«

»Nein, eben nicht. Ich habe heute mit dem Arzt persönlich gesprochen. Ein Doktor Buschmann, ein noch jüngerer Assistenzarzt mit klarem Verstand und klaren Ansichten. Ein gerader Typ. Er konnte sich sofort an Frau Kracht erinnern und auch an ihren Mann, der kurze Zeit später in der Rettungsstelle erschienen war und seine Frau mit wehenden Fahnen dort wieder einsammelte. Als Doktor Buschmann Professor Kracht gegenüber seinen Verdacht äußerte und auf die Möglichkeit eines Gesprächs zu dritt mit ihm sowie auf Hilfseinrichtungen hinwies sowohl für Opfer als auch für Täter bei häuslicher Gewalt, ist Kracht wohl ausgerastet. Hat ihn beschimpft und bedroht. Beleidigt, aufs Übelste. Doktor Buschmann hat mir wörtlich gesagt, dass er in diesem Moment regelrecht Todesangst bekommen habe, da Kracht in dem Augenblick komplett von der Rolle und völlig unberechenbar schien.«

»Das ist ja unfassbar. Gibt es außer Buschmann weitere Zeugen für den Vorfall?«

»Leider nein, da steht Aussage gegen Aussage, wenn wir es drauf ankommen lassen«, sagte Monti hörbar verärgert. »Aber warte, Sabine, es kommt noch besser. Nachdem Kracht seine Frau rausgebracht hatte, kam er noch mal zurück und hat Doktor Buschmann auf seine ärztliche Schweigepflicht hingewiesen. Es würde ihn seine Approbation kosten, wenn er mit irgendwem darüber sprechen, falls auch nur ein Sterbenswörtchen nach außen dringen würde. Drohszenario vom Feinsten. Das hat den jungen Arzt auf jeden Fall beeindruckt, und er hat die Drohung ernst genommen.«

»Okay …« Yao überlegte kurz, dann fragte sie die Ermittlerin: »Und wie kommt es, dass er jetzt mit der Polizei so offen darüber spricht? Ich meine, seine Schweigepflicht besteht doch fort. Nur weil Melanie Kracht tot ist, endet seine Schweigepflicht doch nicht. Warum erzählt er das jetzt so frei heraus?«

»Weil sein Vertrag an der Charité nicht verlängert wurde. Ich vermute, seine Schweigepflicht ist ihm momentan gerade ziemlich egal. Der ist stinksauer, wie er mir gegenüber heute mehrfach betont hat.«

»Wie bitte?«, entfuhr es Yao. »Du meinst, Kracht hat da seine Finger im Spiel? Er kann dafür sorgen, dass ein Assistenzarzt an der Charité mal eben rausfliegt, weil er ihm gegenüber eine aus seiner Sicht falsche Bemerkung gemacht hat? Bitte, Monica, so weit kann Krachts Einflussbereich ja wohl nicht reichen. Zudem gibt es Personalvertretungen, Betriebsräte et cetera.«

»Er fliegt ja nicht raus«, konterte Monti. »Sein Vertrag an der Charité läuft in drei Monaten aus und wird nicht verlängert. Vor zwei Monaten, als die Sache mit Krachts Ehefrau noch nicht passiert war, sah das noch anders aus.«

»Und da steckt wirklich Kracht dahinter? Kracht hat veranlasst, dass der Arbeitsvertrag nicht verlängert wird? Das willst du mir allen Ernstes weismachen? Ich bitte dich, Monica. Der Mann mag nach allem, was wir über ihn wissen, ein Riesenarschloch sein, aber er ist doch nicht allmächtig.«

»Fakt ist, Buschmanns Chef, der Klinikdirektor höchstpersönlich, hat ihn am nächsten Tag zu sich zitiert. Er habe einen Anruf von Krachts Anwalt bekommen, in dem dieser seiner Klinik eine Anzeige wegen übler Nachrede und Verleumdung angedroht hat. Zudem hat er auf Krachts untadeligen Ruf verwiesen und darauf, dass er und Kracht im selben Rotary-Club Mitglieder seien. Zähl einfach eins und eins zusammen, Sabine. Ist aber nicht Gegenstand der Ermittlungen gerade, wer hier wen anscheißt und wer das größte Arschloch von allen ist. Hier geht es um eine Mordermittlung, die gerade richtig Fahrt aufnimmt, denn wir haben einen Anfangsverdacht. Vielleicht finden wir, wenn wir tiefer graben, sogar ein mögliches …«

»Motiv!«, führte Yao den Satz zu Ende.

»Richtig. Jetzt verstehen wir uns wieder«, ertönte Monti in deutlich versöhnlicherem Tonfall am anderen Ende der Leitung. »Fakt ist, und darauf bauen wir unsere weiteren Ermittlungen jetzt auf: Das bisherige Bild einer harmonischen Ehe der Krachts ist hinfällig aufgrund der Vorgeschichte, den nicht von der Hand zu weisenden Verdachtsmomenten bezüglich häuslicher Gewalt im Hause Kracht. Daher werde ich Herrn Professor morgen mal auf den Zahn fühlen. Ich habe ihn bereits vorladen lassen. Und wir werden sein persönliches Umfeld und das von Melanie Kracht, seine und ihre beruflichen wie privaten Kontakte, genauestens unter die Lupe nehmen. Hatte er Affären? Hat sie sich vielleicht jemandem anvertraut?«

»Ich dachte, in eurer Behörde ist Kracht nahezu unantastbar? Die heilige Kuh, die nicht geschlachtet werden darf? Kontakte bis in höchste politische Ämter und Kreise und so weiter?«

Die Mordermittlerin lachte verbittert auf. »Mein Dezernatsleiter trifft in diesem Moment den LKA-Chef. Natürlich sind alle in der Behörde gerade in heller Aufregung. Aber wer *A* sagt, muss auch *B* sagen. Sie hätten wissen müssen, worauf sie sich einlassen. Presse- und öffentlichkeitswirksam eine Soko mit zweiundzwanzig Mann ins Leben rufen und dann davon ausgehen, dass die nichts finden? Bullshit! Und dass über jemanden schützend die Hand gehalten wird, das gab es in meiner Mordkommission noch nie!«

Monti ist ganz schön geladen … Aber klar, der Druck, eine heiße Spur oder überhaupt erst mal eine Spur zu finden, muss für sie in den letzten Tagen immens gewesen sein …

Yao überlegte kurz, ob sie Monti darüber informieren sollte, was sie über die tote Daria Diakovska herausgefunden hatte und dass die Frau die kaufmännische Geschäftsführerin in Krachts *Corpore Sano Schönheitsklinik* gewesen war, biss sich dann aber zum zweiten Mal innerhalb einer Stunde in dieser Sache auf die Zunge und sagte nichts.

»Noch was, weswegen ich auch anrufe, Sabine«, meldete sich Monti wieder zu Wort.

»Ja?«

»Gib mir was, irgendwas Rechtsmedizinisches, womit ich dieses Arschloch festnageln kann …«

† † †

37

**Freitag, 13. April, 5:37 Uhr,
Berlin-Charlottenburg,
Wohnung von Dr. Sabine Yao**

Sie war immer noch auf der Suche nach dem fuchsroten Eichhörnchen. Wie lange schon, wusste sie nicht. Es war ihr Haustier. Zahm, aber ungezogen, weil es immer wieder ausbüxte. Im Haus war es jedenfalls nicht. Yao passierte die schief in den Angeln hängende massive Holztür und wunderte sich, dass ihr vorher noch nicht aufgefallen war, wie schief sie tatsächlich im Türrahmen hing. Im Garten fand sie das kleine Tier schließlich. Aber das Eichhörnchen war jetzt kein fuchsrotes Eichkätzchen mehr, sondern ein orangefarbener Fisch. Und er war tot …

In diesem Moment wurde Yao von dem schrillen Klingelton ihres Handys aus dem Schlaf gerissen. Für einen Moment war sie orientierungslos, registrierte blinzelnd die ersten fahlen Lichtstrahlen der langsam einsetzenden Dämmerung, die innerhalb der nächsten Stunde die Nacht zum Tag machen würde. Sie überlegte kurz, ob sie im Traum ein Kind gewesen oder erwachsen war, entschied dann aber, dass das jetzt, wo sie wach war, keine Rolle mehr spielte. Sie tastete nach ihrem Handy auf dem Nachttisch.

»Guten Morgen, meine Liebe. Ich hoffe, dass ich dich nicht geweckt habe«, ertönte die fröhliche Stimme von Sara Wittstock.

Yao warf einen Blick auf das Display: 5:37 Uhr. »Mein Wecker hätte sowieso bald geklingelt«, gab sie tonlos zur Antwort.

»Wach sein heißt leben, um mal Plinius den Älteren zu zitieren«, redete die IT-Expertin munter weiter.

»Ich schätze, in der Welt der alten Römer hättest du dich nicht wohlgefühlt, Sara. Hättest verdammt alt werden müssen, um die Erfindung des PCs noch mitzuerleben. Was ist los?«

»R-O-D-E-R-I-C-H KRACHT!«, erwiderte sie und zog dabei die Buchstaben des Vornamens künstlich in die Länge. »Ich bin gerade mal vierundzwanzig Stunden dran, und der Name Kracht taucht im Zusammenhang mit zwei weiteren Todesfällen auf, die polizeilich untersucht worden sind …«

»Nicht dein Ernst?«

»Mein voller Ernst. Dein Glück, dass meine Algorithmen da anfangen, wo die Datenbank der Polizei aufhört.«

»Sind das …«, Yao musste sich räuspern, ehe sie weitersprach, da ihr Mund trocken war, »… Tötungsdelikte?«

»Da bist du der Profi. Schau es dir an und sag mir, was du denkst. Ich schick dir alles per Downloadlink an deine BKA-Mail.«

† † †

38

Freitag, 13. April, 13:15 Uhr,
Berlin,
Treptowers, BKA-Einheit »Extremdelikte«,
Sektionssaal

An diesem Vormittag hatte Herzfeld Yao zu zwei Obduktionen eingeteilt, da die Personaldecke der »Extremdelikte« immer noch ausgedünnt war. Außerdem hatte sich Tomski von der Arbeit abmelden müssen, da er sich als alleinerziehender Vater – seine Frau war vor dreieinhalb Jahren gestorben – um seine erkrankten Zwillinge kümmern musste.

Herzfeld selbst hatte zwei Obduktionen übernommen. Dem Chef der rechtsmedizinischen Sondereinheit des BKA war die Untersuchung von zwei offensichtlich aus dem Obdachlosenmilieu stammenden Männern zugefallen, die unweit der Treptowers am Spreeufer aufgefunden worden waren, unbekleidet und mit zahlreichen, allerdings nicht schweren äußeren Verletzungen. Der Rechtsmediziner schien schon in der Frühbesprechung seine ganz eigene Theorie zum Hintergrund der Auffindesituation der beiden nackten Toten im Hinterkopf zu haben. Während der Fallvorstellung hatte er sich allerdings bedeckt gehalten und lediglich geäußert, er gehe fest davon aus, dass hier kein Tötungsdelikt oder eine andere Form todesursächlicher äußerer Gewalteinwirkung vorliege. Da es sich nach dem derzeitigen Stand der polizeilichen Ermittlungen bei den beiden Toten tatsächlich um Obdachlose handelte, verwendete Herzfeld das Kürzel »ofW« – die in der Rechtsmedizin übliche Abkürzung für »ohne festen Wohnsitz«.

Jetzt trat Herzfeld auf Yao zu, die neben ihm gerade das Gehirn einer weiblichen Wasserleiche in dünne Scheiben lamellierte.

Die unbekannte Tote vor Yao war am Abend zuvor in einem der Kaulsdorfer Seen, am östlichen Rande Berlins an der Landesgrenze zu Brandenburg, im Wasser treibend aufgefunden worden. Vielmehr die leere Hülle dessen, was einmal eine Frau gewesen war, denn Yao und Sektionsassistent Hermann Vogel hatten mittlerweile sämtliche inneren Organe aus Kopf-, Brust- und Bauchhöhle entnommen. Die dunkelhäutige Frau war lediglich mit einer Jeans und einem Wollpullover bekleidet gewesen. Jacke oder Schuhe hatte sie bei ihrer Bergung nicht getragen, was allerdings bei länger im Wasser treibenden Toten eher die Regel als die Ausnahme war. In Ermangelung von Ausweispapieren oder einer zu der Frau passenden Vermisstenanzeige bei der Berliner oder Brandenburger Polizei erfolgte nunmehr die Obduktion zur Klärung der Identität. Und natürlich vorrangig zur Beantwortung der Frage, ob ein Gewaltverbrechen zugrunde lag. Yaos innere Leichenschau der Toten neigte sich bereits ihrem Ende zu.

Herzfeld stand jetzt neben ihr und sah interessiert zu, wie sie die Schnittflächen der einzelnen Gehirnscheiben auf dem Organtisch nebeneinander arrangierte. Er hatte seine beiden Obduktionen schon beendet, was Yao an dem Umstand festmachen konnte, dass Sektionsassistentin Britta Gerlach im Hintergrund gerade die letzten Organe in der Bauchhöhle eines der beiden Toten vom Spreeufer verstaut hatte. Sie schnitt nun ein langes Stück grobes Garn zum Zunähen des Körpers von einer großen roten Plastikrolle in unmittelbarer Nähe ihres Sektionstischs ab, um es in das Nadelöhr einer etwa zehn Zentimeter langen, leicht gebogenen Sektionsnadel einzufädeln.

»MS«, stellte Herzfeld fest, den Blick auf die von Yao jetzt ordentlich nebeneinander auf dem kleinen Organtischchen am Fußende des Sektionstischs angeordneten Hirnscheiben gerichtet.

»Korrekt. Vielleicht bringt das die Kollegen von der Abteilung für Vermisstensachen weiter«, erwiderte Yao und betrachtete die überwiegend hellgräulichen, teils leicht roséfarbenen Entmarkungsherde – das typische morphologische Korrelat der Multiplen Sklerose im Gehirn.

Ein sehr ausgeprägter Befund ... Zumindest ein Hinweis darauf, dass die Frau schwer krank gewesen sein muss ...

Auch wenn die Multiple Sklerose von Medizinern häufig als »die Krankheit mit den tausend Gesichtern« bezeichnet wurde, da es so viele unterschiedliche Verlaufsformen der Erkrankung und ein so breites Spektrum von Symptomen gab, die sich von Patient zu Patient wiederum völlig unterschiedlich und in variabler Intensität manifestierten, konnte die Erkrankung weder der Frau noch ihrem Umfeld verborgen geblieben sein. Es war also sehr wahrscheinlich, dass sie sich in neurologischer Behandlung befunden hatte. Und deshalb mussten irgendwo Krankenunterlagen zu dieser Frau existieren.

Und damit ein Name ...

»Viel mehr habe ich allerdings auch nicht.« Yao wandte sich nun ihrem Chef zu. »Die Wasserliegezeit schätze ich auf zwei bis drei Wochen. Zwar kaum Leichenfäulnis, was bei den derzeitig niedrigen Wassertemperaturen auch kein Wunder ist, aber ein dichter Algenrasen an Gesicht, Händen und Füßen – den unbekleideten Hautpartien. Waschhautbildung auch an den Streckseiten der Hände und Füße. Keine Narben, keine Voroperationen, keine Tattoos. Aufgrund der Dehnungsstreifen am Bauch und der rundlichen Konfiguration des Muttermunds gehe ich davon aus, dass sie

Mutter war. Jedenfalls hat sie ein oder mehrere Kinder geboren. Keine Zeichen äußerer Gewalteinwirkung. Deutliche Ertrinkungsbefunde mit ballonierten, sich im Mittelfellraum überlagernden Lungen, Dreischichtung des Mageninhalts und reichlich Flüssigkeit in der Keilbeinhöhle.«

»Okay«, sagte Herzfeld und fügte hinzu: »Die MS wäre gegebenenfalls ein Motiv für einen Suizid.« Eine Überlegung, die Yao bei der Betrachtung der Entmarkungsherde im Gehirn ebenfalls angestellt hatte.

»Und Ihre beiden Nackten vom Spreeufer? Was hat deren Obduktion ergeben?«

»Hypothermie«, erwiderte Herzfeld. »Bei beiden die klassischen Befunde: Wischnewsky-Flecken in der Magenschleimhaut, Einblutungen in den Psoas-Muskeln. Sie sind schlichtweg erfroren. Wie ich bereits im Vorfeld der Obduktion vermutet hatte …«

Yao bemerkte die Andeutung eines versonnenen Lächelns in seinem Gesicht, als er fortfuhr. »Ich hatte vor vielen Jahren in Kiel mal einen ähnlichen Fall. Zwei tote Obdachlose. Ein Mann und eine Frau. Beide gänzlich unbekleidet in einem Park. Ihre Kleidung ringsum in einem Areal von dreißig oder vierzig Metern verstreut. Die zuerst vor Ort eingetroffenen Streifenbeamten vermuteten ein Tötungsdelikt mit sexuellem Hintergrund. Dann ging es los … Großer Bahnhof, das volle Programm … Der Park abgesperrt, überall an den Eingängen und Ausgängen uniformierte Beamte postiert. Spurensicherung vor Ort. Jede Menge Streifenwagen, die in der Kieler Innenstadt mit Blaulicht herumfuhren, und zusätzlich wurden Einsatzhundertschaften aus Eutin und Neumünster angefordert, weil irgendwo in Kiel ein wahnsinniger Sexualmörder rumliefe …« Jetzt musste Herzfeld breit grinsen. »Bis der damalige Leitende Oberarzt der Kieler Rechtsmedizin am sogenannten Tatort eintraf.

Der ›Tatort‹ war sodann kein Tatort mehr, denn Professor Volker Schneider, der stellvertretender Direktor des Instituts für Rechtsmedizin war und den wirklich jeder im Polizeiapparat kannte oder zumindest von ihm gehört hatte, war eine echte Koryphäe. Und der hat die Beamten damals wirklich ins Achtung gestellt. Anders kann man das nicht sagen. Ich bin dabei gewesen, denn als junger Assistent habe ich ihn seinerzeit öfter zu Leichenfundorten begleitet, um von ihm zu lernen. Er hat rumgebrüllt, ob sie Tomaten auf den Augen hätten, ob sie alle verrückt geworden seien, ihn dafür aus dem Sektionssaal in den Schrevenpark zu rufen. Und ob man ihnen auf der Polizeihochschule nichts über ›paradoxes Entkleiden‹ bei Unterkühlung beigebracht habe und überhaupt, ob sie völlig verblödet seien. Schneider hörte gar nicht mehr auf. Er war völlig außer sich. Das Ende vom Lied war, dass er recht behielt. Die beiden waren an einer Unterkühlung gestorben und keinesfalls missbraucht und umgebracht worden.«

Paradoxes Entkleiden, ging es Yao durch den Kopf. *Habe ich in dieser Extremform tatsächlich noch nicht gesehen, aber die rechtsmedizinische Literatur ist voll von entsprechenden Fallberichten, dass sich Unterkühlte kurz vor dem Bewusstseinsverlust ihrer Kleidung entledigen. Und dann sterben …* Dieses Phänomen war auf ein paradoxes Wärmegefühl zurückzuführen. Verschiedene Boten- und Signalstoffe spielten dem Hirn des Erfrierenden vor, es wäre unerträglich heiß, sodass er sich – als logische Konsequenz – entkleidete.

»Schneider, nie von ihm gehört. Was ist aus ihm geworden?«, wollte Yao jetzt von ihrem Chef wissen, der sich anschickte, den Sektionssaal in Richtung der Umkleiden zu verlassen.

»Das, Frau Yao«, erwiderte Herzfeld und sah seine Stellvertreterin mit einem ernsten Gesichtsausdruck an, »ist eine andere Geschichte. Eine lange und zugleich tragische und vor allen Dingen verrückte Geschichte, die ich Ihnen vielleicht irgendwann einmal in Ruhe erzählen werde. Aber nicht hier. Und auch nicht heute.«

† † †

39

Freitag, 13. April, 14:22 Uhr,
Berlin,
Treptowers, BKA-Einheit »Extremdelikte«,
Büro Dr. Sabine Yao

Und damit Ende, Ende, vielen Dank.« Mit diesen Worten beendete Yao das Diktat der Obduktion der dunkelhäutigen Toten aus den Kaulsdorfer Gewässern mit der Aufzählung der Asservate und legte das Diktafon vor sich auf dem Schreibtisch ab. Sie streckte die Arme lang über den Kopf und griff mit beiden Händen abwechselnd hoch über sich in die Luft, als würde sie sich an einer unsichtbaren Strickleiter hochhangeln, um so ihre den Oberarmkopf im Schultergelenk stabilisierende Rotatorenmanschette zu dehnen, die sich völlig verhärtet anfühlte. Als sie sich dank ihren Dehnübungen etwas Linderung verschafft hatte, rief sie ihr E-Mail-Postfach auf.

Sara hatte ihr in aller Herrgottsfrühe direkt nach ihrem Anruf an diesem Morgen den versprochenen Downloadlink gesendet, den Yao jetzt anklickte. Immer wieder waren Yaos Gedanken in den letzten Stunden zu dem frühmorgendlichen Telefonat mit Sara abgedriftet, und sie hatte es kaum erwarten können, sich ein Bild davon zu machen, was die IT-Expertin herausgefunden hatte. Der Downloadlink hatte zu zwei Zipdateien mit den Bezeichnungen »Zum Nachteil Nadine Reichenbach« und »Zum Nachteil Collin Luckner« geführt, denen Yao einen Speicherort auf ihrer Festplatte zugewiesen hatte. Nun verfolgte sie gespannt auf dem Monitor, wie sie ihr Rechner innerhalb kurzer Zeit herunterlud.

Als Erstes öffnete sie die mit »Zum Nachteil Nadine Reichenbach« betitelte Datei. Sie bestand aus zwei Ordnern, die jeweils wiederum nur ein PDF enthielten – »Mitteilung eines nicht natürlichen Todesfalls (Ausfertigung für die Staatsanwaltschaft)« und »Ereignisuntersuchungsprotokoll nicht natürlicher Tod«. Das Todesermittlungsverfahren betraf die zum Zeitpunkt ihres Ablebens achtunddreißig Jahre alte Nadine Reichenbach. Yao begann, konzentriert zu lesen.

Die leitende Angestellte in der Personalabteilung des Johannes Gutenberg-Universitätsklinikums Mainz hatte sich vor etwas mehr als achtzehn Jahren im Mainzer Stadtteil Oberstadt auf der Terrasse des von ihr dort allein bewohnten Einfamilienhauses das Leben genommen. So lautete zumindest das abschließende Fazit der etwa vierzig Seiten umfassenden Ermittlungsakte.

Dort stand unter »Fazit«:

»Im Sterbefall der Nadine REICHENBACH wird aufgrund der Auffindesituation von einem Suizid durch Erhängen ausgegangen. Die hiesigen Ermittlungen haben keine konkreten Anhaltspunkte für das Vorliegen einer Fremdschuld am Tod der Frau REICHENBACH ergeben. Jedoch konnten im Berichtszeitraum keine Zeugen bekannt gemacht werden, die von Freitodabsichten der Geschädigten berichten konnten. Vorerkrankungen und Substanzabhängigkeiten konnten nicht ermittelt werden. Der Leichnam der Nadine REICHENBACH wurde um 23:30 Uhr frei hängend an einem Querbalken auf der Terrasse des von ihr allein bewohnten Einfamilienhauses aufgefunden. Um ihren Hals lag eine eng anliegende, einfache Schlinge, das Ende eines Stricks, der einem Tampen, wie er zum Vertäuen von Sportbooten verwendet wird, ähnelt. Das zweite Ende des Stricks verlief über einem Querbalken, der sich in knapp zwei Meter Höhe auf der Terrasse befindet und an dem Frau REICHENBACH hing. Dieses Strickende war an einer der diesen Querbalken abstützenden horizontalen Streben, die zugleich die Terrasse begrenzen, mit mehreren Umschlingungen verknotet und so befestigt. Anzeichen für den Aufenthalt anderer Personen im Haus oder auf der Terrasse zum Sterbezeitpunkt der Nadine REICHENBACH waren nicht festzustellen. Ein umgekippter Terrassenstuhl, der direkt neben den Füßen der hängenden Toten lag, wurde augenscheinlich als Steighilfe verwendet. Im Rahmen der vor Ort durchgeführten Leichenschau (Doktor KNOSSEL, von Person bekannt) zeigten sich keine Abwehrverletzungen oder andere Zeichen einer Gewalteinwirkung von außen, abgesehen von denen des Erhängens. Von dem leichenschauenden Arzt wurde ein nicht natürlicher Tod bescheinigt. Eine handschriftliche Notiz mit den Worten: *Ich habe einen Punkt erreicht, an dem mein Leben nicht besser, sondern einfach nur noch schlimmer wird,* wurde aus einer Innentasche der von Frau REICHENBACH zum Zeitpunkt ihrer Auffindung getragenen Jacke sichergestellt. Diese Notiz kann nach hiesiger Einschätzung als Abschiedsbrief gewertet werden. Eine Obduktion wird seitens der hiesigen Dienststelle für nicht zwingend erforderlich gehalten. Der Vorgang wird zuständigkeitshalber der Staatsanwaltschaft zur weiteren Entscheidung und gegebenenfalls weiteren Veranlassung übersandt.« Gundlach, KOK

Der Staatsanwalt war dieser Einschätzung des Kriminaloberkommissars und der damit verbundenen Empfehlung gefolgt und hatte keine Obduktion veranlasst, sondern das Todesermittlungsverfahren zwei Tage nach Nadine Reichenbachs Tod eingestellt.

Yao atmete tief aus.

Das nenne ich sportlich. Ich meine … vielleicht war die Terrasse ja für Dritte von außen frei zugänglich? Memo an mich – gleich mal genau checken. Aber … wie kommt Wittstock überhaupt darauf, dass Kracht hier die Hände im Spiel hatte?

Yao gab den Namen »Kracht« durch Anklicken der rechten Maustaste über die PDF-Suchmaske ein, und das System wurde sofort auf Seite fünfunddreißig der Ermittlungsakte fündig.

Dort war kurz und knapp vermerkt:

»Der eigentliche Mieter des Hauses ist Doktor Roderich KRACHT, der angab, der Ex-Partner der Verstorbenen zu sein. Er hat das Haus seit vier Monaten im Rahmen eines Untermietverhältnisses der Frau REICHENBACH überlassen, nachdem sie sich kurz zuvor einvernehmlich getrennt hatten. Er ist seitdem auch nie wieder dort gewesen, da er vor vier Monaten mit seinem gesamten Mobiliar ausgezogen ist und nunmehr in der Uferstraße in Mainz wohnt. Diese Angaben wurden von dem Nachbarn Herrn HELBIG insofern bestätigt, als dass er Herrn Doktor KRACHT tatsächlich seitdem nicht mehr vor Ort gesehen habe. Die Einwohnermelderegisterabfrage bestätigt die Uferstraße als Doktor KRACHTS derzeitige Meldeadresse. Doktor KRACHT selbst befand sich zum Zeitpunkt des Todes von Frau REICHENBACH, zu der er lediglich noch sporadisch telefonischen Kontakt hatte, im Ausland auf einem Kongress in Boston/USA, was er anhand von Flugtickets belegen konnte.«

Donnerwetter …

Wie schon vier Tage zuvor rief Yao auf der Website der *Corpore Sano Schönheitsklinik* Krachts Lebenslauf auf. *Es passt … Zu der Zeit, als Nadine Reichenbach starb, war Kracht an der Klinik für Plastische und Ästhetische Chirurgie am Universitätsklinikum Mainz tätig. Beide waren damals etwa in demselben Alter. Kracht war zu der Zeit siebenunddreißig. Und die beiden waren einige Zeit vor ihrem Tod anscheinend nicht nur ein Paar, sondern hatten auch denselben Arbeitgeber. Schon wieder … Na ja, fast … Mit dem Unterschied, dass Kracht im Fall von Daria Diakovska ihr Chef war, weil es seine Klinik war, in der sie als kaufmännische Geschäftsführerin arbeitete, aber trotzdem: auch hier wieder derselbe Arbeitgeber. Das kann kein Zufall mehr sein …*

Yao war jetzt absolut fokussiert. Sie öffnete das zweite PDF. In dem »Ereignisuntersuchungsprotokoll nicht natürlicher Tod«, das lediglich aus sechs Seiten bestand, fanden sich neben den Personalien von Nadine Reichenbach und einem Foto von der Vorder- und Rückseite ihres Personalausweises die Namen der vor Ort eingesetzten Polizeibeamten und eine Beschreibung des Ereignisorts. Diese war jedoch so kurz gehalten, dass Yao nichts damit anfangen konnte, weil der Erkenntnisgewinn zu dem von Roderich Kracht an Nadine Reichenbach untervermieteten Einfamilienhaus gleich null war, was die Räumlichkeiten und insbesondere die Terrasse und deren Zugang betraf.

Zur Vorgeschichte der Benachrichtigung der Einsatzkräfte hatten die Beamten vermerkt, dass der bereits in dem ersten PDF-Dokument erwähnte Nachbar Helbig die Tote zunächst für eine Puppe oder einen anderen schlechten Scherz gehalten hatte. Nachdem er am Abend des Auffindetags vergeblich versucht hatte, seine Nachbarin, in deren Haus es zu diesem Zeitpunkt völlig dunkel war, telefonisch zu erreichen, hatte er deren Terrasse von seinem rückwärtig an das Grundstück von Nadine Reichenbach grenzenden Garten aus mit einer leistungsstarken Taschenlampe ausgeleuchtet und zu seinem Entsetzen festgestellt, dass es keine Puppe war, die da hing, sondern ein Mensch.

Yao studierte als Nächstes zwei Fotos, die die Tote erhängt am Querbalken zeigten. Da bei der Anfertigung der Fotos keinerlei Maßstab verwendet worden war, schätzte sie den Durchmesser des Querbalkens, der aus grobem, nicht lackiertem Holz bestand, auf etwa fünfzig bis sechzig Zentimeter. Die Tote hing frei, die Fußspitzen wenige Zentimeter über dem Terrassenboden. Das nächste Foto zeigte die Tote, nachdem sie vom Strang gelöst worden war. Hierzu hatten die Beamten den Strick etwa in der Mitte zwischen der Stelle, an der er über den Querbalken verlief, und der Stelle der mehrfachen Umwicklung und nachfolgenden Verknotung an der horizontalen Strebe, die den Querbalken abstützte, durchtrennt. Ein weiteres Foto zeigte Nadine Reichenbach lang ausgestreckt rücklings auf dem Terrassenboden liegen. Sie war bekleidet mit einer Bluse und einer langen Hose. Am linken Fuß trug sie einen dunklen Slipper, am rechten Fuß fehlte der Schuh, und man sah, dass sie keine Strümpfe trug. Das nächste Foto zeigte das Gesicht und die rechte seitliche Halspartie der Toten, nachdem die Schlinge des Strangwerkzeugs gelöst worden war. Yao erkannte eine deutlich zum Nacken hin ansteigende Strangmarke, die von ihrer Breite mit der Breite des Strangwerkzeugs korrespondierte. Auf einer Aufnahme war die linke seitliche Halspartie mit einem identischen Befund zu sehen. Das vorletzte Bild dokumentierte die mehrfache Umwicklung der horizontalen Terrassenstrebe mit der dortigen Fixierung durch eine Verknotung des als Strangwerkzeug verwendeten Stricks. Die Strebe war ebenso wie der Querbalken aus unbehandeltem grobem Holz und von ähnlichem Durchmesser.

Das letzte Foto zeigte eine leicht schräge Aufsicht auf den Querbalken, über den das Strangwerkzeug verlaufen war, ehe es durchtrennt worden war. Die Rechtsmedizinerin benötigte einen Augenblick, bis ihr klar war, was sie dort gerade sah.

Tián! Das glaube ich jetzt nicht!

Das grobe Holz des Querbalkens wies an seiner Oberseite eine feine Riefe auf. Yao vergrößerte das Foto vor ihr auf dem Monitor und hielt den Atem an. Dann scrollte sie zurück zu den ersten beiden Fotos, die als Übersichtsaufnahmen die noch am Querbalken hängende Nadine Reichenbach zeigten. Schließlich ging sie wieder zurück zu dem letzten Foto von der leicht schrägen Aufsicht auf den Querbalken.

Das ist genau die Stelle … Hier zeigt sich eine Riefe. Eine Rille genau an der Stelle, über die der Strick verlaufen ist. Oder täusche ich mich?

Sie klickte zurück zu den ersten beiden Fotos, vergrößerte diese so weit, bis das Bild anfing, ganz leicht unscharf zu werden, fuhr den Zoom ein kleines bisschen zurück und betrachtete die Oberseite des Querbalkens in dieser Vergrößerung erneut.

Hier ist keine feine Riefe zu erkennen … Was bedeutet, dass der Strick genau hier an dieser Stelle die Riefe verdeckt. Was wiederum bedeutet, dass der Strick, an dem Nadine Reichen-

bach hing, unter hoher Zugspannung über den Balken gezogen wurde. Unter hoher Zugspannung, weil sie an dem Strick hing. Mit der Schlinge um ihren Hals. Yao merkte, wie ihr Mund trocken wurde und sie eine Gänsehaut bekam.

Das Gewicht von Nadine Reichenbach …

Sie betrachtete jetzt nochmals das dritte Foto von der rücklings ausgestreckt auf dem Terrassenboden liegenden Frau.

Ich schätze mal irgendwas zwischen sechzig und fünfundsechzig Kilo … Das Gewicht an dem Strangwerkzeug erklärt ohne Weiteres die Riefe an der Oberseite des hölzernen Querbalkens. Solche Riefen, solche feinen Einkerbungen entstehen nur am Aufhängepunkt, wenn eine andere Person das Opfer, das sich bereits in der Schlinge befindet, hochzieht. Wenn man sich selbst erhängt, gibt es eine solche Riefe nicht, da das Strangwerkzeug ja erst befestigt werden muss, ehe es vom Körpergewicht der Person, die sich daran erhängt, belastet wird.

Yao war fassungslos darüber, was sie in den achtzehn Jahre alten Ermittlungsunterlagen entdeckt hatte.

† † †

40

Freitag, 13. April, 16:33 Uhr,
Berlin,
Treptowers, BKA-Einheit »Extremdelikte«,
Büro Dr. Sabine Yao

Der zweite Todesfall, den Sara entdeckt hatte, war zwar im Hinblick auf den Inhalt der Ermittlungsunterlagen weitaus weniger spektakulär, hatte aber seine ganz eigene Brisanz und Dynamik. Es war nämlich Professor Doktor Roderich Kracht höchstpersönlich gewesen, der den Sterbenden gefunden hatte.

Collin Luckner war vor fünfzehn Jahren in Berlin im Alter von achtunddreißig Jahren in den Büroräumen seiner Immobilienfirma in Berlin-Charlottenburg tot aufgefunden worden. Ausweislich des Inhalts der gerade mal vierzehn Seiten – ein zweiseitiges Notarzteinsatzprotokoll und die die vorläufige Todesbescheinigung inkludierende Todesermittlungsakte – war Luckner mit Luxusimmobilien zum Multimillionär geworden. Sein Vater hatte nach dem Mauerfall Anfang der 1990er-Jahre über ganz Berlin verteilt Grundstücke im großen Stil gekauft und mit Bürohäusern und Appartementhäusern des Luxuspreissegments bebaut. Anfang der 2000er-Jahre hatte Luckner die Firma von seinem verstorbenen Vater geerbt und, statt die Büroflächen und den Wohnraum wie sein Vater zu vermieten, damit begonnen, die Objekte nach und nach zu verkaufen. Vermutlich, um seinen ausschweifenden und in jeder Hinsicht aufwendigen Lebensstil mit Privatjet, Villen in Südeuropa und anderen luxuriösen Vergnügungen zu finanzieren. Allerdings war die Verschriftlichung der polizeilichen Erkenntnisse in der

Ermittlungsakte dazu auffällig kurz und vage gehalten. Am Abend seines Todes war er von Professor Roderich Kracht in seinen Büroräumen aufgesucht worden. Kracht hatte wenige Wochen zuvor von Luckner einen Bürokomplex in Lichterfelde gekauft, in dem ein knappes Jahr später – nach den entsprechenden Umbauarbeiten – das Haupthaus und somit der erste Standort der *Corpore Sano Schönheitsklinik* eröffnet worden war.

Kracht hatte in seiner polizeilichen Zeugenvernehmung angegeben, an jenem Abend mit Luckner verabredet gewesen zu sein, um noch einige Details des zu diesem Zeitpunkt bereits fast vollständig ausverhandelten Immobiliendeals zu besprechen. Luckner habe ihm zwar noch eigenhändig die Tür geöffnet, sei aber bei Krachts Eintreffen in einem gesundheitlich schwer angeschlagenen Zustand und nur noch für eine kurze Zeit ansprechbar gewesen. Als *moribund,* im Sterben liegend, hatte Kracht Luckner ausweislich der Niederschrift in der Ermittlungsakte bezeichnet, was Yao seltsam fand. Da er sofort den lebensbedrohlichen Zustand von Luckner erkannt habe, habe er über die 112 die Notfallrettung alarmiert und bis zu deren Eintreffen Reanimationsmaßnahmen durchgeführt.

Der neun Minuten nach Eingang des Notrufs eingetroffene Notarzt hatte in seinem Einsatzprotokoll vermerkt: *Anamnese:*

> Patient in schlechtem Gesundheits- und Allgemeinzustand von Bekanntem aufgefunden worden. Reanimation durch diesen (selbst Arzt). Befunde bei Ankunft: Patient in Seitenlage auf Boden liegend vorgefunden. Bei Eintreffen Asystolie. Sechs Milligramm Adrenalin und einmalige Defibrillation bei Kammerflimmern. Patient nicht

```
transportfähig. Abbruch weiterer Maßnahmen wegen einsetzender sicherer Todeszeichen (Starre, Leichenflecken). Keine weiteren Veränderungen vorgenommen. Nach Angaben des Bekannten soll der Patient Diabetiker gewesen sein.
```

Die vom Notarzt ausgestellte *Vorläufige Todesbescheinigung* lautete auf *ungewisse Todesart.*

Collin Luckners Leichnam war noch am selben Abend von der Polizei beschlagnahmt und ins Leichenschauhaus in Moabit gebracht worden, wo vier Tage später die Obduktion im Landesinstitut für gerichtliche und soziale Medizin erfolgt war.

Wenigstens wurde er obduziert und das Todesermittlungsverfahren nicht einfach wie bei der Reichenbach ohne Obduktion eingestellt, als ob nichts passiert sei, ging es Yao durch den Kopf.

Sie öffnete in der Zipdatei »Zum Nachteil Collin Luckner« das mit »Sektionsprotokoll und Ergebnis weiterführender Untersuchungen« betitelte zweite PDF.

Sie scrollte bis zum Ende des Protokolls und las im »Sektionsgutachten«:

```
Die Obduktion führte nicht zur Klärung der Todesursache. Zwar litt der achtundvierzig Jahre alt gewordene, stark übergewichtige (Körpergewicht 110 Kilogramm bei einer Körperlänge von 175 Zentimetern, BMI = 36) LUCKNER, Collin unter einer Herzvergrößerung (Herzgewicht 510 Gramm), jedoch zeigten sich die Herzkranzgefäße vom dilatativen (Normalversorgungs-)Typ. Bei zusätzlich bestehender chronischer Bronchitis und einer Fettleber kann das Herz als jederzeit
```

versagensbereit angesehen werden, allerdings nicht zwingend zum gegebenen Zeitpunkt. Es fanden sich unspezifische Befunde wie ein Hirnödem, ein Lungenödem und eine Erweiterung der Hohlorgane, die auf eine todesursächliche oder mit-todesursächliche Vergiftung hinweisen könnten.

Insofern wurden chemisch-toxikologische Untersuchungen zum Nachweis oder Ausschluss einer Intoxikation zum Todeszeitpunkt eingeleitet, über deren Ergebnis zu einem späteren Zeitpunkt nachberichtet wird. Aus diesem Grund wurde während der Obduktion entsprechendes Material zurückbehalten. Zur Frage einer todesursächlichen Zuckerstoffwechselentgleisung wurden Hirnkammerwasser und Glaskörperflüssigkeit zurückbehalten. Auch über dieses Ergebnis wird zu einem späteren Zeitpunkt gesondert nachberichtet werden.

Der Blutzuckerspiegel … Insulin, jede Wette, Luckners Glukose-Spiegel war zum Todeszeitpunkt im Keller. Bei Gabe von Insulin in hoher Dosierung wird der Betroffene durch die sofort einsetzende Unterzuckerung innerhalb weniger Minuten bewusstlos. Der Glukose-Mangel im Gehirn ist dann innerhalb kürzester Zeit tödlich. Das würde alles zum hier geschilderten zeitlichen Verlauf passen, kombinierte Yao.

Aber … sehe ich vielleicht Gespenster? Bin ich in Bezug auf Kracht überhaupt noch objektiv? Nein!, lautete die Antwort, wie sie zugeben musste.

Doch sogleich kamen wieder Zweifel in der Rechtsmedizinerin hoch.

Warum sonst sollte Kracht den Notarzt so explizit darauf

hinweisen, dass Luckner Diabetiker war? Ausweislich des Leichenfundortberichts hatte Luckner weder einen Insulin-Pen noch orale Antidiabetika bei sich, und es wurde auch nichts Derartiges in seinen Büroräumen gefunden. Wie kommt Kracht darauf?

Yao massierte sich mit den Fingerspitzen von Zeigefinger und Mittelfinger die Schläfen, als würde sich die Antwort dort irgendwo verbergen.

Wollte Kracht mit dieser beiläufigen Feststellung eine falsche Fährte legen, weil er Luckner womöglich Insulin gespritzt hat? Weil er ihn … Weil er ihn getötet hat?

Yao musste sich eingestehen, dass sie weder das eine noch das andere wusste und es müßig war, weiter darüber zu spekulieren, denn die Ermittlungsunterlagen hielten darauf keine Antwort für sie parat. Umso gespannter war sie auf das Ergebnis des toxikologischen Befunds im Todesfall Collin Luckner.

† † †

Wenige Minuten später lehnte sich Yao enttäuscht in ihrem Schreibtischstuhl zurück. Das vom toxikologischen Labor des Landesinstituts mehrere Monate nach Collin Luckners Obduktion der Staatsanwaltschaft übersandte toxikologische Gutachten hatte nichts vorzuweisen. Abgesehen von der Tatsache, dass zum Zeitpunkt seines Todes eine geringe Menge Alkohol im Venenblut vorhanden gewesen war. Yao las erneut den letzten Absatz des Gutachtens:

`Im Herzblut wurde das in der Notfallmedizin oder vor operativen Eingriffen für Kurzzeitnarkosen eingesetzte Beruhigungsmittel Midazolam nachgewiesen. Eine Wirkstoffaufnahme in zeitli-`

cher Nähe zum Todeseintritt ist sehr wahrscheinlich. Die im Herzblut des Betroffenen gemessene Konzentration an Midazolam liegt verglichen mit üblicherweise hier untersuchten Blutkonzentrationen und nach Vergleich mit Literaturdaten und früher von uns analysierten Fällen deutlich über dem therapeutischen Bereich. Hierdurch ist die Einnahme von Midazolam kurz vor dem Tode in hoher Dosierung belegt.

Das Midazolam wurde Luckner im Rahmen des Notarzteinsatzes gegeben, als er intubiert wurde, um ihn ruhigzustellen, schlussfolgerte Yao. »Mikroskopische Spuren von Silikon im Gesicht«, las Yao weiter. *Hm, möglicherweise stammen die Spuren von Silikon von einer Larynxmaske? Aber warum wurde Luckner intubiert und zusätzlich mit einer Larynxmaske beatmet?*

Yao schenkte der Frage keinerlei weitere Beachtung, denn Luckner war nicht an einer Vergiftung gestorben, so viel stand fest. Die Untersuchung seines Blutzuckerwerts über die beiden Parameter, die in Glaskörperflüssigkeit und Hirnkammerwasser auch noch viele Tage postmortal eine sichere Aussage darüber zuließen, ob eine Zuckerstoffwechselentgleisung für einen Todesfall verantwortlich war oder nicht, nämlich der Glukose-Wert und der Laktat-Wert, hatte Yaos Theorie einer tödlichen Insulin-Gabe innerhalb kürzester Zeit in Schall und Rauch aufgelöst.

Trotzdem … Drei Todesfälle, die bei kritischer Betrachtung aus der rechtsmedizinischen Perspektive mehr Fragen aufwerfen als Antworten geben, und bei allen scheint Kracht die Finger im Spiel gehabt zu haben. Eine Koinzidenz der Ereignisse halte ich für ausgeschlossen.

An einen Zufall, dass Kracht einfach zur falschen Zeit am

falschen Ort gewesen war, als Collin Luckner starb, konnte Yao nicht glauben.

Ob er Vorteile aus Luckners Ableben gezogen hat, ergibt sich aus der Akte nicht. Dem wurde auch nie nachgegangen, denn Kracht war als Arzt, der den Notruf absetzte und auch noch versucht hatte, Luckner zu reanimieren, bis Hilfe eintraf, über jeden Zweifel erhaben.

Es arbeitete in Yaos Kopf, und ihre Gedanken kehrten immer wieder zu der einen Frage zurück: *Wie hast du Luckner getötet?*

† † †

41

Freitag, 13. April, 18:42 Uhr,
Pkw Dr. Sabine Yao

Mit einem Klacken öffnete sich die automatische Türverriegelung des Mini Cooper, und Yao beförderte die Sporttasche mit ihrer Alltagskleidung in den Kofferraum des Wagens. Von den Treptowers aus war sie direkt in ihr Fitnessstudio gefahren und hatte sich dort nach einer zwanzigminütigen Aufwärmphase auf dem Laufband in einem Bodyattack-Kurs, einem fünfundvierzigminütigen Ganzkörper-Work-out, völlig ausgepowert.

Sie wusste jetzt schon, dass sich ihr Körper am nächsten Morgen nach dem Aufstehen dafür nicht etwa dankbar zeigen, sondern mit einem mörderischen Muskelkater revanchieren würde, aber genau dieses Auspowern hatte sie jetzt dringend gebraucht. Es war erstaunlich, wie auch der Kopf abschaltete, wenn man körperlich erschöpft war. Wie Gedanken für eine kurze Zeit nicht mehr an die Oberfläche drängten, sondern Ruhe gaben.

Yao hatte sich nach Beendigung ihres Work-outs nicht die Mühe gemacht, ihre Sportkleidung wieder gegen ihre Straßenkleidung zu tauschen. Sie lehnte auch den Vorschlag einer Bekannten ab, im studioeigenen Restaurant noch eine Kleinigkeit gemeinsam zu essen. Sie wollte jetzt nur noch so schnell wie möglich nach Hause, um heiß und ausgiebig zu duschen.

In Leggins, Laufschuhen und einer dünnen Fleecejacke über dem Top ließ sie sich erschöpft auf dem Fahrersitz nieder und startete den Wagen. Nachdem sich ihr Handy automatisch mit der Freisprechanlage verbunden hatte, zeigte das Display einen Anruf in Abwesenheit von Kriminaloberkommissar Akpinar und eine neue Nachricht auf ihrer Mailbox. Während sie ausparkte, hörte sie die Nachricht ab: »Hallo, Frau Doktor, kurze Störung Ihres Feierabends. Sie sollten über einen Berufswechsel nachdenken und zu uns ins LKA kommen. Sie lagen richtig. Es gab einen Schlüssel zur Schlafzimmertür im Penthouse von Daria Diakovska! Beziehungsweise, es gibt ihn immer noch. Die Nachmieterin hat mir das heute bestätigt. Ob er innen oder außen im Schloss der Schlafzimmertür steckte, als sie vor etwas weniger als vier Jahren die Wohnung übernommen hat, konnte sie nicht sagen. Aber sie schwört Stein und Bein, dass der Schlüssel schon bei der Übernahme der Wohnung vorhanden gewesen sein muss, denn er ist jetzt auch noch da, und sie weiß genau, dass sie im Nachhinein keinerlei Schlösser austauschen oder Nachschlüssel anfertigen ließ.« Akpinar hielt kurz inne, weil im Hintergrund ein Martinshorn sehr laut ertönte. »Entschuldigung … Jetzt müsste es wieder gehen. Umso brennender jetzt die Frage … Wenn Frau Diakovska einen Schlüssel hatte, warum hat sie nicht einfach von innen abgeschlossen, bevor sie sich erhängte? Wozu diese umständliche Konstruktion? Fast schon zu demonstrativ, oder? Mal sehen, was unsere Psychologen dazu sagen …«

Nach einer weiteren kurzen Pause ertönte seine Stimme erneut aus Yaos Freisprechanlage: »So viel für heute. Ich halte Sie auf dem Laufenden, Frau Doktor! Und nochmals vielen Dank.«

Als Yao gerade den Anruf von der Mailbox über das Bedienfeld auf dem Display gelöscht hatte, signalisierte der Klingelton der Freisprechanlage endlich *den* Anruf, auf den sie bereits den ganzen Tag über gewartet hatte:

Doktor Schweiger.

»Guten Abend, Frau Kollegin, Schweiger am Apparat. Ich hoffe, mein Anruf kommt nicht ungelegen?«

»Nein, keinesfalls. Ich hatte gehofft, dass Sie sich heute noch melden«, erwiderte Yao, während sie den Blinker setzte, einen Blick über die linke Schulter warf und dann die Fahrspur wechselte.

»Meine Kollegin, Frau Doktor Jovanovic sagte mir, dass sie Ihnen berichtet hat, was Mittwoch passiert ist. Ich selbst war zwei Tage nicht in Berlin, bin erst seit heute wieder in der Klinik. Es tut mir sehr leid, was passiert ist ... was Ihre Schwester sich angetan hat. Ich weiß, wie nah Sie beide sich stehen. Seien Sie bitte versichert, dass das nicht absehbar war ... Das konnte keiner hier voraussehen. Sie war auf einem guten Weg. Dachten wir zumindest ...«

»Ich mache niemandem Vorwürfe«, erwiderte Yao mit belegter Stimme. »Entschuldigung, ich wollte Sie nicht unterbrechen, Herr Schweiger.«

»Gar kein Problem ... Es tut mir auch leid, dass ich mich jetzt erst melde. Ich wollte mir erst in Ruhe ein Bild von Frau Zhou machen. Und die Abendvisite zog sich heute leider unvorhergesehen in die Länge ...«

»Sie müssen sich nicht entschuldigen, Herr Schweiger. Wie geht es meiner Schwester?«

»Körperlich brauchen wir uns keine Sorgen mehr zu machen. Sie hat großes Glück gehabt, dass sie so schnell gefunden und frühzeitig operiert werden konnte. Nicht auszudenken ...«

Der Psychiater am anderen Ende der Leitung klang aufrichtig betroffen. Was ihn in Yaos Augen für seinen Beruf empfahl, denn Empathie war ein wesentlicher Baustein in der Arzt-Patienten-Beziehung psychisch Kranker. Und Abhängigkeitskranker ...

»Ihre Schwester ist zwar aufgrund der frischen OP-Wunde noch ans Bett gebunden, aber sie bekommt Heparin und Physiotherapie am Bett. Ab Montag werden wir beginnen, sie zu mobilisieren.«

Yao wusste aus ihrer beruflichen Erfahrung nur zu gut, dass nicht Wundheilungsstörungen oder gar die Gefahr einer Blutvergiftung nach so schweren Verletzungen die lebenslimitierenden Faktoren darstellten, sondern die Gefahr einer Lungenembolie, die wie ein Damoklesschwert über ihrer Schwester hing. Insofern war sie beruhigt, dass Mailin von der somatischen Seite her – mit Gabe von Blutverdünnern und Bewegungstherapie – gut und adäquat betreut wurde.

»Aber«, erklang erneut Doktor Schweigers Stimme, als die Rechtsmedizinerin ein weiteres Mal die Fahrspur wechselte und sich auf der Linksabbiegerfahrbahn einordnete, »sie ist sehr rückzügig, nimmt keinen Kontakt, nicht mal Augenkontakt mit ihrem Umfeld auf. Ich bin bisher nicht an sie rangekommen …«

»Ist sie wieder auf ihrer Station, in ihrem Zimmer?«

»Nein, sie ist momentan auf der geschlossenen Abteilung im Kriseninterventions- und Notfallbereich. Und wenn Ihre Frage darauf abzielt, ob Sie Ihre Schwester besuchen können …«

»Ja?«, fragte Yao.

»Ich halte das zurzeit für keine gute Idee. Sie ist stuporös …«

Yao wusste aus ihrer Weiterbildungszeit in der Psychiatrie – eine Voraussetzung zur Erlangung des Facharzttitels für Rechtsmedizin –, was das als *Stupor* bezeichnete psychomotorisch entgegengesetzte Syndrom der Erregung und pathologisch gesteigerten motorischen Aktivität bedeutete, nämlich, dass Mailin mit ihrer Umwelt nicht mehr in Kontakt trat, völlig teilnahmslos und regungslos war. Und Yao wusste auch: Stupor konnte ein erstes Symptom einer Schizophrenie sein.

»Ihre Schwester lässt niemanden an sich ran. Keiner kann im Moment sagen, wie es in ihr drin aussieht. Ich würde gerne in der kommenden Woche ein paar psychologische Tests mit ihr durchführen. Und wir werden sehen, wie sie auf die Gabe von Neuroleptika reagiert. Aber derzeit können wir nichts anderes tun, als abzuwarten.«

Noch während er weiter berichtete, fuhr Yao in eine Parkbucht am Straßenrand und stellte den Motor aus. Irgendwann war das Telefonat beendet. Yao hätte allerdings nicht sagen können, wie lange sie mit Doktor Schweiger telefoniert hatte. Sie spürte nur, dass sie das Steuer fest umklammerte, einfach, um sich irgendwo festzuhalten. Die Knöchel traten weiß hervor, und Tränen liefen ihr lautlos über die Wangen.

† † †

42

Samstag, 14. April, 17:02 Uhr,
Berlin-Charlottenburg,
Wohnung von Dr. Sabine Yao

Der Samstag zog sich zäh wie Kaugummi dahin. Um sich abzulenken, hatte Yao ihre gesamte Wäsche gewaschen, ihre Wohnung aufgeräumt und das Bett frisch bezogen, wobei jeder ihrer übersäuerten Muskeln aufs Heftigste aufschrie aufgrund des Work-outs am Vortag. Dann war sie einkaufen gewesen, hatte aber, als sie zurück in ihrer Wohnung war, keine Lust gehabt, sich etwas zu kochen. Für Telefonate oder gar Treffen mit Freundinnen, in denen unweigerlich die Sprache auf Mailin und die Zwillinge gekommen wäre, hatte sie einfach keine Kraft. Also versuchte Yao es sich zum zweiten Mal an diesem Nachmittag mit einer rechtsmedizinischen Fachzeitschrift und einer Tasse grünem Tee auf dem Sofa bequem zu machen, aber es gelang ihr auch jetzt nicht, sich auf die Fachartikel zu konzentrieren. Immer wieder schweiften ihre Gedanken ab zu Mailin, immer wieder musste sie Sätze mehrmals lesen, um deren Sinn zu verstehen. Da hörte sie ihr Handy klingeln, das sich noch in ihrer Handtasche in der Küche befand.

Schnellen Schrittes eilte sie in die Küche und fingerte das Handy aus der Handtasche.

»Fred! Was für eine Freude!« Erleichtert nahm sie den Anruf entgegen und fügte in Gedanken hinzu: *Dein Anruf kommt gerade recht, um mich auf andere Gedanken zu bringen.* »Wie geht es euch? Wie lebt es sich als Privatier?«, sprudelte es nur so aus Yao heraus.

»Sorry, Sabine«, ertönte eine vertraute Frauenstimme aus dem Gerät. »Hier ist nicht Fred, hier ist Lisa.«

»Lisa!«

»Wir wollten dich fragen, ob du spontan Lust hast, heute Abend bei uns vorbeizukommen. Es gibt Spaghetti carbonara. Ein spontanes Wiedersehen. Wenn du möchtest … Das letzte Mal ist schon so lange her. Und ich glaube, unter uns …«, Lisas Stimme wurde bei den letzten Worten um einiges leiser und bekam fast einen verschwörerischen Unterton, »… Fred würde sicherlich gerne wissen, wie es in der Abteilung so ohne ihn läuft. Er telefoniert zwar ab und zu mit Paul Herzfeld, aber die beiden haben es noch nicht geschafft, sich mal persönlich zu treffen, seitdem sich Fred letztes Jahr verabschiedet hat.«

»Nichts lieber als das, Lisa. Ich komme euch sehr gerne heute Abend besuchen«, erwiderte Yao und verspürte plötzlich ein Hungergefühl.

»Wunderbar. Fred wird sich freuen. Spontan heißt bei uns in knapp eineinhalb Stunden, Bine. Schaffst du das, 18:30 Uhr? Wir sind wegen Albert immer früh dran mit Abendessen. Früh ins Bett und so. Die Nächte sind häufig recht kurz …«

Yao wusste, dass der vor etwas mehr als vier Monaten geborene Sohn von Lisa und Fred Abel in Gedenken an Lisas im Alter von vier Jahren verstorbenen Bruder Albert genannt worden war. Allerdings hatte er als Zweitnamen auch den vollen Namen seines Vaters erhalten. Albert Alfred Abel.

»Vielen Dank für die Einladung. Ich werde pünktlich sein.«

† † †

43

Samstag, 14. April, 18:31 Uhr,
Berlin-Grünau,
Wohnhaus von Dr. Fred Abel und Dr. Lisa Suttner

Nach Lisas Anruf hatte sich Yao dezent geschminkt und nach kurzer Überlegung eine weiße Bluse, eine dunkelgraue Jeans, einen hellgrauen Kaschmir-Cardigan, der ihr bis zur Mitte der Oberschenkel reichte, und dunkelgraue Loafer angezogen. Sie hatte sich ihre Handtasche mitsamt Portemonnaie, Handy und Schlüsselbund geschnappt und war zunächst zu einer kleinen, sehr gut sortierten Weinhandlung gegangen, wenige Querstraßen von ihrem Wohnhaus entfernt. Dort hatte sie eine Flasche Barolo als Aufmerksamkeit für Fred und wenige Gehminuten entfernt in einer Pralinenmanufaktur eine Schachtel exquisite Pralinen gekauft.

Auf der anschließenden etwa fünfunddreißigminütigen Fahrt von Charlottenburg nach Grünau überkam Yao ein komisches Gefühl. Es erschien ihr fast surreal, dass sie so unverhofft an diesem Abend ihren langjährigen Kollegen und Vertrauten Fred Abel das erste Mal nach seinem Ausscheiden wiedersehen würde.

Yao parkte ihren Mini Cooper in der Einfahrt des gepflegten Grundstücks vor dem von Lisa und Fred bewohnten Townhouse. Kaum hatte sie ihr Fahrzeug verlassen, öffnete sich die Haustür, und ein schlanker, hochgewachsener Mann erschien in der Türöffnung.

Fred. Der Mann, der, wie Sabine Yao fand, sich wie kaum ein anderer mit Haut und Haaren der Rechtsmedizin verschrieben hatte und – diese Meinung teilten so ziemlich alle in den Berliner Ermittlungsbehörden und beim BKA – wie kein anderer seine Berufung gelebt hatte. Und doch war es auch der Mann, der vor einem knappen halben Jahr völlig überraschend – wohl nicht für ihn, aber für alle seine Kollegen, einschließlich ihres Chefs, Professor Paul Herzfeld – der Abteilung »Extremdelikte« und auch der Rechtsmedizin den Rücken zugekehrt hatte, weil er Vater wurde.

Weil er an einem Punkt in seinem Leben angekommen war, an dem er sich entscheiden musste. Für seinen Beruf oder für seine Familie. Beides wäre mit der Intensität, mit der Fred seiner Profession als Rechtsmediziner nachging, nicht vereinbar gewesen. Das hätte zu einer privaten Katastrophe geführt.

Auch wenn Abel mit ihr nie über die Beweggründe für sein plötzliches Ausscheiden aus der Rechtsmedizin, dem Beruf, der für ihn sein Leben bedeutet hatte, gesprochen hatte, überhaupt eigentlich nie jemandem Einblicke in sein Seelenleben, seine Gemütsverfassung oder seine Gedanken gegeben hatte, wusste Yao, dass das der Grund gewesen war, alles hinter sich zu lassen und dabei nicht zurückzublicken.

Weil seine kleine Familie an seinem Beruf zerbrochen wäre. Wie so viele andere Ehen meiner Kolleginnen und Kollegen. Weil er weiß, was für eine Belastung unser Beruf für ein geordnetes Familienleben bedeutet.

Yao hatte seine Entscheidung von dem Moment an, als er ihr sie mitgeteilt hatte, nachvollziehen können. Und respektiert. Yao war überhaupt die Einzige aus ihrem Kollegenkreis gewesen, die sich an Abels letztem Arbeitstag von ihm in seinem Büro in den Treptowers verabschiedet hatte.

Die zierliche Deutschchinesin schob sich einige widerspenstige Haarsträhnen, die sich aus ihrem schwarzen Pferdeschwanz gelöst hatten, aus der Stirn und ging auf Abel zu.

»Hallo, Sabine. Komm rein.«

Yao registrierte, dass ihr ehemaliger Kollege gut aussah.

Zufrieden. Glücklich. Abel trug einen Vollbart, der an Kinn und Wangen bereits deutlich mehr graue als dunkelbraune Haare aufwies, der ihm aber gut stand. Und er hatte immer noch denselben wachen Blick, der sowohl Interesse als auch unbändige Neugier ausstrahlte.

† † †

44

Samstag, 14. April, 20:24 Uhr,
Berlin-Grünau,
Wohnhaus von Dr. Fred Abel und Dr. Lisa Suttner

Knappe zwei Stunden später hatte sich der Eindruck vollauf bestätigt, den Yao schon bei Abels Anblick im Türrahmen gehabt hatte.

Er ist angekommen. Er hat für sich, Lisa und den kleinen Albert die richtige Entscheidung getroffen. Es geht ihm gut.

Lisa hatte köstliche Spaghetti carbonara und zum Nachtisch selbst gemachtes Tiramisu aufgetischt. Mit den schulterlangen fuchsroten Haaren, die sie an diesem Abend offen trug, und in dem grünen Wollkleid, das den gleichen Grünton wie ihre Augen hatte, sah sie hinreißend aus.

Die Flasche Barolo war ungeöffnet geblieben, die drei hatten es bei Mineralwasser belassen.

Abel hatte während des Essens immer mal wieder die Sprache auf die Arbeit bei den »Extremdelikten« gebracht, aber es war nicht zu übersehen gewesen, dass er dieses Kapitel seines Lebens tatsächlich abgeschlossen hatte. Keinerlei Wehmut hinsichtlich der Arbeit von Yao und ihren Kollegen in der rechtsmedizinischen Sondereinheit des BKA hatte in Abels Fragen mitgeschwungen. Vermutlich hatte er das Gefühl gehabt, die Höflichkeit und der Anstand nach so vielen gemeinsamen Jahren in der Abteilung geböten es, das Arbeitsthema anzusprechen. Schließlich hatte Abel gesagt: »Wenn du das Gefühl hast, dass die Toten über dein Leben bestimmen, dann bist du an dem Punkt, an dem es Zeit ist, einen Schlussstrich zu ziehen. Oder die Lebenden um dich herum werden dafür irgendwann bezahlen.«

Das hörte sich wie ein unabänderliches Fazit an, das Abel für sich gezogen hatte.

Yao hatte nichts erwidert, sondern die Worte in der dann eingekehrten Stille des jetzt fast in Dunkelheit liegenden Wohnzimmers stehen lassen.

Im Hintergrund hörte sie, wie in der Küche Geschirr klapperte. Lisa hatte Yaos Angebot, ihr zu helfen, ausdrücklich abgelehnt und war in der Küche verschwunden.

Yao und Abel saßen jetzt allein am großen Glastisch im Wohnzimmer im Erdgeschoss, beide eine geleerte Espressotasse und die geöffnete Pralinenschachtel vor sich, die Yao eigentlich für Lisa gekauft hatte. Yaos Blick fiel auf mehrere Fotos von Lisa, Abel und Albert in silbernen Rahmen verschiedener Größen, geschmackvoll arrangiert neben einer Vase mit roten Rosen auf einem mit weißem Klavierlack lackierten Sideboard. Yao war früher schon einmal zu einem Abendessen hier gewesen, konnte sich aber weder an den riesigen Esstisch aus Glas noch an das imposante Sideboard daneben erinnern.

Zwischen Hauptgang und Nachtisch hatte Fred Abel sie ins Obergeschoss geführt, wo der vier Monate alte Albert tief und fest in seinem Kinderbettchen schlief, neben sich den Sender eines Babyphones auf dem Fußboden, in einem Zimmer voller flauschiger Teppiche und Kuscheltiere, mit Sternen an der Decke und Illustrationen von Janosch in kleinen Bilderrahmen an der Wand. Leise und behutsam hatte Abel die Tür zum Kinderzimmer geöffnet und voller Stolz auf seinen schlafenden Sohn gezeigt. Ja, Fred Abel ruhte in sich und ging in seiner Vaterrolle auf, da war sich Yao sicher.

Yao sah Abel fragend an, der seit einiger Zeit schweigend gegenüber am großen Esstisch saß und versonnen in Richtung der großen Panoramascheibe des Wohnzimmers blickte. »Und jetzt Fred? Was kommt jetzt?«

Vielleicht betrachtete er das Spiegelbild der beiden ehemaligen Kollegen am Tisch, denn draußen war es mittlerweile stockfinster, vielleicht war er in Gedanken aber auch ganz woanders. Yao befürchtete schon, Abel hätte ihre Frage überhört oder wollte nicht antworten, weil er die Antwort selbst noch nicht kannte.

Aber schließlich blickte er sie nachdenklich an. »Ich habe keine konkreten Pläne. Zumindest nicht für meine berufliche Zukunft. Ich lasse mich erst einmal treiben. Als meine Mutter vor ein paar Jahren starb, hat sie mir und meiner Schwester nicht nur ihr Haus in der Nähe von Hannover, sondern auch einige Bankkonten und die Uhrensammlung unseres Vaters hinterlassen. Wir haben die Immobilie schon vor einiger Zeit verkauft, da weder Marlene noch ich zurück in unser Elternhaus ziehen wollten. Marlene nicht, weil sie zu sehr an unserer Mutter hing und Angst davor hatte, alles am Haus würde Erinnerungen an unsere Mutter wecken, die ihr nicht guttun würden. Und für mich war es damals keine Option, aus Berlin wegzugehen. Wenn du mir zu diesem Zeitpunkt gesagt hättest, dass ich ein paar Jahre später meinen Job gegen die Familie eintausche und …« Er führte den Satz nicht zu Ende, sondern sah Yao mit einem fast erstaunten Gesichtsausdruck an, als könne er selbst es immer noch nicht so recht glauben. Dann fuhr er fort: »Insofern besteht derzeit keine Notwendigkeit zu handeln, was das Finanzielle betrifft. Wir …«, er drehte den Kopf mit einer Bewegung in Richtung Küche, ehe er wieder Augenkontakt mit Yao suchte, »… haben nichts Konkretes vor. Lisa ist noch mindestens ein Jahr in Elternzeit. Vielleicht auch länger.« Abel schwieg und starrte wieder durch die riesige Panoramascheibe in die Dunkelheit.

Yaos Gedanken wanderten zu Lisa, die mindestens zehn Jahre, vielleicht auch länger, als Staatsanwältin bei der Generalbundesanwaltschaft tätig gewesen war, zuletzt in einer Gruppe von Bundesanwälten, die sich mit islamistischer Gefährdung in Deutschland beschäftigte. Auch sie schien ihren Beruf nicht zu vermissen.

Noch während Yao überlegte, ob sie selbst einmal an den Punkt kommen könnte, an dem sie sich zwischen ihrem Beruf und ihrer Familie – vielleicht Mailin, vielleicht aber auch eine eigene Familie mit einem Partner – entscheiden musste, betrat Lisa das Wohnzimmer, ein Smartphone in der Hand.

»Fred, Sabine, entschuldigt bitte … Fred, diese verdammte Fußbodenheizung spinnt mal wieder. Hier …« Mit diesen Worten entledigte sie sich eines Seidenslippers und befühlte mit nacktem Fußballen und Zehenspitzen den Eichenparkettboden im Wohnzimmer. »Hier ist der Fußboden warm. Im Flur ist es eiskalt, weil der Boden kalt ist. Die verdammte App«, sie hielt Abel das Display des Smartphones entgegen, »sagt aber, dass überall 22,5 Grad eingestellt sind. Keine Fehlermeldung.«

»Ich hasse diesen Smart-Home-Mist«, murmelte Abel, erhob sich und nahm das Smartphone von Lisa entgegen. »Entschuldige, Sabine.« Er setzte sich wieder an den Glastisch und studierte das Handydisplay, wobei er mehrfach darauf hin und her wischte und ab und zu mit dem Zeigefinger verschiedene Icons antippte. An Yao gewandt erklärte Abel: »Vor etwa vier Wochen haben wir uns auf Anraten unserer Heizungsfirma von den Thermostaten im ganzen Haus getrennt. Wir haben in jeder Etage Fußbodenheizung. Weil es mit Apps ja einfacher ist …« Er warf Lisa einen zweifelnden Blick zu. »Keine Ahnung. Nach dem, was die App anzeigt, laufen alle vier Heizkreise der Fußbodenheizung einwandfrei.«

»Vielleicht die App löschen und neu installieren?«, schlug

Yao vor. Das war das Einzige, was ihr einfiel, wenn sie sich selbst mit ähnlichen Problemen konfrontiert sah.

»Ich gehe hoch und schaue, ob sie bei Albert läuft«, sagte Lisa, zog sich ihren Slipper wieder an und verließ das Wohnzimmer.

»Ich bin froh, dass wir in vielerlei Hinsicht noch *old fashioned* sind. Konventionelles Babyphone …«

Abel zeigte auf einen kleinen Empfänger, der zu dem Sender des Babyphones zu gehören schien. »Diese neumodische Technik. Man kommt sich zwar vor wie ein Dinosaurier, wenn man diese technischen Errungenschaften nicht in sein Leben lässt – oder nur, wenn es nicht anders geht –, aber mit den Thermostaten hat die Fußbodenheizung jahrelang einwandfrei funktioniert. Sie können alles vorprogrammieren, Raumtemperatur für jeden der Heizkreise. Damit es warm ist, wenn Sie nach Hause kommen. Oder, wenn Sie es sich anders überlegen und früher oder vielleicht erst später nach Hause kommen, können Sie mittels der App Ihre Heizung von überall steuern. Egal, wo Sie gerade sind. Das spart Energie und bringt Wohlbehagen.« Abel verzog verärgert das Gesicht. »So was in der Art hat der Typ von unserer Heizungsfirma zu mir gesagt. Hätte ich mich doch bloß niemals auf diesen Unfug eingelassen.«

Generv t knallte Abel das Smartphone vor sich auf die gläserne Tischplatte.

†††

45

Sonntag, 15. April, 4:45 Uhr,
Berlin-Charlottenburg,
Wohnung von Dr. Sabine Yao

Yao war mit einem Schlag hellwach. Sie setzte sich im stockdunklen Schlafzimmer in ihrem Bett kerzengerade auf, tastete neben sich nach dem Schalter der Nachttischlampe und knipste das Licht an. Dann griff sie nach ihrem Handy, setzte sich auf und scrollte durch den Handy-Ordner mit ihren Fotos. Schnell wurde sie fündig und starrte gebannt auf das Display, während sie ab und zu Fotos wegwischte, andere aufrief und mit Zeigefinger und Daumen immer mal wieder einzelne Aufnahmen größer zoomte und Bildausschnitte darauf aufmerksam betrachtete. Sie konnte nicht glauben, was sie da sah. Oder vielmehr, was sie eben nicht sah.

† † †

Irgendetwas hatte in ihrem Unterbewusstsein gearbeitet, seitdem sie sich am Vorabend gegen kurz vor 21:30 Uhr von Lisa und Fred verabschiedet hatte. Ein Gedanke hatte die ganze Zeit über versucht, sich aus den Tiefen ihres Gehirns an die Oberfläche zu arbeiten. Eine Information, die wichtig war. Aber worum es sich handelte und in welchem Kontext diese Information Relevanz hatte – sehr wahrscheinlich nicht nur Relevanz, sondern sogar erhebliche Brisanz, das sagte ihr jedenfalls ihr Gefühl –, das hatte ihr partout nicht einfallen wollen. Bis jetzt.

Sie nahm sich nochmals alle Fotos auf ihrem Handy vor, die sie vor sechs Tagen im Badezimmer der Kracht'schen

Villa bei ihrer Tatortbegehung und anschließenden Untersuchung der Toten geschossen hatte.

Aber sie kam zu demselben Ergebnis wie zuvor.

Kein einziger Heizkörper im Badezimmer … Was bedeutet, dass dort unter den Terrakottafliesen eine Fußbodenheizung installiert sein muss.

Einen Thermostat konnte Yao ebenfalls an keiner Wand des Badezimmers im Erdgeschoss der Kracht'schen Villa entdecken.

Was hatte laut Fred der Mann von der Heizungsfirma ihnen noch mal versprochen? »Sie können von überall mittels der App Ihre Heizung steuern. Egal, wo Sie gerade sind.«

† † †

Jetzt wusste sie, wie die bisher unerklärliche Diskrepanz zwischen der von ihnen berechneten Todeszeit und dem Nichtwiedereintreten der Totenstarre bei Melanie Kracht entstanden war.

Was wäre, wenn ich einen Körper postmortal erwärmen, ihn von seiner Ist-Temperatur wieder in Richtung Körperkerntemperatur bringen würde? Ich würde damit sämtliche Gesetzmäßigkeiten der Rechtsmedizin zur zeitlichen Abfolge der sicheren Todeszeichen in Relation zu der aufgrund der Untersuchung von Totenstarre und Totenflecken berechneten Todeszeit außer Kraft setzen. Sie verlören schlichtweg ihre Gültigkeit, wie sie im Lehrbuch stehen. Ich käme zu einem ganz anderen Ergebnis! Und genau das kann ich mit einer Fußbodenheizung, die ich zudem über eine App steuern, also aus der Ferne bedienen oder im Voraus entsprechend programmieren kann. Ich kann den Körper postmortal zu jeder von mir gewünschten Zeit und auf fast jede von mir gewünschte Temperatur wieder erwärmen!

Yao brauchte etwas Zeit, um diese Information sacken zu lassen. Sie sah auf die auf dem Handydisplay angezeigte Uhrzeit: 5:03 Uhr.

Nein, ausgeschlossen, ich kann Jörgensen um diese Zeit unmöglich am Sonntag anrufen. Ist ja nicht jeder so eine Nachteule und leidet unter notorischer Bettflucht wie Sara. Wobei … Es scheint so, langsam werde ich auch zu einer Nachteule …

† † †

46

Sonntag, 15. April, 8:00 Uhr,
Berlin-Charlottenburg,
Wohnung von Dr. Sabine Yao

Nach einem opulenten sonntäglichen Frühstück mit Rührei, Brötchen und allerlei anderen Köstlichkeiten – an sich ein Ritual, das sie geflissentlich an jedem Wochenende pflegte – war Yao nicht im Ansatz zumute. Nicht weil es zu früh dafür war, sie hatte morgens immer einen gesunden Appetit, sondern weil ihr vegetatives Nervensystem gerade unter Hochdruck auf einer Adrenalinwelle durch ihren Körper fuhr und den Verdauungstrakt aufs Abstellgleis gestellt hatte.

In den vergangenen zwei Stunden hatte sich Yao ruhelos durch ihre amerikanischen Lieblingsserien und alte chinesische Sitcoms gezappt, war aber nie länger als wenige Minuten bei einer Folge geblieben. Die Wartezeit bis 8:00 Uhr hatte sie zusätzlich mit mehreren Tassen starken grünen Tees überbrückt. Sie sah auf ihre Armbanduhr. Länger wollte und konnte sie weder warten noch Jörgensen seine Nachtruhe gönnen.

Sie wählte Jörgensens Handynummer, während sie in ihrem Wohnzimmer auf und ab ging, immer noch im Nachthemd.

Es klingelte ein paarmal am anderen Ende der Leitung, aber dann sprang zu Yaos großer Enttäuschung die Mailbox an.

Mist!

Allerdings dauerte es keine zwei Minuten, und Jörgensen rief zurück.

Nachdem sich Yao für die frühe Störung am Sonntagmorgen entschuldigt hatte, berichtete sie Jörgensen von ihren Überlegungen bezüglich einer Handy-App, mit der man aus der Ferne oder auch im Voraus eine Fußbodenheizung entsprechend bedienen oder programmieren und so einen toten Körper hinsichtlich seiner Temperatur manipulieren konnte.

Der rechtsmedizinische Routinier vom Landesinstitut, der auf über zwanzig Jahre Berufserfahrung mehr als Yao zurückblicken konnte, konnte zu ihrer großen Erleichterung ihre Überlegungen Punkt für Punkt nachvollziehen. Auch wenn sie Jörgensen nicht besonders gut kannte, spürte sie, dass der altgediente Facharzt am anderen Ende der Leitung aus dem Staunen nicht mehr herauskam.

Am Ende des Telefonats schlug Yao vor, dass sie unverzüglich Kontakt zu Monica Monti aufnehmen und sie über ihren Verdacht informieren würde. Selbstverständlich würden sie oder Monti Jörgensen über das weitere Vorgehen auf dem Laufenden halten.

† † †

47

Montag, 16. April, 8:45 Uhr,
Berlin-Charlottenburg, Keithstraße,
LKA, Kriminaltechnik

Jörgensen und Yao waren vor wenigen Minuten fast zeitgleich im LKA eingetroffen. Jetzt saßen sie gemeinsam mit Monti in einem der Arbeitsräume der in der Keithstraße ebenfalls untergebrachten Abteilung für IT-Forensik und Cyberkriminalität des LKA auf baugleichen Bürostühlen, zwischen ihnen ein Schreibtisch mit einem überdimensionierten Computermonitor. Der etwa zwanzig Quadratmeter große Raum erinnerte Yao an Sara Wittstocks Homeoffice in deren Wohnung in Reinickendorf. Der Raum war genauso abgedunkelt wie Saras Reich, nur mit dem Unterschied, dass hier keine bodentiefen Vorhänge das Tageslicht fernhielten, sondern der IT-Raum im Keller des LKA völlig fensterlos war und nur von dem bläulich-weißlichen Licht zahlreicher Monitore und einer einzelnen Schreibtischlampe erhellt wurde. Auch hier liefen armdicke Kabelbündel zwischen abwechselnd grün und rot blinkenden Server-Türmen, riesigen Rechnereinheiten und anderen elektronischen Geräten, deren Zweck Yao nur erahnen konnte, auf dem Fußboden und an den Wänden wie endlose dunkle Riesenschlangen hin und her. Die stickige Luft war erfüllt von einem durchgehenden elektronischen Surren.

Direkt an dem Schreibtisch mit dem überdimensionierten Monitor saß ein IT-Forensiker, den Monica Monti den beiden Rechtsmedizinern vor wenigen Minuten als Kevin Schaller vorgestellt hatte. Schaller erfüllte alle Klischees eines Computer-Nerds: der schmuddelige, von Fusseln übersäte Wollpullover, die abgetragene, viel zu weite Jeans, die ausgelatschten Crocs, in denen Kevin Schallers nackten Füße steckten, und der ungepflegte Vollbart sowie die überdimensionierte Brille, die Yao vom Stil her irgendwo in den frühen Achtzigern verortete. Jörgensen schien Ähnliches durch den Kopf zu gehen, so, wie er Schaller musterte.

Doch Kevin Schaller sollte sich als äußerst hilfreich für die folgenden Ermittlungsschritte und polizeilichen Entscheidungen herausstellen, die in den nächsten Stunden getroffen werden würden.

† † †

Zunächst ließ sich Schaller von Monti die Fragestellung schildern, die die drei Besucher zu ihm geführt hatte. Die beiden Rechtsmediziner informierten ihn daraufhin über die Auffindesituation und Todesumstände sowie die von ihnen vor Ort festgestellten Messwerte zu Umgebungstemperatur und Körpertemperatur von Melanie Kracht. Diese Informationen gab er zusammen mit den von Jörgensen im Rahmen der Untersuchung im Landesinstitut dokumentierten Messwerten von Körpergröße und Gewicht der Toten in die Maske seines Computerprogramms ein. Anhand der Tatort-Fotos der Kriminaltechniker, die Monica Monti mit sämtlichen Ermittlungsunterlagen zum Mordfall Kracht aus ihrem Büro mitgebracht hatte, verschaffte er sich einen Eindruck vom Badezimmer und dem Körperbau der Toten und gab auch hierzu Daten in sein Computerprogramm ein. Schließlich nickte er, er schien zufrieden. »Wir haben eigentlich nur eine Möglichkeit, uns der Frage zu nähern, wann die Frau noch lebte beziehungsweise wann sie nicht mehr lebte«, sagte Schaller mit einer Kopfbewegung in Richtung Monitor, wobei er Buchstaben- und Zahlenfolgen über die nervös blinkende Tastatur eingab und zwischendurch Icons in der Maske des Programms mit der Maus anklickte. »Wir wissen, dass die Verzerrung Ihrer Todeszeitberechnung«, er sah zu Yao und Jörgensen, »Ausdruck eines systematischen Fehlers sein könnte. Was allerdings nicht der Fall ist, da ich zu demselben Ergebnis komme.« Mit diesen Worten wandte er sich vom Monitor weg und ihnen zu.

»Da wir es bei der Abkühlung eines Leichnams mit einem thermodynamischen Prozess zu tun haben, muss man die möglichen wahrscheinlichen Abweichungen extrapolieren und so quasi die Berechnung umkehren. Nicht die Abkühlung, sondern die Erwärmung beziehungsweise Wiedererwärmung des Körpers der Toten ist der Schlüssel.«

Yao nickte. Aber nicht, weil sie verstand, was Schaller sagte, sondern vielmehr, weil sie wollte, dass er endlich zum Punkt kam.

Schaller nahm sich wieder der Tastatur und seines Programms an. »Die Datenbank mit Referenzwerten, auf die ich gerade zugreife, beruht auf dem Berechnungsansatz der *Likelihood Ratio* und benötigt ebenso wie andere binäre Modelle Vergleichswerte. Und die haben wir! Das Programm macht sich für die Modellberechnungen, die uns bei Ihrer Fragestellung weiterhelfen werden, aus den USA stammende postmortale Abkühlungskurven zunutze, die unter kontrollierten Bedingungen von einigen Hundert Verstorbenen mit bekannten Todeszeiten aufgezeichnet wurden. Diese Abkühlungskurven kann ich mit einem relativ einfachen binären Algorithmus quasi umkehren, was genau unseren Zweck erfüllt. Das habe ich gerade getan und von mir auf diese Weise modellierte Werte jetzt als Parameter definiert ...«

»Verstehen Sie irgendetwas von dem, was der Typ da gerade sagt?«, raunte Jörgensen Yao zu.

Sie zuckte als Antwort nur mit den Schultern, während der IT-Forensiker, untermalt von dem fortgesetzten Klackern seiner Finger auf der Tastatur, fortfuhr: »… und der Parameterraum wird zunächst im Rahmen eines Optimierungsprozesses durchlaufen, bis mir die bestmögliche Übereinstimmung zwischen modelliertem Profil vom Zustand der Totenstarre und der Totenflecken sowie die dazugehörige Todeszeit angezeigt wird. Das alles natürlich vor dem Hintergrund der Körpermaße der Toten und angenommenen Ausgangstemperaturen des Untergrunds, der mit verschiedenen Modellrechnungen aufgewärmt wird, in diesem Fall der Fliesenboden des Badezimmers. Natürlich nicht wirklich *aufgewärmt*, sondern nur in meiner Computersimulation hier.« Schaller deutete mit der linken Hand auf den Monitor, auf dem jetzt Zahlenfolgen schnell von oben nach unten liefen und anscheinend jeweils in einem errechneten Wert mündeten, der dann wie von Geisterhand in einer Tabelle am rechten Bildschirmrand eingefügt wurde. Sogleich begann das Zahlenwirrwarr auf dem Monitor von Neuem.

Jörgensen massierte sich mit beiden Händen das Gesicht, als versuchte er, ihm eine neue Form zu verleihen, was wahrscheinlich Ausdruck davon war, dass er lieber etwas Konstruktives beigesteuert hätte, anstatt nur dazusitzen und Beobachter zu sein. Monti schien es ähnlich zu gehen, denn sie rollte unverhohlen mit den Augen und blies sich zum wiederholten Mal energisch eine ihrer widerspenstigen Korkenzieherlocken aus der Stirn.

Unbeeindruckt fuhr Schaller fort: »Das ist der erste Schritt. Aber noch lange nicht alles! Mit meinem Berechnungsalgorithmus können während des Optimierungsprozesses die einzelnen Parameter gemäß den wahrscheinlichen Abweichungen gewichtet werden. Ach … und wussten Sie, dass die zugrunde liegenden Daten der verstorbenen Vergleichspersonen mit bekanntem Todeszeitpunkt und bekannten Umweltbedingungen in einer Klimakammer erhoben wurden? Das wäre bei uns unmöglich. Juristisch undenkbar. Das würde niemals erlaubt werden. Und die Amis machen das einfach!« Er war wirklich ganz und gar in seinem Element.

»Wie lange dauert das noch in etwa?«, unterbrach Monti ihn ungeduldig und zeigte auf den Monitor.

»Nicht mehr lange.« Unbeirrt setzte Schaller seinen Monolog fort. »Die Umgebungstemperatur wurde von den Amis auf die Temperatur des Ortes beziehungsweise der Örtlichkeit ihres Todes programmiert und während des gesamten Prozesses der Körperabkühlung konstant gehalten. Rektal- und Umgebungstemperaturen wurden minütlich gemessen. Aber weil das, wie ich schon sagte, ein thermodynamischer Prozess ist, muss man eben eine mögliche Verzerrung in Form eines systematischen Fehlers berücksichtigen, der dem Modell zugrunde liegen würde, wenn ich den Konfidenzintervallradius zu eng fasse. Doch das umgehe ich, indem ich die tatsächliche Wahrscheinlichkeit, dass der wahre Todeszeitwert im Fünfundneunzig-Prozent-Konfidenzintervall liegt, nur zugrunde legen werde, wenn … Ach, da haben wir ja das Ergebnis: Der Todeszeitpunkt liegt bei der Frau, um die es hier gerade geht, wenn wir verschiedene Modellrechnungen zur Temperatur des Untergrunds berücksichtigen, die der Realität sehr nahe kommen dürften, zwischen 4:03 und 5:27 Uhr, der Median bei 4:45 Uhr.«

Die Rechtsmediziner und die Erste Kriminalhauptkommissarin waren sprachlos. Lediglich das Surren der Server und Computer erfüllte den Raum.

Monti durchbrach schließlich das Schweigen: »Frau Kracht ist zwischen 4:03 und 5:27 Uhr verstorben. Das wollen Sie mir damit sagen?«

Schaller nickte.

»Da sind Sie sich sicher, Herr Schaller?«

»Wenn die Tote so hieß? Ja!«, war Schallers Antwort.

»Sie sind sich da ganz sicher?«, fragte Monti erneut.

»Ja. Warum? Bezweifeln Sie das?« Der IT-Forensiker klang so, als fühle er sich in seiner Berufsehre verletzt.

»Herr Schaller … Das, was wir hier gerade … Pardon, das, was Sie hier gerade herausgefunden haben mittels Ihres Programms … Ihrer ganzen Berechnungen … Das hat enorme Sprengkraft. Verstehen Sie das?«

Schaller nickte.

»Es tut mir leid«, insistierte Monti weiter. »Und wie sicher ist das mit Ihrer Todeszeitberechnung? Mit Ihrer … Simulation?«

»Todsicher, äh, Entschuldigung!« Schaller lächelte verlegen. »Es ist hundertprozentig, die Frau ist am 9. April vor 5:27 Uhr verstorben, Frau Monti.«

Jetzt schaltete sich Jörgensen ein: »Sie haben gesagt, der Median liegt bei 4:45 Uhr. Heißt das, das ist der Wert, der der wahren Todeszeit von Frau Kracht am nächsten kommt? Ich bin etwas verwirrt, weil wir mit unseren Nomogrammen zur Todeszeitberechnung immer den Mittelwert, nicht den Median berechnen.«

»Der Median ist nicht so anfällig für Ausreißer wie der Mittelwert. Deshalb bevorzugen wir den Median, wenn wir bei unseren Berechnungen nicht ausschließen können, dass sich irgendwo in unseren Modellrechnungen ein systematischer Fehler eingeschlichen haben könnte«, erwiderte Schaller. »Aber ganz genau wissen wir es, wenn Sie mir das Handy besorgen, auf dem sich Ihrer Theorie nach die App befindet, mit der die Fußbodenheizung gesteuert wurde. Das habe ich doch richtig verstanden, oder?«

Monti nickte wie in Trance, während ihre Augen immer größer zu werden schienen.

»Ich lese das aus«, fuhr Kevin Schaller fort, »gebe die Parameter hier in mein Programm ein und kann Ihnen ganz genau sagen, zu exakt welchem Zeitpunkt Frau Kracht zwischen 4:03 und 5:27 Uhr gestorben ist.«

Jetzt hielt Monti nichts mehr auf ihrem Stuhl. Sie sprang auf, stellte sich vor den etwas verschreckt wirkenden Schaller und legte ihm beide Handflächen auf die Schultern. Für einen Augenblick sah es so aus, als wollte sie ihn schütteln, was Schaller offenbar auch befürchtete, denn sein ganzer Oberkörper verkrampfte sich, und er drehte ausweichend das Gesicht zur Seite.

»Schaller, Sie sind entweder ein Genie, oder die Aktion hier kostet mich meinen Kopf und ich lande auch in so einem Kellerloch hier unten. Aber Sie haben mir eben die nächsten Ermittlungsschritte verraten. Wahrscheinlich, ohne es zu wissen. Mit Ihrer Hilfe bekomme ich auf jeden Fall einen Durchsuchungsbeschluss für Krachts Haus. Wir werden uns dort noch einmal ganz genau umsehen, mit besonderem Augenmerk auf die Fußbodenheizung im Badezimmer …« Mit diesen Worten trat Monti einen Schritt von dem immer noch erschrocken dreinblickenden IT-Forensiker zurück und sah zu Yao und Jörgensen. »Und gebe Gott, dass sich dort auch eine Fußbodenheizung findet. Außerdem werden wir Krachts Handy und alle anderen im Haus, in seinen Fahrzeugen und in seinen Praxisräumen befindlichen technischen Geräte beschlagnahmen – ob Tablets, PCs und womit man sonst noch eine App zur Steuerung einer Fußbodenheizung bedienen kann.« Monti schnappte sich ihre auf der Schreibtischplatte vor Schaller verstreuten Ermittlungsunterlagen und stürmte zur Tür. Es schien fast so, als habe sie ihre beiden Besucher aus der Rechtsmedizin völlig vergessen, aber dann machte sie plötzlich halt und drehte sich zu den beiden um: »Sabine, danke! Herr Doktor

Jörgensen, ebenfalls danke! Schaller, Sie sind ein Genie. Oder auch nicht. Das gilt es herauszufinden. Ich setze jetzt alles auf diese eine Karte. Entweder ich bekomme Kracht wegen Mordes an seiner Frau dran, oder es kracht gewaltig, und ich schiebe demnächst wie vor dreißig Jahren wieder Nachtschichten auf einem Revier. In ein paar Stunden wissen wir mehr. Ich melde mich.« Mit diesen Worten war die Ermittlerin auch schon verschwunden.

»Schönes Wortspiel mit Kracht und krachen lassen«, stellte Jörgensen trocken fest.

† † †

48

Montag, 16. April, 16:33 Uhr,
Berlin,
Treptowers, BKA-Einheit »Extremdelikte«,
Büro Dr. Sabine Yao

Der Montag hatte es in sich, einerseits, weil Yao das Gefühl hatte, als stünde die Zeit still, andererseits, weil sie angespannt und unruhig war, da sie es nicht erwarten konnte, dass sich Monica Monti bei ihr mit Informationen zu den neuesten Entwicklungen meldete. Die Rechtsmedizinerin hatte mehrfach in Erwägung gezogen, selbst die Initiative zu ergreifen und die Ermittlerin einfach anzurufen, es dann aber im letzten Moment doch nicht getan. Jörgensen schien es ähnlich zu gehen, denn er hatte seit 13:00 Uhr zwei fast wortgleiche SMS mit der Frage an sie abgesetzt, ob Yao Neuigkeiten im Fall Kracht gehört habe.

Yao war nach ihrer Rückkehr in die Treptowers zuerst zu Herzfeld marschiert, der zwar auf dem Sprung zu einem Termin im Innenministerium gewesen war, sich aber dennoch die Zeit genommen hatte, den Ausführungen seiner Stellvertreterin zu den neuesten Entwicklungen im Mordfall Kracht zu lauschen und auch bezüglich der beiden Todesfälle Reichenbach und Luckner, die Sara Wittstock mit dem Schönheitschirurgen in Verbindung gebracht hatte. Yao hatte akribisch die Ungereimtheiten aufgelistet, die ihr am Todesfall von Krachts früherer Lebensgefährtin Nadine Reichenbach und dem seines Geschäftspartners Collin Luckner aufgefallen waren – jeweils unter Verweis auf die entsprechenden Punkte der Ermittlungsunterlagen. Ihre Ausführungen zu beiden Fällen aus der Vergangenheit hatte sie jeweils mit einer kurzen Zusammenfassung und einem Fazit abgeschlossen. Am Ende standen die aus ihrer Sicht wichtigsten Fragen, denen aus rechtsmedizinischer Sicht mit Priorität nachgegangen werden sollte, falls die Fälle neu aufgerollt würden.

Ihre Aufzeichnungen, die daher mehr einem rechtsmedizinischen Gutachten als bloßen Notizen ähnelten, hatte sie noch am Vortag Monica Monti zukommen lassen, nachdem sie dieser ihre und Jörgensens Überlegungen bezüglich einer Manipulation der Todeszeit durch eine wie auch immer gesteuerte oder programmierte Fußbodenheizung berichtet hatte.

Entgegen Yaos Befürchtung, Herzfeld werde ihr vorwerfen, ihre Kompetenzen mit ihrem eigenmächtigen Handeln deutlich überschritten zu haben, schien ihr Chef regelrecht angetan von dem, was sie ihm in der Kürze der Zeit berichtete, auch wenn er aufgrund seines anstehenden Termins kurz angebunden war.

Nun konnte sie sich weder auf die Korrektur des bereits fertig geschriebenen, aber noch nicht von ihr redigierten Sektionsprotokolls noch auf die Erstellung eines Vortrags, den sie in der kommenden Woche bei der Ärztekammer halten sollte, konzentrieren. Sie versuchte daher, Sara Wittstock zu erreichen, um ihr von den Neuigkeiten zu berichten. Da diese nicht ans Telefon ging, fuhr Yao schließlich mit dem Fahrstuhl in den im Erdgeschoss gelegenen Sektionstrakt, wo Murau eine äußere Leichenschau zu Lehrzwecken für angehende BKA-Beamte durchführte. Seine Ausführungen und die damit verbundenen Anekdoten und Rezitationen waren meist ein echtes Spektakel. Ein Spektakel, von dem sie sich etwas Ablenkung versprach, bis sich Monti hoffentlich endlich melden würde.

† † †

49

Montag, 16. April, 16:49 Uhr,
Berlin, Treptowers, BKA-Einheit »Extremdelikte«,
Sektionssaal

Als die stellvertretende Abteilungsleiterin den Sektionssaal betrat, dozierte Doktor Alfons Murau von der Längsseite eines Sektionstischs aus, auf dem der unbekleidete Leichnam einer jüngeren Frau lag. Yao schätzte sie auf Anfang bis Mitte dreißig. Auf der anderen Seite des Sektionstischs standen sieben jüngere Frauen und Männer, allesamt in grünen Einmalkitteln aus Papiergarn und mit blauen Einweg-Überziehschuhen an den Füßen.

Murau, der die übliche blaue Sektionssaalkleidung, Gummistiefel und an den Händen beige Einweghandschuhe trug, hatte offensichtlich gerade einen theoretischen Exkurs über sichere Todeszeichen beendet, denn jetzt zeigte er auf zwei jüngere Männer und sagte: »Sie und Sie, wenn S' die Freundlichkeit besitzen würden und amoi vortreten. Kommen S' zu mir herüber. Sie kennan ma helfen, die Leichenflecken amoi genauer zu demonstrieren.« Nachdem die beiden einen erstaunten Blick ausgetauscht hatten, traten sie zu Murau auf die andere Seite des Sektionstischs. Der Facharzt für Rechtsmedizin zeigte den beiden Männern kurz, wo sie die Tote packen und dann zu sich auf ihre rechte Körperseite ziehen sollten – der eine mit der linken Hand an den Fersen und der rechten am Gesäß der Toten, der nun links von ihm stehende Kollege mit beiden Händen an der linken Schulter –, umrundete dann den Tisch und stellte sich zu der Gruppe der dort stehenden jungen Beamten, deren Anspannung und Nervosität fast zu greifen war.

»Jetzt andrahn«, forderte Murau sie auf, und die beiden Männer taten, wie ihnen geheißen. Yao gesellte sich zu der kleinen Gruppe. Murau begrüßte sie mit einem breiten Lächeln und einem »Grüß Gott, na hawidere« in breitem Wiener Dialekt.

»Ich bin nur Zaungast, lassen Sie sich von mir nicht ablenken.« Yao erwiderte sein Lächeln.

Der österreichische Assistenzarzt wandte sich wieder den jungen BKA-Beamten neben ihm zu: »Wos Sie hier sehen«, dabei deutete er auf die flächenhaften Verfärbungen an der Körperrückseite der Toten, die überwiegend dunkelviolett, im Randbereich etwas heller waren, »... san die Totenflecke. Nachdem das Herz unwiederbringlich aufghört hot zu schlogn, wird a ka Blut mehr durch die Gefäße des Blutkreislaufs gepumpt. Ergo sackt des Blut, das sich ja immer noch in den Blutgefäßen befindet, entsprechend der Schwerkroft ab. Kennan mir noch alle foign?«

Die Angesprochenen nickten zurückhaltend. »Des erste Moi, dass S' a Leiche sehen?«, fragte Murau in die Runde.

Wieder zurückhaltendes Nicken.

»Na guat, vielleicht akklimatisier' ma uns erst amoi.«

Yao wusste nur zu gut, was gleich folgen würde. Mit der Oberseite seiner in den Plastikhandschuhen steckenden Händen fing Murau an, sich die Schläfen zu massieren, was weder in der morgendlichen Frühbesprechung noch im Sektionssaal ein gutes Zeichen war, jetzt aber für Yao die von ihr erhoffte Ablenkung versprach. Und prompt begann der österreichische Assistenzarzt auch schon mit geschlossenen Augen in weichem Wiener Singsang und mit ungewöhnlich hoher Stimme einen Vers zu rezitieren:

»*Wer allein ist, ist auch im Geheimnis, / immer steht er in der Bilder Flut, / ihrer Zeugung, ihrer Keimnis, / selbst die Schatten tragen ihre Glut.*«

Muraus Schützlinge schienen ob der Darbietung des Doktors der Forensik nicht zu wissen, ob das wirklich sein Ernst war oder schlicht ein Versuch, sie im Sektionssaal aus der Fassung zu bringen. Sie schienen unsicher, ob sie andächtig lauschen oder den Österreicher schlichtweg für verrückt erklären sollten. Gerade hörte Yao Murau wieder mit seiner gewöhnlichen Stimme sagen: »Die erste Strophe von Gottfried Benns *Wer allein ist*«, als ihr Handy in ihrer Hosentasche zu vibrieren begann. Es war Monica Monti.

† † †

Yao verließ eilig, das vibrierende Handy in der Hand, den Sektionssaal. Sie ging durch den Gang, an den Umkleiden und dem Computertomografie-Raum vorbei, dem Bereich, in dem der Handyempfang aufgrund der vorgeschriebenen baulichen Strahlenschutzmaßnahmen nur unzulänglich war. Dann bog sie, mittlerweile im Laufschritt, nach links ab – dabei immer einen Blick auf den einzigen Balken in der rechten oberen Ecke ihres Mobiltelefons, der ihr signalisierte, dass das Mobilfunksignal nur sehr schwach war. Schließlich erreichte sie die zweiflügelige Stahltür im Erdgeschoss, die lediglich der Anlieferung und Abholung von Verstorbenen diente. Sie öffnete die nur von innen über ein elektronisches Türschloss zu öffnende Sicherheitstür mit einem Transponder-Chip, der an ihrem Schlüsselbund hing, und fast geräuschlos schwangen die beiden Stahlflügel auf.

Draußen, in der Einfahrt, die üblicherweise nur von Leichenwagen genutzt wurde, empfing sie angenehm frische Luft.

»Monica!«, nahm Yao jetzt den Anruf atemlos entgegen.

»Hallo, Sabine. Sorry, bei mir war viel los, wie du dir sicher denken kannst.«

»Alles gut. Erzähl!«

»Die Kurzversion – wir haben Professor Roderich Kracht wegen dringenden Tatverdachts des Mordes an seiner Ehefrau Melanie Kracht verhaftet!«

Yao wurde schwindelig. Sie wusste, dass dieser Umstand, zumindest zum jetzigen Zeitpunkt, fast ausschließlich ihrer Initiative und Beharrlichkeit zu verdanken war. Dass sie den Grundstein für Krachts Verhaftung gelegt hatte. Diese Erkenntnis ließ ihr die Beine wegsacken, und sie musste sich an der Betonmauer abstützen, die auf der einen Seite des BKA-Gebäudes die Zufahrt zur Leichenanlieferung begrenzte.

Diese blickdichte Begrenzung war notwendig, um den dort stattfindenden An- und Abtransport der Verstorbenen, die allesamt eines gewaltsamen Todes gestorben waren, gegen neugierige Blicke oder gar Kameras von Journalisten von der nur dreißig Meter entfernten, öffentlich zugänglichen Spreebrücke aus abzuschirmen.

In einer Hand das Handy am Ohr, mit der anderen sich an der kalten Betonmauer abstützend, fand Yao die Sprache wieder und fragte, immer noch ein wenig atemlos: »Und die Langversion? Magst du mir die auch erzählen?«

»Ist lang ... aber ich versuche mal, *long story short* zu machen. Von der Abteilung für Kapitaldelikte der Staatsanwaltschaft habe ich mir die Genehmigung zur Durchsuchung sämtlicher Privaträume und Geschäftsräume von Kracht besorgt. Mit der Begründung *Gefahr im Verzug wegen drohendem Beweismittelverlust* und zum Zwecke der Auffindung und Sicherstellung aller technischen Geräte von Kracht, die zur Bedienung von Apps infrage kommen. Gerade mal eine Stunde nach unserem Treffen heute Morgen waren wir mit vier Teams jeweils vor Ort.«

Yao wusste, dass eine Hausdurchsuchung eigentlich nur

von einem Richter angeordnet werden konnte, es aber durchaus Möglichkeiten für die Strafverfolgungsbehörden gab, das Prozedere zu beschleunigen, so, wie es Monica Monti getan hatte, und sich somit einen Zeitvorteil zu verschaffen. Gerade bei Kracht war dies nicht nur ein geschickter Zug der Leiterin der Soko »Nikolassee«, sondern definitiv auch die zwingende Voraussetzung gewesen, um diesem Ermittlungsschritt zum gewünschten Erfolg zu verhelfen. Denn durch Krachts gute Vernetzung innerhalb der verschiedenen Berliner Behörden wäre es wohl nur eine Frage der Zeit gewesen, bis er schon im Vorfeld von der bevorstehenden Durchsuchung seines Privathauses und seiner Klinikräume erfahren hätte, weil ihm jemand die Information gesteckt hätte.

Und dann hätte er Zeit gehabt, mögliches Beweismaterial zu vernichten …

»Wir sind zeitgleich bei ihm zu Hause in Nikolassee und in dem Hauptsitz der *Corpore Sano* in Lichterfelde und in den beiden Dependancen seiner Klinik aufgeschlagen. Ich war mit allen verfügbaren Kräften der Vierten bei Kracht in der Klinik in Lichterfelde, weil wir herausgefunden hatten, dass er sich dort aufhält. Seibel von der Fünften und sechs seiner Leute waren in Krachts Villa in Nikolassee. Die anderen beiden Teams im Roseneck und am Ku'damm«, fuhr die Erste Kriminalhauptkommissarin am anderen Ende fort, »Wir haben alles eingesammelt, was auch nur im Entferntesten für WLAN und die Bedienung von Apps infrage kommt. Insgesamt handelte es sich um vierzehn Tablets, neun Laptops, sechzehn PCs und vier Mobiltelefone. Wobei der Großteil natürlich in den Praxisräumen sichergestellt wurde und fraglich ist, ob Kracht überhaupt je selbst an den Geräten dran war …«

»Gibt es im Badezimmer von Krachts Villa denn nun eine

Fußbodenheizung?«, unterbrach Yao die Ermittlerin ungeduldig, diese Frage brannte ihr seit den frühen Morgenstunden des Vortags unter den Nägeln wie keine andere.

Abgesehen von der Frage, ob Kracht tatsächlich an der Todeszeit seiner Frau manipuliert hat, und natürlich, ob er sie getötet hat …

»Ja, da gibt es eine Fußbodenheizung, Sabine. Volltreffer!! Aber es wird noch besser, warte es ab. Ich bin noch nicht fertig …«

»Tut mir leid, Monica, ich wollte dich nicht … Sprich bitte weiter.«

»Wir haben das ganze technische Zeugs jedenfalls da rausgekarrt, während Kracht in seiner Klinik in Lichterfelde am Operieren war. Er hat natürlich innerhalb kürzester Zeit mitbekommen, dass wir zu Besuch sind, also stürmte er mit OP-Haube und blutigen Handschuhen auf uns los. Hätte nur noch gefehlt, dass er mit einem Skalpell in der Luft rumgefuchtelt hätte. Der ist schier ausgerastet. Hat mir und den Kollegen gedroht, wir würden alle bei der Polizei hochkant rausfliegen, unsere Beamtenpensionen verlieren und so weiter. Der hat gebrüllt, das kannst du dir nicht vorstellen! Wenn bis zu diesem Zeitpunkt noch irgendjemand in der Klinik nicht mitbekommen hatte, dass wir da waren, wusste es nun spätestens jeder. Ich habe Kracht noch im OP-Flur festgenommen.«

»Was hat er zu seiner Verhaftung gesagt?«

»Jetzt, Sabine, kommt der Teil, der noch besser wird. Ich hatte ja zu diesem Zeitpunkt noch gar keinen Haftbefehl«, berichtete Monti weiter. »Eine *Verhaftung* war das da also überhaupt noch nicht. Nur eine *vorläufige Festnahme*. Auch wenn der Akt an sich identisch ist, konnte ich ihn in diesem Moment nur wegen Fluchtgefahr *vorläufig festnehmen*. Denn ich hatte da letztlich noch überhaupt nichts gegen ihn in der Hand, was einer richterlichen Überprüfung standgehalten hätte. Es stand noch alles auf Messers Schneide. Es war gut möglich, dass er ein paar Stunden später mit seinem Anwalt bei uns rausmarschiert. Denn …«

Yao spitzte die Ohren.

»… für einen Haftbefehl benötige ich Haftgründe. Die hatte ich aber noch nicht, nur die Genehmigung der Durchsuchung durch den Staatsanwalt. Konkrete Haftgründe sollten sich ja auch erst aus dem Ergebnis unserer Durchsuchung und der Sicherstellung seiner technischen Geräte ergeben. Knappe drei Stunden später hatten wir das gesamte technische Gerät aus Nikolassee und den Praxisräumen in der Keithstraße bei unseren Spezialisten für IT-Forensik und Cyberkriminalität, die selbstverständlich die ganze Zeit schon auf Stand-by waren. Schaller und sein Kellerreich hast du ja heute Morgen live erlebt … Ich habe die Aktion so geräuschlos und schnell wie möglich durchgezogen, damit mir mein Dezernatsleiter auf Anordnung von ganz oben keinen Knüppel zwischen die Beine wirft. Du weißt ja, Kracht ist extrem einflussreich.«

Yao war beeindruckt. Auch wenn sie die Einzelheiten noch nicht kannte, die zum dringenden Tatverdacht gegen Kracht wegen Mordes an seiner Ehefrau geführt und den Haftbefehl gerechtfertigt hatten, war ihr klar, dass der Erfolg dieser Aktion nur der Entschlossenheit, dem Selbstbewusstsein und einer gehörigen Portion Mut von Monica Monti zu verdanken war, die damit wieder einmal ihrem Ruf gerecht geworden war. Die Ermittlerin hatte nicht übertrieben, als sie kurz zuvor noch betont hatte, dass zwischenzeitlich alles auf Messers Schneide stand.

»Aber es geht noch weiter. Jetzt kommt meine Lieblingsstelle …«, erklang Montis Stimme und riss Yao aus ihren Gedanken.

Der Leiterin der Soko »Nikolassee« schien es große Freude zu bereiten, die jüngsten Ereignisse noch einmal zu rekapitulieren.

»Schaller und seine Jungs bekommen also die von uns in durchsichtigen Asservatenbeuteln sichergestellten Geräte – natürlich im Flugmodus, damit niemand von extern darauf noch was löschen kann. Zuerst haben sich die IT-Forensiker die beiden Handys von Kracht vorgenommen, die wir in seinem Garderobenschrank in der Klinik gefunden haben– eines wohl überwiegend privat genutzt, eins hauptsächlich für seine beruflichen Kontakte. Außerdem die zwei Tablets, die Seibel und Co in seiner Villa eingesackt haben. Und jetzt kommt's … Schaller hat keine Stunde benötigt, um auf Krachts Privathandy fündig zu werden. Der Mann hat zwar die App gelöscht, mit der er verschiedene Smart-Home-Funktionen in seinem Haus steuern kann, aber Schaller hat das in null Komma nichts rekonstruieren können, weil Kracht das erst vor einer Woche gelöscht hat. Und zwar exakt am Todestag seiner Frau …«

»Und?«, fragte Yao aufgeregt. »Was hat Schaller gefunden? Ich meine …«

»Zumindest genug, dass es für einen Haftbefehl gegen Kracht gereicht hat. Aber der Reihe nach: Was wir bisher wissen, ist, dass Krachts Handy am Todestag seiner Frau zwischen 7:30 und kurz vor 13:00 Uhr in der Funkzelle des seiner Klinik in Lichterfelde zugeordneten Mobilfunkmasts eingeloggt war. Um exakt 8:26 Uhr wurde auf Krachts Handy über die Smart-Home-App die Fußbodenheizung in seiner Villa in Nikolassee aktiviert. Es gab einen, wie sich Schaller ausdrückte, *Temperatur-Peak* von dreiunddreißig Grad, der sich zwischen ungefähr 8:30 Uhr und 13:00 Uhr aufbaute und sich dann wieder der üblichen Raumtemperatur im Badezimmer von dreiundzwanzig Grad Celsius annäherte …«

»… und deshalb habe ich im Badezimmer am späten Nachmittag, so gegen 17:30 Uhr, eine Raumtemperatur von dreiundzwanzig Grad Celsius über Bodenniveau gemessen im Rahmen meiner Untersuchungen zur Todeszeiteinschätzung«, führte Yao den Satz zu Ende.

»Correttamente«, kommentierte Monti. »Das ist korrekt. Und das erklärt, warum die Totenstarre bei Melanie Kracht entgegen jeder Gesetzmäßigkeit nicht wieder eingetreten ist, weil …«

»… unsere Todeszeit nicht stimmte. Nicht stimmen konnte, da der Körper von Melanie Kracht postmortal durch die Fußbodenheizung wieder aufgewärmt wurde und wir somit eine nicht den realen Gegebenheiten entsprechende Rektaltemperatur bei unserer Todeszeitberechnung zugrunde legten.«

»Correttamente, Sabine. So ist es. Die Verdachtsmomente gegen Kracht sind erdrückend. Was wir jetzt aber noch benötigen, sind Beweise. War es Kracht, der die Fußbodenheizung im Badezimmer in Nikolassee um kurz vor 8:30 Uhr per App auf seinem Handy hochgedreht hat? Krachts G-Klasse wurde ausweislich der Auswertung des Navis des Fahrzeugs nach dem Besuch des Fitnessclubs am Wannsee nach Lichterfelde in Krachts Klinik bewegt, wo der Wagen bis kurz vor 13:00 Uhr stand. Und wie die Kameraaufnahmen des Nachbarn belegen, saß er frühmorgens am Steuer, als er sein Wohnviertel verließ. Ergo war er in der Klinik, als die App gestartet wurde. Bisher sind es nur Indizien, die Kracht überführen. Eine schöne Indizienkette, könnte man sagen. Unser Job ist es jetzt, das Ganze in den kommenden Tagen zu einer Beweiskette zu machen, die auch vor Gericht Bestand hat. Der dringende Tatverdacht besteht, ja. Aber Krachts Anwalt wird definitiv sehr zeitnah eine Haftprüfung beantragen. Bis dahin müssen wir …«

»Entschuldige, dass ich dich schon wieder unterbreche, Monica. Aber hat Kracht nicht sowieso sofort seinen Anwalt angerufen, als er merkte, dass sich die Schlinge um seinen Hals zuzieht?«

»Natürlich hat er das. So was von *subito,* da war er aber schon in Handfesseln.«

Yao meinte kurz, am anderen Ende der Leitung einen Laut zu vernehmen, der sich nach tiefer Genugtuung anhörte, und musste ebenfalls zufrieden grinsen.

»Aber sein Anwalt war nicht erreichbar, der saß nämlich in einer Gerichtsverhandlung, wie seine Assistentin Kracht am Telefon mitteilte. Die Kanzlei hat ihm einen anderen Anwalt schicken wollen. Aber eben nicht seinen. Da ist Kracht erneut ausgerastet. Und stell dir vor, Sabine, der Typ hat Humor, weißt du, was Kracht in den Telefonhörer gebrüllt hat?«

»Sag du es mir«, antwortete Yao gespannt.

»Machen Sie gefälligst Ihren Scheißjob und holen Sie ihn aus dieser verdammten Verhandlung raus, oder ihr Arschgeigen in der Kanzlei könnt euch in Zukunft euer Honorar selbst überweisen!«

Autsch, dachte Yao.

»Aber noch ganz kurz, um die Sache abzuschließen, Sabine. Ich habe gesagt, wir brauchen jetzt handfeste Beweise. Denn Krachts Anwalt wird sicherlich schon die Messer wetzen. Bis es zur Haftprüfung kommt, müssen wir liefern. Und dazu brauchen wir dich und Jörgensen. Euer beider Expertise benötige ich auch zu den drei anderen Todesfällen, die eine Verbindung zu Kracht aufweisen und die wir uns jetzt ganz genau vornehmen: Diakovska, Reichenbach und … wie hieß der …«

»Luckner!«, sprang Yao der Ermittlerin zur Seite.

»Richtig, Luckner. Danke, Sabine. Du bist in den nächsten Tagen in Berlin? Bist für uns verfügbar? Ich würde dich und Jörgensen gerne als Unterstützung in die Soko holen.«

»Jederzeit«, erwiderte Yao, die sich nicht nur geschmeichelt fühlte, sondern es tatsächlich kaum abwarten konnte, ein Teil der weiteren Ermittlungen gegen den Schönheitschirurgen zu sein. Und irgendwie, musste sie sich eingestehen, wurde der Mord an Melanie Kracht zunehmend so etwas wie eine persönliche Angelegenheit für sie. Krachts Temperaturmanipulation hatte dazu geführt, dass sie die Todeszeit falsch berechnet hatte. Er hatte sie in ihrem heiß geliebten und akribisch ausgeführten Kompetenzgebiet an der Nase herumgeführt.

Es wird persönlich. Ob das gut oder schlecht ist, wird sich zeigen.

»Ich stehe parat, Monica.«

»Danke dir. Lass mich dir noch kurz berichten, wie es dann weiterging. Aus unserem *Anfangsverdacht* wurde aufgrund von Schallers Auswertung der wiederhergestellten App-Daten auf Krachts Handy innerhalb kürzester Zeit ein *dringender Tatverdacht*. Er wurde dem Haftrichter vorgeführt, der ohne Umschweife Untersuchungshaft wegen Fluchtgefahr angeordnet hat. Ich bin froh, dass alles so glatt gelaufen ist.«

»Ich gratuliere dir, Monica. Du hast großartige Arbeit geleistet. Ich bin auch froh, dass es so glatt gelaufen ist.«

Vielleicht zu glatt, ergänzte Yao in Gedanken.

† † †

50

Dienstag, 17. April, 9:07 Uhr,
Berlin-Charlottenburg, Keithstraße,
LKA, großer Lagebesprechungssaal

Der große Besprechungssaal im ersten Stock des LKA-Gebäudes in der Keithstraße war mehr als nur imposant.

An der Stirnseite des etwa hundertfünfzig Quadratmeter großen Raumes befand sich eine kleine Erhöhung von etwa zwölf Quadratmeter Fläche, ähnlich einer Bühne, aber viel niedriger. Darauf stand ein Rednerpult aus dunklem Edelholz, links und rechts dahinter waren jeweils über zwei Meter lange Fahnenstangen in den Ecken postiert, die Deutschlandfahne an der einen und eine Berlinfahne an der Stange auf der anderen Seite, deren Stoffflächen eine beachtliche Größe aufwiesen. An drei Wänden des Raumes waren Wandvertäfelungen aus dunklem Edelholz angebracht, mit aufwendigen Intarsienleisten innerhalb der Verkleidung und mit schmuckvollen Zierleisten zum Deckenabschluss hin. Die vierte Wand bestand aus einer Fensterfront, die von zahlreichen, mehrere Meter hohen antiken Sprossenfenstern gebildet wurde. Beim Blick nach oben sah man eine eindrucksvolle Kassettendecke aus beigem Stuck.

Monica Monti hatte für 9:00 Uhr an diesem Morgen die gesamte Soko »Nikolassee« einberufen. Diese war am Vorabend noch um diverse Personen erweitert worden, da es nicht mehr nur um den Mord an Melanie Kracht, sondern um weitere mögliche Gewaltverbrechen ging, verübt von niemand Geringerem als dem weit über die Berliner Stadtgrenze hinaus bekannten und bis zum Morgen des Vortags noch über jeden Zweifel erhabenen Berliner Schönheitschirurgen Professor Doktor Roderich Kracht.

Und auch Yao war am Morgen vom LKA-Leiter offiziell in die Soko »Nikolassee« berufen worden. Das hatte ihrem Chef Paul Herzfeld einerseits geschmeichelt, weil seine Stellvertreterin maßgeblich an der Zerstörung von Krachts Alibi beteiligt gewesen war, andererseits wollte er aufgrund der Personalknappheit in seiner Abteilung nur ungern auf eine erfahrene Mitarbeiterin verzichten. Als Kompromiss hatten er und Yao sich darauf verständigt, dass die Soko »Nikolassee« für Yao in den nächsten Tagen oder womöglich auch Wochen Priorität habe, sie sich aber als Back-up für die Abteilung bereithalten werde und, falls notwendig, im Sektionssaal der »Extremdelikte« unterstützte.

Bei Yaos Eintreffen vor etwa zwanzig Minuten hatten vor dem Eingang des LKA-Gebäudes bereits mehrere Kamerateams darauf gelauert, Schnappschüsse und Filmmaterial zu ergattern im Zusammenhang mit dem Mordfall, der seit dem gestrigen Abend die Berliner Presse und Medienlandschaft beherrschte. Reporter mit Mikrofonen und Zeitungsjournalisten hatten jeden, der das weit über einhundert Jahre alte Gebäude betrat oder verließ, gespannt gemustert, in der Hoffnung, Informationen zum Mordfall Kracht abgreifen oder gar vertrauliche Neuigkeiten erfahren zu können.

Yao war erleichtert gewesen, dass sich die Pressemeute bei ihrer Ankunft auf eine Dreiergruppe stürzte, die das Gebäude gerade verließ. So konnte sie unbehelligt das von zwei hohen Steinsäulen gesäumte Eingangsportal passieren, das ebenso wie die hellgraue Backsteinfassade und die riesigen Rundbogenfenster an eine Kirche erinnerte.

Der dunkel getäfelte Besprechungssaal war mit drei Dutzend in acht Reihen hintereinander angeordneten Holztischen und um die sechzig bis achtzig Stühlen, so schätzte

Yao, möbliert. Etwa die Hälfte war mittlerweile besetzt, aber auch jetzt, einige Minuten nach dem geplanten Beginn der Besprechung, trafen immer noch vereinzelt Personen ein.

Yao hatte bewusst einen Tisch in der hinteren Reihe gewählt, um das Geschehen in Ruhe und mit einem gewissen Abstand zu verfolgen.

Neben Monica Monti und Doktor Lars Jörgensen waren noch etwa dreißig Personen im Raum anwesend, von denen Yao kaum jemanden kannte.

Mit Jörgensen hatte Yao nach ihrer Ankunft ein paar Worte gewechselt, bis dieser von einer Gruppe gleichaltriger Männer, definitiv LKA-Beamte, lautstark begrüßt und sofort in Beschlag genommen worden war und zur vordersten Tischreihe geführt wurde. Unter den wenigen bekannten Gesichtern an diesem Morgen war außerdem Kriminaloberkommissar Akpinar, der Yao von seinem Platz vier Reihen vor ihr freundlich zugelächelt und mit der Hand zum Gruß gewinkt hatte. Auch den Kriminaltechniker Burkhard Henßge, dessen Bekanntschaft sie vor acht Tagen am Tatort in Nikolassee gemacht hatte, konnte sie ein paar Reihen vor sich ausmachen. Seitlich vor ihr saß IT-Forensiker Kevin Schaller, der gerade umständlich seine überdimensionierte Brille putzte und dabei mit seinen kurzsichtigen Augen zu Yao blickte, sie aber offensichtlich nicht erkannte, da er ihren stummen Gruß in keiner Form erwiderte.

Nun ging Monti nach vorne in Richtung der bühnenartigen Erhöhung, und der Großteil der Augenpaare der Anwesenden richtete sich auf sie. Das Stimmengewirr ließ schlagartig nach und ging in ein Raunen und Flüstern über. Als sich Monti vor der Erhöhung an der beflaggten Stirnseite des Raumes aufgestellt hatte, kehrte gänzlich Ruhe ein.

»Kolleginnen und Kollegen. Uns ist gestern ein großer Fahndungserfolg gelungen, der nicht ohne das Zutun aller hier Anwesenden möglich gewesen wäre …« Die Leiterin der vierten Mordkommission sah mit einem anerkennenden Kopfnicken in die Runde und klatschte ihren Zuhörerinnen und Zuhörern zu, woraufhin aus dem Auditorium ebenfalls Applaus aufbrandete. »Aber, Kolleginnen und Kollegen«, fuhr sie jetzt mit lauter Stimme fort, wobei sie mit beiden Handflächen eine beschwichtigende Handbewegung in Richtung ihrer Zuhörerschaft machte und der Applaus sofort wieder abebbte, »das LKA 1 hätte das definitiv nicht ohne Unterstützung durch die Rechtsmedizin geschafft. Deshalb möchte ich den hier anwesenden Kollegen von der Rechtsmedizin, Frau Doktor Sabine Yao vom BKA und Doktor Lars Jörgensen vom Landesinstitut – Letzteren werden die meisten der hier Anwesenden kennen –, meinen tiefsten Dank und meine Anerkennung für ihr rechtsmedizinisches Gespür aussprechen!«

Wieder applaudierten die Anwesenden, und einige Köpfe drehten sich nach hinten in Yaos Richtung, manche steckten kurz die Köpfe zusammen und begannen zu tuscheln.

»Sabine, stehst du bitte kurz auf, damit die Kollegen dich mal sehen?«, wandte sich Monti jetzt direkt an Yao.

Oh, nein, bitte nicht, ich hasse es, im Mittelpunkt zu stehen …

Yao schob ihren Stuhl etwas zurück und erhob sich dann von ihrem Platz. Glücklicherweise trug sie heute eines ihrer Lieblingsoutfits, in dem sie sich besonders wohl und sicher fühlte: ein schwarzes, klassisch geschnittenes Baumwollkleid, das sie ein Vermögen gekostet hatte, trotz oder wegen seiner Schlichtheit, das galt es noch zu klären … Sie lächelte zurückhaltend in die große Runde und machte in verschiedene Richtungen die Andeutung einer leichten Verbeugung. Als sie sich wieder setzte, erschien ihr dieses Verhalten völlig albern, und sie ärgerte sich, dass in Stresssituationen die chinesische Erziehung ihres Vaters immer noch durchkam.

Auch wenn ihr diese Aufmerksamkeit unangenehm war, konnte sie nachvollziehen, dass es durchaus sinnvoll war, wenn die Anwesenden ihren Namen und ihre Funktion mit einem Gesicht verbinden konnten. Im Lauf der nächsten Tage würde sie mit den verschiedensten Mitgliedern der hier versammelten Soko zu tun haben, wenn es um die rechtsmedizinische Beurteilung des Todes von Daria Diakovska und der beiden deutlich länger zurückliegenden Todesfälle Reichenbach und Luckner ging. Und schließlich war es Fakt, dass bis auf die drei oder vier Personen im Raum, die sie persönlich kannten, niemand hier vorher schon mal ihren Namen gehört hatte. Dies war dem Umstand geschuldet, dass es nur selten Berührungspunkte zwischen den BKA-Rechtsmedizinern der »Extremdelikte« und den Beamten des LKA 1 gab, da die Mordkommissionen des LKA 1 bei Tötungsdelikten in der Regel auf die Rechtsmediziner der beiden Berliner rechtsmedizinischen Institute, des Landesinstituts für gerichtliche und soziale Medizin und des Instituts für Rechtsmedizin der Charité, zurückgriffen und nicht auf die Rechtsmediziner des BKA. Deren originäres Aufgabenfeld war die Untersuchung der Opfer von Extremdelikten wie terroristischen Anschlägen, Serienmorden, Ritualmorden oder auch Verbrechen im Zusammenhang mit Organisierter Kriminalität oder Kapitaldelikten, die das Potenzial hatten, internationale Verwicklungen nach sich zu ziehen.

Jörgensen bedurfte hingegen keinerlei Vorstellung, da er als einer der Rechtsmediziner des Landesinstituts mit den meisten Berufsjahren so ziemlich jedem im LKA 1 bekannt war.

Monti begrüßte nun den Vertreter der Staatsanwaltschaft,

Oberstaatsanwalt Bodo von Lürssen, und bat ihn zu sich nach vorne.

Von Lürssen, ein hagerer Mann Mitte oder Ende fünfzig mit stahlgrauem, vollem Haar, in einem perfekt sitzenden dunkelgrauen Maßanzug und mit fliederfarbener Krawatte zum weißen Hemd, trat nach vorne und beglückwünschte zunächst ebenfalls alle Anwesenden zu ihrem Ermittlungserfolg. Dann aber mahnte er eindringlich, dass sie noch lange nicht am Ziel seien, auch wenn die Indizienlast gegen Kracht erdrückend, aber für eine Anklageerhebung wegen Mordes zum jetzigen Zeitpunkt eben noch nicht ausreichend sei. Zudem habe Krachts Anwalt bereits Haftprüfung beantragt, und er rechne mit einer zusätzlichen Schwadron von Konfliktverteidigern, die sich höchstwahrscheinlich bereits in Position brächten und ihm und allen anderen in der Ermittlungsbehörde das Leben schwer machen würden. Er betonte, dass er Wert auf eine totale Nachrichtensperre lege. Sämtliche Kommunikation mit Pressevertretern habe ausschließlich über die Pressestelle der Staatsanwaltschaft, nicht über die des LKA zu erfolgen. Wobei er zu gegebener Zeit die Pressevertreter zu einer Pressekonferenz einladen werde, ergänzte von Lürssen und setzte sich wieder auf seinen Platz in der ersten Reihe.

Nun kam der Chef der Abteilung für IT-Forensik und Cyberkriminalität des LKA nach vorne. Der direkte Vorgesetzte von Kevin Schaller, dessen Name Yao akustisch aber nicht verstand. Der Mann zeigte mit grimmiger Miene anhand einer PowerPoint-Präsentation, wie letztlich die Auswertung der App auf Krachts Handy den dringenden Tatverdacht gegen den Schönheitschirurgen begründen konnte und warum das Ergebnis dieser Untersuchung als gerichtsfest zu erachten sei. Bei letzterem Punkt blickte der IT-Spezialist zu Oberstaatsanwalt von Lürssen und erntete ein anerkennendes Kopfnicken. Angesichts der nun folgenden Erläuterungen, was aus IT-Sicht noch weiter in Angriff zu nehmen sei, schien er um einiges besser gelaunt als noch gerade zuvor. Allerdings konnte Yao den Ausführungen des Mannes, dessen ungepflegter und nachlässiger Kleidungsstil dem seines Mitarbeiters Schaller Konkurrenz machte, nur wenige Sätze lang folgen, da er mit technologischen Fachbegriffen und Anglizismen nur so um sich warf. Es ging offensichtlich um ein Bewegungsprofil Krachts, das erstellt werden sollte. Außerdem sollten, an diesem Punkt kam Yao dann wieder mit, ebenfalls die weiteren drei Todesfälle, mit denen Kracht möglicherweise in Verbindung stand, mittels elektronischer Datenverarbeitung und IT hinsichtlich möglicher Spuren ausgewertet werden.

Die direkt neben ihr sitzende Beamtin, eine jüngere, nach Yaos Geschmack viel zu stark geschminkte und viel zu hell blondierte Frau in einer Latex-Leggins, flüsterte Yao in verschwörerischem Tonfall »Techsprech« zu, gefolgt von einem demonstrativen Achselzucken.

Nach dem Abgang des ITlers ließ Monica Monti durch zwei Beamte jedem der Anwesenden ein ungefähr sechzig Seiten starkes Dossier aushändigen, das auf dem Deckblatt unter anderem mit »VS – Nur für den Dienstgebrauch« als Verschlusssache deklariert war. Am Anfang waren die wesentlichen Ermittlungsergebnisse und die noch offenen Fragen im Mordfall Melanie Kracht aufgelistet, es folgte eine Skizzierung des beruflichen Werdegangs und der privaten Biografie Roderich Krachts, wobei letztere auffällig knapp und einige Jahre darin mit Fragezeichen versehen waren. Darüber hinaus enthielt das Dossier eine Zusammenstellung der wichtigsten Fakten und bisherigen Erkenntnisse im Todesfall der ehemaligen kaufmännischen Geschäftsführerin Krachts, Daria Diakovska, verfasst von Kriminaloberkommissar Akpinar, sowie Yaos Aufzeichnungen zu Nadine Reichenbach und Collin Luckner, die sie Monti bereits am Sonntag per Mail geschickt hatte.

Offensichtlich hatte Jörgensen soeben Yaos Stellungnahme zu den beiden Todesfällen in dem Dossier entdeckt, denn er machte eine anerkennende Daumen-hoch-Geste mit der einen Hand, während er mit dem Zeigefinger der anderen auf die aufgeschlagene Mappe vor ihm deutete.

Schließlich bat Monti zum Abschluss der Veranstaltung darum, dass sich alle Mitglieder der Soko »Nikolassee« mittels des gerade ausgegebenen Dossiers kurzfristig auf denselben und neuesten Stand bringen sollten, und skizzierte das weitere organisatorische Vorgehen. Sie teilte die Anwesenden in einzelne Teams ein und wies ihnen jeweils feste Aufgaben zu. Diese waren wiederum nach Priorität durchnummeriert, die allerdings ausdrücklich nur eine Empfehlung der Soko-Leiterin und keinesfalls verpflichtend war. Neben vier Ermittlungsteams gab es zwei Teams zur Qualitätskontrolle, denen »parallele Aktenkontrolle« und »Supervision« zukam, und weitere Teams, denen die Auswertung der Tatortspuren, die Erstellung von Bewegungsprofilen von Kracht und seiner Frau, die Ausweitung der Zeugenvernehmung und gegebenenfalls Wiedervorladung bereits vernommener Zeugen sowie die DNA-Spuren-Auswertung zugewiesen wurde.

Yao wurde gemeinsam mit Jörgensen der Gruppe zugeteilt, die sich mit den Todesfällen Reichenbach und Luckner befassen sollte.

Als sich alle Teams zusammengefunden hatten und nunmehr in kleineren oder größeren Grüppchen zusammenstanden, erklärte Monti die Versammlung offiziell für beendet.

Yao verspürte einen gewissen Stolz, als sie, Jörgensen und

die sechs Kollegen, die zu ihrer Arbeitsgruppe gehörten, sich einander gegenseitig vorgestellt hatten und jetzt gemeinsam – als Team – den imposanten Konferenzsaal verließen. Auch wenn sie derartige Emotionen normalerweise in ihrem Berufsalltag nicht zuließ, musste sie sich eingestehen, dass es befriedigend war, nach so vielen Tagen des Grübelns und Kopfzerbrechens zu wissen, wie die Diskrepanz zwischen nicht stattgefundenem Wiedereintritt der Totenstarre und der Todeszeit bei Melanie Kracht zu erklären war. Und nicht nur das: Yao hatte das vage Gefühl, dass der Fall Kracht noch einige spannende Details, wenn nicht sogar unerwartete Wendungen für sie bereithalten würde.

Was die Rechtsmedizinerin nicht wusste, war, dass der Tag, an dem sie sich wünschte, mit dem Fall Kracht niemals in Berührung gekommen zu sein, kurz bevorstand.

† † †

51

Dienstag, 17. April, 19:43 Uhr,
Berlin,
Treptowers, BKA-Einheit »Extremdelikte«

Nachdem die große Lagebesprechung der Soko »Nikolassee« an diesem Vormittag gegen 11:45 Uhr beendet gewesen war, hatten Yao und ihr neues Team gemeinsam ein kurzes Mittagessen in der Kantine des LKA eingenommen. Dann hatten sie einen mit Whiteboard, mehreren größeren fahrbaren Pinnwänden, Beamer, PC und Leinwand für ihre Zwecke gut geeigneten Konferenzraum von etwa zwanzig Quadratmeter Größe im zweiten Obergeschoss des LKA-Gebäudes in der Keithstraße bezogen, der in den nächsten Tagen, womöglich sogar Wochen, Herzstück und Schaltstelle für sie sein würde. Ihrem Team kam die Aufgabe zu, Licht ins Dunkel des fünfzehn Jahre zurückliegenden Todes von Collin Luckner sowie des vermeintlichen Suizids der vor achtzehn Jahren in Mainz erhängt aufgefundenen Nadine Reichenbach zu bringen.

Neben Yao und Jörgensen war Kriminaloberkommissar Stefan Seibel Teil des Teams sowie drei seiner Kollegen – ein Mann und zwei Frauen, alle, wie Seibel auch, von der Fünften Mordkommission, die zur Unterstützung der Vierten hinzugezogen worden war. Seibel war offensichtlich ein guter Bekannter von Jörgensen, wie Yao aus den nicht nur kurzen, sondern auch kurzweiligen Anekdoten schloss, die die beiden Männer im Verlaufe des Nachmittags immer mal wieder untereinander austauschten. Weitere Mitglieder ihres Teams waren Doktor Manfred Seyfried, seines Zeichens Psychologe und seit vielen Jahren der Abteilung für Operative Fallanalyse des LKA zugehörig, sowie die in Latex-Leggins gekleidete Beamtin, die am Vormittag in dem repräsentativen Besprechungssaal neben Yao gesessen hatte. Babette Bracker war Mitglied der *Cold Cases Unit*.

Mit Ausnahme von nur zwei kurzen Pausen, die Yao mit Babette Bracker zum Frischluftschnappen im nahe gelegenen Tiergarten verbracht hatte, während Jörgensen und Seibel sowie weitere LKA-Kollegen eine rauchten, erarbeitete ihr Team bis in den frühen Abend hinein hoch konzentriert die wesentlichen offenen Fragen und weiter notwendigen Ermittlungsschritte. Als sich dann gegen 18:30 Uhr allgemeine Erschöpfung und Müdigkeit in der Gruppe breitmachte und mehrheitlich beschlossen wurde, es für diesen Tag dabei bewenden zu lassen, gab es einen klaren Plan zum weiteren Vorgehen in Sachen Reichenbach und Luckner.

Zumindest, was den Todesfall Collin Luckner anbelangte, war es ein verdammt guter, ein aussichtsreicher Plan, wie Yao fand.

† † †

52

Dienstag, 17. April, 20:47 Uhr,
Berlin,
Treptowers, BKA-Einheit »Extremdelikte«,
Kriminaltechnisches Labor

Yao entdeckte Doktor Henry Fuchs im hintersten der insgesamt sechs baugleichen, jeweils etwa zwölf Meter langen, schlauchförmigen Laborräume im achten Stock der Treptowers. Auf dieser Etage waren die kriminaltechnischen Labore untergebracht, deren ebenso hochpreisige wie hochmoderne apparative und technische Ausstattungen den unterschiedlichsten Untersuchungen dienten.

Der Leiter des kriminaltechnischen Labors der rechtsmedizinischen Spezialeinheit »Extremdelikte« des BKA saß an einem Labortisch vor einer Reihe von Computermonitoren, die mit Geräten zur toxikologischen Untersuchung verbunden und auf hüfthohen Unterschränken montiert waren. An deren Vorderseite flimmerten gelbe, rote und grüne Leuchtdioden.

Yao passierte die schier endlose Reihe von vollautomatischen Apparaturen, die wie überdimensionale Kühltruhen aussahen. In den Schubladen, die teils aus den hellgrau verkleideten Geräten herausragten, standen immer mal wieder kleine Glasgefäße mit den verschiedensten Körperflüssigkeiten und Gewebeproben, die in den Analysegeräten vollautomatisch toxikologisch untersucht wurden.

Als Fuchs, der mit seinem jungenhaften Erscheinungsbild eher wie Anfang dreißig als wie Mitte vierzig aussah, Yao bemerkte, erhob er sich von seinem Stuhl.

»Guten Tag …«, sagte Fuchs mit lauter Stimme, um das

Brummen der Analysegeräte zu übertönen. Doch plötzlich hielt er inne und sah, offensichtlich verdutzt, auf die Armbanduhr an seinem linken Handgelenk. »Oder vielmehr … guten Abend, Frau Yao. Was verschafft mir die Ehre?«

Yao wusste, dass Fuchs eine Frau und drei kleine Kinder hatte, aber trotzdem meist bis spät in die Nacht arbeitete. Er konnte sich so in seine Untersuchungen, Analysen und Berechnungen von Konzentrationen, Dosen und Wirkstoffspiegeln vertiefen, dass er darüber die Zeit vergaß. Es war schon vorgekommen, dass er in aller Herrgottsfrühe von den Reinigungskräften in einem der vielen Laborräume schlafend auf dem Boden gefunden worden war.

Yao erinnerte sich, dass Fred Abel Fuchs' Akribie und Beharrlichkeit, aber auch seine Ausdauer und Geduld mehrfach scherzhaft als »Jugend forscht« bezeichnet hatte, was keineswegs despektierlich gegenüber dem promovierten Biochemiker gemeint gewesen war. Ganz im Gegenteil. Abel hatte damit auf die ihm eigene Art und Weise seine Bewunderung für Fuchs' Arbeitsfreude und für seine Bereitschaft ausgedrückt, manches Mal auch unkonventionelle Wege zu beschreiten, wenn es um schnelle Resultate ging.

Mit großen braunen Augen schaute Fuchs seinem unerwarteten Gast neugierig entgegen.

»Guten Abend, Herr Fuchs. Es tut mir leid, wenn ich Sie hier so überfalle«, entschuldigte sich Yao, die den Mann im weißen Laborkittel am Ende des schlauchartigen Laborraumes just in diesem Moment erreicht hatte.

»Bitte glauben Sie mir, ich wäre um diese Uhrzeit nicht hier, ohne mich vorher bei Ihnen anzumelden, wenn es nicht dringend wäre. Ich bin zurzeit Mitglied einer Soko, die sich mit dem Mord an der Frau eines renommierten Arztes beschäftigt, der sich Anfang vergangener Woche ereignet hat«, fuhr Yao fort.

Fuchs schien im Bilde zu sein, denn er nickte und sagte mit seiner tiefen, sonoren Stimme: »Ich habe davon gehört. Aber soweit ich weiß, sind die Kollegen vom Landesinstitut da involviert, oder nicht?«

»Korrekt«, pflichtete Yao ihm bei. »Tatsächlich geht es nicht nur um den Mord an Melanie Kracht, der besagten Toten, sondern vielmehr um ihren Ehemann. Professor Roderich Kracht. Ein Schönheitschirurg, der allerdings seine ersten Schritte im medizinischen Berufsleben in der Rechtsmedizin in Greifswald gemacht hat und deshalb kein unbeschriebenes Blatt ist, was rechtsmedizinische Expertise anbelangt. Was ihn im Übrigen sehr wahrscheinlich dazu befähigte, die Todeszeit seiner Frau mittels einer Fußbodenheizung so zu manipulieren, dass sein Alibi zunächst wasserdicht und er über jeden Verdacht einer Tatbeteiligung erhaben schien. Bis …«

»Wow!«, entfuhr es Fuchs.

Er klang ernsthaft beeindruckt. Yao setzte ihre Handtasche auf dem Labortisch ab, vor dem sie beide jetzt standen. »Im Rahmen der Betrachtung weiterer Todesfälle aus der jüngeren und der etwas länger zurückliegenden Vergangenheit, bei denen Roderich Kracht seine Finger im Spiel gehabt haben könnte, sind wir auf drei Fälle gestoßen, bei denen die amtliche Todesursache vor dem Hintergrund der Todesumstände möglicherweise einer Neubewertung bedarf. In einem Fall«, mit diesen Worten zog sie aus ihrer Handtasche den Schnellhefter, der das Obduktionsprotokoll enthielt, und eine durchsichtige Spurensicherungstüte, in der sich Plastikröhrchen und kleinere durchsichtige Plastikbehälter befanden, »haben wir Probenmaterial.«

Fuchs' Augen schienen jetzt noch größer als zuvor und sein Blick noch eine Spur neugieriger und interessierter, als Yao ihm die Tüte mit den Asservaten übergab.

»Wenn man diese Todesfälle einer genaueren Analyse unterzieht, was leider im Ersten Angriff unterblieben ist, wird man möglicherweise einiges zutage fördern. Doch dafür muss man tief genug graben. Und da kommen Sie ins Spiel, Herr Fuchs!«

Fuchs bewegte beide Mundwinkel leicht nach oben und zeigte die Andeutung eines Lächelns, als er die Tüte mit den Asservaten von der vor fünfzehn Jahren im Landesinstitut durchgeführten Obduktion von Collin Luckner vor seinem Gesicht hochhielt und die darin enthaltenen Plastikröhrchen von allen Seiten interessiert betrachtete.

† † †

53

Dienstag, 17. April, 21:25 Uhr,
Pkw Dr. Sabine Yao

Sara Wittstock nahm den Anruf schon beim ersten Klingelton entgegen. »Die verlorene Tochter! Schön, von dir zu hören, Sabine. Ich dachte schon, du hättest mich vergessen. Mich aus deinem Leben gestrichen …«, klang es gespielt maulig aus der Freisprechanlage in Yaos Mini Cooper.

»Nicht dein Ernst, Sara! Ich hatte es gestern zweimal vergeblich bei dir versucht. Soll ich dir einen Screenshot meiner Anrufliste schicken? Ich sollte hier wohl diejenige sein, die sich zurückgewiesen fühlt. Du ignorierst meine Anrufe!«, monierte Yao nun ihrerseits in gespielt empörtem Tonfall.

»Schon gut, Schätzchen.« Wittstock klang gleich viel versöhnlicher. »Ich war die letzten vierundzwanzig Stunden zwar nicht offline, aber ziemlich busy. Und ich hab natürlich schon einiges aus der Ferne mitverfolgen können. Dein Kracht sitzt ja wohl fürs Erste warm und trocken, wie es ausschaut.«

»Erstens ist er nicht *mein* Kracht, Sara, und zweitens ist er lediglich in Untersuchungshaft, was bedeutet, dass er bei einer für ihn erfolgreich verlaufenden Haftprüfung wieder draußen ist. Und eine Überprüfung der Haftgründe hat sein Anwalt schon beantragt …«

»Seid ihr denn in den beiden anderen Fällen, die ich dir besorgt habe, weitergekommen?«, wollte Wittstock wissen.

»Was die beiden Fälle anbelangt, die du ausgegraben hast … Hast du selbst mal in die Unterlagen geschaut, die du mir geschickt hast?«

»Nope. Das ist dein Job«, war die knappe Antwort der IT-Expertin.

»Der eine Fall ist achtzehn Jahre her. Nadine Reichenbach. Suizid durch Erhängen, so jedenfalls das offizielle Fazit der damaligen Ermittlungen. Das Ganze hat sich in Mainz ereignet, und die Tote, damals achtunddreißig Jahre alt, war die ehemalige Lebensgefährtin von Kracht, wobei die beiden zum Zeitpunkt ihres angeblichen Suizids schon getrennt waren. Und ich sage bewusst *angeblichen*, denn das Ganze stinkt zum Himmel, und die Ermittlungen wurden in meinen Augen so was von schlampig geführt …« Yao merkte, wie sich ein Anflug von Wut ihrer bemächtigte.

Normalerweise habe ich meine Emotionen in meinem Job absolut im Griff. Was ist bloß los mit mir? Ich darf diesen Fall, Kracht und seine rechtsmedizinische Schläue nicht so nah an mich ranlassen, sonst bin ich bald nicht mehr objektiv und verliere am Ende noch meine gedankliche Flexibilität …

Yao atmete mehrmals tief durch, ehe sie weitersprach: »Kracht hat sich zu der Zeit, als er mit der Reichenbach liiert war, in Plastischer und Ästhetischer Chirurgie an der Johannes Gutenberg-Universität Mainz habilitiert, das war kurz bevor er nach Berlin gegangen ist. Das Todesermittlungsverfahren wurde ohne Obduktion eingestellt. Um es kurz zu machen: Wir haben heute herausgefunden, dass der Leichnam von Frau Reichenbach kremiert wurde, eine Exhumierung und Obduktion also in diesem Fall nicht …«

»Hätte man denn nach achtzehn Jahren überhaupt noch was feststellen können?«, unterbrach Wittstock sie.

»Eher nicht«, war Yaos nüchterne Antwort. »Aber einen Versuch wäre es allemal wert gewesen, vielleicht noch irgendetwas an Kehlkopf und Zungenbein zu finden. Oder Material für eine toxikologische Untersuchung. Denn ich bin mir ziemlich sicher, dass sich Nadine Reichenbach nicht selbst erhängt hat, sondern dass sie entweder gegen ihren Willen aufgehängt wurde, noch lebend, vielleicht durch Drogen oder Medikamente in ihrer Handlungsfähigkeit, und damit in ihrer Möglichkeit zur Gegenwehr, beeinflusst. Oder dass sie vielleicht auch schon tot war, als der Mord an ihr als Suizid inszeniert wurde.«

»Ein als Suizid inszenierter Mord. Nicht schlecht. Aber ohne Obduktion? Also Sackgasse in dem Fall? Ohne Leiche?«, wollte Wittstock wissen.

»Sie hing frei an einem Querbalken auf der Terrasse ihres Einfamilienhauses. Und genau dieser hölzerne Querbalken, an dem sie hing, wird in den nächsten Tagen Gegenstand weiterer kriminaltechnischer Untersuchungen sein, da er noch existiert. Das hat unser Team heute herausfinden können. An der Oberseite des Querbalkens findet sich, zumindest wirkt das auf den Fotos vom Leichenfundort so, eine Einkerbung, die entstanden sein kann, als Nadine Reichenbach, den Hals bereits in der Schlinge – und das meine ich nicht etwa zynisch, sondern wortwörtlich –, von einer anderen Person hochgezogen und auf diese Weise aufgehängt wurde.«

»Deinen Job möchte ich nicht machen. Und was ist mit dem zweiten Fall?«

»Eigentlich gibt es auch noch einen dritten Fall …«, erwiderte Yao und hatte erneut das Gefühl, dass im Fall Kracht das große Ganze vermutlich viel größer war als die Summe seiner Einzelteile. Sie versuchte, diesen Gedanken sofort wieder fortzuwischen, und fügte rasch hinzu: »An dem dritten Fall ist ein anderes Team innerhalb der Soko ›Nikolassee‹ dran. Ein Berliner Fall, vier Jahre her, eine ehemalige kaufmännische Geschäftsführerin in Krachts Klinik. Ebenfalls Suizid durch Erhängen, so zumindest auch hier das abschließende offizielle Fazit.«

»Das sind dann mit seiner toten Frau ja schon vier an der Zahl! Möglicherweise seid ihr einem der aktivsten und erfolgreichsten Serienmörder der letzten Jahre in Deutschland auf der Spur. Ohne Witz!«

Sara sprach das aus, was Yao bisher geahnt hatte, aber nicht bewusst ausformulieren wollte.

»In der Tat könnten Monti und ihre Leute hier an etwas richtig Großem dran sein, Sara. Aber lass mich erst zu Ende berichten. Erst mal zählen nur die Fakten. Zu vieles ist momentan noch Spekulation. Was wir wissen, ist, dass der achtunddreißigjährige Collin Luckner vor fünfzehn Jahren hier in Berlin unter unklaren Umständen ums Leben gekommen ist. Er war mit Kracht über einen Immobiliendeal bekannt. Und rate mal, wer zufällig zugegen war, als Luckner aus den Latschen kippte …«

»Kracht?«, erklang es aus der Freisprechanlage.

»Richtig. Kracht war es auch, der den Notarzt rief und bis zu dessen Eintreffen Erste-Hilfe-Maßnahmen durchführte. Ersteres ist belegt, Letzteres hat Kracht bei seiner Vernehmung zu Protokoll gegeben.«

»Lass mich raten, Sabine, auch bei Luckner wurde keine Obduktion durchgeführt, und ihr …«

»Diesmal liegst du glücklicherweise falsch, Sara. Luckners Leichnam wurde wenige Tage nach seinem Tod im Landesinstitut obduziert. Allerdings ohne definitive Klärung der Todesursache. Luckner litt offensichtlich an diversen Vorerkrankungen, die in ihrer Summe den Tod zwar hinlänglich erklären konnten, aber die große Frage bleibt: Warum stirbt Luckner nicht ein paar Tage oder Stunden früher oder später? Denn jede seiner Grunderkrankungen wie Herzvergrößerung, Bronchitis und Fettleber hatte er ja schon länger, und weder Herz, Lunge noch Leber zeigten im Rahmen der Obduktion Zeichen einer akuten Dekompensation. Also, warum stirbt Luckner ausgerechnet dann, als er mit Kracht zusammen ist?«

»Weil er vergiftet wurde! Weil Kracht ihn vergiftet hat!«

Sara war jetzt Feuer und Flamme, regelrecht euphorisch, wie es Yao schien.

»Vielleicht sollten wir uns mal zu einer Runde *Cluedo* oder *Black Stories* verabreden, Sara. Dir scheinen solche Todesrätsel ja Spaß zu machen. Eine ganz neue Seite, die ich bisher so noch nicht von dir kannte …«, stellte Yao trocken fest und hörte durch die Freisprechanlage, wie Wittstock als Erwiderung laut und vernehmlich schnaubte. »Allerdings muss ich deiner Euphorie einen Dämpfer verpassen. Die Toxikologen vom Landesinstitut konnten außer ein bisschen Koks und einer minimalen Menge Alkohol in Luckners Blut nichts feststellen, was auf eine tödliche Vergiftung schließen lässt.«

»Hm …«

»Und es lag zu seinem Todeszeitpunkt auch keine Entgleisung des Blutzuckerspiegels vor. Was ich eigentlich erwartet hatte, weil mich diese Eventualität aus dem polizeilichen Akteninhalt betreffend Krachts Zeugenaussage förmlich angesprungen hat«, fügte Yao hinzu, wobei es ihr schwerfiel, die Enttäuschung in ihrer Stimme zu verbergen.

»Okay, Bine. Du würdest mir das nicht erzählen, wenn die Story ›Vergiftung‹ damit auserzählt wäre.«

»So ist es, Sara. Fuchs ist dran. Ich bin vorhin, nachdem unsere Soko-Teambesprechung zu Ende war, mit Jörgensen aus der Keithstraße vom LKA noch rüber ins Landesinstitut nach Moabit. Es hat einige Zeit gedauert, bis wir die noch vorhandenen Proben von Luckner gefunden hatten, aber …«

»Moment, wie muss ich mir das vorstellen? Ihr marschiert da einfach rein und sammelt mal eben ein, was ihr für richtig haltet?«

»Natürlich nicht. Jörgensen hat das noch aus der Keithstraße telefonisch abgeklärt und genehmigen lassen, nachdem der Plan zur Re-Evaluierung der Proben feststand und mit allen in unserem Team konsentiert war sowie mit seinem Chef, Professor Ionnidis. Dann hat er sich mit dem Leiter der dortigen Toxikologie verbinden lassen, der ihm sagte, wo die Proben lagern, die älter als zehn Jahre sind. War ja nach Feierabend, da war niemand mehr in der Toxikologie des Landesinstituts. Es war verdammt kalt in diesem riesigen Kühlraum, das kannst du mir glauben. Wenn ich gewusst hätte, wie viele klirrend kalte Regalschubladen ich da heute mit meinen Händen aufziehe, um Luckners Asservate zu finden, hätte ich mir definitiv Winterhandschuhe …«

»Womit ich bei meiner nächsten Frage wäre«, wurde sie von Wittstock unterbrochen. »Soweit ich weiß, und ich weiß das ganz genau, weil ich einmal im Jahr die Vernichtungsprotokolle der Asservate von unserer Datenbank ins BKA-Zentralarchiv schiebe, bewahrt ihr eure Asservate bei den ›Extremdelikten‹ doch nur zehn Jahre auf, was die vom Gesetz vorgeschriebene Dauer ist. Das wird im Landesinstitut nicht so gehandhabt?«

»Korrekt. Im Fall Luckner hatten wir Glück. Oder vielmehr ist das der Zwanghaftigkeit des dortigen Laborleiters und den Lagerkapazitäten in den riesigen Kühlräumen auf deren Gelände in Moabit zu verdanken. Die zehn Jahre sind nur die Mindestfrist der Aufbewahrung, nicht etwa eine Verpflichtung, dass danach alles zu entsorgen ist.«

»Okay. Ergibt Sinn, wenn man den Platz dafür hat. Wann erwartest du erste Ergebnisse von Fuchs?«, wollte die IT-Expertin wissen.

»Du kennst ihn. Fuchs ist nicht nur ein echtes Trüffelschwein, was kniffelige Analysen anbelangt, sondern auch enorm schnell. Ich komme gerade aus den Treptowers. Als ich sein Labor-Reich vor wenigen Minuten verlassen habe, war er schon dabei, die Proben zu kategorisieren und für die Untersuchung vorzubereiten. Er will heute noch seine Geräte bestücken und die Analysen über Nacht laufen lassen. Morgen früh sind wir schlauer.«

»Wenn einer die Nadel im Heuhaufen findet, dann unser Henry«, war sich Wittstock sicher.

»Definitiv. Ich habe ihm den Fall Luckner geschildert und auch die toxikologischen Befunde vom Landesinstitut übergeben. Heute hat man ganz andere Möglichkeiten, Toxine nachzuweisen, als noch vor fünfzehn Jahren. Denn wenn Kracht bei Luckners Tod die Finger im Spiel hatte, dann wusste er damals, was nachweisbar war und was nicht. *Damals.* Die Möglichkeit, dass der Fall fünfzehn Jahre später nochmals aufgerollt und toxikologisch mit modernen Methoden erneut untersucht werden würde, hat damals wahrscheinlich sogar so ein Kaliber wie Kracht nicht in Betracht gezogen. Ich habe Fuchs auch ein paar Hintergrundinfos zu Kracht gegeben. Zwei Jahre in der Rechtsmedizin in Greifswald. Danach mehrere Jahre in Brasilien zur Ausbildung in Plastischer Chirurgie und so weiter. Da war Fuchs natürlich sofort Feuer und Flamme. Pfeilgifte der dortigen indigenen Völker oder exotische Gifte der tropischen Fauna und Flora waren seine ersten Gedanken. Zudem verfügt er seit letztem Jahr über eine neue Spektren-Bibliothek, in der über neuntausend Substanzen enthalten sind, die er damit im *General Unknown Screening* in einer einzigen Analyse in seinen Flüssigkeitschromatografen, Massenspektrometern und wie die Teile noch so heißen, abgleicht. Jetzt liegt der Ball also bei Fuchs!«

† † †

54

Mittwoch, 18. April, 10:17 Uhr,
Berlin,
Treptowers, BKA-Einheit »Extremdelikte«,
Kriminaltechnisches Labor

Fuchs machte nicht nur einen niedergeschlagenen Eindruck, er war zutiefst deprimiert. Yao hatte das auf den ersten Blick gesehen, nachdem sie die Tür zu dem schlauchartigen Laborraum geöffnet hatte. Wie am Abend zuvor saß Doktor Fuchs auch diesmal wieder an einem Labortisch, heute allerdings lagen mehrere Coladosen und aufgerissene Süßigkeitenverpackungen vor ihm auf der Tischplatte verstreut, die aus den Automaten im Foyer des Gebäudes stammten. Was dafür sprach, dass sich Fuchs entweder am Morgen schon vor dem Frühstück zu Hause aus dem Haus gestohlen hatte oder wieder einmal die Nacht im Labortrakt der Treptowers zugebracht hatte.

Wahrscheinlich Letzteres, denn er scheint unter seinem Kittel dieselbe Kleidung wie gestern zu tragen.

Als Yao vor ihm stand, bemerkte sie im bläulichen Lichtschein der Computermonitore Fuchs' fahle, von Bartstoppeln gesprenkelte Gesichtshaut und die dunklen Ringe unter seinen Augen. Seine tiefe, sonore Stimme, die so gar nicht zu seinem jungenhaften Gesicht zu passen schien, drückte Enttäuschung aus, als er sagte: »Nichts. Nicht das kleinste Fitzelchen außer den von den Kollegen vom Landesinstitut auch schon nachgewiesenen 0,2 Promille Alkohol im Blut … Glauben Sie mir, Frau Yao, ich habe nichts unversucht gelassen, die ganz großen Geschütze aufgefahren, aber …«

»Einen Versuch war es wert, Herr Fuchs. Und ich bin Ihnen zutiefst dankbar, denn jetzt wissen wir, dass Luckner nicht vergiftet wurde. Dass er mit achtunddreißig Jahren deutlich vor seiner Zeit starb, ist klar. Aber diese Spur ist nun zu Ende verfolgt«, versuchte Yao, den Leiter des kriminaltechnischen Labors der »Extremdelikte« aufzumuntern.

»Keineswegs«, entgegnete Fuchs nun deutlich lebhafter. »Der Mann ist an einer Vergiftung gestorben.«

»Wie bitte?«

»Das ist es, was mich so wurmt. Luckner wurde vergiftet. Aber ich finde nicht heraus, womit. Mit welcher Substanz …«, ergänzte Fuchs und erhob sich von seinem Stuhl.

Yao meinte in seinem Gesicht regelrecht ablesen zu können, wie es in seinem Gehirn arbeitete, als er jetzt direkt vor ihr stand.

»Ich komme gerade nicht ganz mit. Was macht Sie da so sicher, dass Luckner vergiftet wurde und nicht etwa an einer funktionellen Störung verstarb, an Herzrhythmusstörungen beispielsweise? Eine funktionelle Störung, die sich jeglichem Nachweis bei der Obduktion entzieht. Darauf wird es im Fall Luckner hinauslaufen, könnte ich mir vorstellen.«

»Weil Luckner nicht an einer funktionellen Störung gestorben ist. Das habe ich in diesem Fall ausschließen können«, hielt Fuchs dagegen und hörte sich dabei trotzig und zugleich auch ein wenig stolz an.

Yao sah ihn fragend an. Funktionelle Störungen waren in der Rechtsmedizin der gängige Begriff für Erkrankungen, die bei der Obduktion mit dem bloßen Auge und auch unter dem Mikroskop nicht sichtbar, aber trotzdem so gravierend waren, dass sie als Todesursache in Betracht kamen, auch wenn sie sich dem morphologischen Nachweis entzogen. Hauptsächlich handelte es sich dabei um Herzrhythmusstörungen, die häufig auf erbliche Defekte in Ionenkanälen von Herzmuskelzellen oder in rhythmussteuernden Genen im menschlichen Erbgut zurückzuführen waren. Bei solchen Ionenkanalerkrankungen kam es zu Störungen der Natrium-, Chlorid-, Kalium- und Calciumkanäle im Bereich der Zellmembran mit der Folge von unter Umständen tödlichen Herzrhythmusstörungen. Weil die im Erbgut für diese Abläufe verantwortlichen Informationen, vereinfacht gesagt, fehlerhaft angelegt und somit falsch programmiert waren. Die daraus resultierenden Herzrhythmusstörungen waren beim Lebenden zwar im EKG nachweisbar und somit diagnostizierbar, ließen sich aber beim Toten, dessen Herz nicht mehr schlug, nicht als todesursächlich beweisen.

»Molekulare Autopsie, Frau Yao!«

Yao sah Fuchs immer noch fragend an, sagte dann aber: »Der Begriff *molekulare Autopsie* ist mir schon geläufig, Herr Fuchs, aber meiner Kenntnis nach ist das noch in der Entwicklung und noch nicht für den Einsatz in der Routine geeignet. Zu teuer, zudem gibt es noch keine größeren Fall-Kontroll-Studien, die belastbare Aussagen zu Sensitivität und Spezifität der molekularen Autopsie zulassen.«

Yao wusste, dass es in der Vergangenheit durchaus vielversprechende Ansätze molekulare Autopsien betreffend gegeben hatte. Eine solche Autopsie zielte auf die postmortale Aufklärung der Todesursache durch die Identifizierung einer erblichen kardiovaskulären Erkrankung ab, wobei eine neue DNA-Untersuchungsmethode, das *Next-Generation Sequencing*, zur Anwendung kam. Benötigt wurde nicht mehr als eine Blutprobe des Verstorbenen. Und Yao wusste außerdem, dass der Rechtsmedizin in präventiver Hinsicht zukünftig eine Schlüsselrolle zukäme, wenn molekulare Autopsien irgendwann etabliert sein würden, um biologisch verwandte Familienmitglieder des Verstorbenen warnen zu können und so genetisch bedingte plötzliche Herztodesfälle gerade jüngerer Menschen zu verhindern.

Eine zuverlässige molekulare Autopsie. Das wäre Rechtsmedizin on the next level. Das würde unser Fach im medizinischen Fächerkanon enorm aufwerten und ihm etwas mehr Ansehen verleihen. Aber leider ist das noch Zukunftsmusik.

»Ihre Aussage ist korrekt, dass es noch keine größeren Fall-Kontroll-Studien mit belastbaren Resultaten zur molekularen Autopsie gibt, Frau Yao.« Fuchs' Stimme drang wieder zu ihr durch und verscheuchte ihr Gedankengebilde »Und die Test-Kits für die molekulare Autopsie sind zwar noch nicht kommerziell erhältlich und sicherlich auch noch lange Zeit nicht flächendeckend für jedes rechtsmedizinische und pathologische Institut verfügbar, aber seit Ende letzter Woche liegen mir jede Menge Test-Kits für die molekulare Autopsie vor, da unsere Abteilung eine der Einrichtungen sein wird, die an den von Ihnen erwähnten größeren Fall-Kontroll-Studien teilnehmen sollen. Und da habe ich mir erlaubt, Collin Luckner sozusagen mal als Patient null in die Studie aufzunehmen.«

»Davon wusste ich nichts«, bemerkte Yao. »Ich meine von unserer Teilnahme an der Studie zur molekularen Autopsie …«

»Bis auf den Chef und mich ist bisher niemand im Bilde. Die Kriterien zum Studieneinschluss sind noch nicht abschließend definiert, und ich denke, Professor Herzfeld wollte erst mit einem fertigen Konzept, einer präsentablen Projektskizze, aufwarten können, ehe er seine Mitarbeiter einbindet«, erwiderte Fuchs. »Aber ich schweife ab. Zurück zu Luckner und warum ich davon ausgehe, dass er vergiftet wurde. Zum Glück war Luckners Blut noch nicht vollständig hämolytisch. War zwar nicht mehr viel Venenblut im entsprechenden Probenröhrchen vorhanden, und das brauchte ich auch in Gänze für meine toxikologischen Analysen, aber für die molekulare Autopsie reicht ja bekanntlich ein winziger Tropfen. Kurzum: keinerlei pathologische Veränderungen in Luckners Erbgut, die auch nur im Geringsten eine funktionelle Störung nahelegen. Und wenn Sie sich das Sektionsprotokoll der Kollegen des Landesinstituts anschauen: Hirnschwellung, Lungenödem, Erweiterung von Blase und Enddarm, flüssiges Leichenblut – alles Befunde, die typisch, wenn auch nicht zwingend beweisend für eine Vergiftung sind.«

»Gut, Herr Fuchs. So weit kann ich folgen, und ich vertraue diesbezüglich auf Ihre Expertise«, sagte Yao. »Aber was genau vermuten Sie? Womit könnte Collin Luckner vergiftet worden sein? Und wie könnte dieses unbekannte Gift ihm appliziert worden sein?«

»Es macht Ihnen wohl Spaß, mich zu quälen, oder?«, antwortete Fuchs und versuchte wohl, belustigt zu klingen, was ihm allerdings nur mäßig gelang. Es war zu offensichtlich, dass die Ungewissheit, die große offene Frage in diesem Fall, an ihm nagte.

»Entschuldigung, so war das nicht gemeint. Ich wollte lediglich …«

»Nein, es ist okay, Frau Yao. Was ich denke? Ich bin alle erdenklichen, alle auch nur im Entferntesten in Betracht kommenden Gifte gedanklich mehrfach durchgegangen, das können Sie mir glauben. Nur, weil ich im *General Unknown Screening* nicht fündig werde, heißt das nicht, dass ein bestimmtes Gift, nach dem ich gezielt suche, es aber nicht nachweisen kann, nicht womöglich doch in Luckners Proben vorhanden ist.«

»Jetzt kann ich Ihnen nicht mehr folgen.«

»In meiner Spektren-Bibliothek sind über neuntausend potenziell tödliche Substanzen enthalten. Die kann ich in einem einzigen Analysengang überprüfen«, führte der Laborleiter aus. »Wenn sich ein Peak, also ein Messsignal, in der grafischen Darstellung meiner Untersuchung zeigt, dann weiß ich, da ist, rein qualitativ, einer der Analyten drin; eine der Substanzen, nach denen ich suche, ist also in der Probe tatsächlich vorhanden. Im nächsten Schritt folgt dann die quantitative Analyse, ob diese Substanz von ihrer Konzentration in der Probe her tödlich wirkte. Das Problem dabei ist aber, dass bestimmte Substanzen – oder vielmehr Toxine – nicht in meiner Bibliothek enthalten sind, weil sie noch zu neu sind, als dass sie bereits Eingang in die wissenschaftliche Auswertung und Literatur gefunden hätten. Die Spektren-Bibliothek hinkt der aktuellen Entwicklung immer etwas hinterher. Das ist allerdings meines Erachtens im Fall Luckner nicht der Punkt, denn es ist fünfzehn Jahre her, dass er vergiftet wurde. Das Gift muss also bekannt und somit für mich nachweisbar sein. Und das ist es letztlich, was mich schier zur Verzweiflung treibt.« Fuchs raufte sich mit beiden Händen die Haare und entfernte sich dann schnellen Schrittes von Yao, um nach nur wenigen Metern auf dem Absatz kehrtzumachen und in dem tunnelartigen Laborraum zu der Rechtsmedizinerin zurückzukehren.

Wieder bei ihr angelangt, sah er Yao geradewegs in die Augen und sagte: »Der Einzige, der Ihnen die Frage, wie und womit Collin Luckner vergiftet wurde, zum jetzigen Zeitpunkt beantworten kann, ist derjenige, der ihn umgebracht hat.«

† † †

55

Mittwoch, 18. April, 11:00 Uhr,
Berlin,
Treptowers, BKA-Einheit »Extremdelikte«,
Büro Dr. Sabine Yao

Zurück in ihrem Büro, ließ sich Yao erschöpft auf ihren Schreibtischstuhl fallen. Sie sah die Uhrzeit in der rechten unteren Ecke des PC-Monitors und überlegte, ob sie Monti anrufen und ihr den aktuellen, definitiv auch für die Leiterin der Soko »Nikolassee« unbefriedigenden Stand der toxikologischen Nachuntersuchung der Asservate Luckners am Telefon berichten oder doch eher bis zum nächsten Tag warten sollte. Für den morgigen Tag war um 14:00 Uhr eine große Lagebesprechung der gesamten Soko anberaumt. Für den heutigen Tag hatte Kriminaloberkommissar Stefan Seibel jedem Mitglied von Yaos Team gesonderte Aufgaben beziehungsweise Recherchegegenstände zugewiesen. Seibel war zwar nicht offiziell zum Leiter ihrer Gruppe ernannt worden, hatte diese Rolle aber im stillschweigenden Einverständnis aller wie selbstverständlich eingenommen. Am nächsten Morgen würden sie sich um 9:00 Uhr in ihrem Konferenzraum im LKA-Gebäude in der Keithstraße treffen und ihre neuesten Recherche- und Ermittlungsergebnisse austauschen.

Doch noch ehe Yao zu einer Entscheidung gelangt war, vibrierte ihr Handy.

Anonym.

»Hallo?«, meldete sie sich zögerlich. Es behagte ihr überhaupt nicht und weckte neben Unbehagen auch immer eine Spur Misstrauen in ihr, wenn jemand sie mit unterdrückter Rufnummer anrief.

»Doktor Yao? Spreche ich mit Frau Doktor Sabine Yao?«, ertönte eine raue männliche Stimme, die nach zu vielen filterlosen Zigaretten oder einem Übermaß an Testosteron, vielleicht auch nach einer Mischung aus beidem, klang.

»Ja, wer spricht da?«

»Hubertus von Gundlach. Ich bin der Verteidiger von Professor Doktor Roderich Kracht.«

»Ich weiß, wer Sie sind«, antwortete Yao, die den Namen von Krachts Anwalt im ausgehändigten Dossier im Zusammenhang mit seinem Antrag auf Haftprüfung gelesen hatte. Kriminaloberkommissar Seibel hatte sich in ihrer gestrigen Teambesprechung zwar nicht direkt abfällig über den in den Berliner Medien als »Star-Strafverteidiger« gehandelten Anwalt geäußert. Allerdings hatte der Kommissar eindringlich davor gewarnt, weder von Gundlach noch die anderen Anwälte der in Charlottenburg ansässigen Kanzlei zu unterschätzen. Sie würden nur darauf lauern, den Ermittlern Verfahrensfehler nachweisen und so die Ermittlungen torpedieren zu können.

»Das ist sehr gut, Frau Yao … Verzeihung, Frau Doktor Yao. Dann können wir uns die Vorstellungsrunde sparen. Der Grund meines Anrufs ist …«

»Woher haben Sie diese Nummer?«, fiel Yao ihm ins Wort. Ihre private Handynummer war lediglich den Kollegen in ihrer Abteilung und ausgewählten Personen bei den Ermittlungsbehörden bekannt, von denen allerdings niemand diese Nummer, ohne sich bei ihr rückzuversichern, nach außen gegeben hätte. Deshalb war sie ebenso verwundert wie verärgert, dass Krachts Anwalt an ihre Handynummer gelangt war.

Ohne auf ihre Frage einzugehen, sprach Gundlach weiter: »Professor Kracht möchte sich mit Ihnen treffen.«

Yao war so perplex, dass sie nicht weiter auf einer Antwort insistierte, sondern erst einmal einen Moment benötigte, um ihre Sprache wiederzufinden. Dann entgegnete sie: »Wenn Sie tatsächlich der Anwalt von Professor Kracht sind, wüssten Sie, dass er in der JVA Heidering in Untersuchungshaft sitzt.«

»Das ist richtig«, erwiderte von Gundlach. »Aber auch in Haftanstalten können die Gefangenen Besuch empfangen, und zwar zu extra dafür eingerichteten Besuchszeiten. Und mein Mandant wünscht sich nun einmal, Sie zu sehen. Und zwar noch heute.«

Diesmal war es Yao, die nicht darauf einging, was sie gerade gehört hatte. »Raten Sie Ihren Mandanten normalerweise nicht, von ihrem Aussageverweigerungsrecht Gebrauch zu machen? Ihr Recht zu schweigen zu nutzen?«

»In der Tat. Normalerweise ist das so. Aber was ist in diesem Fall schon normal?«, fragte von Gundlach.

Yao hörte am anderen Ende das leise Knirschen des Reibrads eines Feuerzeugs, gefolgt von einem tiefen Atemzug. »Mein Mandant sitzt unschuldig im Gefängnis, weil er einer Tat beschuldigt wird, die er nicht begangen hat. Weil einer Rechtsmedizinerin offensichtlich eklatante Fehler bei ihrer Todeszeitberechnung unterlaufen sind. Deshalb will mein Mandant Sie sprechen. Professor Kracht will Antworten.«

»Und dann dachten Sie, diese besagte Rechtsmedizinerin ist so unbedarft, so naiv, dass sie zu Ihrem Mandanten ins Gefängnis eilt und sich in Gegenwart seines Anwalts die Worte im Mund umdrehen lässt? Hatten Sie sich das so in etwa vorgestellt? Und dieser Ausflug dieser besagten naiven Rechtsmedizinerin fliegt dann allen in der Soko um die Ohren. Haben Sie sich das auch so vorgestellt? Was soll das hier werden, Herr von Gundlach?« Yao hatte sich in Rage geredet, was ihr nur in Ausnahmefällen passierte, aber im Fall Kracht schien das mittlerweile auf ihrer Tagesordnung zu stehen. »Ich lege jetzt auf, Herr von Gundlach.«

»Stopp!«, erklang es lautstark. »Nur noch eine Minute. Um mehr bitte ich Sie nicht. Hören Sie sich an, was ich zu sagen habe. Was ich Ihnen im Auftrag meines Mandanten sagen soll …«

Yao erwiderte nichts, sodass von Gundlach nach wenigen Sekunden des Wartens ihr Schweigen als Einverständnis interpretierte.

»Herr Professor Kracht bittet Sie um ein Treffen unter vier Augen. Nur Sie beide. Niemand sonst. In der Justizvollzugsanstalt Heidering, in einem der dortigen Besucherräume. Aber das Treffen muss heute noch stattfinden, das ist von immenser Wichtigkeit, lässt mein Mandant Ihnen ausrichten. Alles, was gesagt und zwischen Ihnen beiden gesprochen wird, ist außerhalb des Protokolls und unterliegt sozusagen der Schweigepflicht unter Kollegen.«

Da Yao nichts erwiderte, fuhr er nun in einem fast schon entschuldigenden Tonfall fort: »Ich bin nur der Überbringer der Nachricht. Es ist allein Ihre Entscheidung, Frau Doktor, aber ich benötige Ihre Antwort umgehend. Jetzt, sozusagen.«

»Mit Verlaub, das stinkt zum Himmel. Warum sollte ich mich darauf einlassen?«, fragte Yao. Aber in der nächsten Sekunde beantwortete sie sich diese Frage selbst, da die Stimme von Fuchs in ihrem Ohr widerklang, die sagte: *Der Einzige, der Ihnen die Frage, wie und womit Collin Luckner vergiftet wurde, zum jetzigen Zeitpunkt beantworten kann, ist derjenige, der ihn umgebracht hat.*

»Sagen Sie Professor Kracht, dass ich komme«, antwortete Yao schließlich.

»Sind Sie sich da sicher? Ich meine, kann es nicht sein, dass …«

»Ich es mir anders überlege? Nein. Zumindest nicht, wenn Sie mich jetzt nicht weiter belästigen. Ich lege auf. Einen schönen Tag noch.«

Yao starrte noch eine Zeit lang auf das Handy in ihrer Hand und fragte sich, ob sie sich darüber im Klaren war, worauf sie sich da gerade eingelassen hatte. Schließlich musste sie sich eingestehen, dass sie es schlichtweg nicht wusste.

† † †

56

Mittwoch, 18. April, 14:44 Uhr,
Großbeeren,
Justizvollzugsanstalt Heidering,
Parkplatz

Auf der knapp fünfundvierzigminütigen Autofahrt in das im südwestlichen Brandenburg gelegene Großbeeren hatte sich der Himmel mit jedem Kilometer, den sich Yao der Justizvollzugsanstalt Heidering näherte, weiter verdunkelt.

Sie stellte ihren Mini auf dem weitläufigen Parkplatz vor dem riesigen Gefängniskomplex ab. Die Justizvollzugsanstalt Heidering nahm insofern eine Sonderstellung ein, als dass sie zwar im Bundesland Brandenburg lag, über einen Staatsvertrag zwischen den beiden Bundesländern aber geregelt war, dass das Land Berlin Träger und die etwa sechshundertfünfzig Haftplätze ausschließlich für Berliner Gefangene, alle männlichen Geschlechts, vorgesehen waren.

Yao verstaute ihre Handtasche mit ihrem Handy im Kofferraum des Mini, da sie sich entschieden hatte, lediglich ihr Portemonnaie mit Personalausweis und BKA-Dienstausweis mitzunehmen. Mit festem Schritt ging sie auf den Gefängniskomplex mit seinen Dutzenden gigantischen Bauwerken zu. Das gesamte Areal war von zwei mit Stacheldrahtrollen bewehrten Zäunen eingefasst.

Der von dunklen Wolken verhangene stahlgraue Himmel wurde schlagartig von einem grellen weißen Blitz durchzogen, gefolgt von einem ohrenbetäubenden Donnerschlag. Yao beschleunigte ihren Schritt.

Als sie endlich die überdachte Panoramascheibe aus Panzerglas am Eingang der JVA Heidering erreicht hatte, schlugen die ersten Regentropfen mit lautem, immer schneller werdendem und sich zu einem Trommelwirbel steigernden Klatschen auf das Vordach im Eingangsbereich.

Sie straffte den Rücken, atmete tief aus. Seit sie Berlin verlassen hatte, kreiste nur ein Gedanke in ihrem Kopf: *Ich muss herausfinden, mit welchem Stoff Kracht Collin Luckner vergiftet hat.*

† † †

57

**Mittwoch, 18. April, 14:57 Uhr,
Großbeeren,
Justizvollzugsanstalt Heidering**

Yao hatte ihren BKA-Dienstausweis gegen einen Besucherausweis getauscht, der jetzt mit einem Clip am Revers ihres Blazers befestigt war. Wie in der E-Mail der Rechtsanwaltskanzlei *von Gundlach & Partner* bereits am Mittag angekündigt worden war, war für Yao ein Besuchstermin bei Professor Doktor Roderich Kracht um 15:00 Uhr vereinbart worden.

Ein kräftig gebauter Vollzugsbeamter in der für den Berliner Strafvollzug typischen Bekleidung – blaue Stoffhose, Fleecepulli mit dem Schriftzug »Justiz« über der linken Brust und dem Berliner Wappenbären am linken Oberarm sowie schwere schwarze Lederstiefel – führte Yao an der Schlange der anderen Besucher vorbei. Die Rechtmedizinerin war sich nicht sicher, ob sie dieses Privileg ihrem BKA-Dienstausweis oder doch eher Krachts beziehungsweise von Gundlachs Einfluss in einschlägigen Justizkreisen verdankte.

Je näher Yao und ihr gut eineinhalb Köpfe größerer Begleiter dem Besuchertrakt kamen, umso intensiver wurde das Aroma menschlicher Ausdünstungen. Im Besuchertrakt angekommen, war sie froh, dass ihr keine Form menschlicher Ausdünstungen oder verschiedenster Körperflüssigkeiten unbekannt war, weder was die Qualität, noch was die Quantität anbelangte. Der Geruch hier hatte eine sehr spezielle Note: eine Mischung aus geplatzten Träumen und dem Schweißgeruch der Häftlinge, gepaart mit dem Duft enttäuschter Hoffnungen ihrer Besucher.

Ein flaues Gefühl breitete sich in Yaos Magen aus, denn mit jedem Schritt, den sie sich dem Treffen mit Kracht näherte, wurde ihr bewusster, dass sie sich in wenigen Augenblicken zusammen mit ihm in einem Raum befinden würde. Dieser Mann war nicht nur dringend verdächtig, seine Ehefrau umgebracht zu haben, und stand zudem im Verdacht, auch für den Tod von mindestens drei weiteren Menschen verantwortlich zu sein, sondern war auch nur verhaftet worden, weil sie die von ihm am Leichnam seiner Frau vorgenommene Manipulation der Todeszeit aufgedeckt hatte.

Und Yao wusste, dass Kracht das auch wusste …

† † †

58

Mittwoch, 18. April, 15:02 Uhr,
Großbeeren,
Justizvollzugsanstalt Heidering,
Besuchertrakt

Der bullige Justizvollzugsbeamte vor ihr verlangsamte seinen Schritt und betätigte die Klinke einer bodentiefen Glastür, an deren Innenseite eine hellgraue Jalousie heruntergelassen war. Der Beamte, auf dessen Stirn sich zwischenzeitlich ein feiner Schweißfilm gebildet hatte, bedeutete Yao mit einer Geste, ihm in einen etwa fünf Quadratmeter großen Raum zu folgen, wo er ihr einen von zwei weißen Plastikstühlen zuwies, die vor einem kleinen Pult an der gegenüberliegenden Seite des Raumes standen.

Jetzt erst bemerkte Yao, dass hinter der Glasscheibe an der gegenüberliegenden Wand Roderich Kracht saß. Ohne ihn aus den Augen zu lassen, zog Yao den ihr von dem Justizvollzugsbeamten angebotenen Stuhl ein Stück zu sich heran und setzte sich langsam hin.

Es lag eine unglaubliche Spannung in der Luft.

Aus den Augenwinkeln sah sie, wie sich der Beamte hinter ihr zurückzog und den Raum wieder verließ.

Jetzt war sie mit Kracht allein. Zwar durch eine Wand und eine Scheibe physisch von ihm getrennt, aber doch verdammt nah.

† † †

59

Mittwoch, 18. April, 15:02 Uhr,
Großbeeren,
Justizvollzugsanstalt Heidering,
Besucherraum

Das ist also die Frau, die meint, mir auf die Schliche gekommen zu sein!

Roderich Kracht empfand Genugtuung. Es hatte nur eines Fingerschnippens bedurft, um sie in seine Fänge zu locken.

Im Vorfeld hatte er sich, so gut es ihm in der Kürze der Zeit mit den von Gundlach besorgten Unterlagen möglich war, über die Rechtsmedizinerin informiert. Kracht musterte interessiert die Frau, die vor ihm saß, registrierte ihre feinen asiatischen Gesichtszüge, die makellose, blasse Haut. Sie schien Geschmack zu haben, wie er aus ihrem gepflegten äußeren Erscheinungsbild mit den farblich abgestimmten Kleidungsstücken schloss. Über ihr Privatleben hatte er sich bisher noch nicht informieren können. Was ihren beruflichen Werdegang anbelangte, wusste er, dass sie erst kürzlich zur stellvertretenden Leiterin einer rechtsmedizinischen Spezialeinheit des BKA ernannt worden war. Kracht hatte sich eingestehen müssen, dass er bis zum Abend des gestrigen Tages noch nie von dieser in den Treptowers des BKA ansässigen rechtsmedizinischen Spezialeinheit mit dem Namen »Extremdelikte« gehört hatte. Sogar, dass das BKA über eine eigene Rechtsmedizin verfügte, war ihm neu gewesen.

Die Frau sah ihn regungslos an. Ihr Gesicht verriet keine Emotion.

Kracht war für einen Moment irritiert, normalerweise reagierte sein Umfeld – seine Beute – auf ihn. Die Bandbreite der Emotionen, die ihm entgegengebracht wurde, war aufgrund seiner erfolgreichen Position und seiner Macht nicht immer positiv, das war verständlich. Aber das kümmerte ihn nicht. Doch die Abwesenheit jeglicher Reaktion auf seine Person war neu für ihn.

†††

60

Mittwoch, 18. April, 15:03 Uhr,
Großbeeren,
Justizvollzugsanstalt Heidering,
Besucherraum

Yao registrierte wieder das ausgesprochen symmetrisch geformte Gesicht Roderich Krachts und die markante Kieferlinie, die ihr bereits auf seinem Foto auf der Website seiner Klinik aufgefallen war. Seine stahlblauen Augen erschienen ihr auf eine eigentümliche Art kalt.

Sie wollte gerade ansetzen, den Mann, der sie durch die Glasscheibe unverhohlen fixierte, regelrecht anstarrte, zu begrüßen, da bemerkte sie die kleine Vorrichtung auf dem Pult vor ihr. Sie drückte auf den blau leuchtenden Knopf auf dem schwarzen Gehäuse, in das offensichtlich Mikrofon und Lautsprecher integriert waren, und sagte: »Guten Tag, Herr Professor Kracht, meine Name ist Doktor Sabine Yao.« Erleichtert stellte sie fest, dass ihre Stimme trotz ihrer Anspannung weder brüchig noch schwach, sondern fest klang. Kurz überlegte sie, ob sie die Frage, die sie seit dem Anruf seines Anwalts an diesem Morgen beschäftigt hatte – nämlich, aus welchem Grund sie eigentlich hier war –, einfach ohne Umschweife stellen sollte, entschied sich aber dagegen.

Lass ihn kommen. Er wollte dich so dringend sprechen …

Sie beobachtete, wie sich Krachts Gesicht der Trennscheibe näherte, als inspizierte er ein seltenes Tier. Was Yao zusätzlich irritierte, war, dass Kracht nicht blinzelte. Kein einziger Wimpernschlag huschte über seine Augen.

† † †

61

Mittwoch, 18. April, 15:03 Uhr,
Großbeeren,
Justizvollzugsanstalt Heidering,
Besucherraum

Eine attraktive Frau …

Kracht schob das Gesicht langsam, kaum merklich, immer näher in Richtung der Scheibe, die ihn von seiner Besucherin trennte, um keine noch so kleine Regung in ihrem Gesicht zu verpassen.

Auch unbewusste, kaum wahrnehmbare Gesten können so viel über einen Menschen verraten …

Er hatte dafür ein Gespür, einen untrüglichen Instinkt – einem Raubtier gleich. Ein Instinkt, der ihm die kleinsten Unsicherheiten und Schwachstellen seines Gegenübers schonungslos aufzeigte. Schwachstellen, an denen er wie ein Antikörper an dem Rezeptor eines Antigens andocken konnte.

Roderich Kracht lächelte der Frau hinter der Scheibe zu.

Nicht zu viel …

Nur ein leichtes Hochziehen der Mundwinkel und ein offener, freundlicher Blick direkt in die Augen.

Er wollte gerade zu einer Erwiderung der Begrüßung ansetzen, biss sich jedoch auf die Zunge. Fast hätte er zur Eröffnung des Gesprächs sein Bedauern ausgedrückt, dass man sich unter diesen Umständen kennenlernte, allerdings nicht, weil er sich allen Ernstes körperlich oder geistig zu der zierlichen Frau hingezogen fühlte.

Nein, das mit Sicherheit nicht.

Kracht hatte noch nie in seinem Leben irgendetwas für

einen anderen Menschen empfunden. Schon als Kind, zu der Zeit, zu der sich sein Fokus auf die Welt um ihn herum zunehmend schärfer gestellt hatte, hatte er sich gefragt, was es wohl für ein Gefühl sein müsste, die eigene Mutter zu lieben. Wie es sich anfühlte, jemandem nahezustehen, sich einer anderen Person emotional verbunden zu fühlen. Oder für ein Haustier, einen Hund oder eine Katze, Zuneigung, womöglich sogar das, was die anderen Liebe nannten, zu empfinden.

Eben weil er genau wusste, was andere Menschen hören wollten, was ihnen gefiel, was ihnen schmeichelte und was in bestimmten Situationen – in denen er die Fäden in der Hand hielt – eine Reaktion bei ihnen erzeugte, war er kurz versucht gewesen, diese Bemerkung fallen zu lassen und die Frau vor ihm ab diesem Moment gnadenlos für seine Belange zu manipulieren. Kracht wusste, dass er empathielos war, frei von jeglichen Emotionen, und deshalb hatte er sich bestimmte Verhaltensweisen antrainiert, *Mechanismen* nannte er sie. Doch sein Instinkt sagte ihm, dass diese Frau anders war und sie sich nicht so leicht manipulieren ließ wie all die anderen.

Ihr Gesicht gibt immer noch keine Regung preis. Erstaunlich! Ich muss auf der Hut sein. Hier bedarf es viel Fingerspitzengefühls, wenn ich mein Ziel erreichen will …

Genauso wie Kracht das Gefühl der Liebe fremd war, kannte er weder Schuldbewusstsein noch Reue. Er hatte keine Skrupel und – was seine wichtigste Waffe war – er kannte keine Angst.

Wenn du keine Emotionen verspürst, verspürst du auch keine Angst. Furcht lähmt Menschen. Wovor soll ich Angst haben? Was könnte ich schon fürchten? Angst vor etwas hält andere Menschen davon ab, Dinge zu tun, die ich tun kann …

Nach dieser Maxime lebte er. Dass er anders war als alle

die Menschen in seinem Umfeld, anders als seine Mitschüler und später seine Kommilitonen im Studium, war ihm schon früh bewusst geworden. Aber Kracht hatte sich niemals gefragt, ob er vielleicht krank war. Und er hatte auch niemals an sich selbst gezweifelt. Im Gegenteil.

Er war in seinem ganzen Leben noch nie einem ernst zu nehmenden Gegner begegnet.

»Ich danke Ihnen, dass Sie meiner Einladung gefolgt sind, Frau Kollegin Yao. Ich weiß das zu schätzen«, erwiderte Kracht jetzt seinerseits die Begrüßung.

† † †

62

Mittwoch, 18. April, 15:05 Uhr,
Großbeeren,
Justizvollzugsanstalt Heidering,
Besucherraum

Roderich Krachts Stimme war höher, als sie es erwartet hatte. Aber vielleicht lag das auch an der Sprechanlage beziehungsweise der Qualität des Lautsprechers in dem kleinen schwarzen Gehäuse vor Yao auf dem Pult.

Nach seiner Begrüßung erfüllte erneut Schweigen den Raum. Yao spürte, wie sich ein leichter Kopfschmerz hinter ihrer Stirn ausbreitete. Mit dieser Schweigenummer von Kracht hatte sie nicht gerechnet. Wollte er nur sehen, wer ihn hierhergebracht hatte? Dann wäre es einfacher gewesen, sein Anwalt hätte ihm ein aktuelles Foto von ihr geschickt, das von ihr im Netz kursierte.

Kracht fixierte sie weiter unverhohlen aus seinen Eisaugen.

Dann öffnete er den Mund einen Spaltbreit und zeigte seine makellosen, weißen Zähne. Er lächelte Yao an, aber es kam ihr vor, als würde ein Tiger seine Zähne fletschen.

Verdammt, das wird mir jetzt zu bunt. Seine Psychospielchen kann er mit einem anderen spielen, aber nicht mit mir!

Wut stieg in ihr auf. »Lassen wir doch dieses alberne Spielchen, Herr Kracht. Warum wollten Sie mich treffen? Warum bin ich hier?«

»Die erste Regel im Krieg lautet: Lerne deinen Gegner kennen«, antwortete Kracht. Sein Lächeln war verschwunden.

»Ich wusste nicht, dass wir uns im Krieg befinden«, erwiderte Yao spöttisch.

»Sie haben einen fatalen Fehler begangen und wollen sich nun mit Ihrer eigenwilligen rechtsmedizinischen Expertise auf meine Kosten einen Namen machen. Da haben Sie sich leider den Falschen ausgesucht.«

So ein arrogantes Arschloch! Den einzigen Fehler, den ich begangen habe, war, hierherzukommen.

Yao schüttelte ungläubig den Kopf. Äußerlich ungerührt antwortete sie in kühlem Ton: »Um mir das zu sagen, bestellen Sie mich her? Herr Kracht, ich mache schlicht meinen Job. Mehr nicht.« Am liebsten wäre sie jetzt aufgestanden und wortlos gegangen. Aber das hätte ihr ein für alle Mal die Chance genommen, herauszufinden, auf welche Art und Weise dieser Wahnsinnige hinter der Scheibe Collin Luckner ermordet hatte. Sie musterte Kracht eingehend, während sie unter aller Kraftaufwendung überlegte, wie sie ihn so provozieren konnte, dass er ihr sein Geheimnis preisgeben würde …

† † †

63

Mittwoch, 18. April, 15:10 Uhr,
Großbeeren,
Justizvollzugsanstalt Heidering,
Besucherraum

Dieses kleine Miststück, dachte Kracht.

Er blickte zu seiner Besucherin, konzentriert darauf, die unbändige Wut, die ihn manchmal befiel und die auch jetzt wie ein Windstoß über ihn gekommen war, zu unterdrücken und sie nicht zu einem ausgewachsenen Sturm oder, noch schlimmer, zu einem Orkan werden zu lassen. Er versuchte, ruhig und gleichmäßig zu atmen.

Ein und aus.

Sein Puls schlug schon wieder etwas langsamer, doch bevor er sich wirklich wieder im Griff hatte, sprach sie schon in ruhigem Tonfall weiter.

»Ihre Frau musste nicht etwa sterben, weil Sie unvorsichtig geworden wären. Nein, das waren Sie zu keinem Zeitpunkt. Das würde nicht Ihrem Naturell entsprechen, wäre gar nicht mit Ihrer Persönlichkeitsstruktur vereinbar. Ich weiß, warum Sie das Risiko eingegangen sind, in Ihrem inneren Zirkel zu morden. Weil Sie nach den früheren Morden immer selbstbewusster geworden sind, sich immer sicherer gefühlt haben.«

Kracht starrte sie an, er konnte nicht anders. Er sog regelrecht jedes Wort auf, das die Frau hinter der Scheibe über die Sprechanlage verlauten ließ.

»Sie hielten sich für unantastbar, Herr Kracht. Tun Sie das eigentlich jetzt immer noch?«

† † †

64

Mittwoch, 18. April, 15:14 Uhr,
Großbeeren,
Justizvollzugsanstalt Heidering,
Besucherraum

Kracht versuchte offenbar erneut ein Lächeln, doch es gelang ihm nicht sonderlich überzeugend.

»Dürfte ich erfahren, wo Ihr gesteigertes Interesse an meiner Person eigentlich herrührt?« Trotz aller Warnsignale in ihrem Kopf war Yao kurz davor, sich in Rage zu reden und alles, was sie in den letzten Tagen beschäftigt hatte, ungefiltert dem Mann, der höchstwahrscheinlich für den Tod von vier, vielleicht auch mehr Menschen verantwortlich war, entgegenzuschleudern, doch stattdessen sagte sie: »Sie haben damals Spuren hinterlassen, die ganz klar belegen, dass weder Ihre ehemalige Lebensgefährtin Nadine Reichenbach noch Ihre ehemalige Geschäftsführerin Daria Diakovska sich selbst erhängt haben. Spuren, die einen Suizid der beiden Frauen widerlegen.«

Für einen kurzen Moment schienen Krachts stahlblaue Augen einen anderen Farbton anzunehmen, eine Nuance dunkler zu werden.

Touché!, dachte Yao. *Jetzt nicht lockerlassen …*

»Ich frage mich, warum Sie bei Collin Luckner zwischenzeitlich Ihren Modus Operandi geändert haben.«

Krachts Augenfarbe schien sich zu verändern, aber vielleicht bildete sie sich das auch nur ein. Doch sie spürte, dass sie auf dem richtigen Weg war.

»Womit haben Sie Luckner vergiftet?«, wollte Yao jetzt wissen.

»Fragen sind wie Billardkugeln, die über den Tisch rollen. Manchmal stoßen sie etwas Interessantes an«, hielt Kracht dagegen und schien sich zu bemühen, gleichgültig und teilnahmslos zu wirken.

Aber deine Augen … Deine Augen verraten dich …

»Was stoße ich denn gerade an? Sagen Sie es mir!«

»Sie haben keine Ahnung, Frau Yao, oder? Sie tappen tatsächlich völlig im Dunkeln, was den guten Collin anbelangt. Liege ich damit richtig?«

»Wir werden auch das herausfinden, Herr Kracht. Wir werden Herrn Luckner genauso wie allen anderen, die keine Stimme mehr haben, Gerechtigkeit widerfahren lassen und klären, womit und wie er vergiftet wurde. Mutmaßlich vergiftet von Ihnen, Herr Kracht. Glauben Sie mir, es gibt …«

»Das macht Sie verrückt, oder? Nicht zu wissen, wodurch Luckner starb«, fiel Kracht ihr nun lautstark ins Wort und schob rasch hinterher: »Aber vielleicht habe ich mit Luckners Tod ja gar nichts zu tun? Nicht dass ein falscher Eindruck bei Ihnen entsteht. Vielleicht war ich nur zur falschen Zeit am falschen Ort? Ich bedauere es zutiefst, dass ich Collin nicht retten konnte. Wirklich!«

Er spielt mit mir. Ich muss das hier beenden, es führt zu nichts, und ich mache mich mit jeder Minute angreifbarer als Sachverständige in der Verhandlung, in der es um seine Verbrechen gehen wird. Vielleicht ist es das, was er wollte, mich in eine Falle locken, dass ich als Sachverständige verbrannt bin, ehe die Verhandlung überhaupt begonnen hat?, fragte sich Yao. *Hat er mich aus diesem Grund hierherbestellt? Aber … Wir sind allein. Ein Vieraugengespräch, keine Zeugen. Es stünde Aussage gegen Aussage …*

Yao überlegte fieberhaft.

Nein, da ist mehr. Deswegen bin ich nicht hier. Er führt

etwas im Schilde. Aber was? Ich muss das hier jetzt beenden.

Yao stand auf, blickte Kracht ein letztes Mal in die Augen und sagte: »Sie entschuldigen mich. Ich muss jetzt gehen.«

†††

65

Mittwoch, 18. April, 15:20 Uhr,
Großbeeren,
Justizvollzugsanstalt Heidering,
Besucherraum

Sie nehmen das hier persönlich, oder?«, rief er der Rechtsmedizinerin über die Sprechanlage hinterher, bevor sie die Tür geöffnet hatte.

Die zierliche Frau blieb an der Glastür stehen und zog die Hand wieder von der Klinke zurück. Sie schien kurz zu zögern, dann drehte sie sich langsam wieder zu ihm um. Mit ruhigen Schritten kehrte sie zu dem Pult auf ihrer Seite der Glasscheibe zurück und drückte auf den Knopf an der Sprechanlage vor ihr.

Mit festem Blick, wobei sich ihre mandelförmigen Augen zu schmalen Schlitzen verengten, sagte sie: »Wenn Sie länger in der Rechtsmedizin gearbeitet hätten, Herr Kracht, dann wüssten Sie, dass jeder von uns irgendwann an den Punkt kommt, an dem man jeden ungeklärten Todesfall und erst recht jeden Mord persönlich nimmt. Im Namen der Angehörigen. Das ist so etwas wie meine moralische Verpflichtung. Nicht nur Ihrer verstorbenen Frau gegenüber, auch gegenüber Nadine Reichenbach, Daria Diakovska und Collin Luckner. Und allen anderen da draußen, die durch die Raster des Rechtsstaats rutschen würden. Die vielen unbekannten Toten, denen nur wir in der Rechtsmedizin einen Namen und ein Gesicht und damit auch eine Stimme geben können. Das macht für mich meinen Beruf aus. Das ist für mich Rechtssicherheit, wie ich sie von einem Rechtsstaat erwarte. Das sind meine Werte. Das ist mein

Anspruch. Und ja, Herr Kracht. Ich nehme das persönlich. Sehr persönlich sogar.«

Mit diesen Worten wandte sie sich ab und verließ den Raum.

Womöglich hatte er die Situation falsch eingeschätzt, diese Frau unterschätzt. Aber das spielte jetzt keine Rolle mehr. Denn er hatte einen Plan. Und den würde er nun in die Tat umsetzen.

† † †

66

Mittwoch, 18. April, 15:39 Uhr,
Großbeeren,
Justizvollzugsanstalt Heidering,
Parkplatz

Das Unwetter war weitergezogen, und draußen hatte es merklich abgekühlt. Yao fröstelte, als sie den asphaltierten Weg vom Eingangsbereich der JVA Heidering zu ihrem Mini ging. Sie fror nicht nur wegen der Temperatur und des kalten Windstoßes, der ihr in den Nacken und durch die Haare fuhr, sondern auch, weil sie an Krachts Blick, an seine stahlblauen, eiskalten Augen denken musste. Als Rechtsmedizinerin hatte sie schon in viele Abgründe geschaut, aber diesmal hatte der Abgrund sie angeschaut.

† † †

67

Mittwoch, 18. April, 18:13 Uhr,
Pkw Dr. Sabine Yao

Auf der Rückfahrt in Richtung Treptowers war Yao auf der Bundesstraße von Großbeeren nach Schönefeld in einen Konvoi mehrerer Schwertransporter geraten, was sie eine zusätzliche gute Stunde Fahrzeit kostete, sodass sie sich entschied, nicht mehr zurück in die Treptowers, sondern direkt zu Mailin in die Klinik zu fahren, um ihr einen späten Besuch abzustatten.

Auch wenn sie es sich nicht eingestehen wollte, war sie froh, dass sie Herzfeld an diesem Tag nicht mehr über den Weg laufen und Monti erst am folgenden Tag wiedersehen würde, wenn die nächste große Lagebesprechung der Soko »Nikolassee« für Punkt 14:00 Uhr in der Keithstraße anberaumt war. Sie war nach wie vor unschlüssig, ob sie ihnen von ihrem Treffen mit Kracht erzählen oder es doch besser für sich behalten sollte. Zumal sie zu allem Ärger ohne die erhoffte Info zu Collin Luckner aus der Begegnung mit Kracht mehr oder weniger geflohen war. Yao war sich dennoch darüber im Klaren, dass auch Herzfeld genauso wie ihr Vorgänger Fred Abel ebenfalls immer mal wieder unkonventionelle Wege beschritten hatten – und es vermutlich immer noch taten, wenn aus ihrer Sicht der Zweck die Mittel heiligte.

Vielleicht bin ich mir morgen früh etwas klarer darüber, wie ich weiter mit der Tatsache umgehe, dass ich mich mit einem mutmaßlichen Mörder getroffen habe, der, wie Monica mir gesagt hat, von seinem Aussageverweigerungsrecht Gebrauch macht und kein Wort mehr mit der Polizei spricht.

Wenn sich das Ganze bloß nicht nachteilig auf die Ermittlungen auswirkt … Monti, Jörgensen, Seibel, der Oberstaatsanwalt … Alle werden mir die Hölle heißmachen, falls mein Alleingang in Heidering nach hinten losgeht … Ich mag gar nicht daran denken.

Sie stieß ein frustriertes »Láo tiăn ah!« aus und schlug mit der flachen Hand auf ihr Lenkrad. Jetzt »Oh, Gott!« zu rufen half ihr aber auch nicht weiter, das wusste sie selbst nur zu gut.

† † †

68

Mittwoch, 18. April, 18:40 Uhr,
Berlin-Steglitz,
Psychiatrische Fachklinik *Sana Mente*

Yao traf Doktor Schweiger bei dessen Abendvisite auf dem Stationsflur, und der Mediziner nahm sich kurz Zeit, sie im Stationszimmer über den Zustand ihrer Schwester Mailin zu informieren. Dabei hatte der Psychiater so gut wie nichts Neues zu vermelden.

»Ich wünschte, ich könnte Ihnen etwas Positives berichten, aber der Zustand Ihrer Schwester ist leider weitgehend unverändert. Sie ist zwar zurückverlegt worden auf die Normalstation, aber sie hat sich nach wie vor völlig in sich zurückgezogen. Wir sind froh, dass sie selbstständig isst, trinkt und auch bei unseren ersten psychologischen Tests leidlich kooperativ war. Noch ist es jedoch zu früh, aus den Testergebnissen irgendetwas ableiten zu wollen. Die Neuroleptika scheinen anzuschlagen, wir sehen erste luzide Intervalle. Sie spricht zwar immer noch nicht, aber der Kokon, der sie umgibt, scheint dünner, durchlässiger zu werden. Im Moment können wir nichts anderes tun, als abzuwarten. Aber machen Sie sich selbst ein Bild. Ich bringe Sie zu Ihrer Schwester.«

†††

Als Yao nur wenige Augenblicke später Mailins Krankenzimmer betrat, versetzte ihr der Anblick ihrer Schwester abermals, wie schon so oft in den letzten Wochen und Monaten, einen Stich ins Herz. Das aschgraue, aufgedunsene

Gesicht, der apathische Blick aus leeren, glanzlosen Augen, die dünnen, blassen Ärmchen, die aus den Ärmeln des ausgewaschenen rosafarbenen T-Shirts herausragten, und blutleere, spröde Lippen.

Immerhin hat jemand vom Pflegepersonal Mailins Haare gewaschen, dachte Yao.

Doch dann blieb ihr Blick an den ersten feinen grauen Strähnen im schwarzen Haar ihrer Schwester hängen. Sie war gerade mal einunddreißig Jahre alt.

Schweigend saß sie an Mailins Bett, hielt die Hand ihrer Schwester und strich ihr ab und zu behutsam durch die Haare oder streichelte ihre Wange. Sie hoffte, dass ihr die körperliche Nähe guttun würde, dass das für diesen Abend genügen würde, für einen Mut machenden Monolog fehlte Yao einfach die Kraft.

Mailin schien ohnehin kaum Notiz von ihrer großen Schwester zu nehmen und gab die ganze Zeit über keinen Ton von sich, und ihr Blick zeigte Yao, dass sich ihre kleine Schwester an einen Ort tief in ihrem Inneren zurückgezogen hatte, den sie nicht mit ihr teilen, zu dem sie ihr nicht folgen konnte.

Als es fast dunkel im Zimmer war, verließ Yao geräuschlos das Krankenzimmer.

† † †

69

Donnerstag, 19. April, 9:11 Uhr,
Berlin,
Treptowers, BKA-Einheit »Extremdelikte«,
Sektionstrakt

Yao fand die Arbeit in der Soko »Nikolassee« nicht nur spannend, sondern auch extrem lehrreich, was neue Erkenntnisse betreffend Polizeitaktiken und Organisationsstrukturen innerhalb des Polizeiapparats anging. Diese Dinge wurden naturgemäß nicht im Medizinstudium gelehrt und auch in der Facharztausbildung für Rechtsmedizin kaum vermittelt. Dennoch fehlte ihr die praktische Arbeit im Sektionssaal schon nach wenigen Tagen, deshalb hatte sie Herzfeld im Vorfeld der heutigen Frühbesprechung in seinem Büro aufgesucht und gebeten, ihr für diesen Tag einen Sektionsfall zuzuweisen.

Zu ihrer Erleichterung hatte Herzfeld nur stumm genickt und einen Blick auf den Aktenstapel vor ihm geworfen – sehr wahrscheinlich, um in Gedanken durchzugehen, welchen Fall er gleich seiner Stellvertreterin überantworten würde – und keinerlei Fragen zu ihrer Arbeit in der Soko »Nikolassee« gestellt. Denn damit hätte er das Thema unweigerlich auch auf Roderich Kracht gebracht.

Längst ärgerte sich Yao über ihre gestrige Unvernunft, Roderich Kracht in der JVA Heidering aufgesucht zu haben und damit beides, Angriffsfläche und Projektionsfläche, zu bieten. Angriffsfläche für seine Anwälte, allen voran von Gundlach, der sie womöglich bewusst in diese Falle gelockt hatte, um sie als Sachverständige später in der Gerichtsverhandlung zu diskreditieren und für befangen zu erklären.

Und Projektionsfläche für ihre Kollegen in der Soko »Nikolassee«, allen voran Monti und Jörgensen, die ihren Alleingang völlig zu Recht als unprofessionell und egoistisch erachten und ihr jegliches Fingerspitzengefühl und – schlimmer noch – damit die fachliche Kompetenz absprechen würden.

Und auch das völlig zu Recht, zumindest von deren Warte aus gesehen …

Denn worüber sie sich auch nach einer Nacht, in der sie mehr gegrübelt als geschlafen hatte, immer noch nicht im Klaren war, war die Frage, welches Ziel Kracht verfolgt hatte, als er sie über seinen Anwalt um ein so kurzfristiges Treffen gebeten hatte.

Die Frühbesprechung war unspektakulär verlaufen. Murau und Scherz waren einander aus dem Weg gegangen, so gut das in dem etwa fünfundzwanzig Quadratmeter großen Raum eben möglich war. Zumindest hatten sich die beiden Streithähne jeglicher Kommentare enthalten, während Herzfeld die für diesen Tag anstehenden Sektionsfälle referiert und an seine Mitarbeiter verteilt hatte.

Doktor Tomski hatte zum Ende der Morgenrunde berichtet, dass es sich bei den elf Tage zuvor obduzierten weiblichen Überresten aus dem Grunewald – ausweislich des jetzt vorliegenden Ergebnisses der DNA-Analyse von Doktor Fuchs – zweifelsfrei um die Frau des Berliner Bezirksabgeordneten handelte, wie die zuständigen Ermittler bereits vermutet hatten. Ein Verbrechen konnte jedoch mit hoher Wahrscheinlichkeit ausgeschlossen worden, trotz der von Mitgliedern der Organisierten Kriminalität gegen den Abgeordneten und seine Familie im Vorfeld des Todes der Frau ausgestoßenen Drohungen. Zumindest nach allem, was man zum jetzigen Zeitpunkt an Laborergebnissen und weiteren kriminalpolizeilichen Ermittlungen vorliegen hatte. Denn Doktor Fuchs hatte im Rahmen der toxikologischen Untersuchung die Wirkstoffe zweier verschiedener Schlafmittel in extrem hoher Dosierung festgestellt. Und das war noch nicht alles: Zwischenzeitlich war ein Brief aufgetaucht, den die Frau des Abgeordneten vor ihrem Verschwinden vor nunmehr fast acht Wochen an ihre Schwester in Süddeutschland geschickt hatte. In diesem Abschiedsbrief hatte sie ihren Lebensüberdruss geschildert und auch explizit Suizidgedanken geäußert. Als Begründung hatte sie die fortwährenden, immer neuen Affären und sexuellen Eskapaden ihres Mannes und seinen sich seit Jahren steigernden Kokainkonsum angeführt. Allerdings hatte die Schwester diesen Abschiedsbrief erst vor wenigen Tagen bei sich zu Hause gefunden, nachdem die Frühpensionärin von einer spontan angetretenen zweimonatigen Ayurveda-Kur aus Thailand zurückgekehrt war.

† † †

Die direkt im Anschluss an die Frühbesprechung von Yao durchgeführte Obduktion eines lettischen Diplomaten, der – abgesehen von einem Cock-Ring gänzlich nackt – in einem Swingerclub aufgefunden worden war, war unspektakulär verlaufen – außer dass der Cock-Ring des Fünfundfünfzigjährigen so eng angelegt gewesen war, dass seine Hoden nicht nur eine ungesunde, sondern auch das Absterben seines Gemächts eindrucksvoll belegende lila-gräuliche Farbe angenommen hatten.

Nachdem Sektionsassistent Hermann Vogel das Brustbein mit wenigen gekonnten Handgriffen entfernt hatte, war Yao schon beim Eröffnen des Herzbeutels jede Menge Blut entgegengeflossen, das dort allerdings nicht hingehörte. Schlussendlich war also nicht eine Lungenembolie als Folge der Thrombosierung der Venen von Hoden oder Hodensack durch den Penisring ursächlich für das Ableben des Mannes gewesen. Das hätte je nach Einschätzung des zuständigen Staatsanwalts zu einer Anklage wegen Körperverletzung mit Todesfolge oder Tötung durch Unterlassen gegen die involvierten Liebesdienerinnen und somit zu diplomatischen Verwicklungen zwischen Lettland und Deutschland führen können. Sondern es war ein frischer Herzinfarkt, der den Diplomaten im Rahmen maximaler sexueller Erregung und körperlicher Höchstleistung beim Liebesspiel mit gleich zwei Prostituierten ereilt hatte. Der Herzinfarkt war so massiv gewesen, dass es die Herzwand in ihrer Kontinuität zerrissen und infolgedessen den Herzbeutel mit Blut gefüllt hatte.

»Herzbeuteltamponade als Folge von frischem Herzinfarkt bei sklerosierender Herzkranzgefäßsklerose«, tippte Yao gerade im Vorraum des Sektionstrakts in die Tastatur des PCs, in dem die Obduzenten nach getaner Arbeit die wesentlichen Befunde und weiterführenden Untersuchungen in eine Excel-Tabelle eingaben, als das Vibrieren ihres Handys den Eingang einer SMS ankündigte.

SMS Monica Monti
DRINGEND!
Alle Kolleginnen und Kollegen der Soko »Nikolassee« finden sich bitte unverzüglich in der Keithstraße ein. Vorverlegte große Lagebesprechung heute um 10:00 Uhr statt um 14:00 Uhr! Vollständiges Erscheinen ist zwingend notwendig.
MfG
EKHK M. Monti

Unschlüssig, was das bedeuten mochte, las Yao die Textnachricht erneut. Dann sah sie auf die in der oberen linken Ecke ihres Smartphones angegebene Uhrzeit: 9:27 Uhr.

Dann sollte ich wohl sofort in die Keithstraße fahren …

In diesem Moment kündigte ein Signalton ihres Handys den Eingang einer E-Mail an.

Von: Leuthäuser, Uschi <uschi.leuthaeuser@polizei.berlin.de>
Gesendet: Donnerstag, 19. April, 9:25 Uhr
An: Soko_Nikolassee_User
CC: Monti, Monica <monica.monti@polizei.berlin.de> von Lürssen, Bodo <bodo.von.luerssen@sta.berlin.de>
Betreff: DRINGEND – Große Lagebesprechung – ACHTUNG: Terminverlegung

Sehr geehrte Damen und Herren,
im Auftrag von EKHK Frau Monti ergeht hiermit die Dienstanweisung an alle Mitglieder der Soko »Nikolassee«, sich unverzüglich zu der neu für 10:00 Uhr angesetzten Lagebesprechung (ursprünglich 14:00 Uhr) im großen Lagebesprechungsraum in der Keithstraße einzufinden.

i. A. Leuthäuser

Na, die wollen aber auf Nummer sicher gehen, dass niemand die Besprechung verpasst, ging es Yao durch den Kopf, während sie in die Damenumkleide hastete. Ihr Handy vibrierte erneut.

SMS Lars Jörgensen
Wissen Sie, was los ist?
MfG
LJ

† † †

70

**Donnerstag, 19. April, 10:16 Uhr,
Berlin-Charlottenburg, Keithstraße,
LKA, Großer Lagebesprechungssaal**

Obwohl Yao aufgrund des Berufsverkehrs mit fünfzehn Minuten Verspätung im großen Saal im ersten Stock des LKA-Gebäudes in der Keithstraße eintraf, hatte die Besprechung noch nicht begonnen, und die Rechtsmedizinerin war auch längst nicht die Letzte. Auch jetzt noch eilten vereinzelt Nachzügler in den Raum und nahmen auf den freien Stühlen hinter den in Reihen angeordneten dunklen Holztischen Platz.

Yao hatte bei ihrem Eintreffen hinter einer der mittleren Tischreihen Babette Bracker und Doktor Manfred Seyfried aus ihrem Team entdeckt und sich zu ihnen gesetzt. Beide waren genauso ratlos und gespannt wie sie selbst.

Zwischenzeitlich hatte Yao Jörgensen per SMS informiert, dass auch sie nicht wisse, was los sei, und der ältere Kollege hatte ihr geantwortet, dass er in einer Schwurgerichtssache beim Kriminalgericht Moabit als Sachverständiger im wahrsten Sinne des Wortes festsitze. Der vorsitzende Richter wolle ihn partout nicht vorzeitig von seinen Pflichten als Sachverständiger entbinden, da noch diverse Zeugen geladen waren, deren Aussagen das Gericht für das spätere rechtsmedizinische Gutachten als relevant einschätzte.

Es lag eine fast mit Händen zu greifende Spannung in der Luft, und mit jeder Minute, die verstrich und die Anwesenden im Unklaren blieben, was der Grund ihrer Zusammenkunft war, machte sich mehr Unruhe, ja fast Aufregung breit.

Vor dem kleinen Plateau an der mit Deutschlandfahne und Berlinfahne beflaggten Stirnseite des Raumes standen Monica Monti, Oberstaatsanwalt Bodo von Lürssen und ein Yao unbekannter Mann mit Glatze, dessen Alter nur schwer zu schätzen war. Alle drei traten immer wieder unruhig von einem Bein auf das andere, wechselten hin und wieder ein paar Worte, wobei sie zwischendurch nervöse Blicke ins Auditorium warfen oder auf ihre Armbanduhr sahen.

Schließlich klatschte Monti mehrfach laut in die Hände, um die Aufmerksamkeit der Anwesenden auf sich zu ziehen und sich Gehör zu verschaffen, was sie allerdings ein paarmal wiederholen musste, ehe Ruhe im Saal einkehrte.

Etwa fünfzig Augenpaare blickten gespannt auf die drei Protagonisten vor dem bühnenartigen Plateau, als Monti das Wort ergriff.

»Kolleginnen und Kollegen, ich danke Ihnen für Ihr rasches und fast vollständiges Erscheinen. Bis auf ganz wenige Ausnahmen sind mittlerweile alle hier versammelt. Ich weiß, dass einige von Ihnen heute Vormittag eigentlich wegen anderer dienstlicher Aufgaben unabkömmlich gewesen wären und vieles an Ermittlungsarbeit jetzt liegen bleibt, was dringend abzuarbeiten wäre, und dass auch einige Zeugenbefragungen, die im Grunde genommen keinen Aufschub dulden, verschoben werden mussten. Und dafür danke ich Ihnen.«

Monti machte eine Pause, schien sich die nun folgenden Worte zurechtzulegen. Dann fuhr sie fort: »Aber das, was ich Ihnen jetzt zu sagen habe, ist so dringend – und vor allen Dingen auch so wichtig –, dass ich es Ihnen persönlich mitteilen wollte … Roderich Kracht ist heute Nacht aus der Untersuchungshaft geflohen.«

† † †

71

Donnerstag, 19. April, 10:21 Uhr,
Berlin-Charlottenburg, Keithstraße,
LKA, Großer Lagebesprechungssaal

Für einen kurzen Moment schien es, als hielten alle Anwesenden gleichzeitig die Luft an. Doch dann brandete urplötzlich eine Kakofonie aus Geräuschen, Lauten und Stimmengewirr über sie herein.

»Wie ist das passiert?«, rief eine tiefe männliche Stimme von einer der hinteren Sitzreihen, und ein anderer setzte nach: »Genau, wie ist das denn überhaupt möglich?«

Das frage ich mich auch … Und vor allen Dingen … Kracht wollte mich unbedingt gestern treffen. Sein Anwalt, von Gundlach, hat mir am Telefon gesagt, dass ein Treffen mit seinem Mandanten nur am gestrigen Tag sinnvoll wäre. Insofern …

Yao spürte, wie sich ihr die Nackenhaare aufstellten, und ein kalter Schauer schoss ihr über den Rücken. Sie setzte sich aufrecht hin und atmete tief aus. Sie durfte jetzt nicht die Nerven verlieren.

Das ist es … Kracht hat gestern schon gewusst, dass er nur Stunden später aus dem Gefängnis verschwinden und heute nicht mehr da sein wird. Deshalb musste das Treffen unbedingt sofort stattfinden. Das bedeutet aber auch, dass sein Ausbruch von langer Hand geplant und kein spontanes Ergreifen einer sich plötzlich auftuenden Fluchtmöglichkeit war. Sehr wahrscheinlich war das alles bis ins kleinste Detail geplant. Höchstwahrscheinlich wird er Helfer gehabt haben und …

Yao wurde jäh in ihrer immer schneller kreisenden Gedankenspirale gestoppt, denn jetzt verschaffte sich der neben Monti stehende von Lürssen Gehör.

»Ruhe im Saal! Ruhe, verdammt noch mal!«

Von Lürssen, auch heute wieder in einem perfekt sitzenden Maßanzug und mit auf Hochglanz polierten schwarzen Lederschuhen, trat ein paar Schritte nach vorne und sah grimmig in die Runde. Langsam kehrte etwas Ruhe ein.

»Wir werden Ihnen alles haarklein erklären. Auch, was das für die weiteren Ermittlungen bedeutet und was die nächsten Schritte sind. Deshalb sind wir ja hier. Das hier«, er drehte sich zur Seite und deutete auf den Mann neben Monti, »ist EKHK Niklas Golombek vom LKA 662, Zielfahndung. Kollege Golombek dürften einige von Ihnen kennen. Er bringt uns gleich auf den neuesten Stand.«

Der angesprochene kahlköpfige Mann in dem etwas zu weiten grauen Sweatshirt, Jeans und Sneakers sowie mit der nicht zu übersehenden Dienstwaffe, die seitlich in einem Holster an seinem Gürtel hing und seiner Erscheinung etwas Verwegenes verlieh, nickte zackig. »Ich«, fuhr von Lürssen fort, »komme gerade von einer kleinen Brandenburg-Rundreise, die für mich heute Morgen um 2:30 Uhr begonnen hat, als ich von Krachts Flucht erfuhr. Ich spreche bewusst von *Flucht* und nicht von einem *Ausbruch* oder gar *Gefängnisausbruch,* denn zu dem Zeitpunkt, als sich Herr Kracht aus seiner Verwahrung entfernt hat, befand er sich nicht in der JVA Heidering.«

Ungläubiges Raunen und fragendes Gemurmel ertönte im Saal, und während sich Yao ungläubig fragte, was das alles zu bedeuten hatte, sendete ihr Körper weiterhin Stresssignale aus. Sie presste ihre mittlerweile feuchten Handflächen so fest aneinander, dass es schmerzte. Unauffällig sah sie ihre Nachbarn an, aber Babette Bracker und Manfred Seyfried folgten gebannt den Worten des Oberstaatsanwalts.

Atme, Sabine, atme! Noch ist überhaupt nicht klar, dass dein gestriger Besuch in irgendeiner Form mit Krachts Flucht in Zusammenhang steht, versuchte sie sich innerlich zu beruhigen.

»Ein echtes Husarenstück, das der Herr Professor da abgeliefert hat, das muss man neidlos anerkennen. Auf die Idee muss man erst mal kommen«, ließ von Lürssen weiter verlautbaren. »Aber der Reihe nach. Zunächst war ich heute in aller Herrgottsfrühe in der JVA Heidering in Großbeeren und dann in Potsdam im Klinikum Ernst von Bergmann, aus dem sich Herr Kracht gegen etwa 0:30 Uhr absentiert hat. Warum er dort war? Im Klinikum in Potsdam?« Er ließ die Frage kurze Zeit im Raum stehen, blickte in die Runde des Auditoriums und sagte dann: »Weil er gegen 22:00 Uhr gestern Abend in seiner Zelle in der JVA Heidering einen epileptischen Anfall erlitten hat. Oder sagen wir mal so: weil er dermaßen realistisch und eindrucksvoll einen epileptischen Anfall vortäuschte, dass der für Krachts Zellentrakt zuständige Justizvollzugsbeamte es mit der Angst zu tun bekam, der Gefangene könnte sterben. Ein Krampfanfall vom Feinsten, mit Speichelfluss, Zungenbiss, Augenverdrehen, Krämpfen und Zuckungen auf dem Zellenboden und einer Kopfplatzwunde, die er sich beim Sturz im Rahmen des Anfalls zugezogen hat, wie es der Augenzeuge mir gegenüber in seiner Vernehmung heute Morgen gegen 8:00 Uhr eindrücklich schilderte.

Jedenfalls drückt Kracht kurz vor 22:00 Uhr gestern Abend den Notrufknopf in seiner Zelle. Auf Nachfrage des Wachtmeisters sagt er, es gehe ihm nicht gut. Dann bricht die Verbindung über die Gegensprechanlage in Krachts Haftraum ab, und der Beamte hört nur noch ein Poltern. Er rennt zu Krachts Zelle, schaut von außen durch die Sichtklappe und sieht Kracht krampfend auf dem Zellenboden in einer großen Blutlache liegen.«

Der Oberstaatsanwalt hielt kurz inne, er schien die Aufmerksamkeit der fünfzig gebannt lauschenden Anwesenden regelrecht auszukosten.

»Dazu muss man wissen – und unser Freund Kracht wusste das mit Sicherheit auch –, dass in der JVA Heidering nachts kein Arzt vor Ort ist. Aber ein Krankenpfleger steht in der Krankenstation für medizinische Notfälle auf Abruf bereit. Der Pfleger wird daraufhin in den Haftraum von Kracht gerufen, sieht sich das Malheur an und ruft seinerseits den für die JVA Heidering zuständigen Arzt im Berliner Justizvollzugskrankenhaus in Plötzensee an. Heidering liegt zwar in Brandenburg, gehört hoheitlich aber zu Berlin. Der diensthabende Arzt in Plötzensee lässt sich die Situation schildern und rät dem Pfleger, einen Notarzt zu rufen.

Kracht fällt derweil in eine Art Dämmerschlaf auf dem Bett in seiner Zelle, wo man ihn mittlerweile abgelegt hat, zumindest kann er auch das wohl sehr überzeugend spielen. Was er allerdings nicht spielt, ist die klaffende Kopfplatzwunde über dem rechten Ohr, aus der es heftig blutet. Die Blutung wird provisorisch durch den Krankenpfleger gestillt, während alle auf den Notarzt warten. Kracht selbst ist zu diesem Zeitpunkt, wie es mir von den Zeugen geschildert wurde, nicht mehr erweckbar. Derweil schaut man in den Anamnesebogen, der drei Tage zuvor bei Krachts Ankunft in der JVA Heidering vom medizinischen Dienst ausgefüllt wurde. Und siehe da! Kracht hat angegeben, unter Epilepsie zu leiden, und auch, dass er Medikamente gegen seine Epilepsie wegen Unverträglichkeiten schon seit Jahren ablehne. Jetzt weiß man, der Mann ist wirklich krank! Und der Notarzt entscheidet, dass die Platzwunde chirurgisch versorgt werden muss und zur Sicherheit, um eine zusätzliche Kopfverletzung auszuschließen, auch ein MRT erforderlich ist. Ist in Heidering aber schlechterdings nicht möglich. Wo geht's also hin?«

»Ins Klinikum *Emil von Behring!*«, ertönte es aus dem Auditorium.

Von Lürssen nickte gönnerhaft und lächelte selbstgefällig, während Monti schräg hinter ihm demonstrativ den Kopf schüttelte und mit den Augen rollte.

»Korrekt. Ins *Emil von Behring* nach Potsdam! Kracht wird zur ›Ausführung‹, wie es im Amtsdeutsch so schön heißt, von zwei Justizvollzugsbeamten im Rettungswagen nach Potsdam begleitet. Er wird liegend transportiert, hat Fußfesseln. Zwei Beamte und Fesselung! Alles nach Vorschrift. Kracht ist nach wie vor nicht ansprechbar, aber in stabilem Zustand und liegt auf einem Krankenbett ... einem klassischen Krankenbett, wie wir es aus Krankenhäusern kennen ... Er liegt also da, einer der verschließbaren Ringe der Fußfessel um den Knöchel, der andere Ring am metallenen Krankenbettrahmen. Bis hierhin ist alles in Ordnung. Alles nach Vorschrift. Aber dann füllt einer der begleitenden Beamten im Röntgenbereich irgendwelche Formulare aus, während der zweite ganz dringend für kleine Jungs muss. Kracht ist wenige Minuten unbeaufsichtigt. Als der Justizwachtmeister vom stillen Örtchen zurückkehrt, ist das Krankenbett leer und Kracht auf und davon. Die Seite des Betts, an der die Fußfessel am Rahmen befestigt war, ist auseinandergebaut, fein säuberlich zerlegt, wie es nur jemand vom Fach kann, der sich mit diesen verdammten Betten auskennt. Und Kracht ist spurlos verschwunden. Als hätte er sich in Luft aufgelöst. Eine sofort eingeleitete Großfahndung ist ohne Erfolg. Wo ist er hin?« Und während er diese letzte Frage formulierte, drehte sich von Lürssen zu Zielfahnder Golombek und bedeutete ihm fortzufahren: »Herr Golombek, bitte ...«

Auf diese Aufforderung hin trat der Angesprochene nach vorne. »Kollegen!«, ertönte Golombeks raue Stimme. »Zunächst, dass das mal klar ist: Weit wird Herr Kracht nicht kommen. Er ist Arzt, Schönheitschirurg, kein Profi-Ausbrecher. Aber wir bei der Zielfahndung sind Profis.«

Wenn du ihn da mal nicht gehörig unterschätzt.

Yao lehnte sich zurück und spürte, wie sich ihr Körper langsam beruhigte. Ihr Hirn hatte mit der einströmenden Faktenlage wieder die Oberhand gewonnen. Langsam legte sie die schmerzenden Hände auf den Oberschenkeln ab.

»Wir wissen, dass er noch in der Region Brandenburg ist. Woher wir das wissen, kann ich hier aus nachvollziehbaren Gründen nicht sagen. Aber wir sind an ihm dran. Genauso, wie wir alle Personen, an die er sich auf seiner Flucht um Hilfe wenden könnte, auf dem Schirm haben und mittels verdeckter Aktionen observieren. Wir überwachen natürlich auch Telekommunikation und andere Möglichkeiten, derer er sich bedienen könnte, um sich Hilfe zu organisieren«, berichtete Golombek mit seiner Reibeisenstimme.

»Ihm stehen auch keinerlei finanzielle Mittel zur Verfügung«, schaltete sich jetzt Monti ein. »Vermögensarrest nach § 111e Strafgesetzbuch. Sie kennen das, Kolleginnen und Kollegen. Sämtliche Konten Krachts sind seit heute Morgen eingefroren.«

»Genau. Gefahr im Verzug, deshalb habe ich das gleich heute Morgen veranlasst. Wir trocknen ihn aus«, ergriff jetzt Oberstaatsanwalt von Lürssen wieder das Wort.

Im großen Lagebesprechungsraum wurde es zunehmend unruhig, es wurde mit Sitznachbarn getuschelt und Stühle wurden nervös hin und her geschoben.

»Noch etwas!«, verschaffte sich von Lürssen erneut Gehör. »Bitte jetzt alle noch mal die Ohren spitzen: Ich verhänge hiermit bis auf Weiteres eine Pressesperre. Niemand, ich wiederhole: niemand, spricht mit Pressevertretern. Für Presseauskünfte sind lediglich der Pressereferent der Staatsanwaltschaft und ich zuständig. Wir entscheiden, wann die Öffentlichkeit informiert wird. Und wenn jemand der hier im Raum Anwesenden meint, er oder sie müsse etwas ausplaudern, und wenn es nur der eigenen Frau oder dem eigenen Mann oder dem Partner oder Kollegen von einer anderen Dienststelle gegenüber ist, dann mache ich denjenigen eigenhändig mit allen Sanktionen und Strafen, die disziplinarrechtlich und strafrechtlich möglich sind, einen Kopf kürzer. Nur dass das klar ist.«

Empörtes Raunen ertönte im Raum.

Dann beendete von Lürssen die Versammlung, diesmal in versöhnlicherem Tonfall: »Es ist nur eine Frage von wenigen Stunden, bis wir seiner wieder habhaft sind, oder, Golombek?«

Der Angesprochene nickte geflissentlich.

Wenn ihr euch da nicht schon wieder verschätzt …

Schlagartig wurde Yao klar, dass sie durch ihren gestrigen Besuch vielleicht die einzige Person im Raum war, die auch nur annähernd eine Vorstellung davon hatte, wozu Kracht fähig war. Wie raffiniert, durchtrieben und gerissen er war und welche kriminelle Energie er in sich trug.

† † †

72

Samstag, 21. April, 18:28 Uhr,
Berlin-Charlottenburg,
Wohnung von Dr. Sabine Yao

Die beiden vergangenen Tage hatten sich endlos angefühlt, die Minuten sich wie Stunden hingezogen. Herzfeld war zeitgleich zu der Lagebesprechung der Soko »Nikolassee«, in der Krachts Flucht bekannt gegeben worden war, zu einer dreitägigen Sicherheitskonferenz nach Wien gereist. Yao hatte ihren Chef in der Zwischenzeit lediglich in einem kurzen Telefonat diesbezüglich auf den neuesten Stand bringen können. Allen war klar, dass durch Krachts Flucht die Karten neu verteilt waren. Mit ihrer Einschätzung, dass Kracht zu gewieft sei, als dass man seiner innerhalb weniger Stunden habhaft werden könnte, wie Oberstaatsanwalt von Lürssen es vollmundig versprochen hatte, hatte Yao leider recht behalten. Golombek und seine Kollegen von der Zielfahndung schienen nach wie vor völlig im Dunkeln zu tappen, was Roderich Krachts derzeitigen Aufenthaltsort anbelangte, wie Monti ihr am Abend zuvor im Vertrauen am Telefon gesagt hatte.

So spektakulär die Flucht des Schönheitschirurgen auch gewesen war, bis dato war tatsächlich nichts davon an die Presse durchgesickert. Eine Tatsache, die Yao allerdings nicht im Geringsten verwunderte. Das war in erster Linie dem Umstand zuzuschreiben, dass sehr vielen Personen in exponierten beruflichen Positionen – nicht nur bei den Ermittlungsbehörden oder in der Senatsverwaltung für Inneres, sondern auch im Berliner Abgeordnetenhaus – daran gelegen war, so lange wie möglich einen Mantel des Schweigens über Krachts Flucht auszubreiten. Zu viele einflussreiche Männer hatten in der Vergangenheit mit dem prominenten Berliner Arzt zu tun gehabt, diskret seine Dienste für ihre Frauen oder Geliebten in Anspruch genommen, und denen würde es überhaupt nicht gefallen, ihren Namen im Zusammenhang mit einem Mordverdächtigen den Medien zu entnehmen.

Eine Krähe hackt der anderen kein Auge aus …

Zu ihrer Erleichterung hatte bisher offenbar noch niemand etwas von ihrem Treffen mit Roderich Kracht in der JVA Heidering erfahren. Und die Rechtsmedizinerin hoffte inständig, dass dies auch weiterhin so bliebe. Ihr war klar, dass ihr Besuch bei dem unter Mordverdacht stehenden Kracht wenige Stunden vor seiner ebenso raffinierten wie spektakulären Flucht im Nachhinein in einem ganz anderen Licht erscheinen könnte. Fragen zu einer möglichen Mittäterschaft betreffend Fluchtplanung oder Fluchthilfe würden aufkommen.

Außer mit Monti hatte Yao in den letzten beiden Tagen lediglich einmal kurz mit Seyfried und Jörgensen telefoniert. Letzterer hatte Krachts Flucht als *Gamechanger* bezeichnet, der Begriff war Yao nachhaltig in Erinnerung geblieben, denn er traf den Nagel auf den Kopf. Die Ermittler hatten ihre Strategie, ihr weiteres Vorgehen gezwungenermaßen radikal umstellen müssen. Was bisher nicht von Erfolg gekrönt war. *Jetzt sitzt Kracht am längeren Hebel, zieht die Strippen und wird sehr genau darauf achten, sie nicht wieder aus der Hand zu geben*, hatte Jörgensen seine Analyse treffend beendet.

Zu einer ähnlichen Einschätzung war auch Yaos Teammitglied Doktor Manfred Seyfried gekommen, der als Psychologe seit vielen Jahren in der Abteilung für Operative Fallanalyse des LKA tätig war. Da ihr eigentlicher Teamleiter, Kriminaloberkommissar Stefan Seibel, mit einer starken Erkältung das Bett hütete, hatten sie sich zu dritt über die weiteren Schritte innerhalb ihres Teams abgestimmt. Der Psychologe hatte mit wenigen Worten Krachts Persönlichkeitsprofil auf den Punkt gebracht: *Roderich Kracht hat schizoide Züge. Einerseits sucht er Nähe, begehrt eine Bezugsperson wie Nadine Reichenbach oder auch seine Frau. Auf der anderen Seite kann er diese Nähe aber nicht ertragen, sie hat etwas Bedrohliches für ihn. Das gibt seinen Allmachtsfantasien, gepaart mit eventuell schon immer latent vorhandenen Tötungsfantasien, Nahrung, was es wiederum leicht für ihn macht, diese Fantasien in die Tat umzusetzen. Sein großes Plus ist außerdem, dass er keinerlei Empathie für andere Menschen empfindet. Ich könnte mir sogar vorstellen, dass er gerne über sich und seine Flucht in der Presse lesen würde. Jegliches Interesse an seiner Person schmeichelt ihm.*

Yao hatte zu seinen Ausführungen insgeheim genickt.

So, wie ich ihm Interesse signalisiert habe, als ich seiner Aufforderung, ihn im Gefängnis zu besuchen, nachgekommen bin.

Sie hatte es allerdings tunlichst vermieden, Seyfried gegenüber eine entsprechende Bemerkung zu machen.

Während sich Yao in diesen Überlegungen verlor, inspizierte sie mit knurrendem Magen ihren Kühlschrank. Als sie Gemüse und Kräuter für eine Suppe herausholte, klingelte ihr Mobiltelefon. Auf dem Display wurde eine ihr unbekannte Nummernfolge angezeigt, offensichtlich eine ausländische Rufnummer, wie sie an den zwei Nullen zu Beginn der Ziffernfolge erkannte.

Yao meldete sich mit einem knappen »Hallo?«.

»Hallo, Frau Kollegin«, ertönte es am anderen Ende.

»Wer …« Aber Yao musste nicht weitersprechen, nicht nachfragen, wer der Anrufer war. Sie hatte die Stimme sofort erkannt. Sie gehörte zu dem Mann, den sie vor drei Tagen im Besuchertrakt der JVA Heidering getroffen hatte.

Yao war für einen kurzen Augenblick sprachlos.

»Mein Anwalt war so freundlich, mir Ihre Nummer zu geben. Ich dachte …«

»Warum rufen Sie mich an? Was wollen Sie?«, unterbrach Yao den Anrufer barsch.

»Ich weiß, dass Sie sich immer wieder die eine Frage stellen, Frau Kollegin. Die Frage, die nur ich beantworten kann. Und ich weiß auch, wenn Sie darauf keine Antwort bekommen, wird diese eine offene Frage für den Rest Ihres Lebens an Ihnen nagen, wie ein Feuer in Ihrem Inneren brennen. Ein Feuer, das Sie vielleicht irgendwann verzehren wird.«

Yao erwiderte nichts, wusste sie doch nur zu gut, dass Roderich Kracht recht hatte. Der ungeklärte Tod von Collin Luckner würde sie verfolgen.

Atmen. Ruhig weiteratmen. Lass ihn nicht merken, wie nervös du bist. Lass ihn kommen …

Yao stellte ihr Handy auf Lautsprecher und machte einen Screenshot des Displays mit der Rufnummer, von der aus Kracht sie anrief. Dann rief sie WhatsApp auf und dort die Handynummer von Monica Monti. Sie wollte der Ermittlerin gerade den Screenshot mit einer kurzen Nachricht senden, als sie Kracht sagen hörte: »Kurze Info, Frau Yao. Falls Sie vorhaben, parallel zu unserem Telefonat mit der Polizei in Kontakt zu treten und Ihre Freunde dort zu informieren, dass Sie mich gerade in der Leitung haben, kann ich Ihnen versichern, dass das zu nichts führt. Reine Zeitverschwendung.«

Shit, kann er mich etwa sehen?

Yao zuckte instinktiv zusammen, sah sich gehetzt um. Aber dass der Mann am Telefon sie beobachtete, war unmöglich, denn sie saß mittlerweile auf ihrer Wohnzimmercouch, die weder von dem gegenüberliegenden Mehrfamilienhaus noch von einer direkt vor der Scheibe des Wohnzimmerfensters fliegenden Drohne einsehbar war.

Eine Kamera hat er wohl kaum hier in meiner Wohnung versteckt … Der Typ ist einfach so. Denkt immer den nächsten gegnerischen Schachzug mit, ehe er seinen eigenen Zug macht. Nicht umsonst hat er gesagt, dass er sich mit mir und mit wem noch alles im Krieg befindet …

»Diese Nummer lässt sich nicht zurückverfolgen. Insofern sollten wir uns jetzt aufs Wesentliche konzentrieren. Denn ich gehe in exakt vierundachtzig Sekunden aus der Leitung. Dann beende ich aus Sicherheitsgründen das Gespräch. Und Sie werden nie wieder etwas von mir hören. Aber Ihre Erinnerung an mich wird immer präsent sein. Genauso wie Ihre offene Frage. Die Frage, auf die Sie nie eine Antwort finden werden, weder mit fremder Hilfe von irgendwelchen Chemie-Nerds in Ihren Laboratorien noch aus eigener Kraft.«

Und wieder erinnerte sich Yao an den Satz von Henry Fuchs: *Der Einzige, der Ihnen die Frage, wie und womit Collin Luckner vergiftet wurde, beantworten kann, ist derjenige, der ihn umgebracht hat.*

»Sechsundsechzig Sekunden noch!«

Er setzt mich unter Zeitdruck, behält so die Oberhand. Ich kann immer nur reagieren, nicht selbst agieren. Shit …

»Schießen Sie los, Herr Kracht. Wie ist Collin Luckner gestorben?«, stieß Yao hervor und merkte an der Anspannung in ihrer Stimme, dass die Taktik des Schönheitschirurgen aufgegangen war. Denn ihre Aufregung war Kracht gewiss nicht verborgen geblieben.

Warum Luckner gestorben ist, muss Monica mit ihren Leuten rausfinden, fügte die Rechtsmedizinerin in Gedanken hinzu.

»Nein, nein, nein! So einfach mache ich es Ihnen nicht, Frau Yao. Ich werde es Ihnen persönlich sagen. Nur Ihnen. Wir treffen uns heute Abend um exakt 20:00 Uhr in Klein Köris, Chausseestraße 54. Geben Sie das in Ihr Navi ein. Chausseestraße 54, 15746 Klein Köris. Dort ist eine Freifläche. Sie parken auf dem Seitenstreifen neben der Chausseestraße. Sie überqueren die Freifläche …«

Klein Köris, nie gehört.

Yao rief parallel auf ihrem Handydisplay Google Maps auf und gab die ihr eben genannte Adresse ein. Zweimal vertippte sie sich vor Aufregung, dann baute sich das Satellitenbild auf. Zunächst verpixelt, dann zunehmend schärfer. Yao blickte auf die Karte. Der Ort lag im brandenburgischen Nirgendwo.

»… und gehen Richtung See. Dort befindet sich ein Bootssteg. Auf diesem Steg …«

Yao zoomte den Bildausschnitt des Satellitenbilds groß und erblickte neben der von der App gesetzten tropfenförmigen Markierung der Zieladresse eine hellgrüne, unbebaute Fläche, die zwischen der Chausseestraße und einem dunkelgrünen See lag. Klein Köriser See, las Yao vom Display ab.

»… treffen wir uns.«

Sie zoomte das Bild noch größer und sah einen Bootssteg, der, aus der Vogelperspektive betrachtet, in den See hineinragte.

»Warum dort? Warum nicht in Berlin? Das ist ziemlich weit weg.« Während ihre Frage noch im Raum stand, ließ Yao die App die Route berechnen und las die Fahrzeit ab.

»Fünfundfünfzig Minuten!«

Sie sah auf die in der linken oberen Ecke des Handydisplays angegebene Uhrzeit: 18:30 Uhr.

Das muss man ihm lassen, er hat an alles gedacht. Ich wer-

de mich sehr bald aufmachen müssen, wenn ich pünktlich da sein will. Es wäre unmöglich, in der noch verbleibenden Zeit eine verdeckte Operation auf die Beine zu stellen …

»Dreiunddreißig«, ertönte als Antwort.

»Herr Kracht, ich will mich ja mit Ihnen treffen, aber …«

»Mein Spiel, meine Regeln«, erklang es kurz und knapp aus dem Handylautsprecher. »Und jetzt gut zuhören, weil ich nämlich in genau achtundzwanzig Sekunden diesen Anruf beende«, sprach Kracht weiter, jetzt etwas schneller als zuvor. »Sie stehen Punkt 20:00 Uhr an der Spitze des Bootsstegs. Keine Minute früher. Und auch keine Minute später. Falls Sie nicht da sind, wenn ich dort ankomme, war es das. Dann bin ich sofort wieder weg. Sobald ich nur den geringsten Anlass sehe, an Ihrer Diskretion und Loyalität zu zweifeln, war es das.«

»Loyalität?«, fragte Yao konsterniert.

Denkt der allen Ernstes …

»Wenn ich auch nur den Hauch einer Ahnung, nur den leisesten Verdacht habe, dass Sie nicht allein sind, dass Sie die Kavallerie bei sich haben, bin ich weg. Auf Nimmerwiedersehen. Und mit mir auch die Antwort auf Ihre Frage. Achtzehn …«

»Ich habe das alles verstanden, aber wie kann ich Ihnen trauen, wie …«

»Ob ich Ihnen etwas antun würde? Frau Kollegin, bitte.« Krachts Stimme klang jetzt jovial, fast gönnerhaft. »Das wäre nicht mein Stil. Und das wissen Sie auch. Mein Ehrenwort unter Kollegen, dass Ihnen nichts geschehen wird. Sie waren nie das Ziel.«

Wie sagte Hannibal Lecter zu Clarice Starling in »Das Schweigen der Lämmer«?, kam es Yao in den Sinn. *»Die Welt ist schöner mit Ihnen darin« – oder so ähnlich.*

Irgendwie passte der Vergleich, fand Yao. Trotzdem war sie hin- und hergerissen.

»Zehn.«

»Woher weiß ich, dass Sie die Wahrheit sagen? Ich meine, Sie haben nach allem, was wir wissen, Ihre Frau und noch mindestens drei weitere Menschen auf dem Gewissen. Das mit Collin Luckner leugnen Sie ja nicht einmal.«

»Drei!«

Yao wusste, dass sie damit Ereignisse in Gang setzen würde, die sich gänzlich ihrer Kontrolle entziehen würden, als sie mit gepresster Stimme hervorstieß: »20:00 Uhr. Ich werde da sein.«

Nur den Bruchteil einer Sekunde später wurde das Telefonat von Kracht beendet.

† † †

73

**Samstag, 21. April, 19:06 Uhr,
Pkw Dr. Sabine Yao**

»Bine, bist du jetzt komplett übergeschnappt? Du willst dich mit diesem Wahnsinnigen treffen? Allein? In dieser Abgeschiedenheit? Im Dunkeln an einem einsamen Ort? Was bitte stimmt mit dir nicht?«, ertönte Wittstocks sich überschlagende Stimme aus der Freisprechanlage, als Yao die Fahrspur wechselte, weil die Stadtautobahn vor ihr aufgrund einer Baustelle einspurig wurde.

»Du setzt dich einem absurd hohen Risiko aus. Ich habe das hier vor mir auf Satelliten, da ist nicht wirklich was los in Klein Köris. Das nächste größere Krankenhaus ist in Königs Wusterhausen. Zweiundzwanzig Kilometer über Landstraße. Auch die nächste Polizeistation ist da, und die ist am Wochenende schätzungsweise nicht mal besetzt! Wenn dir etwas passiert, dauert es verdammt lange, bis dir jemand zu Hilfe kommt! Ach, was sag ich, wenn er dich nicht gleich tötet. Schätzchen, ich habe Angst um dich!«

Yao hatte die IT-Spezialistin noch nie so erlebt. So viel Emotion, so viel Sorge und Angst um ihre Gesundheit. Das passte überhaupt nicht zu ihr.

»Bine, ich rufe jetzt die Polizei. Ich kann dich nicht allein …«

»Nein!«, rief Yao viel lauter als beabsichtigt. »Dieses Treffen mit Kracht öffnet mir eine Tür, ermöglicht es, ihn ein für alle Mal aus meinem Leben zu verbannen.«

»Wie meinst du das?« Wittstock klang jetzt weniger besorgt und angsterfüllt als vielmehr gespannt.

Yao berichtete ihrer Freundin in kurzen Sätzen von Collin

Luckner und der für sie alles bedeutenden Frage im Zusammenhang mit seinem plötzlichen Tod. »Verstehst du das? Dass ich mich vermutlich für den Rest meines Lebens fragen werde, wie er Collin Luckner umgebracht hat? Dass es meine Berufsehre verlangt, das herauszufinden?«

»Hör auf mit diesem pathetischen Schwachsinn. Berufsehre! Wenn ich das schon höre«, ereiferte sich Wittstock jetzt. »Sabine! Ist es das wirklich wert? Dass du dich in so große Gefahr begibst? Ich kann mich nur wiederholen: Was läuft da gerade bei dir nicht richtig? Und überhaupt, ist es denn sicher, dass Kracht den Mann getötet hat?«

»Genau das gilt es ja herauszufinden.«

Yao sah auf das Armaturenbrett: 19:15 Uhr. Laut Navi waren es noch dreiunddreißig Minuten Fahrzeit bis nach Klein Köris.

Genug Zeit. Ich darf auf keinen Fall zu früh da auftauchen. Ich fahre zunächst am besten einmal langsam an der Zieladresse vorbei und schaue mich unauffällig im Vorbeifahren etwas um. Kann nicht schaden. Und vielleicht …

»Hast du einen Exit-Plan?«, ertönte Wittstocks Stimme verzerrt aus der Freisprecheinrichtung des Mini.

»Was?«

»Na, irgendeine Art Waffe, um dich zu verteidigen, wenn du schon kein Back-up vonseiten der Polizei oder sonstige Unterstützung vor Ort hast. Pfefferspray, Elektroschocker, Totschläger, am besten eine Schusswaffe.«

»Klar, habe ich immer zur Hand.« Yao wurde in diesem Moment schmerzlich bewusst, dass sie keinen Plan hatte, weder wie sie vorgehen, noch wie sie sich im Notfall verteidigen sollte. »Natürlich nicht, Sara! Ich bin zwar BKA-Beamtin, aber keine Waffenträgerin, wie es so schön im Amtsdeutsch heißt. Zudem weißt du, dass ich jegliche Form von Gewalt ablehne.«

»Na, herzlichen Glückwunsch. Augen auf bei der Berufswahl. Da bist du ja wohl in deinem Job völlig deplatziert«, erwiderte Wittstock.

Yao registrierte mit Erleichterung, dass die IT-Expertin nicht nur ihre flapsige Art wiedergewonnen, sondern auch wieder in ihren ironischen und sarkastischen Unterton zurückgefunden hatte. Die Gefahr, dass Sara die Polizei einschaltete und in Klein Köris womöglich ein Großaufgebot an Polizeipräsenz auf sie wartete, schien sich gerade deutlich zu minimieren.

Yao kam eine Idee.

»Ich habe eine taktische Taschenlampe in meinem Tatortkoffer hinten im Kofferraum. Eine Stroboskop-Taschenlampe.«

»Super, Schätzchen. Die wirfst du ihm dann an den Kopf? Oder willst du die Taschenlampe als Lichtschwert einsetzen?«

»In der Lampe ist ein Strobe-Modus zum Blenden von Gegnern integriert. Zur Abwehr von Menschen und Tieren. Eine taktische Taschenlampe, die bei einigen Polizeieinheiten und auch Spezialeinheiten zur Ausrüstung gehört. Ein Geschenk von einem … einem … Ach, egal.«

»Und da bekommt der kleine Roderich gleich Angst, weil du ihn damit anleuchtest? Oh, das Licht ist aber hell! Das blendet mich!«

»Warte, Sara. Das Prinzip ist folgendes: Der Stroboskopmodus der Taschenlampe erzeugt schnell hintereinander aufscheinende Lichtblitze, die einen potenziellen Angreifer blenden. Unser Auge kann sich über die Regulierung der Pupillenweite auf gleichbleibende Lichtblitze, die in immer wiederkehrender Frequenz und Helligkeit aufblitzen, einstellen, aber nicht auf ungleichmäßige Lichtblitze wie bei der speziellen Stroboskopfunktion dieser taktischen Taschenlampen. Sie sind dafür entwickelt worden, einen Angreifer auf Distanz zu halten. Das wird mir etwas Zeit zur Flucht verschaffen, falls es anders läuft als geplant.«

»Sabine, das ist ein lausiger Plan!«

»Besser ein lausiger Plan als gar keinen Plan«, konterte Yao trotzig und schaltete die Scheinwerfer ihres Mini ein, die als zwei Leuchtkegel die einsetzende Dunkelheit und den fernab der Großstadt jetzt immer dichter werdenden Bodennebel durchschnitten.

† † †

74

Samstag, 21. April, 19:57 Uhr,
Klein Köriser See

Wie von Kracht verlangt, hatte Yao ihren Mini auf dem unbefestigten Seitenstreifen neben der Chausseestraße geparkt, die einmal der Länge nach durch die Sechshundert-Seelen-Gemeinde von Klein Köris als Hauptstraße und zugleich als Verbindungsstraße zwischen der nahen Autobahn 13 und der Landstraße 179 fungierte.

Als wären die Bürgersteige hier hochgeklappt, hatte Yao gedacht, als sie durch die kleine Ortschaft fuhr, die aus einfachen Einfamilienhäusern bestand, fast sämtlich zu DDR-Zeiten oder noch davor erbaut, mit großen, überwiegend gepflegten Gärten links und rechts der Hauptstraße. Nur vereinzelt hatte Licht in den Häusern gebrannt. Einmal hatte ein Hund gebellt. Die aus der Zeit gefallenen Straßenlaternen warfen nur wenig milchiges Licht auf den Asphalt der Hauptstraße und die Bürgersteige daneben, die ebenso menschenleer waren wie die einsehbaren, unbeleuchteten Nebenstraßen.

Als sie den Wagen verlassen hatte, hatte sie gefröstelt und den Cordkragen ihrer dunkelgrünen Barbour-Jacke hochgeschlagen. Obwohl es weder kalt noch windig war, hatte sie eine Gänsehaut. Die von Kracht erwähnte Freifläche war mit knöchelhohem Gras bewachsen und machte einen etwa zweihundertfünfzig Meter breiten Streifen zwischen der Chausseestraße und dem Ufer des Klein Köriser Sees aus. Das Gras war nass, der Boden feucht, und Yaos Lederstiefel sanken bei jedem Schritt tief in die Grasnarbe ein. Jedes Mal, wenn sie den Fuß anhob, entstand ein schlürfendes

Geräusch. Zwischendrin fanden sich immer wieder größere Pfützen, denen Yao ausweichen musste, da sie nicht einschätzen konnte, wie tief sie waren. Bodennebel waberte in Schwaden in einiger Entfernung vor ihr auf. Unweigerlich musste sie an die Geschichten ihres chinesischen Großvaters über Nebelgeister und die Welt ihrer chinesischen Ahnen denken, die er ihr als kleines Kind erzählt hatte, die wenigen Male, als er seinen mit einer Deutschen verheirateten und in der Heimat seiner Frau lebenden Sohn besucht hatte.

Yao schüttelte diese Erinnerungen wie Wassertropfen von sich ab. Während sie auf die schwarze Fläche des Sees zuging, warf sie erneut einen verstohlenen Blick auf ihr Handy, das sie im linken Ärmel ihrer Wachsjacke hinter dem Bündchen versteckt hielt. Quasi griffbereit … 19:59 Uhr. Sie registrierte, dass sie keinen Handyempfang mehr hatte.

Verdammt!

Allerdings war die Rechtsmedizinerin nicht wirklich darüber erstaunt oder ernsthaft überrascht, dass es hier draußen keinen Mobilfunkempfang gab, denn irgendeinen Grund musste Kracht für die Auswahl dieses abgeschiedenen Ortes gehabt haben.

Hoffentlich stimmt es, dass der Notruf bei Mobiltelefonen auch ohne Empfang funktioniert.

Ausprobiert hatte sie das bisher noch nie, wurde ihr gerade schmerzlich bewusst. Yao registrierte die geschlossene, grauschwarze Wolkendecke, die am Himmel hing wie eine Stahldecke und am Horizont nahtlos in das dunkle Wasser des Sees überzugehen schien, als sie den Bootssteg erreicht hatte.

Der Steg war etwa zwölf bis fünfzehn Meter lang, zwei Meter breit und aus Holzplanken gefertigt, die zu einer Seite von einem etwa hüfthohen Holzgeländer begrenzt wurden.

Yao sah sich um. *Niemand zu sehen.* Wieder ließ sie das

Handy aus dem linken Ärmel in die Handfläche gleiten und warf einen verstohlenen Blick auf das Display, während sie mit der rechten Hand an der Außenseite ihrer rechten Jackentasche herumtastete und sich versicherte, dass sich dort ihre taktische Taschenlampe befand. Exakt 20:00 Uhr. Immer noch niemand zu sehen.

Yao spürte auf einmal, wie sehr sie außer Atem war, sodass ihr das Herz bis zum Hals schlug. Ein solches Gefühl hatte sie bewusst das letzte Mal als Kind erlebt, als sie und Mailin bei einem Besuch bei ihrer Tante in Schleswig-Holstein in einem Waldstück auf ein verlassenes Haus gestoßen waren, das die Schwestern dann erkundet hatten, hin- und hergerissen zwischen ohnmächtiger Angst und neugieriger Faszination.

Ich muss wahnsinnig sein, dass ich mich hierauf eingelassen habe.

Aber trotzdem, wie von einem unsichtbaren Magneten angezogen, ging sie immer weiter auf die Spitze des Stegs zu. Jetzt waren es nur noch wenige Meter.

In diesem Moment ertönte in der hereinbrechenden Dunkelheit hinter ihr ein lauter, markerschütternder Schrei. Yao hatte das Gefühl, als würde ihr vor Schreck zugleich das Herz stehen und die Luft wegbleiben.

Aber Yaos Schrecksekunde war nur von kurzer Dauer. Der laute, trompetenartige Ruf stammte von einem Kranichpärchen, das mit jeweils weit nach vorn gestrecktem Hals, offenbar in Habachtstellung, auf der Freifläche direkt hinter Yao aus einer sich lichtenden Nebelschwade herausstolzierte.

Yaos Nacken- und Rückenmuskulatur fühlte sich bretthart an. Sie musste sich zusammenreißen, nicht kopflos zurück zu ihrem Wagen zu laufen. Einfach nur weg.

Die langbeinigen Vögel mit der schwarz-weiß gezeichneten Kopf- und Halspartie blickten fast ein bisschen empört zu der Frau auf dem Steg, als sie ihrer gewahr geworden waren, und entfernten sich schnellen Schrittes wieder aus Yaos Blickfeld.

Gerade als wieder Ruhe, eine geradezu gespenstische Stille auf dem Steg eingekehrt war, hörte Yao in der Ferne ein Motorengeräusch, das stetig lauter wurde.

Und dann sah Yao über der spiegelnden Wasserfläche des Klein Köriser Sees, dessen glatte Oberfläche eher an einen Ententeich als an einen der größeren Seen Brandenburgs erinnerte, einen schwarzen Fleck, der immer größer wurde, sich anscheinend mit hoher Geschwindigkeit näherte. Schon bald war die Silhouette so nah, dass sie das Motorboot mit beachtlicher Bugwelle gut erkennen konnte.

† † †

75

Samstag, 21. April, 20:00 Uhr,
Klein Köriser See

Der Fahrtwind fuhr Kracht kräftig durch die Haare, und ihn fröstelte. Jetzt, da die Sonne am Horizont verschwunden war, wurde es von Minute zu Minute kühler auf dem Wasser. Aber das, was er nun erledigen würde, dauerte ohnehin nicht lange.

Das Sportboot pflügte pfeilschnell durch das Wasser des Klein Köriser Sees, und sowohl der Bootssteg als auch die Silhouette der Person an der Spitze des Stegs nahmen zunehmend Kontur an. Kracht zog den Gashebel langsam zu sich und verringerte damit die Geschwindigkeit des Boots.

Mut hat sie. Das muss man ihr lassen, dachte Kracht, als er die jetzt nur noch etwa fünfzehn Meter von ihm entfernte schmale Gestalt in der dunkelgrünen Wachsjacke, den blauen Jeans und den dunkelbraunen Stiefeln auf dem Bootssteg betrachtete.

Lebensmüde … Ja, lebensmüde trifft es wohl besser. Sie ist tatsächlich ohne die Kavallerie gekommen …

Dass die Rechtsmedizinerin allein war, wusste Kracht, da er vom gegenüberliegenden, ungefähr anderthalb Kilometer entfernten Seeufer mit einer leistungsstarken Kameradrohne sowohl ihre Ankunft als auch die Gegend in einem Umkreis von etwa vier Kilometern um die Freifläche immer und immer wieder systematisch abgesucht hatte, seitdem er das Telefonat mit ihr beendet hatte. Zudem wusste er um die Unzulänglichkeiten der technischen Ausstattung der deutschen Polizei und das Unvermögen eines immer wieder in Kompetenzrangeleien mündenden Ermittlungsapparats, wenn es um die unverzügliche Herstellung von Handlungsfähigkeit ging.

Kracht frohlockte innerlich. In wenigen Augenblicken würde er der Frau verraten, wie er Collin Luckner getötet hatte. Dieser Schwachkopf hatte doch allen Ernstes gedacht, er könnte ihn mit seinem Immobiliendeal über den Tisch ziehen. Kracht würde die Überraschung auf dem Gesicht der Rechtsmedizinerin genießen, ihre Erkenntnis, dass sie niemals darauf gekommen wäre, wie er Luckner letztlich das Licht ausgeknipst hatte. Sie würde gleich nicht nur verblüfft sein, sie würde auch einsehen, dass er ihr um Längen voraus war, es immer gewesen war. Und diese Einsicht, dieses Wissen, würde sie mit ins Grab nehmen. Denn er konnte die Frau nicht am Leben lassen, das war von Anfang an keine Frage gewesen. Er würde es genau hier in wenigen Augenblicken beenden. Instinktiv tastete seine linke Hand zu der Gesäßtasche seiner Jeans, während er mit der rechten Hand den Gashebel in die Leerlaufposition schob und sich das Boot längsseits des Stegs näherte. Er warf einen Blick nach links und überzeugte sich, dass die beiden Fender außenbords hingen.

Ja, er würde sie heute töten. Eine weitere Gelegenheit würde sich einstweilen nicht mehr ergeben, denn am nächsten Morgen würde er Deutschland für lange Zeit den Rücken zukehren. Auch wenn es mit dieser Frau langsam anfing, ihm Spaß zu machen.

Endlich mal ein Gegner, der fast auf Augenhöhe mit mir agiert. Aber eben nur fast …

Erneut tastete Kracht über den Jeansstoff seiner linken Gesäßtasche, in der sich die Spritze befand. Die Spritze, in der er erst vor wenigen Minuten hoch dosiertes Adrenalin aufgezogen hatte, als er sich sicher gewesen war, dass die Rechtsmedizinerin tatsächlich auftauchen würde. Adrenalinlösung in einer Konzentration, die die therapeutische Dosis zur Behandlung eines anaphylaktischen Schocks, einer lebensbedrohlichen allergischen Reaktion, um ein Hundertfaches übertraf. Eine Dosis, die innerhalb von weniger als einer halben Minute zu einem dermaßen raschen Anstieg der Herzfrequenz der Frau führen würde, dass ein tödliches Herzkammerflimmern, orchestriert von einem Chaos sinnloser, völlig ungesteuerter Reizleitungsimpulse, die ihren Ursprung im Erregungsleitungssystem des Herzens nahmen, nicht nur die Konsequenz, sondern auch unausweichlich war. Und das Beste daran war, dass Adrenalin mit einer Plasmahalbwertszeit von nicht einmal drei Minuten postmortal überhaupt nicht nachweisbar war.

Das hier wird mein Meisterstück …

Erneut frohlockte Kracht innerlich.

† † †

76

Samstag, 21. April, 20:03 Uhr,
Klein Köriser See

Der Steg unter Yaos Füßen schwankte, als das offene Sportboot seitlich am Bootssteg anlegte, abgefedert von den Fendern. Am Steuer: Roderich Kracht. Yao hoffte, dass sich niemand in der kleinen, vielleicht gerade mal achtzig oder neunzig Zentimeter hohen, allerdings von ihrer Position her nicht einsehbaren Bugkajüte versteckt hielt.

Kurioserweise schien sich Kracht dem Anlass entsprechend gekleidet zu haben, denn er trug ein Bootsführeroutfit: einen marineblauen Troyer, darunter ein im Kragenausschnitt des Matrosenpullovers sichtbares blau-weiß gestreiftes Unterteil, weiße Jeans und hellbraune Segelschuhe. Die Haare waren zwar vom Fahrtwind zerzaust, und an Kinn und Wangen spross ein Dreitagebart, dennoch sah Kracht für Yao nicht wie ein Mann aus, der auf der Flucht war, von Zivilfahndern gejagt und mittellos – ganz im Gegensatz zu der von Oberstaatsanwalt von Lürssen großspurig verkündeten Konfiszierung sämtlicher finanzieller Mittel des flüchtigen Mordverdächtigen.

Nachdem Kracht den Motor ausgeschaltet und das Boot an Bug und Heck jeweils mit geübten Handgriffen am Holzgeländer des Stegs vertäut hatte, schwang er sich über das Geländer auf den Bootssteg, der dadurch erneut ins Schaukeln kam.

»Halt!«, stieß Yao aus und wich zwei Schritte auf dem schwankenden Bootssteg zurück. Sie war selbst über die Schärfe erstaunt, die in ihrer Stimme, in diesem einzigen Wort lag. »Das reicht, Herr Kracht. Bis dahin und nicht weiter. Kommen Sie nicht näher! Wir können uns auch auf diese Entfernung gut unterhalten«, forderte Yao und verstärkte ihre Forderung mit der in seine Richtung flach ausgestreckten Handfläche vor der Brust.

»Seien Sie nicht albern, Frau Kollegin. Sie wären ja nicht hier, wenn …«

»Albern?«, unterbrach Yao den Mann, der sich ihr tatsächlich nicht weiter genähert hatte. »Albern ist es ja wohl, aus dem Gefängnis auszubrechen. Wir sind bereits jenseits von *albern,* Herr Kracht.«

Absurd trifft es wohl besser …

»Sie haben mich herbestellt, um mir zu sagen, wie Sie Collin Luckner getötet haben. Jetzt bin ich hier. Also schießen Sie los. Ich bin ganz Ohr.«

† † †

77

Samstag, 21. April, 20:04 Uhr,
Klein Köriser See

Kracht bewegte sich nicht weiter auf die nur wenige Meter von ihm entfernte Frau zu. Über die Schulter warf er einen schnellen, prüfenden Blick auf das offene Gewässer hinter ihm.

Kein Boot.

Dann ließ er seinen Blick kurz in den Himmel schweifen.

Keine Drohne. Kein Hubschrauber.

Ein schneller, abschätzender Blick in Richtung der zwar noch nicht tiefschwarzen, mittlerweile aber doch in dunkelgraue Dunkelheit gehüllten Freifläche, von der der Steg ins Wasser ging.

Nichts …

Doch Kracht musste auf Nummer sicher gehen, auch wenn es seiner Erfahrung nach schier unmöglich war, dass sich innerhalb kürzester Zeit ein Sondereinsatzkommando auf den Weg gemacht hatte, um der Rechtsmedizinerin unbemerkt ein Back-up zu geben. Das funktionierte in Filmen immer gut, in der Realität aber eigentlich nie.

Stets die Kontrolle behalten. Jederzeit Herr der Lage sein …

Er durfte die Frau mit den pechschwarzen Haaren keinesfalls noch einmal unterschätzen, das war ihm seit ihrem Zusammentreffen klar. Auch wenn sie es geschafft haben sollte, sich ein Back-up-Team zu besorgen, womöglich vom BKA – wobei Kracht diese Behörde für eine noch größere Gurkentruppe als das LKA hielt –, war dieser Ort hier perfekt, jede Rettungsmission dieser Yao im Vorneherein zum Scheitern verurteilt. Kracht kannte hier jede Straße, jede Untiefe und jede Bucht, da er in der Nähe ein Wochenendhaus besessen hatte. Hier gab es weit und breit keine Landemöglichkeit für einen Polizeihubschrauber, denn die Freifläche vor dem Steg war dafür völlig ungeeignet, viel zu sumpfig und morastig. Die Landung eines etwa drei Tonnen wiegenden Hubschraubers würde in einem Fiasko enden. Ein Polizeiboot könnte zwar hierhergelangen, ihm in seinem flachen Sportboot aber nur bis zum nächsten Kanal in etwa einem Kilometer Entfernung folgen, denn über diesen verlief eine nur etwa zwei Meter fünfzig hohe Brücke, die für Schiffe von der Größe eines Polizeiboots unpassierbar war. Gut, vielleicht war die kleine Frau bewaffnet.

Aber wie wahrscheinlich ist das bitte? Höchst unwahrscheinlich!

Er hatte an alles gedacht. Wieder einmal. Ein Gefühl tiefer Zufriedenheit, ein Gefühl von Größe und Überlegenheit übermannte ihn.

»Haben Sie Todessehnsucht, Frau Yao?«, fragte er, während er sich der zierlichen Frau mit den rabenschwarzen Haaren in Zeitlupentempo näherte, einem Raubtier gleich. In jedem Moment seiner Überlegenheit und Schnelligkeit sicher. Um dann plötzlich zuzuschlagen.

† † †

78

Samstag, 21. April, 20:05 Uhr,
Klein Köriser See

Collin Luckner. Woran ist er gestorben? Das war der Deal. Ich habe meinen Teil der Abmachung erfüllt. Jetzt sind Sie dran, Herr Kracht«, sagte Yao und bemerkte selbst die Tonlosigkeit in ihrer Stimme, fast so, als hätte sie urplötzlich die Kraft verlassen für den letzten Akt dieses absurden Theaterstücks.

»Phosphin!«, erklang die genauso knappe wie für Yao überraschende Antwort.

Phosphin ..., überlegte Yao, ... *eine Phosphorwasserstoffverbindung ... nicht mein Fachgebiet, die anorganische Chemie ...*

»Ein extrem giftiges, hochflüchtiges Gas, das sich jeglichem Nachweis entzieht, weil es sich nicht in wässrigen Medien wie Blut oder Urin löst und deshalb postmortal nicht in Organen oder Körperflüssigkeiten nachweisbar ist«, half Kracht ihr auf die Sprünge. Und stellte dann klar: »Phosphin ist ein *Rodentizid,* ein Mittel zum Vergasen von Nagetieren, speziell von Ratten. Eine Ratte, wie Luckner eine war.« Ein diabolisches Grinsen umspielte seine Mundwinkel.

Yao erinnerte sich dunkel, etwas über das sogenannte Begasungsmittel zur Tötung von Nagetieren gehört zu haben. Ein spezielles Gas, das in die unterirdischen Gänge von Wühlmäusen eingeleitet wurde, um diese zu töten. Allerdings war sich die Rechtsmedizinerin nicht sicher, ob diese Mittel mittlerweile nicht verboten waren. Dass Fuchs das Phosphin nicht nachweisen konnte, war kein Wunder, denn es war als Gas, wie Kracht gesagt hatte, hochflüchtig und deshalb innerhalb von Sekundenbruchteilen an der freien Luft verschwunden.

Ein Mordgift, das keinerlei Spuren hinterlässt, ging es Yao durch den Kopf.

»Da wären Sie nie draufgekommen!« In Krachts Worten schwang so etwas wie Stolz, ein Heischen nach Bewunderung, nein, eher etwas Prahlerisches mit. Und mit einem Mal sah Yao alles ganz klar vor sich. Wusste, was mit Collin Luckner geschehen war.

Die feinsten Spuren von Silikon in Luckners Gesicht! Das Midazolam in seinem Blut! Jetzt ist klar, dass Kracht und nicht der Notarzt Luckner das Beruhigungsmittel in hoher Dosierung verabreicht hat …

»Und das Gas haben Sie Luckner über eine Beatmungsmaske aus Silikon appliziert, korrekt? Sehr wahrscheinlich aus einer kleinen Gasflasche, nicht größer als ein Cocktailshaker …«

Yao registrierte, wie nicht nur fast alle Farbe aus Krachts Gesicht wich, sondern sich auch seine Augenfarbe zu verändern schien. Von Stahlblau zu Eisgrau. Eine Beobachtung, die sie schon drei Tage zuvor bei ihrem Besuch in der JVA Heidering gemacht hatte, als die eiskalten Augen des Schönheitschirurgen eine Nuance dunkler geworden waren, nachdem sie ihm geradeheraus ins Gesicht gesagt hatte, sie habe Beweise dafür, dass sich Daria Diakovska und Nadine Reichenbach nicht selbst erhängt hatten, sondern die Suizide der beiden Frauen inszeniert gewesen waren. Im Besucherraum des Gefängnisses hatte sie Kracht schon einmal in die Ecke getrieben. Und auch diesmal schien sie ins Schwarze getroffen zu haben, weshalb sie sofort hinterherschob: »Eine Gasflasche mit Phosphin darin, die über einen Schlauch mit einer Atemmaske verbunden ist. Eine Atemmaske aus Silikon. Aus weichem und flexiblem Silikon, damit keine Druckmarken oder postmortale Vertrocknungen in Luckners Gesicht zurückbleiben, nachdem Sie ihm die Maske über Nase und Mund gestülpt und fest angedrückt haben. Druckspuren, die einen Notarzt oder später den Leichenschauer womöglich stutzig gemacht hätten. Die Gasflasche, die Maske und damit das Phosphin kamen ins Spiel, als Luckner durch das Midazolam, das Sie ihm – sehr wahrscheinlich in einem alkoholischen Drink – verabreicht hatten, kaum noch bei Bewusstsein war, vielleicht auch schon ohnmächtig, jedenfalls zu körperlicher Gegenwehr nicht mehr in der Lage.«

Jetzt trat auch in Krachts Gesichtsausdruck eine Veränderung ein. Das überlegene Grinsen war vollständig verschwunden.

Hätte Yao nicht nur auf Krachts Gesichtsausdruck geachtet, sondern auf seine gesamte Person, wäre ihr klar geworden, dass sich Kracht ihr in den letzten Minuten auf dem Bootssteg um etwa einen Meter genähert hatte. Fast unmerklich, ganz langsam. Die linke Hand lässig in der linken hinteren Gesäßtasche seiner weißen Jeans …

† † †

79

Samstag, 21. April, 20:06 Uhr,
Berlin-Reinickendorf,
Weiße Stadt, Wohnung von Sara Wittstock

Verdammtes Drecksding!«, fluchte Wittstock laut und fasste an das schwarze Virtual-Reality-Headset, das sie auf dem Kopf trug. Ihre neueste technische Errungenschaft wollte gerade nicht so wie Pilotin Wittstock.

Sie hatte von einem kleinen, aber durchaus finanzstarken Start-up aus der Tech-Branche erst vor wenigen Tagen nicht nur zu Testzwecken, sondern auch als Dankeschön für einen schon länger zurückliegenden Programmierdienst eine Hightech-Drohne geschickt bekommen. Nun stand die IT-lerin mit jeweils zwei kegelförmigen, etwa zwölf Zentimeter langen schwarzen Controllern in beiden Händen in der Mitte ihres Wohn- und Arbeitszimmers und verfolgte über die VR-Brille den Flug der Drohne aus der Perspektive des kleinen Fluggeräts, das mit atemberaubender Geschwindigkeit über eine geschlossene Wolkendecke dahinzog.

Unmittelbar nachdem das Telefonat mit ihrer Freundin Bine beendet gewesen war, hatte die IT-Expertin einen verwegenen Plan gefasst. Einen völlig unausgereiften Plan, wie ihr mittlerweile klar geworden war, aber jetzt galt es zu improvisieren.

Es war der neueste Prototyp einer Spionagedrohne, den Wittstock vor exakt einundfünfzig Minuten vom Dach ihrer anonymen Großsiedlung aus gestartet hatte. Ein gerade mal schuhkartongroßes, jedoch deutlich schnittiger aussehendes Fluggerät, dem ihre Erfinder sagenhafte Fähigkeiten und Neuerungen zuschrieben – mit denen sie sich noch nicht hatte beschäftigen können, was sie gerade zutiefst bereute. Der Start der Drohne vom Dach war in zweierlei Hinsicht eine Premiere gewesen. Zum einen hatte die IT-Expertin – die es hasste, ihre eigenen vier Wände zu verlassen, und es tunlichst vermied, mit irgendjemandem außerhalb ihres allerinnersten Zirkels Kontakt zu haben – noch nie das Dach ihres Hauses betreten, zum anderen hatte sie noch nie ein Fluggerät wie den auf den Namen *Oculus Exercitus* getauften Prototypen geflogen.

Zu allem Unglück war sie dann auch noch im Treppenhaus auf dem Rückweg in ihre Wohnung einem Hausbewohner begegnet. Der Mann hatte sich schreckensstarr im Treppenhaus an die Wand gepresst, als die barfüßige Gestalt in einem hellgrünen Frottee-Hausanzug mit einer Art Helm auf dem Kopf, der an ein militärisches Nachtsichtgerät erinnerte, an ihm vorbeihuschte und dabei ein leises »Hallo« murmelte.

Keinen Augenblick zu spät übernahm Wittstock wieder die Kontrolle über die mit atemberaubender Geschwindigkeit dahinrasende Drohne, die im Autopilotmodus mittlerweile die von der IT-Expertin eingegebenen Zielkoordinaten in Klein Köris erreicht hatte.

Jetzt voll in ihrem Element und sich bei jedem Flugmanöver der Hightech-Drohne mit ihrem ganzen Körper in die Kurve lehnend, ließ sie das Fluggerät durch die geschlossene grauschwarze Wolkendecke im Sturzflug nach unten jagen.

† † †

80

Samstag, 21. April, 20:08 Uhr,
Klein Köriser See

Eine flexible Silikonmaske, die man zwar spurenarm auf ein Gesicht drücken kann, die aber auch fest genug abschließt, damit kein Gas entweicht, denn das wäre für Sie dann ebenfalls gefährlich, vermutlich sogar tödlich gewesen«, legte Yao schonungslos Krachts Modus Operandi offen.

Im nächsten Moment passierten zwei Dinge gleichzeitig. Zum einen setzte urplötzlich Regen ein. Dicke Regentropfen fielen wie ein Vorhang aus kleinen grauen Stahlperlen vom Himmel und schlugen auf dem hölzernen Steg auf. Zum anderen machte Kracht, zeitgleich mit Einsetzen des Regens, einen Satz nach vorne, in ihre Richtung. Einen Sprung aus dem Stand, den sie dem Mittfünfziger nicht zugetraut hätte. Er rannte nicht auf sie zu, sondern sprang durch die Luft, flog regelrecht auf Yao zu. In der linken Hand hielt er einen spitzen, stiftartigen Gegenstand.

Yao wich instinktiv zurück, verlor dabei aber das Gleichgewicht und schlug ungebremst mit Rücken und Gesäß auf den Steg auf. Ihr Kinn konnte sie während des Fallens noch in Richtung Drosselgrube beugen, sodass sie einen heftigen Aufschlag des Hinterkopfs auf den harten Untergrund verhindern konnte. Aber es war zu spät, sich wieder aufzurappeln, vor dem Wahnsinnigen die Flucht zu ergreifen. An ein Entkommen war kein Denken mehr, denn Kracht stand jetzt über ihr, die vom Regen bereits nassen Haare wirr an Stirn und Schläfen klebend, und starrte mit hassverzerrtem Gesicht auf sie herab. Yao tastete mit der rechten Hand nach der Jackentasche, in der sich die Taschenlampe befand, und griff hinein. Die Regentropfen stachen ihr wie kleine Nadeln ins Gesicht. Nicht nur auf Wangen und Stirn, auch in ihre Augen, die sie instinktiv zusammenkniff. In diesem Moment ließ sich Kracht mit einem gellenden Schrei auf sie herunterfallen.

Sie spürte, wie Krachts Körper hart auf ihrem Unterleib und Becken aufschlug. Wahrscheinlich war es eines seiner Knie, vielleicht auch ein Ellbogen, der sie so hart in der Magengegend erwischte, dass ihr die Luft wegblieb.

Trotzdem schaffte sie es noch, die schwere Taschenlampe aus der Tasche ihrer Barbour-Jacke zu ziehen. Es blieb keine Zeit, den Strobe-Modus einzuschalten, um ihren Angreifer abzuschütteln. Deshalb holte sie mit der Taschenlampe zum Schlag auf Kracht aus. Doch ihre Augen waren nicht nur von den herabprasselnden Regentropfen, sondern auch von ihren Tränen gefüllt, die ihr in die Augen geschossen waren, als der erdrückende Schmerz in der Magengrube für einen Moment alles andere in den Hintergrund gerückt hatte. Sie konnte kaum etwas erkennen und zielte mit der Taschenlampe dorthin, wo sie seinen Kopf vermutete. Aber Yaos Schlag ging ins Leere.

† † †

Die Taschenlampe entglitt ihr und flog in hohem Bogen auf den Steg, wo sie für einen ganz kurzen Augenblick ein helles, weißes Licht ausstrahlte, noch ein Stück weiter über den Bootssteg rollte, ehe sie über den Rand des Stegs glitt und in den See fiel.

In diesem Moment, als Yao verzweifelt versuchte, den auf ihr sitzenden Mann von sich herunterzustoßen, schlug Kracht mit der rechten Faust mit aller Kraft gegen Yaos linke

Schläfe. Der Aufschlag von Krachts Faust resultierte in einem Meer von grellen Lichtblitzen in ihrem Kopf, sodass sie für einen Sekundenbruchteil annahm, sie hätte ihre Stroboskop-Taschenlampe doch noch eingeschaltet, aber dann wurde das Lichterfeuerwerk in ihrem Gehirn von einem Schrillen in den Ohren abgelöst, das ihren Kopf mit gleißendem Schmerz erfüllte.

Das Letzte, was Yao noch hörte, war ein Schrei, der zunächst in ihrer Brust Form annahm und dann in ihrem Hals explodierte. Ein unwirklicher Schrei, der gar nicht ihr eigener zu sein schien.

† † †

81

Samstag, 21. April, 20:09 Uhr,
Berlin-Reinickendorf,
Weiße Stadt, Wohnung von Sara Wittstock

Die Drohne durchbrach im Sturzflug die Wolkendecke. Die Flughöhe betrug jetzt zweihundert Meter und nahm weiter ab, wie Wittstock auf der Anzeige in der rechten oberen Ecke des ihr von der VR-Brille angezeigten Bildes sah. Für einen kurzen Moment war das Bild unscharf, die Kamera der Drohne fokussierte sich jedoch innerhalb von Sekundenbruchteilen wieder. Die Aufmerksamkeit der IT-Expertin wurde von einem hellen weißen Lichtkegel angezogen, kurz leuchtete er in einiger Entfernung auf, um sofort wieder zu verschwinden. Dann sah sie die glatte, dunkle Fläche des Sees unter sich. Die Flughöhe betrug jetzt noch einhundert Meter. Sie verringerte die Geschwindigkeit des Fluggeräts, das sich weiter im Sinkflug befand, um sich eine Orientierung zu verschaffen. Sie erblickte einen Bootssteg.

Noch fünfundsiebzig Meter.

Auf dem Steg waren zwei Punkte zu sehen. Sie beschleunigte die Drohne wieder.

Dreißig Meter.

Dann sah sie, was sich dort unten auf dem Steg abspielte.

Shit! Er bringt sie um!

† † †

82

Samstag, 21. April, 20:10 Uhr,
Klein Köriser See

Du dreckiges Miststück!«, brüllte Kracht.

Das Weibsbild unter ihm schrie jetzt so gellend, so markerschütternd, dass er befürchtete, trotz der relativ großen Entfernung zum nächsten Wohnhaus könnte doch jemand auf das Geschehen hier am Seeufer aufmerksam werden.

Zeit, es zu Ende zu bringen …

Zu gerne hätte er seinen Sieg ausgekostet, seinen Triumph ausgiebig genossen – über diese neugierige kleine Schlampe. Die Rechtsmedizinerin würde ihm nie wieder gefährlich werden, denn er würde an ihr hier und jetzt ein Exempel statuieren. Doch zuerst musste er sie ruhigstellen, um seinen genialen letzten Akt vollziehen zu können. Er holte zu einem weiteren Schlag mit der rechten Faust aus. In der linken Hand hielt er die Spritze mit der tödlichen Adrenalindosis. Bereit, sie tief in den sich wild windenden Körper unter ihm hineinzustoßen.

Gleich fährst du zur Hölle, Miststück!

Er merkte, dass ihn das gellende Schreien der jungen Frau, ihre Todesangst, die jetzt förmlich aus jeder Pore ihres zitternden Körpers drang, erregte. Nicht sexuell oder gar körperlich, sondern wie ein süßer Schauer unbändiger Macht, der sich über ihn ergoss.

Macht über Leben und Tod.

So, wie es ihn erregt hatte, als Melanie in Todesangst gefleht hatte, sie am Leben zu lassen. Als sie ihm sterbend sogar noch versichert hatte, dass sie ihn niemals verraten werde. Doch Melanie hatte eine Grenze überschritten. Sie war nicht nur zu neugierig, sondern auch noch frech ihm gegenüber geworden. Sie hatte die Trennung gewollt, weil sie die uralten Fotos gefunden hatte.

Die Fotos der kleinen Schlampen.

Melanie hatte seine Komfortzone sabotiert, so wie das dreckige Miststück hier unter ihm. Aber im Gegensatz zu der uneinsichtigen Rechtsmedizinerin hatte Melanie zum Schluss verstanden, dass es ein Fehler war, sich ihn zum Gegner zu machen. Dass sich niemand ungestraft mit Roderich Kracht anlegte oder ihn gar herausforderte. So wie Daria Diakovska, die die Abrechnungsmodalitäten seiner Operationen infrage gestellt hatte. Allerdings nicht aus edlem Gerechtigkeitssinn, sondern weil sie ihn damit erpressen wollte. Oder Luckner. Dieser schmierige Immobilienfuzzi hatte ihn übervorteilen wollen. Im Kaufvertrag seiner zukünftigen Klinik waren plötzlich Passagen aufgetaucht, die mit ihm so nicht im Vorfeld besprochen worden waren. Aber sowohl Luckner als auch Diakovska genauso wie Melanie – und sogar Nadine, diese Hohlbirne aus der Personalabteilung des Mainzer Klinikums, die gedroht hatte, seinem damaligen Chef etwas von seiner Vorliebe für K.-o.-Tropfen und junge Frauen zu stecken –, letztlich hatten alle am Ende verstanden, dass man sich Professor Doktor Roderich Kracht besser nicht zum Feind machte. Aber das hatte ihnen allen nichts genützt. Sie hatten sterben müssen.

Aber die hier … Die hier hat es nicht verstanden … und wird es nie verstehen …

Mit dem linken Unterarm wischte er sich die klitschnassen Haare aus der Stirn, sorgfältig darauf bedacht, seinem Gesicht mit der Spritze in der linken Hand nicht zu nahe zu kommen. Die Spritze würde gleich zum Einsatz kommen.

Aber erst mal bekommst du das hier!

Er setzte zu einem erneuten Schlag auf den blutüberströmten Kopf mit den nassen rabenschwarzen Haaren unter ihm an. Es tat so gut, die Fäden in der Hand zu halten.

Doch da hob Kracht irritiert den Kopf. Durch das heftige Trommeln der Regentropfen auf den Steg hindurch ertönte ein Surren, ein metallisch klingendes Geräusch hinter ihm. Er fuhr herum und wischte sich erneut die Haare aus der Stirn, blinzelte und schaute sich suchend nach dem Geräusch um, das jetzt in ein immer lauter werdendes Pfeifen übergegangen war. Kracht erhob sich von der mittlerweile nur noch schlaff daliegenden Frau unter ihm, die keinen Laut mehr von sich gab.

† † †

Als Kracht die Quelle des Geräuschs lokalisiert hatte, war die Zeit, in der das auf seiner Netzhaut immer größer werdende Bild einer pfeilschnell auf ihn zuschießenden Drohne erschien, zu kurz, als dass dieses Bild noch über seine Sehnerven, komplizierte intrazerebrale Synapsen und Schaltzentren in der Sehrinde seines Großhirns ankommen und dort verarbeitet werden konnte, um seinem Verstand die drohende Gefahr zu melden. Die Reaktionszeit war einfach zu kurz …

Er fiel um wie eine Marionette, deren Fäden man mit einem Schnitt durchtrennt hatte, als die Drohne ihn mit voller Wucht krachend im Gesicht traf. Die Spritze entglitt seiner linken Hand, rutschte über den Steg und fiel ins Wasser. Aber das realisierte Kracht schon nicht mehr, denn noch bevor sein Körper der Länge nach krachend auf dem Steg aufschlug, war er schon nicht mehr bei Bewusstsein.

† † †

83

Samstag, 21. April, 20:11 Uhr,
Berlin-Reinickendorf,
Weiße Stadt, Wohnung von Sara Wittstock

Jetzt lerne ich dich endlich auch mal persönlich kennen, du Arschloch!«, brüllte Wittstock unter dem schwarzen Virtual-Reality-Headset, als das Gesicht von Sabines Peiniger in ihrem Blickfeld auftauchte, größer wurde und schließlich das gesamte von der Drohnenkamera eingefangene Gesichtsfeld einnahm.

Dann verschwand das Bild, und jeglicher Kontakt zu ihrem kleinen Hightech-Fluggerät brach ab. Was ihr allerdings völlig egal war, denn jetzt war es höchste Zeit, die Polizei einzuschalten und einen Notarztwagen zur Chausseestraße 54 in Klein Köris zu schicken.

† † †

84

Sonntag, 22. April, 7:15 Uhr,
Berlin-Mitte,
Charité, Bettenhochhaus, Chirurgische Klinik

Yao erinnerte sich dunkel, dass sie auf einer rüttelnden Rolltrage liegend, auf der sie mit zwei Gurten festgeschnallt gewesen war, kurz zu Bewusstsein gekommen war. Sie stellte fest, dass sie in einem Rettungswagen lag, ohne Jacke und mit blutdurchweichter Bluse, die langsam kalt und klebrig wurde. Trotz des ohrenbetäubenden Lärms des Martinshorns hatte jemand mit ihr gesprochen. Ein junger Mann mit Kurzhaarfrisur und freundlichem Blick hatte beruhigend auf sie eingeredet. Dann war sie erneut in völlige Dunkelheit abgetaucht.

Als sie zum zweiten Mal zu sich kam, lag sie in einem Krankenhausbett in einem hellen Krankenzimmer. Die Sonne schien durchs Fenster, und neben ihrem Bett saß Sara Wittstock auf einem Stuhl und lächelte ihr zu.

Dann kam ein Arzt in einem strahlend weißen Kittel mit einer randlosen Brille ins Zimmer und sagte etwas, was Yao nicht verstand. In diesem Augenblick verschwand wieder alles um sie herum, und erneut wurde ihr Bewusstsein von absoluter Dunkelheit verschluckt.

† † †

85

Freitag, 27. April, 11:17 Uhr,
Pkw Prof. Paul Herzfeld

Herzfeld hatte es sich nicht nehmen lassen, seine Stellvertreterin an ihrem Entlassungstag höchstpersönlich aus der Klinik abzuholen. Yaos Krankenzimmer, wo sie ihn mit gepackten Sachen schon ungeduldig erwartet hatte, war ihm wie eine Blumenhandlung vorgekommen.

Nachdem er von Monica Monti erfahren hatte, was passiert war, hatte er Yao in der Chirurgischen Klinik noch in der Nacht, nur wenige Stunden nach ihrer Einlieferung, besucht. Seitdem waren zahlreiche Blumengrüße für seine Stellvertreterin auf der Station abgegeben oder persönlich vorbeigebracht worden. Die gesamte Fensterbank, der eigentlich zur Einnahme der Mahlzeiten vorgesehene Tisch und der Nachttisch waren mit Sträußen unterschiedlichster Größe vollgestellt. Offensichtlich hatten nicht nur Yaos Kollegen aus den Treptowers und die Mitglieder der Soko »Nikolassee«, sondern auch alle möglichen anderen Vertreter der Berliner Ermittlungsbehörden ihre Genesungswünsche mit Sträußen ausgedrückt, wie Herzfeld mit Blick auf die Grußkarten klar geworden war.

Yao selbst sah dagegen furchtbar aus. An der linken Schläfe prangte ein großes, blutverkrustetes Pflaster, die linke Wange war blau verfärbt und beide Augenoberlider und -unterlider in einem fliederfarbenen Farbton unterblutet, sodass Yao prächtig in jedem Medizinstudentenunterricht im Fach Traumatologie als Anschauungsobjekt für den Begriff »Brillenhämatom« hätte herhalten können.

Herzfeld hatte sich auf der Autofahrt nach Charlottenburg bisher bewusst wortkarg gegeben, da er das eigenmächtige Handeln seiner Stellvertreterin – sowohl was ihren Besuch in der JVA Heidering bei Kracht als auch das abendliche Zusammentreffen von Yao und Kracht am Klein Köriser See anging – offiziell natürlich überhaupt nicht gutheißen durfte. Auch wenn es in ihm drin ganz anders aussah …

Ich war früher genauso. Immer mit dem Kopf durch die Wand …

»Wenn Frau Wittstock nicht gewesen wäre … Nicht auszudenken, was alles hätte passieren können. Dieser Wahnsinnige hätte Sie glatt totgeprügelt«, bemerkte Herzfeld am Steuer.

Yao starrte schweigend aus dem Seitenfenster auf die vorbeiziehenden Gebäude des Kaiserdamms.

»Vielleicht hätte er Sie aber auch totgespritzt, da Polizeitaucher zwei Tage nach seinem Angriff auf Sie im See, direkt am Steg, in etwa zwei Meter Tiefe eine Spritze gefunden haben«, fügte der Chef der »Extremdelikte« hinzu. Er sah aus den Augenwinkeln, dass er jetzt die volle Aufmerksamkeit seiner Beifahrerin hatte.

»Allerdings kommen wir da ins Spekulieren. Was sich in der Spritze befunden hat, ließ sich nicht mehr nachweisen. Und ob die Spritze überhaupt in Zusammenhang mit Kracht und Ihnen steht oder ob ein Junkie sie da verloren hat … Wer weiß … Wir werden es vermutlich nie erfahren, denn Kracht verweigert, seitdem er sich wieder in Heidering in Einzelhaft mit speziellen Sicherheitsvorkehrungen befindet, auf Anraten seines Anwalts von Gundlach jegliche Aussage«, ergänzte er, auch wenn er wusste, dass Monti seine Stellvertreterin bei ihren Besuchen in der Klinik auf den neuesten Stand gebracht hatte. Dass Kracht mittlerweile nämlich für vier weitere Todesfälle aus seinem direkten privaten und beruflichen Umfeld in den letzten sechzehn Jahren in Betracht kam und jetzt auch deswegen gegen ihn ermittelt wurde.

Doch eine weitere Info hatte er exklusiv in petto für seine Stellvertreterin. »Wenn es da draußen am See anders gelaufen wäre, säße Kracht jetzt auf den Cayman Islands. Und zwar in weiblicher Begleitung. Zumindest war das der Plan«, verkündete Herzfeld und registrierte, dass Yao ihn jetzt direkt ansah.

Herzfeld fuhr fort: »Kracht sollte noch in der Nacht nach Ihrem Treffen in Klein Köris mit einem Privatjet vom General Aviation Terminal des BER zunächst nach Nassau auf den Bahamas und von dort weiter zu den Caymans fliegen. Unter falschem Namen, inkognito, versteht sich.«

»In weiblicher Begleitung von wem?«, unterbrach Yao ihn. *Wusste ich doch, dass sie fragt.*

»In Begleitung von Uta Schünke, Staatssekretärin im Bundesministerium des Innern und für Heimat. Uta Schünke hat mehrere Jahre …«

»Ich weiß, wer das ist«, unterbrach Yao ihn. »Wahnsinn. Nicht auszudenken, wenn er so davongekommen wäre. Wussten Sie eigentlich, dass er Phosphin benutzt hat, um sein mutmaßlich zweites Opfer, Collin Luckner, zu töten? Obwohl … zweites Opfer ist mittlerweile ja ziemlich spekulativ, nachdem es wohl vier mutmaßliche weitere Opfer gibt.«

»Ja, das weiß ich«, erwiderte Herzfeld. »Ich habe die Niederschrift Ihrer Vernehmung gelesen, die Frau Monti und Herr Seibel vor vier Tagen bei Ihnen in der Klinik durchgeführt haben. Ich kenne mittlerweile den gesamten Inhalt der Ermittlungsakte Kracht«, erklärte Herzfeld und sah zu Yao hinüber, wobei er ihr vielsagend zuzwinkerte.

Eine kurze Zeit herrschte Schweigen im Fahrzeug.

Dann fragte Yao: »Was für Folgen … ich meine …«

»Natürlich bin ich nicht darüber erfreut, was passiert ist. Aber Sie wissen, Frau Yao, dass ich große Stücke auf Sie als Rechtsmedizinerin halte, wenn Sie nicht gerade irgendwelche riskanten Alleingänge – gegen meine ausdrückliche Anweisung – unternehmen. Insofern … Schwamm drüber.«

»Danke. Keine Alleingänge mehr … Mein Bedarf an Alleingängen ist gedeckt. Ich verspreche Ihnen, dass ich …«, setzte Yao an, aber Herzfeld unterbrach sie: »Genau das wollte ich hören. Wenn wir uns darauf einigen können, ist die Angelegenheit für mich erledigt!«

Herzfeld entging nicht, dass Yao erleichtert aufatmete.

† † †

86

Montag, 30. April, 18:17 Uhr,
Berlin-Steglitz,
Psychiatrische Fachklinik *Sana Mente*

»Oh, Gott! … Was ist denn … was ist denn mit dir passiert?«, fragte Mailin mit brüchiger Stimme.

Es war ihr anzumerken, wie schwer ihr das Sprechen fiel, wie sie matt und erschöpft, ein Häufchen Elend, in ihrem Krankenbett lag.

Aber immerhin spricht sie.

An Yaos linker Schläfe befand sich immer noch ein großes Pflaster, das eine chirurgisch versorgte Wunde abdeckte. Am nächsten Tag sollten die Fäden gezogen werden. Ihre linke Wange hatte eine dunkelgrünlich-bräunliche, nach unten zum Unterkiefer hin gelblich auslaufende Färbung, und ihre beiden Augenoberlider und -unterlider waren in einem ähnlich bunten Farbton unterblutet.

Obwohl Mailins Gesicht mit den versteinert wirkenden Gesichtszügen nach wie vor einer Maske glich, hatte Yao so etwas wie Besorgnis im Gesicht ihrer kleinen Schwester wahrgenommen, als sie vor wenigen Augenblicken ins Zimmer gekommen war und sich zu Mailin ans Bett gesetzt hatte.

»Es ist alles in Ordnung. Ein Unfall … Ich bin gestürzt … kein Grund, dir Sorgen zu machen«, beruhigte Yao ihre Schwester. »Erinnerst du dich? Als wir klein waren? Wir sind überall raufgeklettert. Hochsitze, Mauern, Zäune, Türme«, fuhr Yao fort und hoffte inständig, dass Mailin ihr glauben würde, während sie sich darauf konzentrierte, nicht an der juckenden Verletzung an ihrer Schläfe zu reiben.

Mailin schien sich mit dieser Erklärung zufriedenzugeben, denn sie fragte nicht nach. Nur ihre Augen schweiften unruhig durch den Raum, dann schloss sie die Augen.

»Die Zeit, in der wir gemeinsam auf Türme geklettert sind, um die Welt zu erkunden, ist noch nicht vorbei, Mailin«, sagte Yao und versuchte, die Tränen zurückzuhalten.

Sie griff nach der Hand ihrer Schwester und drückte sie leicht, was diese schwach erwiderte. Dann saß Yao eine Zeit lang schweigend an ihrem Bett und musterte sie.

Sie sieht etwas besser aus, ihre Gesichtshaut ist nicht mehr aschfahl und das Gesicht nicht mehr ganz so stark aufgedunsen wie noch bei meinem letzten Besuch hier in der Klinik vor knapp zwei Wochen.

Da bemerkte sie, dass Mailin eingeschlafen war. Yao strich ihrer kleinen Schwester zum Abschied zärtlich über die Wange und verließ leise das Krankenzimmer.

† † †

Sabine Yao ging durch den langen Klinikflur und schaute durch die schmalen Fenster nach draußen, dort blühten die ersten Bäume in voller Pracht. Sie würde notgedrungen die nächsten Tage krankgeschrieben zu Hause verbringen müssen und sich auskurieren. Aber sie wusste, ihr würde es bald wieder gut gehen. Nämlich dann, wenn sie in gewohnter Routine nach der Frühbesprechung im Sektionssaal ihrer Arbeit nachgehen konnte. Wenn sie das tun konnte, was ihr eine tiefe professionelle Befriedigung verschaffte. Wenn sie zwar dem Tod so nah war, aber doch erst richtig lebte.

Danksagung

Mein Dank gilt zuallererst meiner sensationellen Lektorin Alexandra Löhr, die mit klarem Blick und Verstand immer das große Ganze meiner Bücher und damit die Fäden in der Hand hält. Ohne Alexandra Löhr wäre Sabine Yao nicht Sabine Yao, und meine Bücher wären nicht so, wie sie sind, wenn sie in der Buchhandlung für meine Leserinnen und Leser bereitliegen. So einfach ist das …

Stellvertretend für meine Mitarbeiterinnen und Mitarbeiter in der Berliner Rechtsmedizin danke ich Frau Doktor Larissa Amadasi, Doktor Marc Windgassen, Doktor Lars Oesterhelweg, Denise Dümpelmann, Philipp Möller, Doktor Sven Hartwig, Doktor Edwin Ehrlich, Cindy Lichtenstein, Jana Hoffmann, Renate Hänlein, Gabriele Kuhl, Sabine Borzekowski und Josephine Janke für ihre Unterstützung.

Meinem Agenten Roman Hocke und seinem Team von AVA international danke ich für mittlerweile über zehn Jahre vertrauensvolle und erfolgreiche Zusammenarbeit.

Die folgenden Personen haben mir mit wertvollen Hinweisen aus ihren jeweiligen Professionen sehr bei der Authentizität der Handlung in diesem Buch geholfen: Jean-Pierre Krause, früher Tatortgruppe des LKA Berlin, jetzt Ausbilder am Kriminaltechnischen Institut des LKA Berlin, mein guter Freund Florian Schwiecker, ehemals Strafverteidiger, PHM Uwe Niemecki von der Berliner Polizei, Direktion 1 (Nord), und Ortswehrführer Nico Hennig von der Feuerwehr Groß Köris. Danke für eure Hilfe!

Frau Melisa Cirak, BEd, aus Wien hat Doktor Alfons Murau seinen unverwechselbaren und absolut authentischen Wiener Schmäh in den Mund gelegt. Herzlichen Dank!

Stellvertretend für alle Kolleginnen und Kollegen beim Droemer Knaur Verlag sage ich Doris Janhsen, Katharina Ilgen, Natalja Schmidt, Antje Buhl mit ihrem gesamten Team, Nina Vogel, Patricia Keßler, Carolin Graehl, Regine Weisbrod, Sandra Schaffarczyk, Annette Dascher, Jessica Czerner und Steffen Haselbach ein dickes Dankeschön!

Einen sehr spannenden und lehrreichen Tag durfte ich in der Justizvollzugsanstalt Heidering in Großbeeren verbringen und konnte dabei viel über das Leben und die Arbeit innerhalb der dortigen »Gefängnismauern« lernen (die es nämlich gar nicht gibt, sondern stattdessen zwei Zäune). Dafür danke ich: Frau Elke Müller-Meerkatz, MA beim Teilanstaltsleiter, Anstaltsleiter Herrn Andreas Kratz, Frau Franziska Bartl, stellvertretende Anstaltsleiterin, Vollzugsdienstleiter der Teilanstalt 2 Herrn Ronald Niemann, Teilanstaltsleiter der Teilanstalt 2 Herrn Marcus Schmöker und JHS Herrn Kevin Pfann.

Meiner Frau Anja und meinen Kindern danke ich für ihre unendliche Geduld und ihr immerwährendes Verständnis für einen Ehemann und Vater, der stets tausend Sachen im Kopf hat, eigentlich viel öfter zu Hause sein sollte, leider viel zu selten jeder und jedem Einzelnen in der Familie gerecht werden kann und der noch so viel auf dem Zettel hat … Und wo wir schon mal bei Familie sind: Grüße gehen an dieser Stelle an meinen Hund Fidi, der gerade mal knapp zweieinhalb Kilo wiegt, aber mit seiner unbändigen Energie, seinem Elan und Esprit bei den ganz Großen mitmischt.

Und Ihnen, liebe Leserinnen und Leser, sage ich ebenfalls danke! Danke dafür, dass Sie meine Bücher lesen, rezensieren, weiterempfehlen, meinen Heldinnen und Helden treu bleiben und mit ihnen mitfiebern und die Rechtsmedizin ganz einfach genauso spannend, faszinierend und fesselnd finden wie ich!

Michael Tsokos

Der fesselnde erste Auftritt von Sabine Yao!

MICHAEL TSOKOS

KALTES LAND

Ein Fall für Sabine Yao

Thriller

Berlin, Treptowers, BKA-Einheit »Extremdelikte«: Ein Anruf reißt Rechtsmedizinerin Sabine Yao jäh aus ihrem Arbeitsalltag im Sektionssaal. Ihre seit Tagen verschollene Tante wurde im Umland von Kiel tot aufgefunden. Die Kollegen in der Kieler Rechtsmedizin, darunter auch Yaos ehemaliger Lebenspartner, gehen von einem unnatürlichen Tod aus. Yaos Chef, Professor Paul Herzfeld, führt einige Telefonate mit der Kieler Staatsanwaltschaft, um ihr sehr unbürokratisch Akteneinsicht in den Todesfall zu gewähren. Noch am selben Abend reist die Berliner Rechtsmedizinerin zu ihrer Familie nach Kiel. Ausgerechnet ihre introvertierte, allein lebende Tante Johanna soll ermordet worden sein? Und während Yao erkennt, wie wenig sie doch über ihre Tante wusste, schließt sich um sie ein Kreis gnadenloser Gewalt …

Ein authentischer und knallharter Kurz-Thriller von Rechtsmediziner und Bestseller-Autor Michael Tsokos.

Fred Abel ist zurück: eine nervenzerreißende Mischung aus True Crime und hartem Thrill

MICHAEL TSOKOS

ZERRISSEN

True-Crime-Thriller

Dr. Fred Abel muss vor Gericht in einem besonders schweren Fall von Misshandlung aussagen. Bei dem Opfer, einem kleinen Mädchen, handelt es sich ausgerechnet um die Nichte seiner langjährigen Kollegin Sabine Yao. Das Verhältnis zwischen den beiden Rechtsmedizinern ist dadurch äußerst angespannt.
Währenddessen findet Privatermittler Lars Moewig, Fred Abels alter Freund, in seinem Kickboxclub eine grausam zugerichtete Leiche in einem Boxsack. Lars muss wissen, wer in seinem Club Männer in Sandsäcke einnäht, und bittet Abel um Hilfe. Schon bald führen ihre Nachforschungen sie in die Welt der libanesischen Drogen-Clans. Eine Schattenwelt, in der es weder Gefangene noch Zeugen geben darf, seien sie auch noch so jung und unschuldig …

»Zerrissen«, Band 4 der Fred-Abel-Reihe von Michael Tsokos, setzt die Bestseller-Trilogie »Zerschunden«, »Zersetzt« und »Zerbrochen« mit atemberaubender Spannung fort.

KNAUR